NATHALIE de SAINT PHALLE

JANE FILLION

ou

LA BELLE D'UN SEIGNEUR

ÉDITIONS ROBERT LAFFONT
PARIS

ISBN 2-221-05724-4

A Andrée pour André de Vilmorin
sans les conseils de qui
ce livre ne se serait pas fait.

A Nathalie de
Saint Phalle qui,
par sa sympathie
et son amitié, m'a
tant aidée à retime
et embellit tant mes
dernières années
Qu'elle trouve ici
l'expression de ma
gratitude et de ma
profonde tendresse

Jane Fillion

Jane Fillion est la « Diane » des souvenirs des années de jeunesse d'Albert Cohen, celle qui l'inspira pour les héroïnes « Aude » puis « Ariane ».

Livres d'Albert Cohen		*Personnages féminins*	*Personnages masculins*
Solal	1930	Aude et Adrienne	Solal
Mangeclous	1938	Ariane	Solal
Le livre de ma mère	1954	(Diane)	(Albert Cohen)
Belle du Seigneur	1968	Ariane et Isolde	Solal
Les Valeureux	1969		
Ô vous frères humains	1972		(Albert Cohen)
Carnets 1978	1979	(Diane)	(Albert Cohen)
Ézéchiel, pièce en un acte, jouée pour la première fois en 1930, publiée en 1956.			

Tous les livres d'Albert Cohen ont paru aux éditions Gallimard.

PREMIÈRE PARTIE

1927
RUMEURS DANS GENÈVE

« Cela ne peut que finir mal. »
GOETHE,
Les Souffrances
du jeune Werther.

JANE, JE VEUX QUE VOUS VIVIEZ CENT ANS, car je ne suis pas prête à me passer de vous, de vos rires et vos larmes et de votre beauté. Deux générations nous séparent et, avant que ce livre ne soit écrit, vous aurez quatre-vingt-dix ans et moi trente. Pourtant notre aventure est celle d'une séduction, car la séduction n'a pas d'âge, quoi que l'on dise et quoi que vous pensiez.

Aujourd'hui est le premier jour de janvier 1988 et je vous souhaite une année merveilleuse. J'aimerais pouvoir vous l'offrir. Il y a deux ans à peine, lorsque je vous ai vue pour la première fois, vous aviez quatre-vingt-huit ans et je n'imaginais pas que bientôt je franchirais ce seuil à toute heure sans plus vous prévenir. Deux ans, ce n'est pas assez : le temps d'une liaison, me diriez-vous. Jane, ne me laissez pas, je ne suis pas lassée. Vivez encore comme vous savez si bien le faire.

Je vous regarde. Votre main longue et fine caresse du bout des doigts le bois du bras d'un fauteuil rescapé de Genève. Elle le caresse doucement, comme négligemment, peut-être complice, puis nerveusement se reprend et amène la cigarette jusqu'aux lèvres. Le geste est élégant. Votre visage s'est détourné vers la droite et votre profil se découpe, aigu : *son nez d'orgueil,* écrivait-il... « *La main, demanda-t-il. Noblement asservie, elle la lui tendit, la trouvant soudain si belle. Bougez la main », dit-il. Elle obéit, et il sourit de plaisir. Admirable, elle vivait.*

Jane, Jane, j'aime vous regarder et vous entendre. A vous voir, rien ne laisse supposer que celui qui cinquante ans durant a fait de vous l'héroïne de ses livres ait pu exagérer. J'aurais tant aimé vous croiser dans Genève en 1927, lorsque vous aviez cet âge qui est aujourd'hui le mien, telle qu'Albert Cohen allait vous aimer à peine aperçue : *Victorieuse en sa robe voilière, elle allait dans la rue, blanche nef de jeunesse, allait à larges foulées et souriait, consciente de la nudité que la brise caressait de fraîcheurs. Je suis belle, sachez-le, vous tous que je ne regarde pas, sachez-le, et regardez une femme heureuse... Quai Gustave-Ador longeant le lac bleu et rose, elle allait rapidement, nue sous la robe frémissante, parfois envolée en deux ailes battant au vent de la marche.* Oui, Jane, j'aurais voulu vous voir dans cette robe aimée, cette robe qui venait d'une maison de couture qui avait pour nom La Mouette, et je vous imagine portée par le seul vent de liberté, dans Genève balayée par des vents qui pourtant ne portaient bien que les rumeurs.

J'étais indifférente à Genève, mais aujourd'hui elle m'attire. Peut-être à cause de vous, de la jeune Ève qui grandit là. Je l'imagine n'être qu'une ville d'où l'on s'échappe (et vous qui l'avez fuie ne me direz pas le contraire), ou bien où l'on se réfugie, image sans doute trop littéraire et erronée que celle d'une Suisse asile pour l'exil et abri poétique plus que politique. Mais comment ne pas lui associer tous ceux qui l'ont choisie ou qui y ont échoué, pour un temps ou toujours, et qui l'ont éclairée : Voltaire, Byron, Dostoïevski, Nietzsche, Rilke, Romain Rolland, James Joyce, Hermann Hesse, E. M. Remarque, Musil, Nabokov, Borges, et Cohen, né à Corfou, maintenant le plus indissociable des rives du Léman, qui, les soirs d'été, savent imiter la Grèce.

Mais le Léman n'est pas la Méditerranée et l'eau douce du plus grand lac d'Europe occidentale est eau inerte et sourde. Étrange ville que Genève, presqu'île en France cernée de nos montagnes et « Rome protestante », ville république et ville refuge à ambition universelle, cité qui voulait gouverner le monde. Comment ne pas être marquée de sensations définitives, pour y avoir vécu une enfance, des années adolescentes – si souvent les plus graves –, et un amour... un amour essentiel. S'en souvenir, c'est éprouver le sentiment d'un éternel retour, car il n'est pas aisé de rompre les liens, bien plus serrés qu'ailleurs, avec la ville riche, respectable calviniste au bord d'une eau trop limpide, ville de toutes les nations et capitale d'aucune. Figée dans ses allures de prodigalité, prospérité et propreté, idéale pour promenades le long des quais et dans les parcs, Genève est aérée mais réservée, accueillante mais implacable. La *Palmyre européenne au confluent d'idées* de Lamartine fut aussi le lieu de déceptions d'envergure, où l'on travaillait à la paix tandis que le monde se réarmait pour un conflit aussi international que ses institutions. La ville des montres croyait encore pouvoir remettre le monde à l'heure... Ville hautement morale pour élite réformée, la cité bancaire est aussi « la grande prostituée » de l'Apocalypse qui blanchit l'argent sans façons. En fait de « Palmyre européenne », elle serait devenue la « Babylone-sur-Rhône » décriée lors d'un prêche par un pasteur issu de l'élite, la Haute Société Protestante. Mais la ville aura pour Albert Cohen les charmes de Jane, et il fera dire au vieil oncle Saltiel de ses romans : *Et qui est honnête, libre, indépendant comme la Suisse ? Que l'Éternel protège Genève où mon bien-aimé a trouvé celle qu'il aime. Ô les amis, si vous allez à Genève après ma mort, saluez-la et apportez-lui une rose de la part de l'oncle Saltiel.*

Nous sommes en 1927, et pour Albert Cohen Genève, ville de paix, aura les vertus de Jane, qui pourtant, telle que les rumeurs la présentent, semble en avoir bien peu. Son éclat a teneur de scandale et l'on parle beaucoup d'elle. On en parle sans la connaître, puisqu'on ne la reçoit pas. Nul doute que de toutes les femmes de sa vie, et Dieu sait s'il y en eut, Jane fut la plus « remarquable ».

La plus libre, donc la plus dangereuse. D'elle, en ville où elle descend de sa propriété convaincue de ne pas ressembler à « ceux d'en bas », on croit savoir beaucoup tout en ne sachant que bien peu. La part commune des racontars fait d'elle une déclassée, fille d'une femme réprouvée qui divorça en un temps et dans un milieu où ça ne se faisait pas. On sait d'elle qu'elle a refusé l'église, qu'elle vit libre et travaille, n'hésitant pas à faire savoir qu'elle ne se mariera pas. Elle refuse les avances comme les contraintes, sauf si elles sont féminines, et ça non plus, dans la Genève de Calvin, cela ne se fait pas. Jane a vingt-neuf ans, elle est belle et encore riche, sa réputation sulfureuse portée par tous les vents la précède sans qu'elle modifie en rien son comportement. Elle est elle et elle est libre, libre de refuser l'amour traditionnel et le mariage contre l'esprit du temps et les mauvais esprits des lieux. Elle veut rester maîtresse de son destin et diriger sa vie comme elle l'entend. Seulement Genève ne l'entend pas ainsi. Et il lui sera facile de le lui faire savoir. Mais en attendant Jane se montre entière, invincible, irréductible. Elle se veut forteresse imprenable et l'idée qu'elle a de l'amour est trop haute, trop absolue pour s'y commettre ou s'y laisser entraîner, par faiblesse ou raison. A cela s'ajoute un orgueil à la mesure de son idéal et dégagé de toute ambition mondaine et sociale. Peu lui importent les rumeurs, elle n'est sensible qu'à l'intelligence et au savoir. Littérature et philosophie auront toujours raison des médisances et du scandale. Qu'ils les cultivent pendant qu'elle lit et étudie, entourée de ceux-là seuls qu'elle a choisis, pour leur absence d'étroitesse et de tout préjugé. Elle est jeune, elle est belle, riche et libre et se moque des hommes et d'un monde fait par eux pour eux seuls. Elle s'en passe à merveille. Elle est persuadée qu'elle s'en passera toujours.

Albert Cohen l'aperçut-il avant d'entendre les rumeurs ou voulut-il par curiosité rencontrer celle dont tant parlaient ? Nul ne sait plus mais n'est capital que ce qui s'ensuivit et allait être le sujet d'une obsession littéraire assez obscure. Que Jane n'ait aimé aucun homme et fasse savoir que cela ne serait jamais une privation eut certainement sur lui un charme empreint de respect. Dans la séduction qu'elle exerçait sans le vouloir et le savoir, il y avait un motif d'intérêt vrai, une marque de prestige et non de curiosité amusée ou perverse. Cohen n'était pas preneur d'amours dissolues. Il n'était pas libertin. Solal, son héros, l'exprime dans *Mangeclous,* et l'on saisit pourquoi Jane plutôt qu'une autre : ... *J'oublie toujours, dit-il, qu'elles sont nues sous leurs robes et qu'elles aiment l'homme... Un respect enfantin dont je n'arrive pas à me débarrasser. C'est pourquoi j'ai tant d'animosité contre elles. Oui, une immense stupéfaction quand je m'aperçois que telle admirable jeune fille regarde les hommes, s'intéresse à eux. Une rage quand je me rends compte que les plus austères et virginales pensent aux hommes. Horreur, elles parlent d'hommes entre elles! Honte et jalousie et rancœur qui ne cesseront qu'avec ma mort... Seigneur éternel, que trouvent-elles de si remarquable aux hommes?... Et comment certaines, de visage si noble et si pur, mes angéliques chéries, peuvent-elles condescendre à l'homme...* Jane aura l'emprise de l'inattendue. La seule dont les jugements et les conceptions soient originaux, la seule qui ne soit pas un modèle amélioré de toutes les autres, ou seulement plus à son goût, la seule indépendante, la seule incomparable. Celle-ci, comme l'Héloïse d'Abélard, *réunissait tout ce qui peut provoquer à aimer...*

Avril 1927. Jane, orgueilleuse, marche sur les quais le long du lac vers un printemps dont elle ne sait pas encore qu'il sera différent. La « merveilleuse orpheline » des livres à venir ne sait pas qu'elle s'apprête à devenir « la religieuse d'amour ».

Janvier 1988. Jane, vous ne cesserez plus de plaire et d'être aimée.

DEUXIÈME PARTIE

LA LÉGENDE DE BELLE DU SEIGNEUR

« Croyez-vous que ce soit bien de remuer le passé ?

- Je crois que je ne comprends pas bien ce que vous voulez dire par " remuer ". Comment pouvons-nous le découvrir si nous ne creusons pas un peu ? Les gens d'aujourd'hui le piétinent si brutalement !

- Oh ! j'aime le passé, mais je n'aime pas les critiques, déclara mon hôtesse avec une complaisance hautaine.

- Moi non plus, mais j'aime leurs découvertes.

- Ne sont-ce pas des mensonges, la plupart du temps ?

- Les mensonges sont souvent ce que leurs travaux les amènent à découvrir, dis-je, souriant de sa rare insolence. Ils révèlent souvent la vérité. »

Henry JAMES,
Les Papiers de Jeffrey Aspern.

La revanche d'une héroïne

Quelle étrange aventure. Comment diable aurais-je pu imaginer un jour être liée à l'héroïne réchappée vivante d'un de mes livres préférés, et que j'en deviendrais l'amie, le jeune confesseur tendrement appelé « mon charmant petit inquisiteur », sa mémoire. On me l'eût prédit, je ne l'aurais pas cru car il est écrit qu'Ariane, la Belle du Seigneur, n'existe pas : c'est un roman, une fiction, une invention, le pur produit de l'imagination. Si elle n'était pas seulement une héroïne littéraire, mais aussi de chair, cela se serait su. On ne m'aurait pas attendue. Ne pas rêver.

Et pourtant j'allais être le témoin, puis le révélateur (voir aussi dans ce mot la réalisation d'un rêve) du dernier acte joué par Ariane et Solal. Leur dernier acte d'amour, joué par Jane seule après la disparition d'Albert Cohen qui, au fil des ans, jeta sa vie en pâture dans ses livres, morceau par morceau.

Aux sceptiques qui verraient d'un mauvais œil les confessions de l'héroïne de ce qui est peut-être le plus beau roman d'amour du XXe siècle, répondre qu'en amour tout est permis et qu'il n'est pas de juge, là où toute impartialité est impossible. Impossible en raison des mensonges inconscients nourris de la passion, faute de preuves, et faute de témoins...

Jane Fillion est le dernier témoin des mystérieuses années de jeunesse d'Albert Cohen. S'il en subsistait d'autres, sans doute ne sauraient-ils témoigner que de l'accessoire, de l'apparence ou de l'écho d'un amour. Qui est témoin de quoi lors d'une liaison secrète? Aux témoignages affabulés, oublieux, jaloux ou partisans (et ils sont loi commune), n'est-il pas préférable d'entendre se souvenir l'un des deux seuls protagonistes, quand bien même, lui aussi, serait-il partisan? L'amour ou la passion, comme l'on voudra, n'a affaire qu'au trouble, au désordre et à la déraison. Il sera douloureux à celui qui l'a vécu que son souvenir soit disséqué par des tiers, et j'ai peur de blesser. Blesser Jane, bien que son amour soit une proie dont chacun se partage déjà les chairs, et blesser ceux qui croient au Mythe et penseront « sacrilège »!

Mais Jane, qui survit à l'Ariane du livre refermé, n'a pas peur. Elle a la certitude que tout a toujours été et est permis à l'amour, et l'est encore davantage après lui. Souriant à l'idée de « sacrilège », elle répond avec insolence que s'il est sacré, nulle crainte, le roman lui résistera! Je ne veux pas sacrifier le mythe. Ces pages ne seront jamais que quelques couronnes, fleuries des roses de leur jeunesse et déposées sur l'autel d'une passion qui a plus d'un million de fidèles. La réalité n'entame pas le mythe, loin de là. Il a été dit que, dans cet hymne à l'amante, elle était d'autant plus embellie que plus là pour prouver le contraire, or il n'en est rien : hors les pages de *Belle du Seigneur,* le roman de la naissance glorieuse de l'amour, du lent désamour et de la destruction de la passion cyniquement analysée, Ariane est vivante. VIVANTE. Une héroïne à l'instar d'Héloïse, Iseult, Laure ou Anna Karénine, mais en vie, et qui parle de ses amours après les avoir tus, une destinée en sa quatre-vingt-dixième année.

Fin inattendue d'une héroïne imprévue : Ariane vivante et victorieuse d'un dernier acte joué seule et enfin maîtrisé par elle, une juste revanche où le dernier épisode d'un amour-duel qui, s'il était venu d'Albert Cohen, eût été le coup de grâce. Ainsi Jane peut-elle répondre au Seigneur de la stratégie de l'amour que son enseignement aura porté ses fruits. Ainsi la suicidée, la Belle de Solal, saigneur de son cœur, ressuscite-t-elle, vivante et infidèle, du « Toujours », murmuré lors de leur première nuit.

Une découverte qui ressemble à une résurrection

Étrange histoire que celle de sa découverte fortuite au bout d'un chemin qui me mena à elle comme si c'était écrit : dire qu'elle ne fut l'objet d'aucun consciencieux dépistage, d'aucune enquête, d'aucun aveu, est nécessaire pour réaliser ce que l'aventure comporte de miraculeux. Miraculeux est bien le mot si l'on se souvient qu'Albert Cohen s'adresse au milieu de *Belle du Seigneur* à celle qu'il a aimée : *Ô toi, dit-il, qui fus belle et noble, et aussi folle qu'Ariane, toi dont je ne dis pas le nom...*, pour quelques lignes plus tard la réduire à *une dame squelette, qui fut Diane la vive, la tournoyante, l'ensoleillée, la plus douce et la plus rétive, l'insolente et l'esclave à ses moments de tendres gémissements, Diane, cette dame maintenant toute en os, couronnée de roses, la pauvre essaye de cliquetantes grâces derrière un buisson.* Et comme si ce n'était pas assez, il écrivait dix ans plus tard dans ses *Carnets,* le 11 avril 1978, de Diane, qui fut donc aussi Ariane : *Ô Diane d'autrefois, Diane morte qui fut si vivante et si belle, la plus belle et noble de toutes les aimées, maintenant silencieuse, elle aussi, enfermée dans la geôle de terre, elle aussi... Elle est morte maintenant, et bientôt ce sera mon tour. Est-ce juste, ô Dieu? Où sont-elles, ces nuits que connut un homme qui fut jeune, où ces nuits de lui et d'elle, élus et debout et princiers sur un quadrige enthousiaste, dans quel ciel, dans quel futur, sur quelle aile du temps, ces nuits d'amour allées? Diane belle et vivante, Diane est morte, prisonnière dans la solitude de terre, impassible à jamais.* Et le 10 mai, dans ces mêmes *Carnets : Non, il n'y a personne à invoquer, personne ne me rendra mes morts, et Dieu est muet, et mes morts aimés sont dans des cimetières, sont parallèles et solitaires, et ne songent plus. Assez souffrir. Je ne veux plus relire les lettres de ma mère morte, plus relire les lettres de Marcel mort, plus relire les lettres de Diane morte, lettres dont j'ai peur lorsque je les rencontre, et je ferme les yeux pour ne pas les voir, et je les range, les yeux fermés.* Ariane-Diane est morte et enterrée. Qu'on se le dise. Ainsi toute recherche possible, d'avance découragée.

Qui eût pu croire que la Belle du Seigneur vivait, et que non seulement elle ne s'essayait pas à de *sèches cliquetantes grâces derrière un buisson* mais travaillait encore, et travailla jusqu'à quatre-vingt-quatre ans pour... Gallimard. L'éditeur de *Belle du Seigneur* employait l'héroïne sans s'en douter! Que personne ne l'ait appris, ou ne s'en soit jamais douté, sera preuve d'une rare discrétion, et que si parler – et parler bien, car spirituelle, elle joue de citations – lui est naturel, parler de ses amours ne l'est pas. Qu'elle ait vécu les sorties successives des livres de Cohen, au sein même de la maison mère, en silence, amusée ou non, semble presque invraisemblable. Cela s'appelle savoir se taire. C'est une vertu devenue rare. Une de plus pour Ariane.

Des hasards qui tiennent du miracle

Sa découverte fut donc le fruit d'un pur hasard. Ou plutôt AzAr, car tout commença par la lettre « A », initiale du prénom des divines héroïnes d'un panthéon imaginaire. Là, de la Belle au bois dormant à la Belle du Seigneur, Aurore, Alice, Aurélia, Alissa, Amélia, Albertine, Anna, mademoiselle Aïssé, Ada, Augusta, Agathe et Ariane, comme dans les romans de Pierre Benoît que je n'ai jamais lus.

L'histoire commence en 1975 lorsque j'offre à un ami *Ada,* de Nabokov. Six ans plus tard, il dépose devant ma porte *Belle du Seigneur* avec ce mot : *Ariane pour Ada, donnant donnant.* Je l'emportai à Valescure où, dès les premières pages, j'apprenais qu'Adrien Deume, le mari d'Ariane, avait séjourné, et dévorais les mille pages en deux jours, ne cessant de lire, en présence de mes grands-parents à qui, pour me faire pardonner, je lisais des passages à voix haute. Nous nous trouvions dans ce qui fut autrefois le « Coirier's Grand Hotel » où Albert Cohen séjourna en 1932 avec sa deuxième femme. Le livre refermé, j'allais à Agay, très proche, voir l'hôtel des Roches-Rouges, et, sur la terrasse face à la mer, imaginais Ariane et Solal sur les lieux mêmes où lentement leur amour avait commencé à se décomposer. J'avais aimé le livre, j'en avais avec ardeur savouré des passages en abondance, je l'avais lu à toute allure et en toute allégresse avant de le relire, j'étais dès lors adepte et attachée à la divine tragédie, comme tant et tant d'autres. En offrant le livre des amants plus régulièrement que je ne vais à l'église, je ne pouvais pas deviner qu'un jour, tous les jours je m'adresserais à son officiante.

Cinq ans passèrent encore jusqu'à la fin d'une journée de janvier 1986 dans un embouteillage rue de Vaugirard, la plus longue rue de Paris. Je venais de rendre un papier et le directeur du magazine m'avait demandé si je pouvais le déposer sur mon chemin. Oui, évidemment, mais du fond du XVe à l'angle de la rue de Varenne et de la rue du Bac, la rue de Vaugirard, gelée. Pressés, mais coincés, nous parlons de mon texte, un « Éloge du tchador », dans lequel je racontais comment j'avais porté le voile noir dans le sud de la péninsule arabique, préférant marcher voilée dans une ville mâle. C'était une conversation forcée et facile, et elle s'enlisait sur ce que l'on retenait de l'article, une séduction trouble et perverse. Il compara alors le tchador à l'habit des nonnes amoureuses, si nombreuses en littérature. Je songeais à Mariane, la religieuse portugaise, et à Ariane, « la religieuse d'amour », mais les gardais pour moi tandis qu'il ajoutait qu'un « ami » lui avait un jour dit : « J'adore les femmes, mais il y a une chose que je ne leur pardonnerai jamais : qu'elles aiment les hommes, ces singes velus ! » Je souriais en répliquant négligemment : « *Belle du Seigneur,* chapitre XXXV », car j'avais reconnu le *Comment est-ce possible, elles, les douces et tendres, elles, mon idéal et ma religion, elles, aimer les gorilles et leurs gorilleries... cette incroyable contradiction est mon tourment, que mes divines soient attirées par ces méchants velus!* C'était un curieux hasard car ma mémoire est vacillante. Il est vrai que j'avais relu plusieurs fois ce seul chapitre, celui de la séduction justement, et que je le considérais comme un morceau d'anthologie. Je n'aurais jamais relevé une autre citation. Il avait bien connu Cohen, nous parlâmes donc de lui. C'était le premier hasard; sans celui qui suivit il n'eût été que lettre morte...

Le second hasard relève du choix de l'itinéraire dans la ville. Un trajet différent, et rien n'eût resurgi du plus profond de ma mémoire. Or, en freinant devant une porte, arrêtés par un feu, m'apparut comme un éclair le souvenir, enfoui depuis lors, d'avoir déposé à cette adresse une amie qui allait de temps à autre jouer aux dames avec une dame âgée, qui justement les avait bien aimées. C'était en 1979. Elle venait de perdre la femme avec laquelle elle avait vécu, et un homme, qu'elle avait aimé dans sa jeunesse et n'avait pas revu depuis, l'ayant appris, venait de la rappeler. Mon amie avait été le témoin de l'un de ces appels téléphoniques. Bientôt ils allaient se revoir, oui, bientôt. Cinquante années avaient passé depuis la dernière fois... Seulement l'amante d'antan l'avait vu vieillir à travers son image publique, puisqu'il était célèbre, mais lui aurait la surprise cruelle autant que brutale du passage du temps sur son visage. Elle en avait peur et hésitait à amortir le choc par une photo auparavant postée. Qu'il n'y ait pas l'ombre d'un saisissement dans le premier regard. Mais dans un sursaut d'orgueil, elle allait balayer cette peur, déchirer les photos prises par mon amie, et affronter le seul homme qu'elle ait aimé. Cet homme s'appelait Albert Cohen.

N'ayant encore rien lu de lui, je n'avais pas retenu son nom. Je trouvais merveilleuse l'histoire de ces retrouvailles, et, dans les jours qui suivirent, la racontais quelquefois, sans même citer leurs noms que j'avais déjà oubliés. Lorsque deux ans plus tard je lus et relus *Belle du Seigneur,* je ne pensais plus à eux, enfouis au plus profond de ma mémoire.

Il fallut, ce jour-là, que j'entende le nom d'Albert Cohen, prononcé à l'instant où mon regard se posait sur cette façade, sur la grille de cette porte devant laquelle j'étais passée mille et une fois. Autrement dit par le plus pur des hasards. Étonnée et encore incertaine, je demandai : « Vous qui connaissiez Cohen, peut-être vous a-t-il parlé d'une femme qu'il a aimée dans sa jeunesse... Nous sommes passés il y a quelques instants devant ses fenêtres. » Je me souviens avoir savouré sa stupéfaction. Bien sûr, il connaissait son existence, Cohen avait prononcé son nom devant lui, c'était presque le nom d'un ministre, peut-être Filloud... mais Cohen n'était plus et avait emporté ce nom avec lui. L'écrivain avait montré du doigt une photo encadrée, et posée sur un meuble parmi d'autres. Mais ne lui avait-il pas dit qu'elle n'était plus de ce monde ?... Il semblait impensable que moi, qui n'avais pas rencontré l'écrivain, j'en connaisse l'existence, jusqu'à son nom et son adresse. Ce soir-là, je les gardais pour moi. Puis ce furent des nuits d'incertitude où se mêlaient l'envie de l'appeler et la peur du désastre possible.

En 1979, lorsque Albert Cohen la rappelait, Jane Fillion avait quatre-vingt-un ans. Sept années s'étaient écoulées... C'est tremblante que je composais son numéro, et jamais appel téléphonique ne me sembla une telle violence, une telle barbarie.

Alors une voix claire et gaie, qui n'avait pas encore ce merveilleux visage, me répondit qu'elle acceptait la rencontre. J'avais retrouvé la Belle du Seigneur.

Fallait-il en faire un livre?

Si la rencontre avait été décevante, si elle avait été synonyme de trahison et qu'Ariane eût pu tout aussi bien être une autre, elle et moi, nous en serions restées là. Pour l'auteur et pour *Belle du Seigneur,* l'œuvre maîtresse, ou pour Jane, là, si belle, la maîtresse du Seigneur, la « religieuse d'amour ». C'était un fait étrange que rien ni personne n'ait jusqu'alors conduit à elle, et que l'étude des liaisons de l'écrivain n'ait mené qu'à des cendres ou des fantômes de femmes dont l'on n'était pas même sûr qu'elles aient jamais existé. Étrange, vraiment, que l'unique source et le dernier témoin de la genèse de l'œuvre ait survécu, parfaitement insoupçonné, à son auteur.

En la quittant, j'étais envahie par une joie immense et un peu enfantine, comme si, à sept ans, j'avais été reçue seule par la Belle au bois dormant. En la quittant pour la première fois, j'allais heureuse et fière : la vie ne l'avait pas quittée, la vie aimait celle qui l'avait tant aimée et l'aimait encore tant. Elle était belle et merveilleuse, et je l'aimais.

Ô toi, dit-il, toi qui fus belle et noble et aussi folle qu'Ariane, toi dont je ne dis pas le nom, nous vécûmes sur cette rive et nous y fûmes frère et sœur, ma bien-aimée, toi, la plus douce et la plus rétive, la plus noble et la plus élancée, la vive, la tournoyante, l'ensoleillée, toi la haute, l'insolente, la géniale, l'esclave, et j'aurais voulu avoir toutes les voix du vent pour dire à toutes les forêts que j'aimais et j'aimais celle que j'aimais. Que fut Jane pour qu'il ne cessât jamais de revenir à elle, en pensée et par écrit ? Qu'avait-elle de plus que d'autres et que s'était-il passé à Genève entre 1927 et 1929 ?

S'il avait été heureux, leur amour se serait éteint. Seule sa fin brutale aura été son viatique, la garantie d'une pérennité que l'un et l'autre, lorsqu'ils se déchirèrent, étaient bien loin d'imaginer... Or, soixante ans après la rupture, la page de cet amour n'est toujours pas tournée.

Comme Proust, s'attaquant à Sainte-Beuve et ne pensant pas que l'œuvre d'un écrivain puisse s'expliquer par sa vie, Kundera cite une célèbre métaphore : *Le romancier démolit la maison de sa vie pour, avec les pierres, construire la maison de son roman. Les biographes d'un romancier défont ce que le romancier a fait et refont ce qu'il a défait.* Et, malheureusement, parfois selon leur goût, façonnant un original plus proche de leurs désirs, sans égards pour l'histoire...

Mais aujourd'hui, si j'ai voulu ce livre, c'est justement par égard pour l'histoire. Il est la réparation d'un péché par omission ou d'un navrant – voire consternant – oubli : Jane Fillion n'est pas même mentionnée dans la chronologie officielle, pourtant très détaillée, de la vie d'Albert Cohen de l'édition de *Belle du Seigneur,* dans la collection de « La pléiade » ! On y insiste autant sur le fait que le roman *s'offre comme un pur produit de l'imaginaire* que sur le rôle important joué par les femmes, certaines femmes, dans l'existence de l'auteur... Je regrette et déplore (et les mots me semblent faibles) que l'on n'ait pas songé à y inclure, ne serait-ce que sous l'anonyme nom de « Diane », celle qui allait devenir l'héroïne du roman.

Cette biographie d'Ariane, Diane ou Jane, sera donc une juste réparation, la rectification d'une erreur traître à l'œuvre. Suite à l'offense, point de *vendetta,* mais, preuves à l'appui et après de très policières vérifications, le roman d'une héroïne que l'histoire, ingrate, réduisait à rien.

De la justice de l'entreprise, je n'ai jamais douté, mais n'est-elle pas excessive ? Je sais qu'il n'y aurait jamais eu d'Ariane sans Albert Cohen, mais ce à quoi veut répondre ce livre, c'est : l'aurait-il écrit sans Jane ? Ne fut-elle qu'une ombre, un prétexte, ou bien, d'évidence, l'inspiratrice et le catalyseur ? Lorsque Cohen regrettait amèrement l'impossibilité de *l'amour chimiquement pur,* il oubliait que la catalyse est cette pure augmentation de vitesse que produisent certains corps sur d'autres, par réaction chimique justement, sans être eux-mêmes modifiés. Par sa seule présence, et son passage au sein de son existence à la fin des années vingt, Jane n'a-t-elle pas provoqué une « réaction chimique », déterminante autant que définitive, et qui allait faire d'elle l'objet obsessionnel d'un amour littéraire écrit une vie durant ? Et le méritait-elle ?

Lorsque Nabokov écrit : *Je déteste mettre le nez dans la précieuse vie des grands écrivains et jamais aucun biographe ne soulèvera le voile de ma vie privée,* c'est une fin de non-recevoir. Il est entendu que l'on s'arrêtera là. Cohen, lui, éveilla la curiosité et aiguisa l'intérêt de ses lecteurs en entretenant le mystère par un jeu de continuelles redites et de contradictions. Il en est tant qui concernent Jane, et, à travers elle, le concernent lui, tant de contradictions et tant d'elle couché sur les pages, dévoilée et offerte à tous, tant et tant d'elle déjà décrit par lui, qu'écrire sa vie me condamne aux citations, aux paraphrases. Un jour, lors d'une émission de télévision, n'a-t-il pas répondu : « Quand elle est dans son bain, elle aime se raconter des histoires. J'ai raconté toute sa vie... » Non, pas toute. Et ce qu'il en a tu, mérite d'être raconté. Ainsi Jane récupérera une part de cette intégrité qu'il lui avait peu à peu ôtée, comme s'il l'avais mise à nu pour revêtir son héroïne de ses habits.

Belle du Seigneur est un livre monument, un livre référence. Il est aussi, par le chapitre charnière XXXV, le livre de la dénonciation de toutes les tentatives de séduction. Il est grandeur de l'âme, bonté du cœur, mais aussi implacabilité de l'œil. C'est ce dernier trait qui autorise un droit de réponse de la victime, une héroïne, proie d'un écrivain.

Cette histoire est celle d'un amour entre une héroïne et un écrivain. J'insiste, une héroïne et un écrivain, pas une femme et un homme, tout comme en d'autres temps celle d'Héloïse et Abélard. Je préférerais échapper aux pièges des analogies et des rapprochements, mais comment faire saisir ce qui distingue les amours célèbres sans évoquer parfois ce qui peut les lier? Leur évocation aurait cependant l'avantage de démontrer l'importance que l'on donne aux femmes aimées par des écrivains et poètes aux amours obsessionnelles, ou simplement essentielles. Car, si l'on se moque des sentiments de certains, il en va différemment de Pétrarque, Dante, Goethe, Byron, Stendhal... Je ne dissocie pas de Kafka Felice ou Milena, de Maïakovski, Lili Brik, de Nietzsche ou de Rilke, Lou Andreas-Salomé, d'Apollinaire, cette autre Lou que fut Louise de Coligny-Châtillon, et de Bataille, cette autre Laure, qui fut Colette Peignot... Pour d'autres ce seraient les Juliette, Récamier ou Drouet, madame Hanska, Marie d'Agoult ou Gala, successivement Eluard puis Dali... pour d'autres encore, la succession des amours d'Alma : Mahler, Kokoschka, Gropius et Werfel...

Bien sûr, Jane, qui est orgueilleuse mais dépourvue de vanité, va sourire de cette image. Elle gardera sans doute le sentiment de n'avoir rien fait de grand de sa vie, et ne comprendra pas ce que comporte de merveilleux la rencontre avec le plus beau et déroutant roman d'amour et de passion du siècle. Héloïse a vécu sur les rives de la Seine; Béatrice a certainement existé et Dante l'a aimée avant de la sublimer et de faire d'elle successivement la Philosophie, la Sagesse, puis la Science sacrée qui mène au paradis et en explique les mystères; Pétrarque a réellement aimé Laure, à la beauté inséparable de la nature qui l'entourait. Son nom était Laure de Noves et elle était la femme de Hugues de Sade, aïeul en droite ligne du divin marquis. Pétrarque parle d'elle comme de sa *bien-aimée ennemie,* ce que fut aussi Jane pour Cohen... Elle reconnaîtra ces trois mots, mais rira de la comparaison et lèvera les yeux au ciel avec le sentiment que j'exagère... car elle a trop subi *Belle du Seigneur* pour l'aimer ou seulement l'apprécier.

Qui a raison ou aura un jour raison? Elle, qui ne croit pas en l'avenir du livre, ou moi, qui la découvre telle qu'elle a réchappé de ses pages, avec son regard *de lune* ou *de brume piquée d'or*?

Que n'a-t-on pas écrit de *Belle du Seigneur, roman lyrique sur la gloire et l'enfer de l'amour-enfermement.* On a parlé *d'infernale ironie* dans cette exécution de l'amour, de *mise en dérision du mythe des charmes et du prestige de l'éternel féminin, du mensonge romantique.* On s'est soumis à l'écriture incantatoire *alliant le sens du sacré à celui de l'érotisme,* cette *litanie de la tendresse* et cette allégresse proche du Cantique des cantiques, et cet amour fou et désespéré, *passion mythique et mystique,* a lui-même déclenché les passions.

Comme il est écrit dans la préface du roman, Albert Cohen *s'est obstiné à taire d'où est née son œuvre,* ce roman de mille pages, et moi j'affirme qu'il n'y eut pas « trente », mais « quarante » années de gestation et que Jane Fillion est l'une des clefs de son existence et de son œuvre.

Aujourd'hui, celle qui fut à la fois sa médiatrice et son ennemie se livre elle-même. Sa voix est celle qui a vécu la lointaine aventure; ces souvenirs sont faits de ses propres mots, des mots qui recouvrent l'histoire telle qu'elle la vécut, et non telle qu'elle eût pu être perçue de l'extérieur, à l'aide de documents et témoignages.

Enterrée vivante par Albert Cohen, perdue pour ceux qui la recherchaient, remplacée par une autre dans la chronologie et anéantie dans la préface du roman, celle qui ne pouvait pas exister, miraculeusement ressuscitée et retrouvée, la merveilleuse vivante raconte sa vie. Une vie qui ne ressemble à celle de personne, sauf étrangement...

... à celle d'Ariane.

TROISIÈME PARTIE

LA RENCONTRE

« Lorsque leurs regards se croisèrent il n'y eut plus entre eux qu'une seule certitude : c'est que tout était décidé et que tous les interdits maintenant leur étaient indifférents. »

Robert MUSIL,
L'Homme sans qualités.

En ce printemps 1927, Jane marche droit vers le tournant de son existence : *Quai Gustave-Ador longeant le lac bleu et rose, elle allait rapidement, nue sous la robe frémissante, parfois envolée en deux ailes battant au vent de la marche.* Peu de jours auparavant, marchant ainsi, elle avait croisé Paul Mantoux avec qui elle avait dîné chez Julien Fleg, l'architecte qui allait construire la gare et le nouveau bâtiment de la Société des nations. Il traversa la rue vers elle et, la prenant par le bras, lui dit : « Je suis bien content de vous rencontrer! Je pensais justement à vous ces jours-ci et j'allais chercher comment vous atteindre... Je sais que vous ne travaillez pas en ce moment, et voudrais vous proposer de travailler pour moi. On vient de confier à William Rappart, le recteur de l'Université, et à moi-même la création d'une nouvelle institution internationale : l'Institut universitaire de hautes études internationales. Vous sentiriez-vous capable d'en organiser la bibliothèque ? » Avec l'assurance et l'inconscience de la jeunesse, Jane répondit immédiatement : « Oh! J'adore les livres! Je suis sûre que je m'en tirerai très bien. – Ce sera une bibliothèque en quatre langues. Parlez-vous couramment l'anglais, l'allemand et l'italien ? – Pour ce qui est de l'anglais, je ne crains personne; l'allemand, j'en ai fait tout au long de mes études au collège, quant à l'italien, c'est une langue latine, j'ai fait tellement de latin! Ça ne devrait pas poser de problème! » Sans aller plus loin, il l'avait aussitôt engagée. En traversant le Jardin anglais, Jane songeait à la chance qu'elle venait d'avoir. Elle savait bien qu'il allait falloir à nouveau trouver un travail pour être indépendante, mais elle n'avait pas envie de chercher. Son père faisait un long séjour dans le Midi avec son infirmière, chez Marguerite sa fille aînée, sa fille préférée... En attendant, Jane avait décidé de profiter de la vie, libre comme l'air dans la propriété de Pinchat, il serait bien temps de s'en occuper lorsqu'il annoncerait son retour.

Quand elle songeait à sa dernière journée au Bureau international du travail, elle se sentait encore offensée et outrée par le déroulement des événements face à son impuissance. Pendant l'année qui avait suivi, elle avait préféré ne pas se mettre en situation d'être à nouveau l'objet d'une pareille condamnation, d'une pareille injustice. Les mois s'étaient écoulés, beaucoup d'eau douce sous les ponts du Mont-Blanc et des Bergues, beaucoup de larmes d'amertume aussi. Elle n'était pas pressée de retravailler, mais cette offre, c'était une revanche! Mieux, une juste réparation et une glorieuse réhabilitation venant d'une autre organisation internationale. Elle ressentit soudain une satisfaction démesurée. C'était maintenant en souriant, d'allégresse allant, qu'elle songeait au scandale de l'automne 1925.

Pourquoi avait-elle invité Madeleine Labarre à venir passer toute la journée aux « Moraines » ce dimanche-là? Parce qu'il y avait un tennis dans la propriété de Pinchat, et que cette amie française y jouait très bien. Le temps était encore suffisamment clément et c'était tout. Un tennis c'est fait pour ça. Madeleine n'avait pas été la première à en franchir le grillage. Seulement elle était liée – trop liée – à une jeune Anglaise qui, ce jour-là, avait décidé de rester dans le chalet qu'elles avaient loué près de Chamonix. Pourquoi s'est-elle suicidée ce dimanche-là d'un coup de revolver? Par jalousie? Mais Jane n'avait jamais fait que jouer avec elle sur les cours de la S.D.N., et l'inviter comme tant d'autres une journée à Pinchat! Son seul tort était de n'avoir pas choisi un dimanche comme un autre, mais celui du suicide d'une jeune femme excessivement jalouse...

Parce que cette jeune Anglaise était protestante, et par égard pour la détresse de son amie, Jane décida d'assister au service religieux. Mieux eût valu pour elle qu'elle n'y assistât pas, car elle allait y vivre une des plus longues heures de son existence. Lorsqu'elle pénétra dans l'église, l'office allait commencer. Elle se dirigea le plus discrètement possible vers un banc dont l'extrémité était inoccupée et s'y assit. Aussitôt, les sept ou huit personnes qui y étaient installées se levèrent pour aller se rasseoir sur un banc resté libre au fond de l'église. Ce fut comme un orage à l'intérieur d'elle-même. Elle ne comprenait pas, et dans le tourbillon de ses pensées, le tournoiement soudain de ses tourments et les battements de son cœur, il lui sembla durant tout l'office être au supplice. Elle n'entendait rien du prêche et se levait et s'asseyait en même temps que les autres, mais seule, isolée, objet d'une réprobation publique dans un lieu de culte! Naïvement descendue de sa propriété pour faire acte de présence, honorer une défunte et assurer de son amitié l'amoureuse restée seule, Jane aurait voulu disparaître dans les dallages. A la sortie, alors que personne ne la saluait, elle se précipita vers les seuls amis qui ne pouvaient pas l'avoir lâchée, et qui, espérait-elle, pourraient enfin lui expliquer. Ils l'entraînèrent rapidement par un : « Viens! On t'expliquera. »

Depuis quelques jours, le bruit s'était répandu en ville que la jeune femme s'était tuée par jalousie, Jane ayant diaboliquement séduit son amie... Jane était atterrée : « Je ne l'avais invitée que pour jouer au tennis. Je la connaissais à peine... non, pas à peine, comme ça. Sympathique, rien de plus. Je ne suis jamais passée entre elles! »

En arrivant au B.I.T., elle fut priée de monter immédiatement dans le bureau du directeur de son service, M. Fleury. Elle ne l'avait jamais apprécié : « C'était l'un des plus grands imbéciles que la terre ait portés, de ceux qui s'écoutent parler avec une infinie complaisance. » Il ne la fit pas asseoir. « Mademoiselle Fillion, il est possible que les bruits qui courent ne soient pas exacts, il est possible qu'ils le soient. Mais vous comprendrez que, dans ces conditions, je doive faire passer le général avant le particulier, et que je me verrai donc obligé de vous demander de quitter le B.I.T. à la fin du mois. » Forte de son éducation et fière comme il en est peu, elle ne laissa apparaître ni sa stupéfaction, ni son malheur. « Monsieur, ce n'est pas à la fin du mois, c'est à l'heure même, à la minute même que je vais quitter votre institution. » Elle retint le « sale boîte » qui lui était venu à l'esprit et sortit dignement, sans claquer la porte. En redescendant, les larmes envahissaient ses yeux. Lorsqu'elle entra dans son bureau reprendre ce qui lui appartenait, le téléphone sonna et, à nouveau, l'un des hauts fonctionnaires, pour qui elle travaillait, la priait de bien vouloir monter. Max Rudolfo de Salis fit preuve de plus d'humanité : « Mademoiselle, je sens que l'on commet là une monstrueuse injustice. Je ne peux malheureusement pas vous faire d'attestation écrite, mais que l'on m'appelle et je donnerai de vous les meilleurs renseignements. » Quelques mois plus tard, Jane apprit la mort de Rainer Maria Rilke qui vivait dans le château de Muzot-sur-Sierre que lui prêtait un « R. de Salis », lui aussi de noblesse valaisane. Elle était certaine qu'il s'agissait de lui, mais sa générosité envers elle n'avait servi à rien. Il n'était pas en son pouvoir de mettre fin au désespoir de Jane et aux rumeurs qui se répandaient dans la ville en s'amplifiant et la marqueraient à jamais.

Depuis cet automne 1925, Jane sortait peu de sa propriété. Elle descendait seulement acheter des livres à la librairie Kündig, rue de Rhône, où l'attendait toujours William Kündig, l'ami encore amoureux d'elle d'un amour pourtant sans retour. A ses avances, elle répondait : « Tu sais, Willy, si j'aimais quelqu'un, ce serait toi.

Mais je n'aime personne. C'est comme ça, je ne sais pas pourquoi. » A Genève, il lui restait William, mais aussi les Fleg - autrefois Flegenheimer -, Julien, Margot et Lucien, mais surtout, avant tous, Marcelle Blum. Marcelle Blum, l'étudiante aux Beaux-Arts qui partageait l'atelier du sculpteur Max Weber, et qui aimait Jane, et que Jane, quoi qu'elle en dise à William, aimait.

En ce début d'avril 1927, Jane descendit en courant les marches de l'Institut universitaire pour aller embrasser Marcelle dans l'atelier de la rue du Cloître, le long de la cathédrale. En montant de la place Bourg-de-Four vers la cour Saint-Pierre par les Degrés-de-Poule, cet escalier raide qui, comme l'échelle montant vers le ciel, la menait à sa tendre amie, il lui semblait que cette tendresse, sa douceur et son assurance la protégeraient toujours de tout. C'était dans ses bras qu'en sortant du bureau de Salis et pour la dernière fois du B.I.T. elle avait fondu en larmes. Depuis le jour où Jane l'avait rencontrée chez Margot Fleg, qui aussitôt les avait senties s'échapper ensemble, et les accusa l'une et l'autre de vol d'amitié, elles allaient devenir – presque – inséparables. Amour passion ou amitié amoureuse? Ces amours féminines, relation toute de confiance, de tendresse et de sensualité, étaient sans doute bien plus subtiles. Délicatesse de l'une entourant l'autre et ses tourments d'un amour réconfort et tendresse infinie, d'un amour absolu et désintéressé. Les révoltes de Jane avaient besoin de l'équilibre et du rayonnant bien-être de son amie, pour se réconcilier avec elle-même. Libre, Jane croyait n'aspirer qu'à la paix et à la sécurité, et, profondément, aimait Marcelle, son beau et serein visage, ses qualités de cœur qui semblaient tant manquer alentour. Une vie ne suffirait pas à l'en lasser.

Mais la vie en avait décidé autrement car Albert Cohen, rentrant chez lui par la promenade du Pin, aperçut Jane: *Ô son attrait mortel lorsque pour la première fois, un soir, je la vis descendre les marches de l'Université, déesse et promise, déesse et suivie dans la nuit...*

Rentré à Genève quelques mois auparavant, après avoir créé *La Revue juive* au sein de la NRF, dont seuls cinq numéros avaient pu voir le jour mais à laquelle avaient participé Albert Einstein, Sigmund Freud, Max Jacob et Léon Blum. Albert Cohen, jeune avocat âgé de trente et un ans et recommandé par Jacques Rivière à Albert Thomas, était entré en fonction le 1er octobre 1926 à la division diplomatique du B.I.T. Ce même jour, il s'était installé au 4, chemin Peschier. Lorsqu'il croisa Jane, il ne pouvait pas deviner qu'avant lui, la jeune femme avait travaillé pour le B.I.T. Mais le lendemain, Jean Goudal, lui aussi écrivain et fonctionnaire de l'Institution, à la description que lui en fit Cohen, reconnut Jane dont il était resté l'ami et qu'il savait avoir été engagée par Paul Mantoux. Et il lui parla d'elle, répondant à ses questions pressantes, l'avertissant de l'échec vers lequel il courrait inévitablement en tentant de la séduire. D'autres, qui l'avaient convoitée, s'y étaient déjà heurtés. Sans succès. Jane était peut-être la plus libre, mais sa liberté, elle l'employait à sa seule guise. Elle avait suffisamment dit qu'elle ne se marierait jamais, s'y employait à merveille et il semblait bien, après toutes ces années, que rien ni personne ne la ferait fléchir, ou succomber. Il n'avait pas une chance.

Peu lui importe, il veut en savoir plus. Et dans tout ce que Jean Goudal lui rapporte, rien n'atténue l'apparition. Il fera dire dans le livre au vieil oncle Saltiel : *Qui pouvait lutter contre la plus belle des chrétiennes, une vierge qui était comme la pleine lune sur la mer calme par une nuit d'été et qui de plus devait savoir par cœur un grand nombre de poésies?* Oui, elle aimait la poésie et la littérature et ne jurait que par ses livres, ses amis. Peut-être l'avaient-ils amenée à ne mettre sa passion et son romanesque que hors du mariage... N'étaient-ils pas les seuls à profondément répondre à son attente, son exigence ?

Qui donc était-elle? Comment et pourquoi, si différente de toutes les autres croisées jusqu'à présent? Pourquoi, Jean Goudal ne le savait pas. Il pouvait seulement parler d'une manière bienveillante de ce que tout le monde écorchait ou envenimait. De son goût immodéré pour les livres et de sa liberté, de l'usage qu'elle en faisait, à la condamnation générale. Mais cette réprobation pesait sur elle bien avant ses choix sentimentaux. Elle était la fille d'une divorcée, elle était la fille de la réprouvée.

Il faut s'imaginer ce que représentait un divorce en 1905 dans la grande bourgeoisie calviniste. Elle avait grandi sans mère, auprès d'un père âgé qui avait décidé de ne plus sortir. Au divorce s'étaient ajoutés tant de soucis qu'il avait eu une attaque et désormais Jane s'occupait de lui comme d'un enfant, mais dans Genève, cela n'aurait attendri personne. Fille de réprouvée, donc indésirable dans son milieu.

Elle avait ainsi grandi en toute liberté, protégée par les murs de la vaste propriété. Petit canari, chat écorché, enfant sauvage, adolescente rebelle, jeune fille ou jeune femme, comme l'on préférera, révoltée. On parlait d'une amie russe qui aurait vécu chez elle, on parlait de Marcelle Blum, du scandale de son apparente insouciance à l'égard des rumeurs, et des milieux qui l'avaient accueillie ou qu'elle avait délibérément choisis. La communauté d'émigrés russes, si nombreux après 1917, et le milieu juif maintenant, cette grande bourgeoisie juive au sein de laquelle elle se sentirait toujours chez elle.

La connaissance profonde de Jane importait en fait assez peu à Cohen. Seul était conséquent qu'elle féconde ses pensées. Il la voyait telle qu'il avait besoin d'elle. Pour l'heure, il saisissait ce qu'il y avait de similaire entre eux. Comme lui, elle était coupée de son milieu d'origine, comme lui et à l'inverse, assimilée par un autre. Comme lui, elle vivait cette double solitude. Elle était la fille de la réprouvée, et lui était réprouvé parce que juif. Là, serait la faille, il fallait la revoir. La revoir vite!

Jean Goudal n'y vit pas d'inconvénients, bien persuadé que ce serait en pure perte. Il convia donc Cohen, le futur Solal, à une soirée entre amis, donnée par Max Weber, dans son atelier. Atelier que partageait Marcelle Blum, inséparable de Jane. Elle ne pouvait pas n'être pas présente ce soir-là.

Jane se souvient mal de cette soirée, une soirée comme tant d'autres... Par contre, lui ne l'oublia pas. Il ne cesserait de l'évoquer à ceux qui inlassablement l'interrogèrent sur l'origine de l'amour de Solal pour Ariane, d'Albert Cohen pour Diane. A Catherine Chaine, journaliste du *Nouvel Observateur*, il répondait : « Elle s'appelait Diane. Très belle, fantasque, rêveuse, elle se racontait des histoires dans son bain. Je l'ai connue à Genève à vingt-trois ou vingt-quatre ans (ce qui était faux, car il en avait trente et un), et les deux premières rencontres ont été extraordinaires. Un jour, je suis allé avec des amis chez un sculpteur. Je ne me souviens que de son prénom, Max. Là, il y avait Diane et son amie très chère. Diane a témoigné un désintérêt total pour moi, presque de l'antipathie. »

Si lui sait déjà beaucoup d'elle, elle ne sait encore rien de lui. Rien de *La Revue juive*, rien de ses quelques textes publiés dans la *Nouvelle Revue française* : « *Projections ou Après-minuit à Genève* » ou de son recueil de poèmes *Paroles juives*, rien de ses origines, son enfance à Corfou, son adolescence à Marseille, ses licences en droit et en lettres à Genève, rien de sa vie en Égypte, rien de ses conférences sur Marcel Proust en 1923. Elle ne sait pas qu'Élisabeth, sa jeune femme genevoise et protestante, est morte d'un cancer trois ans auparavant, le laissant seul avec une enfant d'à peine trois ans. Elle ne sait pas qu'il est l'amant depuis dix ans d'une comtesse hongroise, sa « mère occidentale ». Quand bien même l'aurait-elle su ce soir-là, elle ne l'aurait sans doute pas regardé différemment. Ce premier soir, de leur entrevue ne naquit que sa détermination, un défi lancé à lui-même bien plus que de l'amour. Dans *Solal*, le héros s'exclame seul : *Tant mieux. Plus difficile le jeu, plus délicieuse la réussite.* Le défi est un jeu et Cohen a le génie du jeu, de ses joutes et ses exploits. Rusé, il aime l'audace et les coups de force, le jeu plus que les succès. Dans *Solal* encore, il dira à Adrienne : *Je vais te montrer comment on séduit une femme. Prestidigitation. Rien dans les mains, rien dans les poches. Rien dans les poches surtout. Je commence.* Dans *Belle du Seigneur*, Solal annoncera à Ariane qu'il va la séduire, et dans ce roman de l'antipassion il tend aussi le piège au lecteur. Dans la réalité, il a agi avec autant d'audace, mais moins de cynisme. C'est qu'il ne connaissait pas encore la chute.

Dans le roman, il situe la première rencontre avec Ariane : *Au Ritz, un soir de destin, à la réception brésilienne, pour la première fois vue et aussitôt aimée.* Jane se souvient de ce mois des conférences internationales annuelles, où, prêtée par le B.I.T. à la S.D.N., réceptions et bals s'enchaînaient. Mais jamais ils ne s'y croisèrent, car elle n'y travaillait plus lorsque, à son tour, il dut s'y rendre. C'est bien lorsqu'elle descendit les marches de l'Institut universitaire qu'il la vit pour la première fois. Quant au Ritz, il n'y en eut jamais un à Genève.

Mais dans ce lieu symbole, seule la rencontre est importante : *En ce soir du Ritz, soir de destin, elle m'est apparue, noble parmi les ignobles apparues, redoutable de beauté, elle et moi et nul autre en la cohue..., nous deux seuls exilés, elle seule comme moi, et comme moi triste et méprisante et ne parlant à personne, seule amie d'elle-même, et au premier battement de ses paupières je l'ai connue. C'était elle, l'inattendue et l'attendue... Elle, Boukhara divine, heureuse Samarcande, broderie aux dessins délicats. Elle, c'est vous.*

Lorsque Albert Cohen confie : *Les autres mettent des semaines et des mois pour arriver à aimer, et à aimer un peu, et il leur faut des entretiens et des goûts communs et des cristallisations. Moi, ce fut le temps d'un battement de paupières. Dites-moi fou, mais croyez-moi.* Il faut le prendre au pied de la lettre, car c'est ainsi qu'il aima Jane, et que, dans une très réelle soirée d'avril 1927, il se lança le défi d'en être aimé. Oui, celle qui n'en avait jamais aimé un autre l'aimerait. Elle l'aimerait car elle était sa sœur et le reconnaîtrait. Il fallait la revoir, dans quelques jours. Oui, dans quelques jours, mais seule. Elle et lui, seuls, et elle, sa sœur, reconnaîtrait son frère, et elle serait à lui. Lui et elle, seuls, demain. Oui, demain.

Il dut patienter quelques jours avant de pouvoir réaliser son plan. Si elle se méfiait, les chances seraient de beaucoup réduites... En fait, plus les heures passaient, et plus il se rendait compte de sa présomption et de la fatuité d'une pareille aventure. Si encore elle en avait déjà aimé un autre, alors peut-être... mais alors elle eût été une autre et il ne l'aurait pas aimée. Oui, il l'aimait et allait vers une défaite. Quelle autre issue à un pareil défi ?

L'eût-il aimée si cet amour ne semblait pas impossible ? Il savait bien qu'à l'amour, les obstacles étaient une nécessité et qu'il n'en existait pas qui ne transgresse un interdit; comme s'il n'agissait jamais qu'en séparant ce qui est uni ou en unissant ce qui est séparé... Il les connaissait bien les Dante et Pétrarque, les Shakespeare, Goethe et Tolstoï, avec leurs amours entravés et irréalisables, et leurs héros rompant avec famille, milieu, église, conjoints. Il savait bien que pour qu'un amour naisse et vive, il faut qu'il soit retenu et contré par toutes sortes de traditions ou préjugés. Il ne l'apprenait pas, sa femme Élisabeth n'était-elle pas déjà protestante ? mais là, la barre lui semblait vraiment un peu haute. La nuit de l'enlèvement d'Ariane, Salomon exprimera l'incompréhension des siens : *Pourquoi le Seigneur Solal n'aime-t-il pas les filles de notre peuple ?... Qu'ont-elles donc de plus, les filles des gentils ?... Elles lui disent des poésies,* constate Mangeclous. Et, plus tard, Solal le confirmera : *Bref, poétesse et pas du tout juive.* Exotisme. Exotisme inhérent à l'amour, et cause de tant de disparates unions. Ô combien sera toujours séduisant l'étranger à l'opposé de notre tempérament et de nos habitudes, et combien il sera plus aisé d'aimer son contraire, avec les défauts et les qualités qui nous manquent... Jane, sa pareille, est aussi, et surtout, son contraire et son opposée. Ils s'aimeront en ennemis.

Peut-être leur concordance naquit-elle de leur radicalisme absolu. Elle et lui révoltés, et l'un et l'autre issus de religions toutes deux dans l'opposition. Le calvinisme, comme un mouvement révolutionnaire, le judaïsme, comme une minorité opprimée. Pour Jane, côtoyer les Juifs ou les Slaves faisait naître en elle l'émotion des voyages qu'elle ne faisait pas. Elle voyageait dans le temps et les races, non satisfaite d'elle-même et de ceux qu'elle côtoyait.

Peut-on tomber en amoureuse passion si l'on est heureux de ce que l'on a et de ce que l'on est ? Il semble que non. Le profond sentiment de ne pas exister ne prévaut-il pas à l'amour ? Oui, sans doute. S'il semble alors possible que Jane aime, qu'elle l'aime lui, elle, la riche *orpheline*, la fière et noble *issue des possesseurs de terre*, semble peu probable. A Aude, comme plus tard à Ariane, l'une et l'autre, Diane et Jane, Solal citera Pascal : *La noblesse est un grand avantage, qui dès dix-huit ans met un homme en passe d'être connu et respecté, comme un autre pourrait avoir mérité à cinquante ans. C'est trente ans gagnés sans peine.* Seulement Jane, *l'issue des possesseurs de terre*, est déclassée. Le charme n'agira que sur lui, *le dépourvu.* Il la mettra en passe d'être follement aimée par lui. Point d'être respectée d'office.

Pour comprendre ce qui se déroula au lendemain de cette première rencontre, il faut écouter Albert Cohen se confier à Catherine Chaine : « Je suis retourné quelques jours plus tard chez ce sculpteur et la dizaine d'amis ont décidé d'aller faire un dîner improvisé chez Diane, qui avait une très belle maison aux environs de Genève. Chacun devait apporter sa part de provisions. Moi je m'étais chargé du champagne. Lorsque nous fûmes arrivés chez elle, Diane continua à me témoigner de l'antipathie, ne m'adressa pas une seule fois la parole... »

Dans *Mangeclous*, dix ans après *Solal* et trente ans avant *Belle du Seigneur*, Salomon et Mangeclous parlent de Solal :

« *Expliquez le roman, oncle, dit Salomon.*

– Il m'a demandé mon avis. Voici. Un homme, jeune, je suppose, entre dans la chambre d'une jeune femme qu'il a remarquée quelques jours auparavant au cours d'une brillante soirée. Il ne lui a pas parlé. Mais elle lui a terriblement plu.

– Certes, dit Salomon. Étant belle.

– Anglaise probablement, dit Mangeclous.

... Il n'a pas voulu m'expliquer pourquoi son personnage ne parle pas à la jeune dame qu'il aime.

– Jeune fille, rectifia Salomon... Et alors, comment finit le roman ?

– Il ne le sait pas lui-même et cela le tourmente... Il m'a posé cette question : « Oncle, répondez oui ou non, sans réfléchir. Le personnage doit-il retourner chez elle et la séduire rapidement, ce qui est hélas facile. Ou bien doit-il faire comme la plupart, c'est-à-dire tâcher de la revoir dans quelque bal mondain, enfin il n'a pas dit ces mots mais c'était le sens, et de la séduire lentement, ce qui est misérable. Bref lui plaire en lui jouant le jeu habituel... » Albert Cohen hésita-t-il ainsi entre la première rencontre, et cette soirée du 1er mai ? Nul ne le saura sans doute jamais et seul ce qui se déroula cette nuit de printemps peut être pris comme la réponse à un choix qu'il peut aussi ne s'être posé que bien plus tard.

Ce soir du 1er mai, Jane ne savait pas que Max Weber et Jean Goudal allaient arriver sans Marcelle, retenue par ses parents, et qu'à sa place, il y aurait ce Cohen qui n'avait pas l'approbation de tous. Elle l'accueillera d'autant plus froidement qu'elle espérait son amie. Elle est assise sur le tapis aux éléphants bleus et attise le feu de la cheminée de ce petit salon qui est, dans la vieille maison, sa pièce d'élection. Là, ses livres, là, la table-lyre sur laquelle elle travaille, là, le piano, là, le divan de soie fanée près de l'âtre, là, les souvenirs de l'amour pour Arphénia. Morte, la jeune femme russe aimée plus que tout. Perdu pour toujours, son regard de velours noir, enterrée au pied de la propriété, dans la tombe familiale du cimetière de Carouge, à l'entrée de la moraine. La moraine, ce long chemin sinueux qui descend vers la ville et a donné son nom à la propriété, ce chemin qu'enfant elle dévalait, et qu'elle ne prend plus guère depuis que William, par amour, tous les matins vient la chercher en automobile...

Son père est encore à Nice et les domestiques déjà couchés. Quand Max a appelé, elle lui a dit de prendre le chemin Fillion et d'amener les voitures jusqu'à la cour, entre la Maison-Neuve et la Vieille-Maison, et qu'elle les attendrait, peu importe l'heure. En attendant, sur le divan, elle songe à l'absence de la Russe aimée, à l'enfant qu'est devenu son père, à Marcelle, son « Celou », ses aimés plus que tout.

Jane se sent belle dans cette robe roumaine qu'elle a trouvée en fouillant là-haut, dans la chambre des malles. Elle ne la porte jamais qu'ici et aime se savoir nue sous la fine toile blanche rehaussée de broderies rouges et noires au point de croix. Pas de bas, rien, juste des sandales blanches. Il fait si doux ce soir, en ce premier jour de mai. Ses cheveux, qu'elle aime libres, sont seulement retenus en un lâche catogan, et elle regarde son image dans le miroir au-dessus du feu. *Alors, écoutez, elle s'est approchée de la glace du petit salon, car elle a la manie des glaces comme moi, manie des tristes et des solitaires, et alors, seule et ne se sachant pas vue, elle s'est approchée de la glace et elle a baisé ses lèvres sur la glace. Notre premier baiser, mon amour. Ô ma sœur folle, aussitôt aimée, aussitôt mon aimée par ce baiser à elle-même donné.*

Cohen, descendu le premier d'un taxi, fut rejoint par les autres. Il pénétra pour la première fois dans cette pièce réchauffée par les flammes où Jane l'accueillit froidement.

Alors qu'ils se restauraient de ce que chacun avait apporté et des fruits qu'elle avait cueillis, ces fruits et fleurs que toujours elle cueillait avant que n'arrivent celle ou ceux qu'elle attendait, ces fruits et fleurs que, fille de la seule nature, elle aimait tant cueillir : alors qu'ils se nourrissaient donc et sablaient le champagne, Jane parlait à chacun. A chacun, sauf à lui, qui ne cessait de la regarder rire et sourire. Elle sentait ce regard. Lorsqu'elle le croisait, le doux et profond et sombre regard d'Arphénia revivait un instant. Pourquoi la regardait-il ainsi? Pourquoi ses yeux ne la quittaient-ils pas? Qui était-il? Qui était-il pour que de ce seul regard, son cœur se serre, une vive émotion la confonde, un sentiment de trouble l'envahisse... Qui était-il pour qu'elle ait peur qu'il ne parte déjà? Peu importait en fait qui il fût. Jane l'aimait déjà, et il ne le savait pas. Il ne savait pas que quel fût son plan, pour plus tard ou pour ce soir, il avait gagné.

Il écrira : *Ils étaient fiancés et elle ne le savait pas... cette femme était l'unique de sa vie. Il l'avait su immédiatement.* Mais elle savait déjà qu'elle ne lui résisterait pas. Il y avait en Albert Cohen un extraordinaire pouvoir de séduction qu'il conserva jusqu'à la fin. Charme du regard profond et pénétrant qu'il porte sur ce qui l'entoure; charme de ses sourires qui effacent et rassurent; charme de son extrême élégance, de sa souple chevelure noire et de sa peau si blanche, de ses silences et ses paroles, gestes des mains, savant mélange d'assurance et de susceptibilité; charme du regard d'un velours d'orient, encore et toujours, irrésistible... Jane avait le sentiment qu'il absorbait tout son être, tout son cœur, tout son esprit, toute son âme. Elle, qui avait décidé de gouverner sa vie, s'abandonnait au destin. Diane la chasseresse était chassée. Elle savait à son regard qu'il la désirait, et la logique du désir était aussi celle de la chasse. Celle qu'il aimait parce que différente de ses semblables, était amoureuse, comme toutes les autres. Elle était menée par son désir, mais l'éducation la retenait. Lui, elle ne le retiendrait pas.

Il savait que bientôt, par ce qu'il allait entreprendre, il serait soit giflé, soit récompensé. Bientôt. Dès que seul à seul. Cohen avait opté pour *la séduction rapide qui n'est utilisée que dans les cas de grande urgence*, comme Mangeclous l'a expliqué dans son exposé sur la séduction et le démantèlement des pauvres et piteuses amours à l'Anna Karénine et Wronsky.

Il dira qu'il était minuit, elle qu'il était bien plus tard. Les restes du dîner sont abandonnés dans la salle à manger, et dans le petit salon, Jane est maintenant seule face à Jean Goudal et Albert Cohen. A Catherine Chaine il confiera : « A minuit, presque tous étaient partis sauf moi et un certain Klaus à qui je dis : " Partons, il est tard. " Il se leva, moi aussi. Quand il eut ouvert la porte pour sortir, je le poussai dehors et je fermai la porte à clef. »

Folie ou parfaite maîtrise de la situation, Jane confirme en souriant l'invraisemblable audace de cette avance : « Il a dit " je m'en vais " en entraînant Jean vers la porte. Ils m'ont remerciée et souhaité de bien dormir... Il a laissé Jean sortir le premier d'un geste poli et a refermé la porte, m'enfermant avec lui ! Comme je n'ai rien dit, Jean s'en est allé. » Jane s'est tue parce qu'elle était séduite. Jane le trouvait « attirant », « intelligent », elle avait le désir d'une révolution, elle avait envie d'éprouver sa force sur lui. Jane l'aimait comme jamais auparavant, et comme jamais plus elle n'aimerait.

Lui dira : « Et voilà je suis seul avec celle qui ne m'a témoigné que de l'antipathie, qui ne m'a jamais adressé la parole. Muets, nous sommes l'un devant l'autre et nous nous regardons. Soudain, elle s'incline profondément, à la russe, prend ma main et baise ma main, puis la reprend et la garde dans sa main, me conduit devant la fenêtre ouverte sur le jardin. Nous respirons la nuit diamantée d'étoiles, la main dans la main, nous écoutons les remuements ténus des feuilles dans les arbres, murmures de notre amour. Mains jointes et un sang de velours dans nos veines, nous contemplons le ciel sublime et notre amour dans les palpitantes étoiles, bénissantes là-haut. " Toujours ", dit-elle tout bas, intimidée d'être seule avec moi. » Rien qui ne soit exact dans son souvenir de cette première nuit.

Jane, comme Arphénia le lui avait appris, s'inclina très bas à la manière slave. Elle déposa un baiser sur sa main, moins par soumission que pour l'engager à agir. C'était une réponse silencieuse à son geste, car les mots lui semblaient trop dangereux et l'instant trop fragile. Littéraire, elle savait que l'amour suppose un rituel. Elle se souvenait que, dans l'amour courtois, l'amant jurait à genoux à celle qu'il aimait une éternelle fidélité, que la belle, en gage d'amour lui donnait un anneau d'or, le faisait se relever et lui déposait un baiser sur le front. Désormais, ils étaient liés et l'homme serait le servant de la femme. Mais trop compliqué tout ça. Pas le temps d'expliquer. C'était à elle de prendre les devants. Elle inversa les rôles. Elle serait sa servante. Par ce geste, elle allait le surprendre, elle serait différente de la commune humanité. Il avait dû s'attendre à de la résistance, à une au moins apparente opposition, à un combat. En cette heure, et l'on ne vit une heure pareille qu'une fois dans une vie, il n'aurait pas de bataille à livrer, il n'aurait pas à vaincre de fausses pudeurs. Une jeune femme en blanc, un homme en noir, et l'harmonie entre eux.

Dans *Solal*, Jane est Aude : *Les yeux baissés, elle prit la main de Solal. Noble chaleur. Quel velours dans le sang. Marche silencieuse. Ô la complicité des débuts. Ô douceur de l'amour. Ô blanches baies de soie dans tous les buissons. Ô toi que j'aime. Ô toi la première et dernière. Ô miraculeusement surgie. Sur le fond sombre du ciel, des dieux d'artifice poursuivaient de lumineuses déesses... Elle le regarda avec une gravité de jeune fille et s'inclina soudain à la russe, porta à ses lèvres la main de son très cher Seigneur et disparut.* Quarante ans plus tard, il reprendra la scène dans *Belle du Seigneur*, afin que « cette heure, une des plus belles de ma vie, demeure à jamais ». C'est le souvenir de Diane raconté à Catherine Chaine presque mot à mot : *...Mains jointes et un sang de velours dans leurs veines, ils contemplaient le ciel sublime et leur amour dans les palpitantes étoiles, bénissantes là-haut. « Toujours », dit-elle tout bas, intimidée d'être chez elle avec lui...* Jane murmura « toujours » en pensant aimez-moi encore demain. C'était une prière autant qu'un aveu. Bien plus tard, lorsque tout serait fini et qu'il ne la reverrait plus, il lui enverrait, comme un reproche à la promesse trahie par elle, un message sur une feuille à l'entête de la NRF, sur laquelle seul était écrit : « Toujours »!

Dans ces premiers instants, moments merveilleux de rencontre, temps d'incertitude et du sang, qui soudainement s'épaissit dans les veines, pendant ces minutes où tout est possible mais rien n'est encore sûr, Jane se sentait prête à tout. Prête aux conséquences de cet amour. Qu'il soit un échec ou bien que ce soit pour la vie. Candide et digne de respect, elle n'était pas de celles qui se donnent pour la première fois par rendez-vous, cette première nuit ne pouvait être qu'imprévue.

Il avait voulu contraindre cette femme à le reconnaître, il avait opté pour elle, se croyant à mille lieues d'atteindre l'absolu, et soudain il n'y avait plus de distances, plus de calcul, plus de stratégie. Ils se perdaient l'un dans l'autre... On lui a dit : « Les fleurs et les fruits sont mûrs lorsqu'ils tombent », mais que lui importaient les raisons, le mobile, le pourquoi d'un pareil revirement! Elle refusait d'interroger l'aventure. Elle voulait la vivre. Immédiatement.

Sa main dans la sienne, elle vient de prononcer le mot définitif : « Toujours ». Ils sont à la fenêtre et leurs regards plongent dans l'obscurité. Ils s'habituent à elle, comme eux-mêmes à la présence et au contact de l'autre. Albert Cohen dira : « Alors, de notre bonheur complice, invisible dans son arbre, un rossignol entonna sa supplique éperdue, et elle serra ma main pour partager le petit anonyme qui s'évertuait, s'exténuait à clamer notre amour. Soudain, il se tut, et ce fut le silence nombreux de la nuit et de notre amour. Alors Diane se détacha doucement, alla vers le piano, noble vestale car elle venait de sentir qu'elle devait jouer pour moi, sanctifier notre première heure par un choral de Bach. Assise devant les touches blanches et noires, elle attendit un instant, la tête baissée, respectueuse des sons qui allaient sortir. Comme elle avait le dos tourné, je saisis un miroir à manche d'argent posé sur le guéridon et je considérai le visage de l'homme aimé et je lui souris. Ô dents parfaites de jeunesse! Oui, tout cela, je l'ai écrit dans *Belle du Seigneur* pour que cette heure, une des plus belles heures de ma vie, demeure à jamais. » Dans *Solal* déjà *ce rossignol leur disait un sonnet de joie. Et après tout les malheureux n'avaient qu'à ne pas être malheureux.* Il confiera également : « Elle était noble, ma bien-aimée. Quand je parle de Diane, je l'aime encore. J'ai sa photographie dans ma chambre et je la regarde tous les jours. C'est mon Ariane, celle que j'ai le plus aimée. »

Jane, elle, n'a gardé aucune image d'Albert Cohen. L'une d'elles, jointe à une lettre envoyée de Londres, a été déchirée comme les autres. Seule une phrase dans la lettre atteste de sa présence dans l'enveloppe. Non, elle n'en a conservé aucune, et comment eût-elle pu deviner qu'un jour elle verrait réapparaître ce visage en effeuillant les pages de tant de magazines ? Comment eût-elle pu le prévoir, cette nuit-là, en écoutant le chant d'un rossignol bientôt immortalisé...

En entendant le rossignol chanter, Jane avait le sentiment que la nature, la nature qui l'entourait et à laquelle elle avait toujours cru appartenir, confirmait son amour, et qu'elle voulait le lui faire savoir. Elle l'approuvait, et le rossignol était son porte-parole. Elle ne se leva pas *noble et ridicule vestale* pour jouer un choral de Bach, mais *l'Aveu* de Schumann, clin d'œil qu'il se révéla incapable de saisir. Arphénia aurait immédiatement saisi, elle. Tant pis. Inculte, pensa-t-elle, alors que lui songeait, l'air captivé, à *l'écoute respectueuse du rossignol, insupportable cliché et chanteur surfait. Rachat, le choral, pour purifier cet amour surgi, y mettre de l'âme, se prouver qu'elle était pleine d'âme afin de pouvoir goûter sans remords aux joies du corps.* Elle se leva et il oublia. Elle était belle et il la désirait. Il ne savait pas encore que sous la fine toile blanche elle était nue, et que cette nudité, elle allait la lui offrir. Orgueilleuse, mais séduite par son désir d'elle, non seulement elle ne lui opposerait aucune résistance, mais elle irait au-devant de lui. Consciente du don à l'élu, elle, vierge en sa trentième année, elle s'offrait à son envie. A leur envie d'eux-mêmes partagée. Pensa-t-il sur l'instant ou seulement plus tard, que dès lors qu'une femme est embrassée, tout le reste suit dans un enchaînement invariable ? Et que cet enchaînement on peut le ralentir ou l'accélérer, mais que l'on ne peut plus rien contre les lois de la nature ? Nul ne saura. Mais pour l'heure, Jane s'aimait à travers le miroir de la redoutable séduction de Cohen, qui reflétait le désir, et lui s'aimait d'avoir su séduire la plus belle des chrétiennes, la plus irréductible. Devant la cheminée, allongé auprès d'elle, dénudée sur le tapis d'Orient aux éléphants bleus, complices à qui depuis l'adolescence elle demandait : « Petits éléphants bleus, il faut me porter chance, petits éléphants bleus, il faut me rendre heureuse », il apprenait à l'aimer. *Elle t'est due, noble et de jeunesse ensoleillée, ô son ventre plat et même délicieusement creusé au-dessus du nombril, j'en fais serment ! Ô belle et femme, Ô jeune et concave en son ventre, Ô délicieuses jambes, longues et suaves, Ô puissance féminine...*

De cette première nuit d'amour dont il ferait des pages de si belle littérature, Jane se souvint elle aussi. Et malgré tout ce qui s'ensuivit, jamais, non, jamais elle ne regretta. Elle sait bien que si c'était à refaire, même en en connaissant la chute, elle n'agirait pas différemment. « Je l'ai aimé, et cela seul compte. On ne fait pas l'amour sans amour. On ne donne pas son corps sans son esprit. Je l'ai aimé de toute mon âme. Il en reste toujours quelque chose. » Oui, Jane. Et plus encore dans votre cas que dans celui de la commune humanité. Car ce furent plus d'un million de lecteurs qui vous imaginèrent dans le petit salon de Pinchat, sur le sofa de soie fanée...

En cette nuit du 1er mai, Jane entra dans l'amour comme on entre en religion. Elle devint *la religieuse d'Amour... Ô les yeux d'Ariane, ses yeux levés de sainte, ses yeux clos de croyante, sa langue ignorante soudain habile...*, comme autrefois Aude et *ces yeux de sainte et les lèvres humides de suc amoureux. Joie. Lèvres et langues unies. Ô langage de jeunesse..., « Ta femme, je suis ta femme, tvaïa gêna », balbutiait-elle,* se souvenant des leçons d'Arphénia. Mais c'était lui qu'elle aimait et non plus le souvenir de l'amie russe disparue. Elle l'aimait soudainement sans l'avoir jamais espéré ni attendu, elle l'aimait violemment, sans gêne, irrémédiablement, et le lui disait : « Oui, aimé, je t'aime autrefois, maintenant et toujours, et toujours ce sera maintenant. » Elle le lui disait *rauque, insensée, dangereuse d'amour,* sans comprendre comment une pareille révolution avait été possible au sein d'elle-même, elle se le demandait avec les mots qui seraient ceux d'Aude : *Je suis ta femme autrefois et toujours,* puis ceux d'Ariane : *Ô mon amour, serre-moi fort, je suis à toi purement toute... Qui es-tu, qu'as-tu fait pour m'avoir prise ainsi, prise d'âme, prise de corps ?... Ô mon amour, personne avant toi, personne après toi.* Solal reprendrait ces mots : *Oui, personne avant elle, personne après elle, je le jure sur la sainte Loi.*

Dans ce qu'il appela les litanies de l'amour, Jane si souvent lui assurait : « Personne avant toi, personne après toi », que bien des années plus tard, il lui rappellerait ces mots qu'alors, si sûre d'elle, tendrement elle lui disait. Un 13 novembre 1935, il les lui posterait de l'hôtel des Bergues. Quand cesserait-il de lui dire et écrire son amour ? Un amour pourtant consommé et anéanti par lui. Quand cesserait-elle d'être l'objet d'un amour litanie ?

Mais, en ce premier jour de mai, Jane ne savait pas ce qui l'attendait. Elle lui donnait son corps avec son âme, toute sa confiance... *Je n'ai que toi au monde, je ne peux plus sans toi.* Elle croyait en lui et en un amour pour toujours. « J'étais candide », dit Jane. Vous l'êtes encore, lui répondrais-je, car quand cessa-t-il de vous aimer ? Quand bien même serait-ce à sa très littéraire manière... Non, Jane, quoi que vous puissiez parfois penser, je suis sûre qu'il vous aima. Ne regrettez rien. Vous avez été pure comme le cristal. N'est-ce pas ainsi que l'on dit ?

La lune veillerait sur sa Diane, sa Diane chasseresse

chassée, lorsque *Lampe soudain éteinte par lui... Seins apparus dans la nuit, douce clarté des seins, main de l'homme sur le sein luisant de lune...*, robe roumaine doucement, amoureusement entrouverte sur la nudité. Et surprise d'une telle absence d'entraves. Surprise et amour de lui, né sous le signe du Soleil, lui, maintenant si proche de *son pâle visage par la lune éclairé, vivante morte éblouie, à elle-même révélée, confuse et béate, ses mains errantes dans les cheveux de l'homme sur son sein penché, mains finement caressantes, mains légères qui remerciaient, chérissaient, voulaient encore. Amour, ton soleil brillait en cette nuit, leur première nuit...*

Sainte stupide litanie, chant merveilleux, joie des pauvres humains promis à la mort, sempiternel duo, immortel duo par la grâce duquel la terre est fécondée. Elle lui disait et redisait qu'elle l'aimait, et lui demandait, connaissant la miraculeuse réponse, lui demandait s'il l'aimait. Il lui disait et redisait qu'il l'aimait, et il lui demandait, connaissant la miraculeuse réponse, lui demandait si elle l'aimait. Ainsi l'amour en ses débuts. Monotone pour les autres, pour eux si intéressant.

QUATRIÈME PARTIE

LES ANNÉES DE LIAISON

« Jugement
de la comtesse de Champagne :

Nous disons et assurons, par la teneur des présentes, que l'amour ne peut étendre ses droits sur deux personnes mariées. En effet, les amants s'accordent tout, mutuellement et gratuitement sans être contraints par aucun motif de nécessité, tandis que les époux sont tenus, par devoir, de subir réciproquement leurs volontés, et de ne se refuser rien les uns aux autres... Que ce jugement, que nous avons rendu avec une extrême prudence, et d'après l'avis d'un grand nombre d'autres dames, soit pour vous d'une vérité constante et irréfragable. Ainsi jugé, l'an 1174, le 3ᵉ jour des calendes de mai, indiction VII. »

1.

Qui êtes-vous ? D'où viens-tu ?

Des origines aux amours ennemies

Des origines...

Pas question de démystifier leur passion amoureuse, Albert Cohen s'y est admirablement employé tout au long de ses livres, tout au long de sa vie : de la stratégie de la conquête à l'inévitable destruction de l'amour. Ce livre veut seulement dévoiler la face cachée d'un amour monument littéraire, parce qu'elle le mérite. Il sera l'évocation de la liaison, telle que Jane l'a vécue, sa version à elle de leur aventure à deux. Elle est la seule à pouvoir confirmer ou nier, parfois avec violence, ce qui n'appartient qu'à lui, sa vision, ses illusions, ses obsessions, son génie.

Au lendemain de cette première nuit de mai, Jane songeait à l'homme qu'elle aimait et ne connaissait pas. Entre eux, il n'y avait plus de distance et tout en elle l'appelait et criait son sentiment. Si elle le devinait mériter cet amour, elle ne s'en expliquait pas les raisons. Il n'y avait de justifiable que son regard et ce sentiment d'anxiété que reflétait son visage et qui réduisait à néant la fermeté avec laquelle il avait agi, ce sang-froid qu'elle aurait dû condamner. Au lieu d'être de glace, elle sentait naître en elle l'envie, de plus en plus exclusive, de le rassurer, de le protéger, d'en être aimée...

Noyée dans ses draps et le visage dans les plumes de l'oreiller, elle n'entendait pas le téléphone sonner au bas de l'escalier. Chavirée, elle ne pensait qu'à la nuit et qu'à lui. Elle ne se souvenait plus de quoi aujourd'hui devait être fait. A peine éveillée, elle commençait seulement à ressentir l'appel du dehors, bien moins fort qu'à l'habitude. Marcher... Oui, marcher. Aller dire à tous les arbres des forêts son merveilleux amour. Se relevant vivement, elle entendit la sonnerie. Lui! c'était lui! Elle dévala l'escalier. Elle se jeta sur le téléphone comme elle se serait à cette heure jetée dans ses bras. Mais c'était Jean. Il appelait parce qu'hier soir, il l'avait laissée, et que depuis, tenaillé de remords. Pardon, mais que faire? Si elle n'était pas restée silencieuse, bien sûr. Il avait failli revenir. Puis n'avait pas osé. Téléphoner? Pas osé non plus. Pardon, pardon. Il avait attendu que le jour soit levé pour le lui dire. Oui, lui dire de ne pas s'attacher à ce fou de Cohen. Qu'il n'était pas fait pour elle. Qu'elle reste sur ses gardes, ne lui fasse pas confiance. Oui, surtout qu'elle ne s'attache pas à lui... Jane, d'une voix claire et légère, lui dit de ne pas s'inquiéter, n'osant pas lui avouer qu'il était trop tard. Que c'était déjà fait.

Déjà faite, la promesse de se revoir chaque soir, à la nuit tombée, déjà prononcés, les vœux d'un amour éternel. Déjà donnée, sa parole de pécheresse et déjà dit « Toujours », déjà accompli, l'invraisemblable venant d'elle... Ni les opinions qu'elle s'était inventées, adolescente rebelle, ni ce à quoi elle avait réfléchi plus tard avec tant de sérieux, tout ce qui faisait qu'elle était « Elle », n'avaient été décisifs la veille, et n'avaient influé sur sa conduite. C'était à n'y rien comprendre, mais seul comptait désormais le rendez-vous du soir. Quelques heures auparavant, *Livrée et dans les bras de miracle tournoyante, elle lui demandait à quelle heure il arriverait, le soir. « A neuf heures », disait-il, penché pour la respirer, et elle approuvait, ne savait pas qu'elle mourrait. Neuf heures, quelle merveille. A neuf heures, il serait là, tous les soirs de leur vie. Donc un long bain à huit heures et puis vite s'habiller. Ô tâche charmante de se faire belle pour lui, élégante pour lui.* Et lui, de son côté, redescendu vers la ville à la naissance du jour, ainsi de Solal, devait penser : *elle m'aimera, m'aimera, m'aimera, la non-pareille m'aimera, et chaque soir j'attendrai tellement l'heure de la revoir et je me ferai beau pour lui plaire, et je me raserai, me raserai de si près pour lui plaire, et je me baignerai, me baignerai longtemps pour que le temps passe plus vite...* Oui, c'en était décidé ainsi. Chaque soir, il viendrait à elle ou elle irait à lui. Chaque soir, ils se perdraient dans les bras l'un de l'autre, ils se prendraient pour aussitôt se déprendre et s'apprendre, savoir tout de l'aimé. La vie leur appartenait et ne serait pas trop longue pour se raconter et n'en finir pas de s'aimer. Du moins le croyaient-ils encore.

Peu importait à Jane ce que serait demain, et lui ne se doutait pas qu'un jour, proche déjà, il se pencherait sur des souvenirs qui deviendraient des obsessions, ainsi de la vision de Jane l'attendant sous l'arche de roses devant la vieille maison, maintes et maintes fois répétées dans ses livres. « Oui, dit-elle, je sortais pour l'attendre, impatiente. Un taxi le laissait au bout du chemin Fillion, sur la route de Pinchat, afin que le bruit n'éveille personne, et il venait à moi dans l'obscurité. Je l'attendais sur le seuil, sous des roses Crimson, et la lumière qui filtrait de la porte entrouverte le conduisait à moi. Souvent il était bien plus tard que les neuf heures promises. » Cette scène le hantera tout au long de sa vie. Jane, sur le seuil, lui ouvrait son univers. *Ô chants dans l'auto qui vers elle me mènera, vers elle qui m'attendra, vers les longs cils étoilés, ô son regard tout à l'heure lorsque j'arriverai, elle sur le seuil m'attendant, élancée et de blanc vêtue..., émouvante sur le seuil et sous les roses, ô tendre nuit...*

Dans *Belle du Seigneur*, Solal lance de l'auto qui le conduit vers Ariane *sa plus belle bague* dans les blés, et son visage reflète une *joie démoniaque.* Albert Cohen a souvent raconté cette anecdote lors d'interviews. Il explique avoir jeté, en allant rejoindre Diane en taxi, son étui à cigarettes en or et argent, comme une offrande aux dieux pour que le bonheur de ces instants s'éternise. Jane se souvient parfaitement de cet étui, car c'est elle qui le lui avait offert et il l'avait perdu en se rendant chez elle! Elle ne lui fit pas d'autres présents, mais ils décidèrent ensemble que l'étui égaré serait une offrande aux dieux pour que dure leur amour, toujours... Puis elle l'entraîna pour qu'il oublie. *La porte refermée, elle tirait les rideaux, et c'était l'allégro du retour au lit, des baisers qui rappliquaient, des vagabondes causeries, des souvenirs d'enfance. On avait tant à se raconter. Ô régal des moments d'amitié sans désir.* Oui, pas trop d'une vie pour tout se dire. Jane ne lui dissimulerait rien. Qu'il sache tout, oui, tout d'elle, tout le plus profond et le plus vrai d'elle-même, sans mentir. La propriété dont il ne resterait bientôt rien, ses parents, leur divorce, son frère, sa sœur, ses tantes, ses rébellions et désespoirs, l'amour d'Arphénia, la tentative de suicide, tout. Il serait son « frère de l'âme », mot d'elle et non de lui. *Ô merveille de le sentir son frère de l'âme qui comprenait tout d'elle, mieux qu'elle-même le comprenait. Oui, merveille d'être aussi frère et sœur, et de rire ensemble,* écrit-il. *« Ta femme tu l'appelleras frère et sœur », dit le Talmud (il s'aperçut qu'il venait d'inventer cette citation)*, fait-il dire à Solal plus loin. Mais Jane serait son frère et non sa sœur et elle lui apprendrait à l'appeler par ce doux nom de « frère ». Arphénia lui avait bien fait sentir cette différence. Elle lui avait appris qu'en russe, un homme qui vous aime emploiera le masculin pour exprimer un sentiment plus fort : ainsi appellera-t-il son amante, mon ami, « moi drug » et non « maïa druzia ». Dans les lettres que Cohen lui écrirait, elle resterait toujours son ami et son frère, le frère de l'âme des années perdues à jamais. Ces longs mois d'autrefois aux *Infinis entretiens, armistices d'amitié qui la rassuraient et lui étaient preuves que leurs liens étaient d'âme et non seulement de corps, délice toujours nouveau de parler d'eux-mêmes, de briller, d'être intelligents et beaux et nobles et parfaits*, ces entretiens qui vivraient à jamais dans le livre.

Ceux qui s'aiment se racontent leur vie à l'infini. Leurs

entretiens hors de l'amour, c'est vouloir tout percevoir de l'autre, pour tout aimer de lui, son enfance, les sentiments qui l'animent même à l'égard d'un père, d'une sœur, même à l'égard d'un animal ou d'un livre. A la fin de *Belle du Seigneur*, dans les tourments d'une passion à l'agonie, apparaissent encore quelques souvenirs d'enfance, puis l'aveu : *Mais de quoi lui parler, de quoi? Ils s'étaient tout dit, ils savaient tout l'un de l'autre. Ô les découvertes des débuts. C'étaient parce qu'ils ne s'aimaient plus, diraient les idiots*, et encore, *Elle, tâchant de fabriquer une conversation intéressante. Alors, évidemment, des souvenirs d'enfance...*

Mais pour l'heure, en ces mois de mai et juin aux nuits de plus en plus courtes, Jane *l'issue des possesseurs de terre*, se promenait avec Cohen à travers la propriété, là où on ne pouvait les voir. Elle lui racontait les arbres et les souvenirs accrochés aux branches. Elle tentait de faire passer en lui, du plus profond d'elle-même, le sentiment de la nature, et ce qui l'attachait à cette propriété, à cette terre. Elle lui disait en riant comment, quand elle était enfant, elle frappait le sol de son talon, furieusement, pensant : « C'est chez moi. Chez moi jusqu'au centre du monde! » Elle aimait tant « Les Moraines », cette vaste propriété de Pinchat, au-dessus de Carouge, rebaptisée Gaikwar par son père, du nom du royaume de Baroda en Inde. Son grand-père avait acheté toute la colline dès que Carouge, village français et catholique, avait été rattaché à Genève, la calviniste. Combien d'hectares alors, elle ne savait pas. Cent? Deux cents? Trois cents? La période faste n'avait guère duré. Très vite la famille avait à peu près tout perdu, sans être réellement responsable de leur ruine. Juste emportée dans une tourmente, la fortune amassée par Jean-Émile Fillion, fabricant de boîtes de montres, la partie bijouterie de l'horlogerie genevoise. « Peclotier », comme on disait en langage populaire. Dès le dernier quart du siècle précédent, ce qu'on nommait La Fabrique commençait à se détériorer. Tout alla encore plus mal après ce qu'on appela « le coup de poing américain ». L'industrie américaine avait inventé des pièces interchangeables, et, après avoir fermé leur marché aux produits suisses, avait inondé la planète de montres à bon marché. Pour survivre, l'industrie genevoise allait se mécaniser, mais en attendant, ça avait été la crise et la ruine d'une des branches de La Fabrique, la bijouterie. La branche familiale, pas de chance! Depuis qu'elle était née, elle, Émilie-Jane, la petite-fille de Jean-Émile Fillion, avait vu son père vendre ses hectares, comme sa mère plus tard les perles de ses colliers. Il ne restait plus que dix hectares. Dix hectares et deux des trois maisons. La Maison-Neuve, juste en face de la Vieille-Maison qui était une ancienne ferme, construite par son grand-père pour son fils et dans laquelle Jane était née et avait grandi, avait été vendue. La voir, juste de l'autre côté de la cour, la rendait encore malade. Quand elle apercevait les nouveaux propriétaires, se concentrant très fort, elle leur souhaitait intérieurement de disparaître : « Qu'ils meurent! Qu'ils meurent! », se répétait-elle, rageuse que cela n'ait aucun effet. Un peu plus loin, sur le chemin Fillion, il y avait la maison principale, immense et qu'en bas on appelait « le château », habitée par la sœur de son père, tante Henriette, jamais mariée. Une grande et noble allée de saules, qui menait de la moraine à cette maison, subsistait, séparant le pré du haut de celui du bas. Saules, chênes, peupliers, charmes et charmilles, ormes et marronniers, amis de Jane. Elle marchait le long des allées, posant la main sur leur écorce en signe de reconnaissance. Elle entraînait son amant, lui montrant du doigt ce qui lui appartenait, comme ce qu'elle avait perdu. Elle n'avait plus accès au pré du haut, et ne pouvait plus rêver au bord de l'étang. Cet étang que son père avait peuplé de poissons-chats, et au centre duquel une petite île avait été appelée l'île Marguerite, tout d'abord en l'honneur de sa mère, puis par la suite, après le départ de celle-ci, en l'honneur de sa sœur. Elle se souvenait qu'un jour, alors qu'elle et son frère, debout dans une barque, s'amusaient à qui la ferait tanguer le plus fort, à qui tomberait le premier, son père avait pris peur, et qu'il fit entourer l'étang d'un haut grillage avec une porte dont il garderait désormais la clef, et que jamais ils ne réussirent à passer par-dessus. Jane parla à Cohen de ses amies les libellules qui sont des « demoiselles », comme elle, hier encore, et qui deviendraient dans le livre *des petits regards de Dieu.* Elle lui montra l'allée de lilas allant du blanc le plus pur au violet le plus noir. Ils en sentirent ensemble le parfum lourd que le vent amenait jusqu'aux portes de la maison. Elle exprima le regret du verger attenant à la maison neuve, et de ses fruits qu'elle aimait tant. Elle le présenta à l'abricotier défendu, dont les fruits étaient réservés aux confitures, et lui montra comment, en s'y adossant brutalement jusqu'à ce que les fruits tombent, elle ramassait ses fruits, elle ne les « cueillait » pas! Il la suivit à travers le pré du bas vers le tennis ombragé de grands arbres et jusqu'au puits recouvert de vigne au fond duquel, dans une sorte de cave naturelle dallée, glacière puis culture de champignons de Paris, vivait, lorsqu'elle était enfant, une femme vêtue de blanc, belle et douce et translucide, et qui répondait au « Hou! » qu'elle lui adressait en se penchant. Lorsque Jane avait commis une faute, la chrysalide le devinait, et, au lieu de répondre à son appel, dissimulait son visage sous son bras. « Elle était l'écho de ma conscience, en quelque sorte, ne pensez-vous pas? » demandait-elle à l'homme aimé en l'attirant à elle. Plus bas, elle le conduirait jusqu'à ce qui restait du banc de pierre dans la moraine. Ils s'y arrêtèrent, et, lui montrant le chemin qui serpentait jusqu'au portail hérissé de pointes et à la ville, elle lui dit, se moquant d'elle-même — mais se moquait-elle vraiment? —, son très grand mépris pour tous ceux qui habitaient des appartements en ville. Elle lui demandait de lui pardonner, elle, sauvageonne élevée à la campagne, partie d'une « situation très agréable », mais depuis « entièrement et allègrement ruinée ». Elle lui disait : « C'est arrivé sans faire de folies. Peut-être en plaçant mal son argent, comme a su le faire mon père. A moins que l'on ne se ruine inévitablement en ne travaillant pas. Je n'en sais rien. Et vous, le savez-vous? Enfin tant pis, la Vieille-Maison a un charme fou. » Cohen lui souriait, et il trouvait qu'elle aussi avait un charme fou. Ils revinrent vers la maison, par l'allée des arbres immenses, et, arrivée à la fontaine au milieu de la cour, elle lui fit goûter à l'eau délicieuse et glaciale qu'elle aimait tant boire. En rentrant par l'allée dallée qui menait à la porte de la cuisine, elle chercha sans le trouver son ami le hérisson, presque apprivoisé, et ramassa l'écuelle vide du lait qu'elle lui donnait chaque jour. C'était là son domaine. Indissociable d'elle. C'était chez elle jusqu'au centre de la terre et jusqu'au cœur d'elle-même. Puisque son cœur était maintenant à lui, il aimerait Pinchat, l'écrin de Jane, de pur cristal.

Ariane dit... *J'adore ça, être une jeune fille seule dans une vieille maison à la lisière d'un bois, une maison basse couverte d'un manteau de vigne vierge avec des plaques rouges, moi aussi je serais vierge mais sans plaques rouges, je lui ferais visiter la maison je lui montrerais la terrasse bordée par une balustrade le petit bassin le banc de pierre la pelouse le kiosque chinois la grande pièce d'eau entourée d'arbres mystérieux, je vous donne tout cela mon chéri et moi aussi, tous les jours de notre vie, mon amour.* Jane répond : « C'est un parfait mélange entre les trois maisons à côté les unes des autres! La Vieille-Maison, dont une face était entièrement recouverte de vigne vierge, la Maison-Neuve, avec le petit bassin et l'étang entouré d'arbres, la maison de ma tante entourée de balustrades. Quant au banc, c'est celui de la moraine et la pelouse, quelle maison n'en a pas? A Pinchat, chaque maison s'ouvrait sur une vaste étendue d'herbe. Le kiosque chinois n'a pas existé, mais je lui avais montré une photographie de ma mère, en kimono dans une soie tissée d'oiseaux et de chrysanthèmes, posant devant la verrière de la véranda, côté couchant de la maison de ma tante. J'aimais cette image de ma mère. » Elle était le reflet d'une époque révolue de confort, de sécurité, de fortune. Elle-même ne devait pas imaginer sa destinée d'amertumes et d'abandons. C'était avant. Le temps du bonheur et d'une vie familiale en apparence calme et sereine. On se trompait. L'avenir allait broyer le cœur de chacun des membres de la famille. Il y aurait l'arrachement, la démesure des désespoirs, les tensions violentes entre eux. Jane aimait ces photographies d'avant la tourmente. L'album était à portée de main dans le petit salon.

... *aux amours ennemies*

Depuis ce soir de 1er mai, Jane ne laissa passer que quelques jours avant d'avouer la raison de son silence à Marcelle Blum. Elle la respectait trop pour la tromper. Elle la savait digne de ce respect et sentait bien que cet aveu serait la cause de longues souffrances. L'amour que Marcelle lui portait était absolu. Ce n'était pas sa propre image mais bien Jane qu'elle aimait. Elle aimait Jane parce qu'elle était noble et généreuse, parce qu'elle était à la fois enthousiaste et désespérée, candide et orgueilleuse. Elle aimait Jane parce que vraie. Elle l'aimait parce que incapable de mensonges. Jane en allant la retrouver à l'atelier manquait de courage. Marcelle n'avait aucun tort. Pas l'ombre d'une faiblesse. Peut-être aurait-il mieux valu avoir moins de rigueur morale et ne rien dire? La laisser deviner seule, un jour le plus lointain possible... Mais non, trop commun. Bassement humain. C'est ce qu'ils font tous, petitement ordinaires, tentant de préserver çà et là les avantages acquis. Trop banal. Trop vulgaire. Elle se mépriserait elle-même d'agir ainsi, dans le dos de Celou, hier encore son aimée. Jane ressentait comme une nécessité absolue cette clarté sentimentale, cette netteté de ses actes. Oui, pensait-elle, toujours accorder ses actes à ses pensées. Celui qui triche et ment a l'âme sale. Elle n'avait pas été élevée par ses tantes protestantes pour rien. Elle avait besoin d'absolu et point de mesquinerie et petitesse. Orgueil, donc avouer. Sinon pas de respect pour Marcelle, et elle plus jamais respectable. Passé le choc et les phrases que l'on regrette ensuite... « Mais qu'est-ce que tu lui trouves à ce marchand de tapis ? », et auxquelles Jane répondait : « Je ne sais pas, mais je l'aime. » Marcelle, atteinte au cœur, contint son malheur, comme si la bonne éducation avait à s'en mêler. Fine, mais non fourbe, elle savait que l'enjeu était pour elle, pour leur futur à toutes les deux, le plus élevé qui soit. Peut-être cela ne serait-il qu'une passade. Il ne fallait surtout pas prononcer de paroles définitives, dont l'amour ne se remet jamais complètement, mais enfouir sa passion pour Jane au plus profond d'elle-même, la faire hiberner en quelque sorte... Oui, l'enjeu était élevé, et elle se tenait là, devant Jane, comme au bord d'un gouffre. Elle sombrait et désormais la toucher et l'aimer lui était interdit, mais ne rien laisser paraître pour ne pas la perdre complètement. Pour ne pas la perdre irrémédiablement. Ne pas avoir comme elle un visage au front duquel tout est inscrit... Marcelle, ne s'accordant que quelques formules ironiques bien pardonnables, l'assura sinon de sa compréhension, au moins d'une amitié éternelle, d'une tendresse inchangée et de sa protection, si nécessaire. Être bien, malgré tout, si plus jamais de bien-être en elle. Se comporter de manière à ne pas décevoir Jane, qui, une fois encore par son aveu, se montrait à la hauteur du sentiment qu'elle lui vouait. Qu'elle lui vouerait à jamais. Cohen pensa-t-il à elle en changeant le nom du capitaine Dreyfus? *Saltiel sortit le journal français qui proclamait quotidiennement l'innocence du Capitaine Blum : « Notre frère, le pauvre est condamné »*!

Dans les semaines qui suivirent, où seules les nuits comptaient, Jane tenta, puisque chacun savait, d'imposer Cohen dans le groupe de ses amis. Elle l'amenait à l'atelier faisant face à l'incompréhension générale. Car la séduction de Cohen n'était efficiente que dans le tête-à-tête. Malgré ses tentatives pour être accepté, il ne l'était pas. L'ironie générale dont il était l'objet soutenait

Marcelle. Mal à l'aise, il se fermait et semblait guindé dans la légèreté et le naturel ambiant. Lorsqu'elle venait sans lui, elle était accablée de reproches. Max ne s'embarrassait pas de fioritures. Il l'attaquait de front. « Qu'a-t-il donc, pour te plaire ? Tu n'aurais pas pu trouver mieux, belle comme tu es ? Cette histoire est ridicule ! » Jane défendait Cohen comme une louve ses petits. Elle lui criait à la figure : « Vous n'avez rien compris, tous autant que vous êtes ! Il est bien mieux que vous. Il a plus de valeur que nous tous réunis ! » Max souriait : « Ah ? Ça ne se voit pas, en tout cas. » Jane sortait en claquant la porte. Elle s'abstiendrait désormais de le confronter à eux. A quoi bon. Ça suffisait amplement. Quelle nécessité, après tout, y avait-il à s'évertuer, contre le courant, à le leur faire reconnaître ? Ne se suffisaient-ils pas ? De quelle reconnaissance leur amour avait-il besoin ? D'aucune, ça, elle en était bien sûre. La société, elle y avait déjà renoncé. Mais comment le lui dire ? Comment ne pas le blesser, lui qu'elle aimait pour son inquiétude, cette inquiétude juive qui avait ses racines dans la nuit des temps. Lui qui s'interrogeait sans cesse sur le pourquoi des choses, lui, l'écorché vif, comment ne pas le mettre face à celui qu'il était pour autrui ?

L'amour de Jane pour Cohen n'était pas de même nature que celui qui l'attachait à elle. Si lui allait subir une évolution dans sa manière de l'aimer, son sentiment à elle était sans nuances et sans failles. Son amour était une vérité. Il excluait le doute ou la comparaison. Tout ce qui ne lui était pas lié était devenu secondaire. Son amour était si clair, si pur, si jaillissant qu'il deviendrait la source littéraire du sien. Jane était excessive, et ce qu'elle vivait auprès de son amant était à mille lieues de l'érotisme ou du libertinage. Jamais elle n'eut fait l'amour sans amour. Elle était entière, toute à lui dévolue, et inconsciente de ses stratégies, artifices et ruses, comme celle élémentaire du désir, que de retarder le plaisir. Elle l'aimait en toute franchise, innocente, comme Ariane le dit à Solal : *Parce que je t'ai donné ma foi, parce que tu es toi, parce que tu es capable de me poser des questions aussi folles, parce que tu es mon inquiet, mon souffrant.*

L'amour d'Albert Cohen était d'une tout autre sorte. Ce qui n'avait d'abord été qu'un jeu ou un défi était devenu l'enjeu d'un nouvel absolu. Il était trop conscient que l'amour ne grandit que lorsqu'il est contrarié, pour ne pas abuser d'artifices dans l'espoir de le faire durer. Ces artifices étaient une trahison envers celle que pourtant il estimait hautement, mais comment, sans cela, faire que dure cet amour ? Bien qu'il le lui fît croire, elle ne pourrait être tout à fait son confident et son ami. Lui ne dirait pas tout, car ce serait mettre en faillite l'aventure à peine commencée...

Rester lucide donc, et comme Solal avec Ariane dont l'amour est devenu une nécessité vitale, n'oublier que dans les instants extrêmes du plaisir amoureux. Jane le confirme : « Il n'était naturel que dans mes bras. » Ne pas avoir l'esprit troublé, mais lui faire croire que si. L'accabler de ses humeurs inconsidérées et d'injustice, blesser son amour-propre, sembler être aveugle à ses charmes pour la désespérer et la mieux surprendre, lui faire sentir le tumulte des grandes histoires d'amour, souvent si brèves, et qu'elle reconnaîtrait parce que nourrie de livres. Être le maître de la situation et non de sa maîtresse, pour que, justement, leur histoire ne soit pas trop brève... Oui, il n'y avait pas d'autre possibilité pour eux deux. Il lui faudrait recréer des obstacles, puisqu'elle n'en trouvait plus à leur différence, pour à nouveau la désirer et exalter ce désir d'elle en une passion quoique consciente et calculée, infiniment intéressante...

Ces tentatives de sorties ensemble étaient des échecs. Mieux valait ne pas trop s'essayer à la réalité, ils finiraient par se détester! Puisqu'ils s'admiraient tant entre quatre murs, s'y tenir. Mieux valait pour tous les deux, sinon cela se terminerait fatalement dans une tragique solitude à deux. Rester amants. Avec une heure de félicité pour vingt-trois heures d'espoir ou de désespoir, avec l'obligation de ne rien laisser paraître avant de se retrouver... là était leur seul salut.

Distillées par Cohen, leurs scènes ne seraient pas conjugales, mais tout aussi venimeuses. Il s'y entendait, dira Jane qui, pour rien au monde, n'aurait vécu auprès de lui. Son père venait de rentrer à Pinchat, et la maison désertée s'était à nouveau animée. Il était l'âme de cette maison. Jane le vénérait et avait décidé que de Cohen, il ne saurait rien, bien qu'elle sût qu'après son attaque il n'avait plus conscience du monde qui l'entourait. Elle rentrerait de l'Institut lui raconter des contes de fées et serait là jusqu'à ce que l'infirmière l'ait fait dîner. Elle ne retrouverait Cohen qu'après. Et chez lui, plus souvent qu'à Pinchat, moins compliqué. Et moins dangereux.

Son appartement du dernier étage du 4, chemin Peschier lui plaisait. La vue sur le parc Alfred-Bertrand était belle, et les trois pièces bien meublées. Et simplement. Ça aussi elle aimait. De jolis meubles de bois blond, des divans recouverts de toile brune, quelques gravures sur le tissu havane des murs, des livres, quelques lampes, le lit. Il fait un peu penser au *petit appartement meublé de la rue Calvin* dans lequel Aude et Solal en plein déclin emménagent. Là, Aude *avait épinglé de belles reproductions sur la toile brune*. D'Aude, il écrit : *Elle était constamment intelligente, cette femme* et il lui fait vivre les scènes qu'il connut avec Jane : *Elle laissa tomber ses bras, de lassitude, d'impatience et de colère. Elle avait envie de lui jeter un objet à la figure. Elle défendait sa vie et il lui parlait de girafes!* Jane dit : « C'était le cendrier. Un lourd cendrier de verre, carré avec de hauts bords, posé sur une table basse. Je le prenais et l'en menaçait, mais me retenais de le lui envoyer... je l'aurais tué! Si nous avions vécu ensemble, c'est comme ça que cela se serait fini. Un meurtre à la une et moi en prison. »

Les amours ennemies, et parfois leur violence, n'ont en soi rien d'exceptionnelles. L'amour est une lutte, un voyage sans but. Si l'on sait d'où l'on part, on ne sait jamais où et quand on arrivera. L'arrivée semble même improbable. L'amour se résume souvent à une longue suite de mésaventures et de combats ponctués de réconciliations. Les métaphores guerrières abondent depuis l'antiquité : Faire le siège, vaincre les défenses, conquérir, se rendre, tactique, défaite, assauts, armistice, victime... Y a-t-il des passions de légende sans tortures, sans l'affrontement de deux personnalités jalousement indépendantes ? Il semble bien que non.

Souvent, à peine Jane venait-elle d'arriver, qu'il l'attaquait là où elle se sentait le plus désarmée, et elle le quittait en claquant la porte. Il la rattrapait ou la laissait s'en aller. Il était impossible de prévoir. S'il ne la laissait pas fuir, les réconciliations n'avaient besoin d'aucun mot, aucun pardon. Il l'embrassait et l'attirait à lui, passant des mots les plus durs aux bonheurs de s'appartenir. « Méchant en paroles, mais doux en actes » dit, Jane. Dans *Belle du Seigneur : Il leur fallait des délices, les montagnes russes et les toboggans de la passion, des passages de la douleur à la joie, des angoisses, des bonheurs soudains, des attentes, des espoirs et des désespoirs, la sacrée passion avec son ignoble ribambelle d'émois et ses théâtraux buts de vie.* Je lis le passage à Jane, et elle en rit : « Oui, tout à fait ça! C'était suffisamment exagéré pour que là, il n'ait pas à en rajouter! »...

Sans cesse, ils se perdraient donc pour mieux se retrouver. Éperdue, Jane redevenait son frère, son ami. Il y a un instant elle était encore son ennemie, et elle passait allègrement du vouvoiement au tutoiement avec l'abandon. « Vous » lorsqu'elle lui en voulait, « tu » au bien-aimé. Un peu comme dans ce passage de *Solal : Je te chéris tu m'affadis il me fait souffrir vous êtes odieux.* Solal, dans le neuvième manège de séduction, celui de la sexualité indirecte, conseille de s'en servir à bon escient : *... des viols si mineurs qu'elle ne pourra se rebiffer et qui, d'ailleurs, les convenances étant sauvées, ne lui déplairont pas. Par exemple, entre deux phrases déférentes, un tutoiement comme par mégarde, dont tu t'excuseras aussitôt.* Dans ses lettres à Jane, Cohen ne cessera d'employer l'un et l'autre, sachant qu'elle en connaissait parfaitement l'usage et les significations.

Au frère de l'âme, Jane disais-tu. Elle dira : « Je l'ai malheureusement bien plus souvent vouvoyé! », mais elle oublie les infinis entretiens des débuts de la passion, lorsqu'elle voulait que d'elle il sache tout. N'était-elle pas alors ça + ça + ça + ça, c'est-à-dire, l'enfant d'un divorce, l'adolescente devenue rebelle après une confidence, la jeune fille éprise d'Arphénia et la quasi-orpheline, libre, mais ruinée? Pouvait-il aimer le résultat sans rien connaître de ce qui l'avait faite ainsi? Non. Définitivement non. Alors, éprise de lui autant que de vérité, elle ne passerait rien sous silence.

2.

Aimons-nous enfermés!

D'un divorce au refus du mariage

D'un divorce...

Jane voulait que Cohen aime son père sans le voir, et qu'il partage avec elle un peu de ce sentiment si profond qui l'attachait à lui. Ne cohabitaient-ils pas dans le cœur qu'elle lui avait offert? Comme elle ne pouvait le mettre en présence du vieil homme devenu un enfant, son enfant, elle le ferait seulement vivre en paroles, tel qu'il avait été avant de n'être plus que l'ombre de lui-même. Elle en parla si bien, et si souvent, qu'un jour, bien des années plus tard, il lui dit, à sa plus grande surprise : « Lorsque tu m'as présenté à ton père... », alors que jamais il ne put même l'apercevoir...

Albert Fillion était né le 17 décembre 1851 à Genève. Il avait grandi à Pinchat, dans la maison que sa sœur Henriette, de trois ans sa cadette, occupait aujourd'hui, et dont elle avait hérité à la mort de leurs parents, Jean-Émile et Louisa-Anna. Ses études d'architecture ne l'avaient amené à construire qu'une seule maison, en oubliant de prévoir l'escalier. Ses commanditaires n'étant pas du genre à se suffire d'un escalier extérieur, il s'en était tenu là. Dès lors, il ne ferait plus guère que se tromper sur sa fortune. Désenchanté, il avait perdu toute ardeur pour les travaux qui ne sont pas ceux de l'esprit, et cherchait – en vain – des placements sûrs pour une fortune peau de chagrin. Amateur d'art et de philosophie, fors les plantations de sa propriété, il laissait tout péricliter sans y prêter plus d'attention que sa sagesse ne l'eût exigé. Sa vie de célibataire entre Genève et Paris le contentait. Il n'avait pas la moindre envie de se marier. Il était maintenant âgé de plus de quarante ans et n'avait à offrir à ses héritiers que les souvenirs de jours meilleurs.

Lorsqu'il vit Marguerite Davin pour la première fois, il fut séduit par le charme et la beauté de la jeune fille. Elle devint sa maîtresse avant d'avoir vingt ans. L'eût-il épousée, sans cet enfant qu'elle attendait de lui, Jane n'en était pas certaine. Elle n'était sûre que du sens de l'honneur de son père. Il avait eu sa mère vierge. L'enfant était de lui, donc il épouserait la mère, bien qu'elle n'appartienne pas à son milieu. Il ne devina pas que ce visage d'ange dissimulait la légèreté et l'inconstance d'un être qui allait faire son malheur.

Le 1er février 1893, Albert Fillion épousa à Genève Jeanne Louise Marguerite Davin, née à Carouge, au bas de la colline de Pinchat, le 2 mai 1873. Moins de trois mois plus tard, le 23 avril, quelques jours avant son vingtième anniversaire, elle donnait naissance à sa première fille, Marie Émilie Marguerite. Elle naquit à Genève, plus discrètement qu'à Carouge, puis ils partirent passer quelques mois dans le midi de la France, accompagnés d'Henriette Fillion, qui n'estimait guère cette jeune belle-sœur et ce mariage en catastrophe. Elle-même ne s'était pas mariée, parce que son père, puis son frère, n'avaient pas jugé utile de lui transmettre les deux demandes en mariage dont elle avait été l'objet. A celle que fit le peintre Charles Giron, son meilleur ami, essayant de le convaincre qu'ainsi ils seraient « plus proches encore ! », Albert Fillion répondit : « Ma sœur n'est vraiment pas faite pour toi, tu ferais bien mieux d'épouser une femme plus riche et plus mondaine »... à l'inverse de ce qu'il ferait lui-même.

Si l'homme qu'elle avait épousé n'avait pas eu vingt et

un ans de plus qu'elle, s'il avait été moins sévère et moins taciturne, s'il ne l'avait pas si souvent laissée seule, voyageant à la recherche d'objets rares pour le maharadjah de Baroda dont il était le conseiller artistique, Marguerite, qui aimait tant séduire, l'eût-elle moins trompé ? Là encore, nulle certitude, car Marguerite aimait plaire. Elle aimait exclusivement plaire et séduire, comme d'autres sont purement fidèles, en toute sérénité.

Trois ans après la naissance de Marguerite, naissait le 28 mai 1896 Émile Henri Albert, cette fois-ci à demeure. Émilie « Jane » Louise, leur dernière enfant, naquit deux ans plus tard, le 5 mars 1898, elle aussi sur la colline de Pinchat au-dessus de Genève qui, six mois plus tard, serait sous le choc de l'assassinat de l'impératrice Élisabeth d'Autriche devant l'hôtel Beau-Rivage.

Jean-Émile, Louise, Albert, Jeanne-Louise-Marguerite, Henriette-Émilie, Marie-Émilie-Marguerite, Émile-Henri-Albert, Émilie-Jane-Louise... Jane dira en riant : « Ce n'est pas l'originalité qui a caractérisé le choix de nos prénoms ! » Dans *Solal*, Aude dira : *... Aude. C'est un prénom qui est dans la famille. Il me plaît.* Si « Aude » plaît à Aude, « Jane » plaît à Jane. Elle apprécie d'autant plus ce prénom qu'elle l'a choisi seule, à douze ans, en changeant d'école. Avant cette décision, elle fut Émilie Fillion. « Trop de « i », dit-elle pour justifier le changement. Mais on verra que la raison fut autre et bien plus grave. En attendant elle est Émilie. Une Émilie que sa gouvernante appelle « Mademoiselle Émilie », sa mère « Lilette », son père « Kiki », sa sœur « Briquet » ou « Bilboquet », puis « Lil » et « Liline », et qu'Arphénia appellera « Lileh ».

Les prénoms des trois enfants, Marguerite, Émile et Émilie-Jane leur ont été donnés en souvenir de leur grand-père et en l'honneur de leur mère, mais Jane dit aujourd'hui avoir cent fois préféré porter le prénom de son père, Albert. Albertine, comme l'héroïne de Proust dont elle se sentit si proche, Albertine pour être un peu de ce père « magnifique » et non pour Albert Cohen !... « Il se serait encore plus approprié cette émanation de lui-même! » dit Jane, qui jamais ne prononça le prénom de Cohen. Face à elle, il serait « Cohen », un homme sans prénom, et elle aimait les deux syllabes de ce doux nom, l'une dure et l'autre tendre. « Si je l'avais appelé Albert, j'aurais eu le sentiment de commettre un inceste. » Sans doute se souvint-il de Jane, à qui il avait dit, exaspéré, un soir : « J'ai un prénom, tout de même! », en baptisant son héros qui s'exclame : *Le sort m'a fait naître Solal XIV des Solal, un homme sans prénom, comme tous les premiers-nés de la branche aînée des Solal, bien attrapée en vérité, car comment m'appellera-t-elle en nos ardeurs?*

Jane garda longtemps une sorte de mépris d'avance pour tous ceux qui n'avaient eu la chance de naître dans une grande propriété, « à la campagne » disait-elle avec simplicité. Un jour, pourtant, elle comprit que cela aurait été la part de bonheur de son enfance. Une vaste étendue de liberté, à la place de l'insouciance de l'enfant né au sein d'une famille unie. Si chacun, dès la naissance, est confronté à une mère et à un père, à leur entente ou mésentente, Jane fut très vite agitée des sentiments contraires nés du manque d'harmonie entre la présence féminine (toute en absence) de sa mère et celle masculine (mais distante), de son père.

Parce qu'ils eurent l'un et l'autre d'autres chats à fouetter, leurs enfants grandirent sans les contraintes qu'une éducation calviniste eût dû nécessiter, mais eux-mêmes n'y avaient pas échappé. Jane cite deux phrases qui donnent le ton de cette éducation. L'une, très sèche, de son arrière-grand-père à son fils et à sa jeune femme épousée la veille, alors qu'ils descendaient main dans la main prendre leur premier petit déjeuner, dans la maison de la rue des Corps-Saints : « Je vous prierai désormais de descendre tout embrassés! », et l'autre de son arrière-grand-mère à ce même fils, alors veuf et âgé d'une quarantaine d'années et rentré après minuit : « Monsieur, car vous n'êtes plus mon fils... », calvinisme oblige. Il y a des choses qui se font, et d'autres pas. C'est ainsi.

De ses premières années, Jane ne garde que le souvenir de jeux liés aux saisons. L'hiver, son frère l'entraînait à descendre en luge la moraine, et ensemble ils patinaient sur l'étang. Le jeudi, ils invitaient les quatre enfants du pasteur et les quatre enfants du professeur de botanique qui vivaient à l'entrée du chemin Fillion, et on leur livrait tout le premier étage, en chaussons. Elle regardait sa mère se diriger vers les écuries pour rejoindre l'un de ces si nombreux cavaliers qui se proposaient de l'accompagner en promenade hors de la propriété, tandis que son père, enfermé dans son bureau, recouvrait de sa fine écriture des pages et des pages illisibles de Notes théoriques de philosophie qu'elle tenterait de déchiffrer bien plus tard. Absorbé par ce seul travail, jamais il ne racontait une histoire ou un conte à l'un de ses enfants. Il ne se penchait pas non plus pour les embrasser le soir. Il leur montrait son affection en posant sa main sur leur nuque, et Jane se souvient d'avoir un jour osé embrasser cette main. Elle sentait bien que ce père, qui se promenait avec ses deux sloughis en laisse, tenus comme en attelage, était d'une grande bonté, d'une grande humanité, mais elle savait que sa hauteur imposait le respect et non la familiarité. Dans *Belle du Seigneur*, Ariane fait le portrait de son père : *Papa était très bon, très imposant, je l'admirais. D'après ce que m'en a dit oncle Agrippa, il était froid en apparence par timidité, scrupuleux, droit de cette droiture morale qui est la gloire du protestantisme genevois.* On apprend aussi qu'il avait *perdu presque toute sa fortune dans une complication de finance qu'on appelle un krach.* Ariane écrit encore dans son journal : *Après la mort de Papa, nous allâmes tous trois habiter chez sa sœur Valérie que nous appelions Tantlérie... il y avait aussi le frère de Tantlérie, Agrippa d'Auble, que j'appelais Oncle Gri. Il était très intéressant mais je le décrirai une autre fois.* C'est étrange, cet Ongle Gri qui est le frère de Tantlérie mais pas celui du père d'Ariane... Comme si par un tour de passe-passe, le frère de la tante était le père. Un père qui aurait changé de nom, mais dont les qualités seraient restées les mêmes. Oncle Gri ressemble à Albert Fillion, et Cohen ne le nia pas à Jane lorsqu'ils en parlèrent après la publication du livre. Oncle Gri *ressemble à Don Quichotte*, écrit Cohen, *soixante ans, long, maigre, cheveux blancs tondus courts*... La description qu'il en fait colle à la réalité. La photo que prit Jane de son père âgé et qu'elle montra à Cohen y est certainement pour quelque chose. Ariane dira : *Je lui ai apporté mon album il a beaucoup aimé moi douze ans en chaussettes jambes nues avec des anglaises il a trouvé Papa très beau!*

Aujourd'hui, Jane décrit encore son père avec les mots dont Cohen s'est servi pour faire le portrait de l'oncle d'Ariane. Il est *tout bonté, tout pureté, tout désintéressement, tout générosité*. Comme elle, il *ne se dit jamais suisse mais genevois*. Ariane dit à Solal ce que Jane disait à Cohen : *Si je vous en ai tant parlé, c'est aussi pour que vous l'aimiez*... Quelques pages plus loin, l'auteur s'adresse directement à lui : *Cher vieil Agrippa, bon et doux chrétien, je t'ai aimé et tu ne t'en es jamais douté.*

Lors d'entretiens, Cohen répondit que le seul de ses personnages qui ait eu un modèle, était Agrippa d'Auble, et qu'en le dépeignant, il avait pensé au docteur Léon Boissonnas. Possible. Mais pas certain. Ce ne serait jamais qu'une ruse de plus. Comme dans cette réponse à l'origine de ses personnages : « Je n'ai connu nul Mangeclous, nul Saltiel, nul Salomon, nul Solal. » Il ne les a certes pas connus, car ils sont des parts de lui-même, et il se garde bien de citer ses héroïnes féminines...

Jane, trop sensible, réagit avec une grande émotivité au sentiment de désunion familiale. C'est une enfant nerveuse. Une enfant qui à la moindre contrariété pleure ou restitue son déjeuner. Elle est fine, presque trop mince, « tout en jambes et tout en boucles ». Sa mère se plaît à répéter : « Nous n'élèverons pas cette enfant », même en sa présence. Elle semble si fragile que son père décide de l'emmener à Lausanne pour consulter le docteur Roux, alors le plus célèbre. Cet après-midi-là, cet homme qui va droit au fait, n'a pas levé le nez pour accueillir une princesse russe mais l'a simplement invitée à prendre une chaise. Offusquée, elle se présenta à nouveau : « Je suis la princesse Cherbatchoff ! » et s'entendit répondre : « Alors prenez deux chaises. » De Jane, il dira seulement : « C'est un petit canari. C'est tout. Nourrissez-la au lait de chèvre. »

Et ce qui fut ordonné fut fait. Albert Fillion fit acheter une chèvre qui ne nécessiterait pas moins de quatre personnes pour être maîtrisée et traite, afin que Jane, deux fois par jour, puisse boire un verre de son lait bourru. Laissée en liberté, elle sautait par les fenêtres à l'intérieur de la maison, renversait les lampes à alcool, dormait sur les lits, salissait les tapis. Dans ses longs monologues Ariane parle de sa *propriété priétépro rien que pour moi avec des chevrettes naines*, et Jane dit : « J'ai été si gâtée... j'aurais pu être bien pire ! Une chèvre – comme les boucs –, c'est démoniaque. Comment voulez-vous que nourrie ainsi d'un breuvage diabolique je sois pas devenue infernale ? »

A la fin d'un après-midi de l'automne 1905, alors que Jane était assise au bas de l'escalier, attirée une fois de plus par la boule de verre magique du bas de la rampe, dont les facettes reproduisaient les couleurs de l'arc-en-ciel, elle entendit le téléphone mural sonner, la femme de chambre répondre et son père sortir de son bureau. Elle était perdue dans ses rêves quand elle l'entendit dire : « Non, Marguerite, je n'enverrai pas la voiture te chercher. Tu es partie une fois de trop. Je t'avais prévenue. Tu aimais tes enfants. Tu ne les verras plus. » S'ensuivirent des phrases que Jane ne comprit pas où il était question d'avocats et de divorce. Elle dit aujourd'hui de l'enfant qu'elle était alors : « Je me suis recroquevillée sur moi-même pour que mon père ne me voie pas, et j'ai caché mon désespoir qui était immense. Ma petite âme de sept ans avait du mal à contenir une pareille détresse... Pendant un an, sevrée de tendresse, je me suis endormie dans les larmes. » Le mariage de ses parents sera dissous par le divorce selon jugement du tribunal de première instance de Genève, définitif et exécutoire, le 25 mai 1907.

Jane, passé la douleur, sera la seule à pardonner à sa mère, la seule à lui trouver quelques excuses. Peut-être en réaction à la condamnation générale qui les excluait de leur milieu, car, en ce début du XXe siècle, c'est encore tout le poids de la morale bourgeoise du précédent qui régit les esprits. L'adultère et le divorce sont à la fois un sacrilège, un crime contre l'ordre naturel et contre l'ordre social. Méprisable, Marguerite Fillion sera « la réprouvée ». Issus d'elle, ses enfants seront « les enfants de la réprouvée ». Jane, pourtant, ne lui en veut pas : « Comprenez, ma mère était belle comme les amours et l'homme qu'elle avait pour mari avait vingt et un ans de plus qu'elle. Elle était ravissante et pas du tout sérieuse. C'était un joli oiseau qu'il ne fallait pas mettre en cage. » Plus tard, Jane découvrirait dans une malle les lettres adressées par son père à la femme qu'il tentait encore de retenir. Les mêmes phrases, inlassablement répétées, témoignent de la patience dont il fit preuve : « Je ne pourrai pas toujours pardonner... tu aimes tes enfants, reviens pour eux. »

Jane interrogea son père sur les raisons qui avaient rendu sa mère si cruelle et méchante, et lui demanda pourquoi elle avait toujours à leur égard le mot qui blesse. Il s'efforça de la convaincre de l'en pardonner : « Ta mère et sa sœur Émilie ont eu une enfance très dure. Orphelines, elles ont été confiées à un tuteur sévère qui s'en débarrassa en les plaçant dans des familles différentes, rémunérées pour la pension. Elles n'eurent ni instruction, ni affection, mais ta mère était si fine qu'elle fit son éducation par elle-même. Adroite comme une fée, elle est entrée dans un atelier de couture, puis je l'ai rencontrée... Sans doute son visage d'ange recouvrait-il beaucoup de mensonges, mais elle a été suffisamment malheureuse pour que l'on puisse lui pardonner sa méchanceté. Ta mère est méchante comme une vipère a du venin. Elles n'en sont ni l'une, ni l'autre, responsables. »

S'il put ainsi parler à Jane, et non à Marguerite ou Émile, c'est qu'elle ressentait encore une tendresse animale pour la femme qui l'avait mise au monde.

... au refus du mariage

Si c'était ça le mariage, eh bien elle s'en passerait! Non, elle ne se marierait pas. C'était décidé et rien ni personne ne la ferait changer d'avis. Elle sentait en elle, immense, la nécessité d'être indépendante, de rester libre, de ne pas faire plier sa vie à l'humeur et aux désirs d'un autre. Tout en elle s'opposait au mariage, jusqu'à ses conceptions de l'amour, bien plus haut, bien plus absolu, bien plus romantique que tant de ces unions alentour, dictées par la raison, les intérêts, la morale ou l'honneur. Elle concevait l'amour comme une forme de fatalité et non le résultat de compromis. Rien ne la changerait. Jamais. Ni les promesses de jours meilleurs à venir ou l'assurance qu'avec le temps l'on change, ni les demandes en mariage et la peur de la solitude.

Le titre d'amante, romanesque, était bien plus précieux que celui d'épouse. L'amour se devait d'être gratuit, dangereux, fragile. Il lui fallait résister au quotidien et à l'ordinaire et sauvegarder l'amour contre les épousailles. Jane avait bien plus à offrir à Cohen que sa personne légale, elle lui offrait avec son corps, son cœur et son âme. En échange, elle ne lui demandait que de prendre leur amour au sérieux, quoi qu'il pût un jour en advenir. S'aimaient-ils réellement, ou aimaient-ils l'amour, ce sentiment d'aimer qui transformait leur existence? A l'inverse de la plupart, Jane ne trouvait pas cette liaison nocturne être des liens incomplets. Elle ne voulait pas épouser l'homme qu'elle aimait, elle ne voulait pas faire de l'amant un homme marié, lié à elle autrement que par les élans de son cœur et les penchants de son âme. Rien ne devait l'obliger à venir à elle, comme personne n'avait le pouvoir de l'empêcher d'aller à lui. Héloïse n'avait pas agi autrement avec Abélard. Ils vivraient leur amour loin des foules. La liaison serait belle et épique, et elle serait nocturne. Les journées au travail et au social, les nuits à l'amour. Des jours, des semaines, des mois et peut-être des années où seules les nuits compteraient, des jours où elle se dirait comme Héloïse : *Plût à Dieu que jamais ne cessât la nuit*, telle serait sa vie avec Cohen, l'homme que Dieu lui avait donné à aimer. Les raisons de la nuit ne sont pas celles du jour. Elles resteraient inconciliables et cela n'entamerait pas sa promesse : oui, « toujours », ses nuits seraient à lui.

Devina-t-elle ou non qu'il cherchait aussi une mère à sa fille, cette enfant de six ans confiée à sa belle-famille ? Et lui, se dissimula-t-il que Jane ne serait jamais cette femme-là, avant qu'elle ne le lui dise clairement ? Sentit-il, avant qu'elle ne le refuse, que le mariage était impossible, qu'elle était de la race des amantes et des grandes amoureuses et non pas des épouses, et que si elle devenait sa femme, il cesserait de l'aimer, puisqu'elle cesserait d'être ce pourquoi il l'aimait, c'est-à-dire libre. N'était-elle pas devenue bien plus que l'objet d'un pari ? N'était-elle pas la femme intelligente, avide d'amour, qui l'aimait et osait tout lui dire ? Qu'il faille admettre ne vivre ensemble qu'une passion partagée, donc par essence peu durable, puis l'oublier ensuite dans les bras d'une autre qui, elle, l'épouserait et élèverait Myriam, lui semblait d'une cruauté absurde.

Avait-il une seule chance pour qu'il en soit autrement ? Si oui, il avait décidé de ne pas la laisser passer, et d'ici là, ne plus parler de mariage et faire durer la passion en se montrant dur avec elle. Pas toujours, mais souvent. (Solal dira : *Faire le grand Seigneur insolent, le romantique hors du social, avec somptueuse robe de chambre... Tout cela pour que l'idiote déduise que je suis de l'espèce miraculeuse des amants...*) Et ne lui dire que parfois, lorsqu'elle est douce et tendre, oui alors seulement, lui dire d'un ton câlin : « Si tu voulais... on pourrait... ne pas se quitter... » Peut-être un jour lui répondrait-elle oui.

Dans *Belle du Seigneur*, Solal dit : *Ô l'idiote éprise d'ailleurs, de magie, de mensonge. Tout du mari l'agace*, puis il ajoute : *Se marier avec elle ? Solution déjà rejetée.* Et Jane dit : « Il m'en a certainement voulu, mais alors, je ne voulais pas me lier, je ne voulais pas de servitudes... et sans nul doute, j'ai bien fait. »

Albert Cohen n'avait pas envie de perdre Jane, cette femme encore enfant par moments, son aimée enthousiaste autant que mélancolique, si sensible et expansive, si douce et retenue, si orgueilleuse et si perdue. Il voulait vivre le plus longtemps possible ses rires succéder à ses larmes. Il ne voulait pas perdre celle, sensuelle, qui savait si bien se réconcilier. Condamné à ne pas l'épouser et pourtant libre, comme elle, il ne vivrait avec Jane qu'une partie de ses nuits et une part de rêve. La liaison serait secrète. Ensemble, ils n'iraient nulle part, ensemble, ils n'auraient pas d'avenir.

Mais lorsque l'amour est partagé, peu importe aux amants s'ils vivent à l'écart du monde, isolés dans leur égoïsme, cloîtrés dans la passion. Tant qu'elle est heureuse, les quatre murs qui les protègent et les enferment sont les limites du paradis. Ils se suffisent et n'ont besoin de rien. Rien que de murs autour d'un lit. Rien qu'une porte refermée sur eux, rien que l'oubli du monde, dès les premiers baisers, dès les premières tendresses, dès les premières caresses. Besoin de l'autre et bonheur de l'avoir, joies qui se renouvellent et que l'on voudrait éternelles, mais qui ne dureront pas. Le lieu merveilleux où deux amants se retrouvent et s'enferment, qu'il soit une île, une maison isolée ou une chambre d'hôtel, qu'il soit encerclé par la mer, un espace désert ou par des inconnus, est un symbole d'autosuffisance.

Mais à répéter indéfiniment les mêmes gestes et les mêmes paroles, ils perdent leur intensité, leur force et leur impact. Bientôt l'ennui s'y insinuera. Le voyage au paradis sera un échec, et l'amour le parcours de l'idéal à l'ennui. C'est par peur de cet échec et pour l'éloigner que Cohen devient impossible. Il veut remplir les vides de leur imaginaire qui s'altère. Il veut le faire vivre et respirer encore un peu de bonheur, mais sent bien que c'est artificiel. Il en souffre, pourtant Jane semble ne ressentir que son injustice. Elle devient, sans s'en rendre compte, l'instrument de son propre sentiment, et aujourd'hui encore l'accuse, lui (et non leur solitude qu'elle avait imposée et dont elle semble ne pas avoir souffert) : « Il ne m'a déchirée que pour mieux se déchirer lui-même »... et peut-être n'a-t-elle pas tort.

Dans *Solal* comme dans *Belle du Seigneur*, l'amour dépérit de n'être pas renforcé par l'extérieur. Le thème est vieux comme le monde, mais la démonstration une prouesse. Jane et Cohen, comme plus tard Aude, puis Ariane et Solal, ne furent pas des êtres sociaux. Ils avaient voulu vivre la seule vérité de leur sensualité sans avoir à paraître, donner le change, jouer la comédie humaine des systèmes social ou familial. Ils voulurent nier les compromis, mais ils échouèrent. Car la seule vérité est que l'amour partagé ne dure pas.

Mariage ou pas mariage. Car Solal avant de ne pas épouser Ariane avait épousé Aude : *Mariage, bien mariage. Et maintenant il était enfermé dans un cube avec elle.* Lorsqu'elle l'invite à sortir : *Il faut sortir, Sol*, la réponse et le ton que Jane reconnaît être le signe de l'abdication, cet instant qui précédait la réconciliation : *Tu crois? demanda-t-il d'un ton câlin.* Elle se souvient comme, exaspérée et prête à fuir, elle lui disait le haïr, et qu'avec ce même ton tendre et complice, stoppant là le combat, il lui disait : « Tant que ça ? », puis d'un regard l'attirait à lui, et l'instant d'après dans ses bras vers les draps.

Combien de ces complices abandons de bataille dans le champ clos de leur liaison ? « Innombrables, dit-elle en en riant, c'était devenu un jeu. Presque une habitude! Mais peut-être faut-il ça pour faire l'amour d'une manière inoubliable... » Solal se lamente : *Bon, la voilà qui reprenait son ton guerrier... Cette vie d'amour en vase clos l'abêtissait. Ô sa vive intelligente folle de Genève!* Il dit aussi : *Tu es venue à moi parce que je t'ai forcée je ne suis pas ton genre ma chérie c'est par l'intelligence que je t'ai eue... ton inconscient m'a aimé... dans le rôle d'exceptionnelle amante dont tu étais avide, rôle que je te permettais de jouer enfin...*, et Jane le reconnaît. Elle avoue avoir été éblouie jusqu'à en être aveuglée par son intelligence et son esprit, et attendrie par l'expression de tant d'inquiétude, de tant d'angoisses. Jane était romanesque, c'est-à-dire exaltée, sentimentale et chimérique, à l'image des héros des romans qu'elle lisait. Elle était romantique, et préférait les destinées les plus pures ou les plus sombres et tragiques à la monotonie d'existences peut-être plus tranquilles, mais communes. Elle se faisait une très haute idée de l'amour, et la noblesse de son sentiment lui permit de ne rien regretter et garder la certitude de s'être conduite comme il fallait pour rester libre et digne. « J'ai été si heureuse un temps, que même la fin brutale de cet amour, puis les années, n'ont pu en effacer l'empreinte », avoue Jane, âgée de quatre-vingt-dix ans, près de soixante ans après la rupture.

C'est le nombre d'années qui nous séparent, et je crains bien, le même nombre d'années à nouveau écoulé, ne pas savoir exprimer à l'improbable qui viendrait m'interroger les sentiments qui m'animent aujourd'hui. Jane, lorsqu'elle raconte, revit comme si c'était hier, et jamais ne conclut par les formules conventionnelles « j'étais jeune », « l'amour passe », « si j'avais su... », « à cet âge, on fait bien des bêtises », « il faut bien que jeunesse se passe! », comme la plupart de ceux qui se penchent sur leurs amours périmées.

Vous ne leur ressemblez pas, car vous êtes passionnée. Vous êtes mélancolique au lieu d'être nostalgique. Et d'une incomparable gaieté, alors que vous êtes seule, ultime rescapée de votre famille, de vos amours et amitiés d'antan. La jeunesse de l'esprit est rare, Jane. Je vous le dis en connaissance de cause, je suis née vieille, comme à la dernière des vies de ceux qui croient pour moi aux réincarnations.

3.

Tu dois aimer mon enfance, c'est moi!

De l'enfance à l'indépendance

De l'enfance...

Jane, ayant embrassé et rassuré son père d'un « je ne pars pas mon chéri, je suis là, à côté », allait rejoindre l'amant qui allait à son tour la rassurer. Elle avait tant besoin de parler et d'être réconfortée; il savait si bien, avec ses caresses, faire s'évanouir pour la nuit le tourment de ses jours. Une infirmière remplaçait Jane, mais tout au long du parcours, se disputaient en elle le remords d'abandonner son père, si âgé et si désemparé, et le désir immense d'être dans les bras de l'homme aimé. Plus elle s'en approchait, plus le désir de vie gagnait. Elle renaissait à lui en traversant l'entrée de céramiques vertes du 4, chemin Peschier. Elle était envahie d'envie et d'impatience dans l'ascenseur qui la déposait à sa porte. Tournoyante, elle regardait à travers les ferronneries, les marches monter au paradis. Et puis elle sonnait, le cœur secrètement plus violemment battant.

Elle ne savait pas que celui qui, aussitôt la porte refermée, l'enlaçait dans la pénombre et déjà l'embrassait, et déjà ses mains allantes sur ses seins, et descendantes sur ses reins, un jour la jugerait. Alors qu'il l'attendait et l'accueillait dans l'une ou l'autre de ses longues robes de chambre de soie, Jane se laissait aller à lui, étrangère aux bizarreries de son comportement, parfois. Dans le regard qu'il portait sur elle, dans le désir qu'il exprimait d'elle, exclusivement à lui, dans leur ardeur, elle ne discernait pas la moindre apparence de cynisme, pas la moindre annonce de son effarante lucidité.

Le 16 août 1978, jour de son quatre-vingt-troisième anniversaire, l'homme qu'elle tint dans ses bras écrivit dans ses *Carnets* les désillusions de l'amour des années de jeunesse : *Au long des années, j'ai vu et j'ai jugé. J'ai vu les causes misérables de la naissance d'une amoureuse passion. J'ai vu comment, toujours, la plus ardente passion s'étiole. J'ai vu ce qui attend les nobles amants s'ils se condamnent à vivre délicieusement seuls, hors du compagnonnage humain. J'ai vu que dans la solitude, sans les vitamines du social et privé des fortifiants obstacles, la passion la plus ardente agonise vite dans le désert des délices. Moribonde, elle revit un temps, la pauvre, par la lugubre luxure ou par la bestiale jalousie, et ensuite elle meurt. J'ai vu et j'ai jugé.*

Il a donc vu et a jugé. Mais cette amoureuse passion, il l'a aussi vécue, il l'a aussi retenue : son souvenir est devenu l'une de ses obsessions, qu'il la chérisse ou la condamne, année après année. Bien avant qu'il n'ait plus le désir que d'un autre amour, un amour de tendresse celui-là, il lui faudrait épuiser les joies et les désolations de ladite passion. Il lui faudrait boire son vin jusqu'à la lie. Face à la plus belle d'entre celles dont il fera dire à sa mère qu'elles étaient *redoutables, ces filles de Baal qui ne craignaient pas, on le lui avait affirmé, de se mettre nues devant un homme qui n'était pas leur mari. Toutes nues et fumant une cigarette! De vraies lionnes!*, face à Jane, donc, qui aimait tant être nue devant lui, amoureuse et fière de son corps, Albert Cohen ne ressentait pas encore la soif d'un autre amour. Il lui faudra la rupture puis le recul pour faire dire à Solal : *Ô merveille plus besoin d'être l'amant impressionnant à regards filtrés plus besoin de faire le ténébreux lointain ô merveille plus de farouches baisers à langueries où les deux partenaires font des têtes si crétines qu'ils mourraient de rire ou de honte s'ils pouvaient voir leurs expressions canines ô chérie pouvoir enfin être tendre sans danger sans crainte que tu ne trouves monotone ma tendresse.* Il faudra le passage du temps pour se rallier aux pensées de sa mère : *Le vrai amour, veux-tu que je te dise, c'est l'habitude, c'est vieillir ensemble.*

Pour l'heure, la tendresse c'était les armistices de l'amour, c'était Jane, son ami et son frère, et les souvenirs d'enfance offerts comme autant de parcelles d'elle-même, poussière d'étoiles qui avaient éclairé son existence jusqu'à le rencontrer.

Il fallait lui dire la détresse extrême d'Émilie, cette enfant de sept ans qu'elle avait été, cette enfant désespérée par le départ de sa mère, cette enfant si fragile et si difficile.

En ville, on parlait tant du scandaleux divorce, qu'Albert Fillion décida de retirer ses enfants de l'école privée qui était près du pont de l'Arve. Le rejet des enfants du divorce était trop manifeste. Il les inscrivit à l'école primaire de Carouge, au bas de la moraine, et ainsi, en les sortant de leur milieu et des principes religieux qu'il impliquait, les protégea des premières retombées du blâme général. Jane se souvient amusée du sentiment de désastre qu'elle ressentit alors. C'était la grande déchéance. « Nous étions vaniteux et snobs, et avons détesté aller à la commune école communale d'en bas. » Il fallut bien s'y faire. Par la suite, elle y trouva l'avantage de la proximité, car la nurse les laissait partir seuls, et le chien Bello les attendait à la sortie. Bello était un mélange de saint-bernard et d'autre chose, blanc et feu. Qu'il soit là, à quatre heures et demie, assis devant la porte de l'école, était la meilleure conséquence du divorce. A quatre heures et quart Albert Fillion sortait de son bureau et d'une voix ferme commandait : « Bello! Les enfants! l'école! », et le chien partait aussitôt en courant en direction de la moraine qu'il dévalait. Si par malheur les enfants traînaient ou jouaient aux billes au lieu de se mettre en route, il mordait les tabliers et tirait en arrière jusqu'à ce qu'ils renoncent au jeu pour rentrer. Tendre et affectueux Bello. Bon chien. Patient compagnon de jeu. Pauvre Bello qu'Émilie et Émile attelaient à un petit char à ridelles qu'on leur avait offert. Ils le remplissaient de pierres, de briques et de bûches, puis fabriquaient des fouets avec des baguettes de coudrier ou de noisetier. Bello se laissait faire jusqu'à n'en plus pouvoir, et alors seulement, soulevait ses épaules, baissait les oreilles, reculait pour se détacher, disparaissait jusqu'à la nuit tombée, et ne répondait plus, même aux appels les plus sucrés. Bello, le chien de la future Belle du Seigneur.

Un matin d'hiver, en descendant la moraine suivie de son frère, Émilie-Jane improvisa une complainte qu'ils chanteraient tous les jours à tue-tête en allant vers l'école. Ce couplet, à chanter sur le ton le plus morne et sinistre, Ariane l'emprunte et en parle à Solal : *Le chant que j'avais inventé et que, se tenant par la main, les deux petites de neuf et dix ans glapissaient lugubrement sur la route les matins d'hiver en se rendant à l'école* (dans la réalité c'est avec son frère et non sa sœur qu'elle se rendait à l'école). *Je vous en ai déjà parlé, je crois. Oh, il ne s'agit que de quelques mots. Voici qu'il gèle à pierre fendre / Sur les chemins / Et nous, pauvres, devons descendre / De grand matin.* Pas la moindre erreur dans ce couplet de Jane, et Cohen, pour s'en être si précisément souvenu tant d'années après, a dû le recopier en même temps que d'autres passages dans le journal qu'un jour elle lui confia.

Une année avait dû s'écouler depuis le départ de sa mère, lorsqu'un jeudi matin l'enfant trahie et abandonnée se réveilla avec le sentiment que le monde lui appartenait. C'était jeudi. JEUDI ! Toute une journée de liberté. Elle se sentait appelée par le dehors et avait l'impression que son petit corps était trop étroit pour contenir une joie aussi immense. Elle venait de prendre conscience de sa liberté. Une liberté apparue depuis que sa mère ne dirigeait plus la maison. Elle aurait voulu crier de joie. Il lui semblait avoir droit à cette joie, un droit que pas un adulte ne pouvait remettre en question. C'en était bien fini des larmes et des supplications à l'oreiller qui n'était pas l'ambassadeur de sa mère. Si elle revenait maintenant, cela serait même bien ennuyeux. Comme disait Émile : « Maman, elle fait pas partie de la famille. » Jane sortit. Le domaine était vaste et lui appartenait. Elle le défendrait contre vents et marées, car c'était lui la source de tous les plaisirs. Elle était libre comme l'air jusqu'à ce que sonne la cloche, deux fois à un quart d'heure d'écart, le temps pour elle de rentrer en courant, se laver les mains, se recoiffer et descendre sagement se mettre à table. Ariane dit : *A midi, premier coup de gong. A midi et demi, deuxième coup, et il fallait se rendre immédiatement à la salle à manger. Aucun retard n'était toléré.* Jane rectifie : « Il y avait un gong, mais dans la Vieille-Maison, lorsque nous étions enfants dans la Maison-Neuve, c'est avec une cloche qu'on nous appelait. » Avant qu'elle ne retentisse tout était possible. Il arrivait seulement de temps à autre que la nurse dise à « *l'under-nurse* » : « Allez voir ce que font les enfants et dites-leur de ne pas le faire. » Une fois la déléguée sans autorité repartie, les consignes étaient oubliées. Un jour pourtant, alors qu'elle défendait à coups de pierres son territoire contre les enfants de Carouge, et que, manquant de projectiles, elle leur jetait du crottin dont elle avait prudemment rempli ses poches, son père qui se promenait la surprit et la ramena vers la maison sans un mot, la tenant par le col de deux doigts, et d'un air dégoûté dit à la gouvernante : « Lavez-moi ça ! » Un « ça » toujours pas digéré.

Quand Jane ne se battait pas avec les enfants du village, elle se disputait avec ceux du pasteur, quatre enfants roux surnommés « les poils rouillés » qui habitaient dans ce qu'elle appelait « le village nègre », c'est-à-dire des maisons qui se ressemblent, très près les unes des autres. Autres adversaires, les enfants du professeur de botanique, monsieur Chaudat, dignes de plus d'intérêt, car en possession d'un crocodile empaillé qui valait bien quelques défaites. Pour aller l'observer de près, là-haut sur sa galerie, elle était prête à quelques sacrifices.

Lorsqu'elle ne se battait pas, Émilie-Jane, l'enfant fragile qu'on ne pouvait gronder, mettait le feu à une meule de foin, ou, avec l'assistance d'Émile, coulait dans la chaux vive une couvée de canetons. Elle demandait timidement s'il était possible d'accompagner son frère à sa leçon de violon, puis elle l'entraînait pêcher des écrevisses dans la Drise, une petite rivière proche de la maison. Contrairement à leur sœur Marguerite, qu'Albert Fillion disait être « née bien élevée », les deux plus jeunes l'épuisaient.

C'était d'ailleurs dans cette crainte, qu'au départ de sa femme, il avait fait appel à sa sœur Henriette et à une de leurs cousines pour l'aider dans l'éducation de ses enfants. Toutes deux étaient venues s'installer dans des appartements séparés de la maison. Jane dit de sa tante Marie Mercier, que sous une apparence froide et hautaine, elle était faite d'un assemblage des pires défauts. Celle que les enfants appelaient « la Queen », parce que austère, toute de noir vêtue « avec du bois devant la maison » et son chignon de cheveux blancs, à l'image de la reine Victoria, était cupide, curieuse, médisante et gourmande. « Très belle au-dehors, très laide en dedans », conclut Jane.

Tante Henriette, tout aussi croyante et à cheval sur les principes calvinistes, était bien plus humaine, bien plus attachante. Elle avait provisoirement quitté sa maison qui n'était qu'à cent mètres pour veiller sur les enfants de son frère. Y veiller à sa manière. Très poétiquement. Dans l'ordre, ses sentiments allaient à son frère, ses animaux, ses arbres et ses plantes, les enfants. Elle les aimait pourtant, sans savoir le leur manifester. Réservée à en être presque sauvage, elle vivait à l'heure de son jardin et du culte. Bienveillante mais distraite, digne mais attendrissante, elle n'avait aucune autorité. Émile l'appelait tante Coucou, depuis qu'il avait appris que cet oiseau s'installe dans le nid des autres, et ses deux sœurs, la « née bien élevée » et la « terrible », ne dérangeaient pas son univers. Seuls, parfois, les mensonges de la plus jeune l'irritaient assez pour qu'elle lui répète qu'il ne fallait pas mentir, car le mensonge se situait tout de suite avant l'assassinat dans l'échelle des crimes. « Tu n'as ni à promettre, ni à assurer. Que ton non soit non, et que ton oui soit oui ! »

Cette leçon servirait à Jane toute sa vie, et elle attacherait à la vérité l'essentiel d'elle-même. Henriette Fillion, sans s'en rendre compte, lui forgeait l'âme des premiers chrétiens, ce qui avait des conséquences sur ses gestes les plus anodins : comme à tous les enfants, on lui avait défendu de remonter son réveil dans le sens inverse des aiguilles du cadran. Un soir, pour voir, elle fit l'inverse. Prise de remords, c'est en larmes, qu'au milieu de la nuit, il lui fallut aller avouer sa faute. Jane ne pouvait pas mentir sans trembler. Au pire, sa disposition naturelle à la féerie, qui plus tard la ferait obéir aux lois du romanesque plutôt qu'à celles du social, l'entraînait-elle à s'inventer des aventures imaginaires. Il y avait la boule de cristal au bas de l'escalier, la fée translucide qui vivait dans l'espace vide du fond du puits, et les sculptures grandeur nature du maharadjah et de la maharani de Baroda, l'une noire et l'autre blanche, de part et d'autre d'un sombre corridor. Les aventures qu'elle vivait avec eux ne relevaient pas des mensonges mais des fantasmes de l'enfance, quoi qu'en pense « Tanthenriette ». A la tombée d'un soir, rêvant dans un arbre, Jane se souvint tout à coup que la cloche avait dû retentir depuis longtemps. Sa tante l'attendait sur le seuil. Pressée de questions, ne sachant que répondre, elle inventa avoir été invitée par le vieux monsieur surnommé « Pas ça-pas ça » qui habitait la villa Marguerite au bout du chemin Fillion. Comme Baudelaire qui, sa dernière année de vie, ne savait plus dire que « crénom », le vieux voisin avait eu une attaque et ne prononçait plus que ces quatre mots. Étonnée, sa tante l'interrogea sur sa visite. L'enfant décrivit des pièces pleines de femmes nues. « Des sculptures, rectifia sa tante un peu déconcertée. Et ensuite, qu'as-tu fait d'autre ? – Il m'a offert du champagne ! » répondit l'enfant qui n'en avait encore jamais bu, et avec force de détails elle raconta n'importe quoi. Effondrée et troublée dans son honnêteté et sa parfaite sincérité, Henriette Fillion s'exclamait à l'adresse de son frère : « Cette enfant recommence à mentir ! », mais il lui répondit : « Non, Henriette, elle ne ment pas, elle fabule. »

Émilie-Jane, peu incitée à se satisfaire du réel, s'inventait un univers et des complicités imaginaires. Le péché n'était pas plus mortel que celui de sa tante pour qui les arbres avaient plus d'âme que les enfants. Un jour, on décida d'abattre un mélèze centenaire trop proche du portail. Tous sortirent pour assister à l'exécution capitale. Lorsque l'on entendit le triste craquement à l'instant où l'arbre s'abattait lourdement, Henriette Fillion, serrant les poings, pleura devant eux pour la première et dernière fois. Peu de temps auparavant, elle avait remarqué que la pointe d'un wellingtonia était courbée par un nid de pies. Le conifère aimé était très haut, mais l'un de ces enfants arriverait peut-être à atteindre le sommet. Elle appela la plus jeune et la chargea de cette salutaire mission. Émilie-Jane, qui grimpait souvent aux arbres et faisait même ses devoirs dans l'un des pommiers dont deux branches formaient un siège très agréable, redescendit bras et jambes écorchés, la mission accomplie. Henriette, fière de son initiative, en fit part à son frère, qu'elle rendit fou furieux sans bien comprendre pourquoi : « Henriette ! Si cette enfant était tombée, elle se serait tuée ! – Mais non, mais non, répondit-elle, elle est agile et grimpe comme un chat... Pense donc un peu à cet arbre ! Que serait-il devenu sans elle ? »

Comment ne pas songer à « Tanthenriette » dans l'évocation de « Tantlérie » qui a élevé Ariane, telle qu'elle est décrite dans le journal de l'héroïne : ... *Elle a fait de son mieux, durant sa vie, pour me témoigner le moins possible son affection, qui était profonde. Je vais essayer de la décrire vraiment, comme si c'était le roman.*

Car Ariane, comme Jane, écrivait son journal et lui confiait son désir d'écrire plus et mieux. Tantlérie *de toute sa vie, n'a jamais dit le moindre mensonge. Vivre dans la vérité était sa devise.*

Comment ne pas songer au « que ton non soit non et que ton oui soit oui » de Tanthenriette ! Ariane dit encore qu'elle était *froide et pourtant profondément bonne. Elle ne savait pas témoigner, exprimer. Ce n'était pas insensibilité mais noble réserve, ou peut-être peur du charnel. Presque jamais un mot tendre...*, plus loin elle ajoute : *J'ai oublié de dire que jamais elle n'a lu de romans, toujours pour la même raison, l'horreur du mensonge.* Et Jane confirme qu'Henriette sa tante, elle non plus, de sa vie n'a lu un seul roman. Elle le dit avec une tendresse amusée. Et un certain respect pour le fantasque d'une innocente. Une innocente qui toutefois a eu un incontestable impact sur elle. Alors que Solal annonce à Ariane qu'en trois heures il va la séduire et lui propose le pari, elle emprunte sa réponse à Jane qui l'empruntait elle-même à sa tante : *– D'accord ? – Oui. – Parole d'honneur ? – Je n'ai pas à la donner. Mon oui est oui. – Et votre non aussi.*

Il serait faux de dire qu'Henriette Fillion jouait le rôle d'une mère auprès de ses neveux. Jane, en particulier, avait gardé pour celle-ci une tendresse charnelle que rien ne pouvait remplacer. Bien qu'elle fût si légère, bien qu'elle ne fût que légère, elle demeurait sa mère, irremplaçable. Une mère toute en absence, à qui Marguerite et Émile n'ont jamais pardonné, mais vers laquelle elle se sentait malgré tout attirée. Séduction non cérébrale. Séduction féminine. Jane se dégage d'un sentiment par trop conventionnel : « Je ne ressemblais en rien à ma mère. Elle n'avait aucune influence sur moi. Elle était seulement charmante. Elle était jolie et avait de l'esprit... et je suis très sensible à la beauté des femmes. Elle savait me séduire mais je ne ressentais aucun sentiment filial, non... » Au moment de son divorce, Marguerite Fillion était partie vivre à Paris, ce qui valait mieux pour tout le monde. Elle y vécut deux ou trois années une liaison avec un riche collectionneur, Jacques Doucet. Ce fut pour elle une période faste. Ce Jacques Doucet fut-il le plus célèbre couturier parisien d'alors et le grand collectionneur du XXe siècle à la bibliothèque qui porte aujourd'hui son nom? A l'élégance de sa mère dans ces années de splendeur, cela semble très vraisemblable. Mais Jane ne sut guère plus de cette belle dame parfumée qui ne venait que de temps à autre en visite à Genève.

Elle s'installait à l'hôtel de Russie, le plus ancien des palaces genevois qui se trouvait à l'angle de la rue et du quai du Mont-Blanc, et une femme de chambre, ou la nurse, y conduisait les enfants. Une année, elle vint passer les fêtes de Noël avec eux et fit installer dans sa chambre un arbre immense richement décoré. Les cadeaux étaient si somptueux que les trois enfants se sentirent gênés en pensant à leur père, à ses cadeaux bien plus simples mais aussi plus sincères. Ils réalisèrent alors qu'il était trop tard et que cette femme élégante, si peu leur mère, ne pouvait pas acheter leur affection avec de précieux présents, donnés seulement dans le but de plaire.

Jane attribue à la découverte de carnets de son père, écrits en ce temps-là, son passage du monde de l'enfance à celui des adultes. Elle découvrit ces carnets en fouillant dans la chambre des malles, comme à son habitude, et ne put se retenir de les lire. Une phrase eut sur elle l'impact d'une balle en plein cœur : « Marguerite dépense généreusement un argent salement et facilement gagné. » Jane comprit d'un seul coup et dès lors ne fut plus une enfant.

Consciente de cela, peut-être ne se serait-elle pas évadée de sa chambre un soir pour la rejoindre avec autant d'exaltation. Émilie-Jane venait de se battre avec son frère de trois ans plus âgé et avait naturellement eu le dessous. Elle n'était la plus vive et la plus forte qu'en parole, mais cela n'avait d'effet qu'en présence des adultes qui lui interdisaient toute action de force. Elle l'avait donc provoqué, et il l'avait terrassée, rien que de très habituel.

Mais, pour marquer le coup, il avait dévissé les ampoules des lampes de la chambre et l'avait enfermée dans l'obscurité. Or elle avait peur du noir. Elle cria, tambourina, et, très colérique, se livra à une véritable crise de fureur. Puis comme personne ne l'entendait, elle se calma. La maison était vaste, les salons loin des chambres, personne ne viendrait. Elle se dit que cela ne pouvait pas se passer comme ça, ouvrit les fenêtres et les volets, et se laissa tomber d'un demi-étage dans la plate-bande fleurie accotée au mur. Elle hésita sur la route à prendre, puis opta pour le chemin Fillion et la route de Pinchat, car la moraine de nuit lui faisait peur. La petite fille de huit ou neuf ans en costume marin, cheveux bouclés et chaussons rouges se mit à courir vers l'hôtel de Russie pour rejoindre sa mère. En chemin, un agent tenta d'arrêter cet enfant qui n'avait pas à être dans la rue à cette heure tardive, mais elle lui échappa. Un peu affolée par sa propre audace, elle courut tout au long du chemin à travers les rues de Carouge, jusqu'à l'Arve, et de Genève, jusqu'au Rhône. De Pinchat à l'hôtel de Russie, il y avait plus de quatre kilomètres. Elle entra haletante dans le hall où le portier la reconnut, prévint immédiatement sa mère et la conduisit jusqu'à elle. Sa mère lui donna un bain chaud, puis téléphona à son ex-mari afin qu'il ne s'inquiète pas. Émilie-Jane dormit là. C'était la première fois qu'elle passait une nuit hors de chez elle. La première fois aussi qu'elle s'endormait dans le lit de sa mère. Le lendemain matin, ses boucles déjà refaites, attablée devant son premier petit déjeuner d'hôtel, elle vit entrer son père, exceptionnellement levé à cette heure matinale. Elle dégringola de sa chaise, se précipita vers lui et mit sa main dans la sienne, soudain terrifiée qu'il la laisse à sa mère et reparte sans elle. Ses parents ne s'étaient pas revus depuis le divorce et l'entrevue, qui devait leur être pénible, ne s'éternisa pas. Albert Fillion dit à sa fille : « Embrasse ta mère et remercie-la de ses bons soins. » Elle s'exécuta, et revint aussitôt mettre sa main dans la sienne, montrant par là qu'une mère qu'on ne voit pas compte peu. Entre eux, les enfants l'appelaient « Madame Soif d'égards ». Émilie-Jane et son père revinrent à pied jusqu'à Pinchat sans que soit formulée l'ombre d'un reproche. A la maison, des consignes avaient été données pour qu'on ne parle plus de l'aventure. Elle se sentait emplie de joie et de fierté, mais se limita à narguer son frère du regard.

Ce sentiment de superbe qu'elle conservait de l'épisode refluait à chaque fois qu'elle passait devant l'hôtel pour aller à sa leçon de piano, même bien après que sa mère, moins fortunée par la suite, eut cessé d'y séjourner. Puis, ce sentiment fit place à des pensées plus sombres, tel ce charme dont elle avait appris que sa mère faisait un si mauvais usage. Devant l'hôtel de Russie elle songeait ainsi à sa mère comme Ariane l'exprime : [...] *la statue du sphinx femelle à l'entrée de l'hôtel de Russie rue du Mont-Blanc quand j'allais à ma leçon de piano je m'arrêtais pour regarder cette lionne assise à tête et buste de femme elle avait des seins lourds qui me troublaient je devais avoir treize ans j'y pensais la nuit dans mon lit.*

A la vie trouble de sa mère, Émilie-Jane préférait son univers naturel. Son père lui remettait régulièrement une clef du portail qu'il fabriquait lui-même « comme Louis XVI » et qu'elle semait aussitôt dans une escalade. Cette clef, qu'elle n'osait lui redemander trop souvent et, qui, une fois perdue, l'obligeait à passer par une brèche, c'était la clef du paradis.

Cet univers naturel, dont elle désirait tout sauf s'en échapper, s'était agrandi depuis peu du cimetière de Carouge, juste au bas de la moraine. Léontine, la femme de chambre, était amoureuse du fossoyeur. Tout lui était prétexte pour emmener l'enfant en promenade dans cette direction. Émilie-Jane devint naturellement l'amie et la complice du fossoyeur. Elle l'aidait lors de l'ouverture des tombes. « Je n'avais pas peur des ossements, bien au contraire, j'étais curieuse de ce qu'une fois le couvercle ouvert, on allait découvrir », dit-elle, comme s'il n'y avait là rien que de très normal. Une distraction comme une autre pour une petite fille de dix ans. Un jour, lors de l'ouverture de la tombe d'une enfant de cinq ou six ans, le fossoyeur dégagea des os de la petite main un chapelet bleu et lui en fit cadeau. C'était un magnifique présent! Elle sut immédiatement que ce serait le plus précieux de ses « trésors ». Seulement, triomphante, elle ne put s'empêcher d'en faire part à sa tante. Consternée, celle-ci le confisqua immédiatement. Sentant que ses larmes ne viendraient pas à bout de l'épouvante familiale, Jane se laissa aller à une colère dont elle avait le secret. Il y eut capitulation, et le chapelet bleu, désinfecté, lui fut rendu. Objet catholique de surcroît, ce qu'elle mit dans sa coupe à trésors concrétisait, pour Henriette Fillion, l'horreur absolue. Cette coupe, cachée mais souvent confisquée, était une écuelle de bois remplie de plumes chatoyantes, cailloux précieux en imagination, œufs trouvés dans des nids, images découpées, billes d'agate, objets divers qui souvent changeaient, objets sans valeur mais qui lui appartenaient. Lorsqu'en punition elle était saisie, Émilie-Jane chantait inlassablement d'un ton morne et désemparé : « Tanthenriette, Tanthenriette, rendez-moi mon écuelle de bois, Tanthenriette, Tanthenriette, rendez-moi mon écuelle de bois... », jusqu'à ce que, excédée, celle-ci cède : « Cette enfant me tue! »

Ariane et sa sœur possèdent aussi un trésor : [...] *on a mis des morceaux de verre du papier de chocolat une vieille clef des photos de nous deux des sous une plume de paon des biscuits censément de marin en cas de famine un ours en chocolat un anneau de rideau censément une alliance pour quand je serai grande...* Assise dans la cuisine auprès d'Adèle, la cuisinière, Émilie-Jane pouvait passer des heures à contempler et recenser le contenu de la coupe en bois dur. Parfois elle le faisait, en chantonnant à son adresse : « Adèle, ma bonne Adèle, t'es belle et tu sens bon, Adèle, Adèle, tu sens la Javel et le savon. » Elle se sentait si bien avec la fidèle Adèle que son père appelait « Papillon de lavoir et Princesse de Rocco », du nom de son bien, un terrain sur lequel toute sa vie elle espéra construire et se retirer, alors qu'elle ne quitterait jamais ni Pinchat, ni « Mademoiselle Émilie ».

Tandis qu'Albert Fillion faisait un long séjour en Italie avec Marguerite, sa fille aînée, c'est Adèle qui vint à bout d'Emilie-Jane, qui, exaspérée par son frère, avait décidé de s'en débarrasser. Elle était entrée dans la chambre de son père, avait subtilisé le revolver chargé qu'il gardait à portée de la main dans le tiroir de la table de nuit, et était descendue tuer Emile. Adèle était entrée dans la salle à manger alors qu'elle le menaçait, attendant un peu avant de tirer pour jouir quelques instants des rôles enfin renversés. Elle aurait tiré. Tous eurent rétrospectivement si peur, qu'on s'abstint de la gronder et punir et qu'on s'apaisa à la seule idée de l'arme déchargée et hors de la portée de cette enfant folle.

Mais, Adèle, là bien avant leur naissance, comprenait les enfants. Ce n'est pas elle qui leur aurait jeté la pierre. Elle ne se serait pas non plus permis d'émettre un jugement sur leur mère, sur l'inconscience de cette femme qui était venue se réinstaller à Genève, ce qui, une fois de plus, n'était pas ce qu'elle pouvait faire de mieux. Il était convenu que la gouvernante les emmènerait lui rendre visite une à deux fois par mois. Une à deux fois de trop, devait-elle penser, car un jour, en rentrant, elle ne put s'empêcher de leur dire : « Quand on a une mère comme la vôtre, on rase les murs! » Elle fut congédiée peu après, mais rien n'effacerait l'offense. « C'était épouvantable. Ma sœur et moi, sans nous concerter, sommes devenues de plus en plus fières, de plus en plus orgueilleuses, ce, d'autant que nous ressentions comme une certitude qu'on ne pouvait nous accuser, nous blâmer de cela. Nous sommes devenues arrogantes! », dit Jane, à jamais meurtrie. Meurtrie. Comment ne pas l'être à cet âge? Raser les murs! Des mots qui les avaient giflées. De la violence des mots, parfois... à la revanche à prendre, un jour, sur l'injustice flagrante, affreuse de ses mots prononcés pour blesser, pour écraser leur insouciance. Mais comment signifier sa vengeance à cet âge, sinon par l'arrogance ? Et comment oublier quand on vous marque d'un sceau ? Le sceau d'un divorce! Jane sait aujourd'hui qu'elle est simplement née trop tôt dans une société qui ne pardonnait pas. C'est une explication, pas une consolation.

Marguerite Davin, ex-Fillion, revenue de ses amours parisiennes, égrène ses perles pour paraître. Vie de luxe apparent en chambre de palace. Elle a trente-cinq ans, elle est toujours aussi belle et charmante. Elle séduit par plaisir, par nature et par nécessité. Cette fois-ci, il s'agit d'un jeune et riche étudiant égyptien, Vahram Bey Nubar. Amoureux plus que de raison, il l'épouse. Dorénavant Albert Fillion ne pourra interdire à ses enfants de séjourner auprès de leur mère remariée. Rien ne s'y oppose et la situation semble en quelque sorte s'arranger. Mais les deux aînés refusent et Jane part seule passer ses premières vacances hors de Pichat, entre « la jolie dame parfumée » et un beau-père de vingt-trois ans amoureusement installés au Grand Hôtel de Talloires.

Il est beau, et charme la petite fille. Il lui apprend à nager dans les eaux froides du lac d'Annecy, pendant que Marguerite se repose ou les regarde de loin et de l'ombre. Son enfance n'est pas si loin et il a les mots qu'il faut, les gestes qu'il faut. Rien ne vient nuire à l'insouciance de cet été. Moments rares de bonheur, légers, en suspens, et fragiles. Mais ça, rien ne le laisse supposer. Il semble que le calme soit revenu, et que rien ne les menace. Marguerite et Vahram Bey Nubar s'aiment en présence d'une enfant exempte de jalousie, complice, avide de paix. Ce sera leur seul été, mais un été cristallin. Un été de bonheur retrouvé.

Vahram Bey Nubar était le petit-fils de Nubar Pacha, et sa famille, en ce temps-là encore très puissante, bien que peu aimée des Égyptiens. Nubar Nubarian Pacha, d'origine arménienne, avait tout d'abord été secrétaire et traducteur auprès du fils de Mohamed Ali, Ibrahim Pacha, vice-roi d'Égypte. Il devint ministre sous le khédive Ismail, et fut l'un des créateurs des tribunaux mixtes en Égypte. Principal défenseur de l'ingérence étrangère dans le pays et opposant au mouvement national, il fut limogé et exilé par le khédive en 1879. Lorsque Boghos Pacha Nubar, le fils de Nubar Pacha, apprend que son fils Vahram, envoyé à Genève finir ses études, vient d'épouser une femme protestante, divorcée et mère de trois enfants, sa colère éclate. Fort de son argent et du pouvoir qu'il sous-entend, il décide de désintoxiquer son troisième fils de cette irréligieuse erreur, aussi rapidement que sa fougue l'a fait tomber dans ce piège. Et, dans la mesure du possible, avant que cela ne s'ébruite.

Marguerite, comme cela avait été convenu, reconduisit sa fille à Genève. En quittant son jeune époux le temps d'une journée de fin d'été, elle n'imaginait pas ne jamais le revoir. De retour, elle s'étonna de ne pas le trouver à la gare, puis, arrivant au Grand Hôtel, elle apprit que son mari n'y était plus. Pas un message. Pas un indice. Rien. Elle s'est assise dans sa chambre face à l'incompréhensible absence, sans se douter encore que ce mariage, si réel hier, demain ne serait plus qu'un rêve. Quelques robes, quelques chapeaux, quelques bijoux, pour tout solde, et des perles à égrener pour faire face à la faillite sentimentale, encore... Boghos Pacha Nubar s'est adressé au grand avocat genevois Paul Moriaud, qui fit casser le mariage. En fait, il le fit purement et simplement annuler. « Mariage déclaré non valable »! Argent comptant. Genève, année 1910.

Pour ce faire, en l'absence de sa légale épouse, Vahram a été enlevé au Grand Hôtel de Talloires et enfermé dans une clinique psychiatrique. Il n'en ressortira qu'après avoir retrouvé « ses esprits » et, brisé, se réfugiera en Belgique chez sa sœur Eva, comtesse d'Arschot. Rentré en Suisse, il se remariera une dizaine d'années plus tard avec une jeune Italienne, et jamais, il ne rappellera Marguerite. Sur le socle de la monumentale statue de son grand-père à Alexandrie, était inscrit : « La justice est la base de tout gouvernement. » Une justice monnayable. Des années après, évoquant l'histoire, Jane était encore révoltée et profondément écœurée. Cohen l'écoutait sans mot dire. Elle lui reprochait — n'était-il pas licencié en droit ? — de n'avoir pas d'avis. Elle s'en indignait. Comment pouvait-il ne pas lui donner raison, ne pas ressentir l'injustice d'une pareille entorse à la loi ! Jane ne savait pas qu'il se taisait parce que Paul Moriaud avait été le professeur qui l'avait le plus influencé. Plus tard il dirait même du doyen de la faculté de droit de Genève : *Paul Moriaud était un grand savant, un homme pur et bon, et j'éprouvais pour lui une sorte de vénération, accentuée par la sympathie toute particulière qu'il me témoignait...*

... à l'indépendance

Pauvre Jane, trop éprise d'idéal et d'absolu, qui lorsqu'elle donne sa confiance ne doute plus. Pauvre Jane, incapable de tromper. Pauvre Jane, une nuit, brutalement détrompée. Comment deux caractères si dissemblables ont-ils pu s'aimer des mois durant ? Comment le naturel et la droiture de Jane ont-ils pu se heurter nuit après nuit aux calculs de son amant ? A quels charmes succombaient-ils encore après s'être juré de se haïr ? Qu'avaient donc ces caractères aimants à s'attirer et se repousser sans cesse ?

A ceux que l'Ariane de Solal avait séduits, apprendre que ses charmes sont, en résumé, ceux de Jane : nuance des yeux, nez d'orgueil et fierté de ses seins. Mêmes goûts pour les vêtements, les fleurs, les livres, l'écriture, la musique. Elle joue du piano, skie, bronze nue, reste des heures dans son bain, jette l'argent par les fenêtres, mêle des mots d'anglais à ses phrases. Elle est nerveuse et elle parle toute seule. Aujourd'hui encore, elle ne cesse de se parler à voix haute ! En arrivant devant sa porte, je l'entends parfois traverser l'entrée et se dire : « Va donc chercher les verres et le whisky. Nathalie va venir, et c'est encore elle qui va tout faire. Et les glaçons ? Tu crois qu'il faut les amener maintenant ? Si elle arrive en retard, ça va être comme l'autre soir. Fondus. Tu n'auras plus qu'à te traiter d'idiote et tu auras bien raison... D'ailleurs tu le sais bien. Oh, ne me parle pas sur ce ton... (plaintive). Tu ne mérites que ça ! (ferme), etc. » Je sonne et résous le problème de la glace. Elle ne devine pas que j'ai attendu un instant avant de sonner tant il me plaisait d'entendre Jane parler à Jane.

Intriguée, je lui demande si elle parle souvent seule et s'il en a toujours été ainsi. Elle me répond : « Nous sommes deux comme tout le monde ! Pas vous ? Cette dualité est parfois fatigante à la longue, car l'autre est très dure avec moi. Elle ne me passe rien. A l'âge qu'on a, tout de même, elle pourrait être plus indulgente. Qu'en pensez-vous ? » Ce que j'en pense, Jane, c'est que vous êtes merveilleuse. Ou merveilleuses, toutes les deux. Celle qui n'en fait qu'à sa tête, et celle, imperturbable et de haute morale, qui vous reprend. Moi, je suis seule avec moi. Je ne m'adresse pas la parole, je ne m'invective pas, je ne prends pas un ton de reproche pour commenter les erreurs dont j'ai pourtant parfois conscience, je ne prends pas un ton ferme, mais plus doux, pour me pardonner à moi-même d'avoir été trop dure, je ne mets pas fin à des monologues qui de l'extérieur auraient tout l'air d'être des dialogues, en m'exclamant : « Tais-toi ! ». Et il me semble, mais c'est parce que je ne suis qu'une, que l'autre ne m'impressionnerait pas suffisamment pour que je lui obéisse. Lorsque je vous réponds qu'il me semble que le commun des mortels « n'est pas deux », vous me regardez avec un air si surpris que j'ai envie de poser la question au premier venu. « Et vous, vous êtes un ou deux ? » Ou plus..., sait-on jamais. La réponse semble me donner raison. Pour la plupart nous ne sommes qu'un, le bien, le mal, enchevêtrés. On peut tenter de se faire face, mais ça fait boucle. C'est toujours soi. Il n'y a pas l'« autre »...

Qu'elle a de la chance, cette « autre », de vous avoir pour la distraire du matin au soir de vos enthousiames et vos contradictions. Qu'ils ont eu de la chance, les témoins de vos divergences d'opinions! Car on ne sait jamais qui de vous deux va l'emporter. Qu'Albert Cohen ait écrit : *Ô son Ariane, gaie, un peu folle, imprévue*, ne peut décrire que vous. Aujourd'hui encore, je ne sais pas si je vous trouverai rayonnante ou en pleurs, amoureuse de la vie ou ne souhaitant plus que mourir, immédiatement. Je ne sais jamais si je vais vous contredire en alignant de quoi démontrer que la vie n'est pas si belle, ou en tout cas pas pour le plus grand nombre, ou s'il va me falloir puiser dans mon imagination de quoi vous redonner l'envie de vivre encore, de ne pas me quitter. Jane, vous êtes déroutante. On ne peut pas se lasser de vous.

Des chapitres entiers de *Belle du Seigneur* sont faits des monologues d'Ariane, à la première ou à la seconde personne : ... *mais je suis tellement bien comme ça par terre pas habillée parlant toute seule j'adore parler toute seule* ou *Allons, dépêche-toi, sinon tu seras en retard et ce monsieur te grondera! Va vite avoir des rapports personnels*... L'une se laisse aller et l'autre la sermonne ou l'admoneste.

A la lecture des descriptions physiques d'Ariane, Jane me reprend ou précise. Lorsque Ariane dit : *Mes yeux sont piqués d'or* (ceux d'Aude étaient mordorés!) *vous avez remarqué? tout le reste est parfait joues mates ambrées voix délicieuse front pas populaire nez un peu grand mais vraiment très beau, visage honnête et non fardé et puis terriblement élégante*... et que Solal l'admire *haute et de merveilleux visage, incroyablement bien construite* avant qu'elle ne conclue : *La plus belle femme du monde* en se décernant une tendre moue dans la glace, Jane ne dit pas qu'il exagère, mais que jeune, elle s'aimait seulement un peu trop. « J'étais fière. Je m'aimais. J'avais le tort de ne vraiment pas me prendre pour n'importe qui. Je n'en suis tombée que de plus haut! Je n'étais certes pas d'une beauté à arrêter les trains, mais de mon corps, ça oui, j'avais raison d'être fière. J'étais longue et musclée par le tennis, le ski et la nage, je bronzais nue, j'avais de très beaux seins. J'étais élégante et ne me fardais pas, pour ne pas donner prise aux commentaires de ceux pour qui je ne serais jamais que la fille de ma mère. Ce qui pesait sur nous était suffisamment lourd ! » Quant à son nez d'orgueil qu'elle poudrerize d'un bout à l'autre du livre, il est noble et si beau que tous ceux qui la croisent en font encore la remarque.

Ariane dit à propos de ses seins : *Il m'a dit que j'ai les plus beaux du monde, c'est vrai d'ailleurs*, et Jane dit que Cohen aimait à le lui dire et redire, mais qu'elle le savait déjà, n'avait pas besoin de lui pour le savoir. Des passages entiers leur seront consacrés dans le livre. Ils seront immortalisés en littérature comme dans la pierre et le bronze des sculptures de Max Weber. Qu'apprend-on encore de l'apparence d'Ariane ? De ses cheveux, elle dit : *cheveux extraordinaires en effet. Châtains, mais d'un doré merveilleux, noisette brûlée et or. Nez extraordinaire aussi, follement beau quoique peut-être un peu plus grand que d'habitude.* Jane sourit, et dit seulement que la chevelure de sa sœur était bien plus blonde et bien plus belle. Cohen aimait ses cheveux, mais elle les coupa sans le prévenir, comme l'on coupe un lien, un jour où son humeur lui dictait de rester libre. Libre de décider seule ce qui lui allait ou non. Elle travaillait, elle ne perdrait plus de temps à se coiffer. Cohen aimait ses cheveux ? Alors, il fallait les couper, les conserver était une marque de la soumission.

Ariane a des *dents merveilleuses*, des *jambes plus lisses qu'une statue* et elle hante Solal : *Hantise d'elle, jour après jour, depuis le soir de destin. Ô elle, tous les charmes, ô l'élancée et merveilleuse de visage, ô ses yeux de brume piqués d'or, ses yeux trop écartés, ô ses commissures pensantes et sa lèvre lourde de pitié et d'intelligence.* On apprend également qu'elle peut avoir *sur son visage, la décence de la classe dirigeante, tandis que le prolétariat se tenait immobile et honteux*, et Jane ajoute, amusée, qu'elle était si fière, que lorsque Emile, enfant, l'avait surnommée « ma vache » et l'appelait, elle allait très fièrement vers lui!

Albert Cohen écrira qu'*En cette heure de jour, l'esclave nue de Solal, prête à tous services d'amour, docile en la pénombre des nuits, n'était plus que sociale (...) impressionnante de réserve*, et Jane répond : « Bien obligée! » C'est aussi pour cette raison qu'elle préférait ne l'aimer que dans la magie de la nuit. Le social et ses modèles imposés n'était pas si satisfaisant qu'il faille à tout prix y coller au plus près. Mieux valait laisser courir la journée jusqu'au soir, et attendre qu'il n'y ait plus d'interdits. Sa noble réserve n'avait cours que de jour. Ainsi, Jane parle-t-elle de ce qui l'animait la nuit tombée : ils viennent de s'opposer sur un sujet quelconque, et, exaspérée, elle s'est éloignée de lui qui est assis sur le divan près de la cheminée du petit salon. Il est d'humeur réparatrice et lui dit : « Viens. » Elle lui répond « Non », le plus sèchement possible. Il tend sa main vers elle, et lui redit : « Viens! » Avec une nuance de colère dans la voix, elle lui répond à nouveau : « Non! » Il la regarde et cette fois-ci ajoute : « Tu es belle et je t'aime. Viens! » Alors elle capitule et le regarde en souriant. Tout doucement, elle défait un à un les boutons de sa robe roumaine. Ouverte de haut en bas, elle l'écarte, la retient un instant sur ses épaules déjà dénudées, puis la laisse tomber à ses pieds. Elle se tient droite et nue, s'exposant à son regard comme au soleil. « Tu es belle », dit-il encore, plus bas, vaincu. Elle marche alors vers lui qui s'est levé pour l'enlacer, l'embrasser, et bientôt l'entraîner au sol. Elle se sait belle, et la beauté de son corps est à la fois l'arme la plus sûre de sa séduction – et elle sait s'en servir – et un don à l'aimé. Elle remporte une victoire, puis se soumet. Alors, elle aimerait que jamais la nuit ne cesse.

Jane, comme Ariane, fut *amoureuse de sa propre forme* et lorsqu'elle marche nue, elle ne se sent pas plus vulnérable. La religion l'a traversée sans laisser aucune marque de pudeur, l'éducation aucun interdit. Il semble qu'elle n'obéisse qu'à ses propres lois. Aussi pose-t-elle nue, des heures durant, pour Max Weber, dans l'atelier de la rue du Cloître face à la cathédrale, nage-t-elle nue dans les eaux froides du lac, bronze-t-elle toujours nue, dans sa propriété. Là, elle s'endort et renaît des rayons du soleil, entre deux haies qui forment comme un berceau. Aujourd'hui, elle regrette être née trop tôt pour avoir pu marcher nue le long des plages en toute impunité. Car si elle n'aime pas être déshabillée du regard (quelques années plus tard Claudel la regardera ainsi et elle n'apprécie pas la rencontre), elle aime s'y exposer, quand c'est elle qui décide.

Ariane aime aussi : *chic d'être regardée nue j'adore.* Elle va même jusqu'à jouer du piano nue : *Tu vois ça, jouer du Chopin toute nue! C'est peut-être l'habitude dans l'aristocratie de Genève! Nue, à cinq heures de l'après-midi!* Elle choque. Et Jane pense que ce n'est rien, et n'a que faire des commentaires de ceux qui jugent et détiennent la morale, pour avoir appris que ce qu'elle recouvre est souvent bien plus noir que sa sensation de bien-être lorsqu'elle dépose à terre l'enveloppe sociale de ses vêtements.

C'est cette même nécessité d'absence d'entrave à la sensation de liberté qui dicte le choix de ses vêtements. Ce sont presque des commandements. Matières, couleurs, associations, accessoires réduits à leur plus simple expression, elle sait exactement ce qu'elle veut et ce qu'elle refuse. Sensuelle, elle accorde aux matières, naturelles s'entend, une importance extrême. Elle aime le blanc l'été, et les couleurs marine, roses, beiges, greiges et brunes les autres saisons. Pas de noir, sinon le soir. Pas de rouge, pas de mauve, jamais d'imprimés. Ariane aussi choisit l'uni, *c'est plus sûr.* Pas de chapeaux, peu ou pas de talons, des sandales blanches l'été, pas de ceintures, quelques foulards, des fourrures, un diamant, les sacs et les gants les plus élégants. Cohen approuvait Jane de ne pas porter de chapeau. Il écrit à leur sujet dans *Mangeclous* : *Leurs ridicules petits chapeaux catastrophes. Il n'y a rien de plus laid et de plus idiot qu'un chapeau de femme élégante.* Sous ses tailleurs et ses chemises de soie, jamais de soutien-gorge. JAMAIS. « Je n'en ai jamais porté, parce que j'aime me sentir libre sous l'étoffe et parce que mes seins étaient assez fermes et légers pour ne pas y avoir recours », dit Jane, et Ariane une fois encore fait de même, ce qui n'était pas coutume ces années-là. *Nue, elle passa la chère robe, exquise avec ses lacets qui s'entrecroisaient devant, si souple et blanche, largement échancrée et divinement sans manches, héroïque et sculpturale avec ces plis merveilleux. Oh, comme elle s'y sentait bien! Oui, bonne idée de ne rien mettre en dessous. Il faisait si étouffant. Et puis exquis de narguer les gens dans la rue et de penser qu'ils ne savaient pas.* Ce sentiment, Jane le connaît par cœur, c'était le sien. Ce que se dit Mariette dans le roman, c'est sans doute ce que devait penser la bonne et fidèle Adèle : *Regardez-la-moi, celle-là, se dit Mariette, pas de chemise, pas de jupon, juste son silpe, comme elle dit, et la robe par-dessus, adjugé, c'est pesé, et une bonne bronchite au premier chaud-froid, enfin elle est solide, heureusement.*

Semblable à Albert Cohen l'attendant déjà vêtu d'une longue et somptueuse robe de chambre de soie, Jane laisse tomber sa robe sur le sol pour se donner à lui. Point ne leur est nécessaire de savamment s'habiller, pour immanquablement se dévêtir. Point de pénible consciencieux déshabillage... Ariane en convient : *Retour au premier soir heureusement que jamais de soutien-gorge sinon ça aurait été assez pénible surtout pour un premier soir ça aurait fait embouteillage il aurait fallu défaire d'abord ôter genre visite médicale ou en tout cas abaisser enfin très gênant il aurait dû attendre la fin de l'opération et moi j'aurais été morte de honte...* Mais si Ariane cache ses seins chez son couturier ou lors de visites médicales, Jane, elle, n'en a cure. Elle porte sa nudité quelles que soient les circonstances, avec la même insouciance, la même fierté, le même dédain. Elle n'a pas de fausse pudeur. Et là encore, elle tranche sur ses semblables. Solal l'exprime on ne peut plus clairement : *Leurs seins? Des blagues, et toujours tombantes. Dans les journaux, toutes ces réclames pour ces instruments, ces porte-mamelles, ou comment les appelle-t-on, ces outils?*

– Des soutiens-gorge, monsieur.

– Toutes en portent! Et c'est un abus de confiance!

Albert Cohen aimait Jane, une fois encore, de n'être pas comme « toutes ». Il aime la simplicité et la pureté de ses robes blanches portées à même la peau et il l'imagine marcher dans la ville vers lui : *elle allait à longue allure, belle de son seigneur, robe secouée et s'envolant en deux ailes battantes. Le bruit de sa robe secouée par la marche était le claquement d'un voilier cinglant vers une île extraordinaire, et l'amour était le vent qui gonflait les voiles.* La robe « voilière » que Jane aima tant porter avait été achetée à La Mouette. Elle rappelle la voile blanche du navire qui ramène Iseult, ce signe de bon présage attendu par Tristan qui se meurt. Si le présage est bon, et bien que nul mal ne soit en celle qui le porte, la fin n'en sera pas moins noire.

Le vieil oncle Saltiel a raison de craindre le pire pour Solal, Ariane ne fera pas son bonheur : *Oui, mettre cette demoiselle Ariane en concurrence avec une vierge israélite parfaite, avec beauté, santé, robes de luxe, poésie, piano, bains tous les jours, glissades modernes sur la neige.* Et Jane, comme Aude arrivée *ex æquo à un concours de ski*, comme Ariane, skie à une époque où cette activité est encore balbutiante. Cohen fait dire par sa mère : *Ces skis sont des cornes du diable. Se mettre des yatagans aux pieds, quelle folie! Ne sais-tu pas que tous ces démons skieurs se cassent les jambes? Ils aiment cela, ce sont des païens, des inconsidérés.* Jane skie donc, et elle skie bien. Elle lui raconte, descendante des cimes, comment elle aime la récompense de l'enivrante descente après l'effort de la montée, car on est encore loin en cette fin des années vingt des remontées mécaniques, et elle lui parle de l'ivresse ressentie à être plus haut que les nuages, à être plus haut que tout, car elle sait bien qu'il ne l'y suivra pas.

Alors, Jane devient celle des hautes altitudes. *C'est mon himalayenne*, dit Solal d'Ariane, *ses longs cils recourbés, ses soliloques de solitude, l'Himalaya qui est sa patrie.* Le toit du monde, pour la plus élevée d'entre toutes les femmes, la bien-aimée, rien que de très vraisemblable.

En fait, Cohen est plus sensible à l'image de Jane qu'à sa réalité. Il aime l'idée de son enthousiasme au sommet des montagnes, car c'est encore exceptionnel et qu'il n'a pas à l'y suivre, mais n'apprécie pas autant son amour de la nature, qu'il trouve plus ordinaire. Malheureusement pour Jane, c'est celui-là qu'elle a désespérement tenté de lui faire partager. « Je pensais qu'il n'avait pas eu la chance de grandir comme moi parmi les arbres et les fleurs. Qu'il fallait lui offrir cette connaissance des plantes qui m'était symbole de vie. Peine perdue. Je parlais toute seule. » En effet. Dans *Solal*, il *fit envoyer à l'hôtel de merveilleuses roses (les femmes étaient sensibles à ces légumes)*, puis il compare Aude à Moïse : ... *il ne jouait pas de piano, Moïse, et il ne cueillait pas des zinnias et des cataclas en disant : Voyez comme je suis immatériel et comme mon corps sans défaut, Chère, est l'image de mon âme.* Dans *Belle du Seigneur*, Solal s'en plaint à nouveau : *Hier, cette tartine sur les fleurs d'automne, ses préférées, avec description complète des dahlias, des asters et autres herbages. Le dahlia qui était une fleur sensuelle, lourde, riche...* ces dahlias de Pinchat, pauvres cousins des chrysanthèmes, que Jane aimait et lui montrait avec ses rosiers, lui racontant qu'enfant, elle les cueillait pour sa maîtresse en partant pour l'école. Elle lui lisait à haute voix des passages de son livre de jardinage, qu'elle trouvait vieillot et charmant, poétique en un sens, et qu'elle appelait sa « bible ». N'était-il pas normal qu'elle lui en parle, puisque désormais c'était elle qui avait entre les mains le destin du jardin ? Et le langage des fleurs qu'elle utilisait, n'était-il pas aussi normal de lui en donner les clefs ? Ariane s'en souvient tout de même, qui brode pour Solal un myosotis dont *la devise est « ne m'oubliez pas »*, devise que Jane énonçait en allemand, pour plus de poésie : « Vergiss mich nicht », sans imaginer pour autant à quel point il allait répondre à sa demande !

Dans *Belle du Seigneur*, Albert Cohen – et non Solal – regrette Jane : *Moi, dit celui qui fut jaune, je ne veux pas être sage, je veux ma jeunesse... Je veux les fruits et les fleurs de l'aimée...*

4.

Je ne suis la fille de personne

De l'absence de tendresse
à l'expérience de l'amour

De l'absence de tendresse...

Au retour du séjour balnéaire à Talloires auprès de sa mère, Emilie-Jane se sentait irradiée de joie de vivre. Les vents avaient entraîné loin les orages de leurs existences, et un nouvel ordre s'était installé. Elle était la première à percevoir les effets bénéfiques de cette paix, et elle avait décidé de convaincre Marguerite d'enfin revoir leur mère. Tout s'arrangerait, pensait-elle.

C'était le temps des illusions et la fin de l'été, soit la pleine saison pour d'autres orages. Ce calme qu'elle ressentait n'était en fait que celui qui annonce banalement les tempêtes. Le bonheur fut de courte durée.

Les premières brises apportèrent la nouvelle de l'enfermement en clinique psychiatrique de Vahram Bey Nubar, et l'annulation du mariage prestigieux de leur mère. Cette annulation signifiait une fois de plus sa condamnation, et à nouveau l'impossibilité de la voir plus de quelques heures par mois, si elle ne quittait pas la ville...

L'enfant qu'elle était encore sentait bien que cette mère, à peine entrevue, allait disparaître à nouveau, et qu'il fallait se taire. Ni sa sœur, ni son frère ne prendrait son parti, et en parler à son père n'était tout simplement pas dans l'ordre possible des choses. Pour rien au monde elle n'eût voulu faire de la peine à celui sur lequel elle avait reporté toute la passion de son affection depuis cinq années. Elle l'aimait tant que pour ne pas lui faire de peine elle ferait le sacrifice de ne plus parler de sa mère, c'était dit. Elle l'enfermerait en elle, de manière qu'il comprenne, sans qu'elle ait à l'exprimer clairement, que lui seul comptait dans son cœur et que l'absence d'une mère n'est rien lorsque l'on a un père si merveilleux. Si « magnifique » dit-elle aujourd'hui...

Dans les semaines qui suivirent, la tension était telle que le temps semblait en suspens. Marguerite, que son père, toujours à la recherche d'objets d'art pour Baroda, avait emmenée avec lui à Florence et à Rome, lui avait fait perdre patience. L'aînée, sa préférée, était trop séduisante à dix-sept ans pour être laissée libre un seul instant en Italie, il venait de s'en apercevoir. Sa parfaite éducation était lézardée par un tempérament de plus en plus exalté, et il redoutait le pire. Un pire dont il avait fait l'expérience. Il abandonna donc Marguerite dans un couvent de dames françaises proche de Florence, pour ne venir la reprendre que sur le chemin du retour, une saison plus tard. Mais, entre-temps, la jeune protestante, émerveillée par les fastes et le décorum de la vie conventuelle d'une Toscane on ne peut plus catholique, avait pris la décision de se convertir. Son père mit cela sur le compte de cette ardeur passionnée qui semblait être sa nouvelle humeur naturelle. Il était secrètement amusé de l'impact que cette détermination aurait sur ses tantes, mais ne croyait guère en la constance de cet élan. Or Marguerite se convertit au catholicisme, à leur épouvante et à leur consternation.

Épouvante et consternation se doublèrent d'effroi et de stupéfaction à l'élan suivant, dont cette fois-ci tous furent témoins. A table, rompant le silence, Marguerite constata à haute voix :

« Personne ne faisait les soufflés comme maman. »

Ce à quoi sa tante, surnommée « la Queen », lui lança :

« Quand on a une mère comme la vôtre, on ne s'en vante pas. »

Marguerite, ne pouvant répondre, la toisa du regard avec fureur.

« Tu es bien arrogante! Si tu continues à me regarder comme ça, je te gifle, lui dit-elle pour clore l'incident.

– Si vous me giflez ma tante, je vous le rends », répondit Marguerite en n'abaissant pas son regard.

Et les gifles partirent. La scène n'avait pas duré plus d'une minute.

Albert Fillion montra du doigt la porte et Marguerite sortit fière sous les regards ahuris et admiratifs d'Emile et d'Emilie-Jane qui, bien que redoutés pour leurs audaces, n'auraient jamais osé gifler une femme âgée.

Les conséquences du geste furent en premier lieu le renvoi, sous forme de départ, de la victime, puis, et seulement parce que les convenances l'exigeaient, l'exil de Marguerite vers le pensionnat le plus proche... si proche, que chaque soir Albert Fillion lui apportait, comme pour se faire pardonner, des fruits, de l'entremets, une part de gâteau.

Lors du départ de « la Queen » Marie Mercier, Albert Fillion vint chercher Emilie-Jane afin qu'elle l'embrasse et lui dise au-revoir. Se souvenant de la curiosité si souventefois avérée de cette femme qui écoutait aux portes lorsqu'elle revenait de l'hôtel de Russie et parlait de sa mère à ses frères et sœur, Emilie-Jane refusa de prononcer le mot d'adieu. Elle se tenait droite et immobile, résistante jusqu'au bout. « Un chrétien devant les lions n'aurait pas pu mieux faire. »

« Laissez, laissez, Albert, je connais l'ingratitude des enfants... » dit la Queen d'un ton las et désenchanté, et il mit fin au défi sa seconde fille en esquissant, excédé par ses enfants qui compliquaient son existence à plaisir, un coup de pied dans sa direction. Ébauche d'un geste intention qui lui donna des ailes et, pour la première fois, elle sauta d'un coup les cinq marches qui conduisaient à cette chambre aux hortensias, enfin libérée de son occupante. Emilie-Jane sortit enchantée de son exploit, et sans remords envers celle qu'elle espérait bien ne plus jamais revoir.

Marguerite au pensionnat, Émile parti pour des collèges en Angleterre puis en Allemagne, Émilie-Jane se retrouva seule à Pinchat. La famille se réduisait à son père et à elle-même, plus tante Henriette de plus en plus distraite : elle tomba d'une échelle appuyée contre un cerisier et il fallut la ramener jusqu'à la maison dans une brouette; elle oublia dans sa poche un orvet gelé qu'attendrie elle avait ramassé et glissé là pour qu'il s'y réchauffe, et qui choisit pour en sortir l'heure du thé, en présence de cousins éloignés et horrifiés; elle ne revêtait plus qu'un étrange accoutrement fait d'une quantité indéterminée de jupons de différentes couleurs et matières, coton, soie, taffetas, une cape rouge doublée d'écossais, des sabots pour traverser le jardin. « Ma bonne Henriette, comment es-tu attifée? Comment veux-tu qu'ainsi les enfants te respectent! » lui disait tendrement son frère, de cette tendresse qu'ils avaient l'un pour l'autre en s'embrassant matin et soir, alors qu'ils n'embrassaient pas les enfants, à qui l'on disait simplement d'aller se coucher en frappant dans les mains.

Puisqu'elle restait seule, Émilie invitait des amies de classe passagères à venir à Pinchat passer l'après-midi. Elle n'oubliera jamais Nina da Silva, Brésilienne aux sangs mêlés, « peu intelligente mais pétrie de bonnes intentions ». Nina, la sœur aînée d'une amie de classe à qui Émilie confie ses désespoirs du moment : sa mère partie et son père qui ne l'aime guère.

« C'est quand même incroyable que mon père préfère à ce point ma sœur aînée! » s'épanche-t-elle, désemparée après une réflexion de son père qui l'a blessée sans le vouloir.

« Moi, je le trouve plutôt chic. Quand on pense qu'il n'est même pas ton père! » lui réplique l'adolescente brésilienne.

Le coup l'a frappée de front. Après un temps de silence, elle répond seulement, du ton le plus ferme possible :

« Oui, évidemment.

– Tu le savais ? l'interroge Nina prise de doutes.

– Bien sûr ! » Mais en réalité, première nouvelle. Elle vient tout simplement d'apprendre à douze ans que non seulement elle n'a plus de mère, mais qu'elle n'a pas de père.

La vague de douleur est déferlante et l'entraîne hors de ses limites. Elle est perdue. La vie lui semble compromise. Comment survivre, les racines sectionnées ? Elle croit qu'elle n'en finira pas de rouler sur une terre aride. Elle voudrait s'accrocher à sa terre de Pinchat, à l'homme qu'elle croyait être son père, mais rien ne la retient. Elle n'a plus d'identité, plus de droits, plus de place. Elle se perd dans les méandres de son adolescence qui, comme une loupe, fait d'une étincelle un incendie. Sa terre, cette terre qui est sienne, brûle comme Rome. Et elle est seule face à son destin forgé par les circonstances extérieures, des circonstances invariablement ennemies. Elle flanche, elle plie, elle se laisse abattre, elle ne peut pas influencer le cours de ce destin et l'incertitude de ce lendemain qu'elle n'a plus envie de vivre. Elle voudrait mourir. Mourir et qu'on n'en parle plus. Que sa vie ne pèse plus sur ce père aimé dont elle n'est plus la fille. Ce père qui était tout pour elle.

Émilie nage dans le désespoir, maintenue par l'instinct de survie, jusqu'à ce que la vague la dépose sur une plage déserte et se retire. Là, personne ne l'attend et il lui faut marcher seule contre le vent. Elle s'arme, par peur d'être encore attaquée. Par quels excès de naïveté aurait-elle pu garder confiance ? Confiance en qui ? Confiance en quoi ? Tout n'était que mensonges et le sol mouvant sous ses pas. Elle en veut au monde de lui avoir menti, de ne lui avoir fait croire qu'en la vérité pour ensuite la lui dissimuler. La lui cacher à elle, mais pas aux autres qui, tous, savaient. Tous hypocrites et tous le regard braqué sur elle. Tous affreusement curieux, et elle, maudite, à la croisée de leurs regards. Elle aurait voulut disparaître, mais c'eût été leur faire trop d'honneur. Alors elle sentit qu'il fallait leur offrir le spectacle de son désarroi jusqu'à les pousser jusque dans leurs retranchements. Elle devint odieuse. Odieuse et insolente. Insolente et encore plus arrogante. Arrogante et orgueilleuse, et encore plus odieuse.

Dans un premier temps, elle décida de n'en faire qu'à sa tête, et donc, comme les possibilités à cet âge sont restreintes, de n'aller à l'école que quand il lui plairait. Mais auparavant, puisque l'année scolaire n'avait pas commencé, elle décida de changer d'identité. Puisqu'elle n'était pas la fille de son père, elle ne devait pas porter son nom, il n'avait pas à lui imposer un prénom. Mais on ne change pas de nom, même si on a pour ça les meilleures raisons du monde. Soumise à l'autorité par force, elle se contenta donc de changer de prénom. Désormais elle serait Jane. Jane, un prénom que personne n'avait jamais prononcé pour s'adresser à elle, un prénom qu'elle décida de porter à douze ans. Émilie avait été tuée par Nina da Silva. Kiki, Lil, Lili, Liline, Lilette et Lileh lui survivraient encore, mais attachées à ceux-la seuls qui avaient connu Émilie. Et Jane leur survivrait.

Comme explication à son geste, car elle sent qu'elle n'a pas à s'abaisser à leur dire la vérité, elle dit qu'il y a trop de « i » dans le nom d'Émilie Fillion, quatre « i », les quatre piliers qui clôturent le champ d'une obsession dont elle ne sortira pas sans dommages. Elle attendra longtemps avant que son fol amour de la vie et son équilibre fluide, après l'avoir entraînée au fond du désespoir, la ramènent à demeure.

Mais en attendant, si son père, tout à ses notes de philosophie, et sa tante, toute à ses plantes, ne se doutent de rien, l'instituteur, puis le directeur de l'école, puis la mairie de Carouge, accusent ses retards et absences répétées. Jane part pour l'école lorsqu'elle entend de Pinchat la cloche sonner à Carouge. Rien n'a plus d'importance. Ni les remarques, ni les réprimandes, ni les injonctions, et tout sert son malheur. De la mairie, Albert Fillion reçoit la lettre suivante : *Monsieur, j'ai le regret de constater que malgré la réprimande que j'ai adressée à*

Mademoiselle votre fille Jane, elle est arrivée très en retard du 31 janvier au 5 février. Je vous prie de prendre des mesures pour que ces arrivées tardives ne se renouvellent pas. Les élèves arrivant en retard ne perdent pas seulement le bénéfice de la leçon, mais dérangent les autres élèves. C'est parce que je sais que vous êtes disposé à faire tout le possible pour remédier à la négligence et à la mauvaise volonté de votre enfant que je vous adresse la présente. Je pense qu'il conviendrait de faire accompagner Jane jusqu'à l'école. Agréez, Monsieur, mes salutations très empressées...

Seulement Albert Fillion est humaniste. Il se contente de lui faire la morale et croit pouvoir la convaincre par les mots. Lorsqu'elle entre dans sa chambre à huit heures, avant de partir, il insiste un instant sur l'importance d'être à l'heure, puis lui récite des vers de Goethe en allemand, oubliant qu'il l'entraîne à n'être pas à l'heure. Elle ne perd pas son temps, elle en est certaine, et ses conseils et avertissements sur l'importance des horaires sont lettres à la mer. Elle sait bien que son père, qui n'est pas son père, à onze heures, est encore dans son lit, en chemise russe à col brodé, qu'il lit des poèmes, et ne croit guère en la nécessité d'imposer à sa fille des horaires contre nature. Elle sait qu'il se doit d'avoir l'air de s'y conformer. Elle répond donc oui, sagement, bien décidée à ne pas en tenir compte. Et vaque à d'autres occupations.

Fin d'année scolaire à l'école de Carouge soulagée de s'en débarrasser, vacances qui n'en furent pas, puis entrée à l'École d'études secondaires des Jeunes Filles, où, durant six années, de la sixième à la première, soit de septembre 1911 à juin 1917, elle ne trouve pas de rivale à son insolence. Moyenne des notes de conduite la première année, qui, malheureusement, entre dans la moyenne générale : 0,3. Raisons : pure insolence. Insolence latente aux premières heures de la matinée, insolence qui n'attend qu'une raison pour se manifester, insolence qui se moque des conséquences, insolence qui redouble sitôt mise en évidence. Et la porte pointée du doigt, vers laquelle elle se dirige avec une arrogance dont elle ne se lasse pas. Lorsque sa mère est en ville, Jane trouve préférable de lui présenter ses carnets, car elle n'est pas en situation de lui faire la moindre remarque. Remarques, qui de toute façon, ne concernent que la discipline, car Jane a une extraordinaire mémoire qui lui permet d'apprendre et réciter sans effort ce qu'elle entend et ce qu'elle lit. C'est pourquoi Georgette Fleg, sa meilleure amie, sachant qu'elle ne prépare pas ses devoirs, l'attend à sa descente du tramway 12 qui vient de Carouge, et lui apprend, pendant le trajet qui les sépare du collège, le principal des leçons. Elle les récitera sans inquiétude jusqu'à prendre la porte à la première impertinence, le sourire aux lèvres. Son père, désarmé devant cette adolescente tantôt sombre et désespérée, tantôt lyrique et exaltée, se contente de lui dire qu' « être mal élevée ce n'est pas un péché, mais un malheur », qu' « une personne mal élevée, c'est comme un peuple non civilisé » et que « le premier devoir d'une personne civilisée est précisément d'être civile ». Ses notions de respect et de savoir-vivre dont il craint qu'elles n'aient guère d'effet, elle les retiendra pourtant, et en d'autres circonstances de sa vie elles lui seront précieuses et salutaires. Elles étayeront sa conduite là où elle aurait pu s'effondrer, elles seront comme le tuteur léger mais rigide qui soutient la plante près de ployer sous le poids de sa propre existence. Car viendront bien d'autres peines, bien d'autres tourments. Mais Jane n'anticipe pas sur les années à venir. Le tragique de sa situation présente lui suffit amplement. Elle est son propre tourmenteur et se torture à loisir. Certains jours, elle refuse de manger, car elle ne s'en sent pas le droit : elle n'est pas de la famille. Il ne faut rien coûter à qui n'est pas son père. Elle est au supplice, mais refuse toute explication. Elle vit des mois d'insolence et de provocation sans objet, des mois de pure révolte, des mois qui deviennent une année, puis deux. Et elle se tait sur ses raisons d'agir, terrée dans sa désolation.

Enfin, un jour de la fin de l'été 1912, lors d'un déjeuner où sont réunis les trois adolescents encore en vacances, Jane, plus nerveuse et irritable que jamais, répond à une observation de sa tante quant à sa manière de se tenir en lançant violemment sa fourchette à travers la table. Elle renverse un verre qui se casse et atterrit dans le plat de risotto en en projetant partout autour. Albert Fillion, que sa surdité commence à isoler et qui n'a pas entendu la réflexion d'Henriette qui a déclenché le geste de sa fille, a le mot qu'il ne fallait pas dire devant elle : « Mais ce n'est pas ma fille, c'est un monstre! » Aussitôt, comme si elle n'avait attendu que ce mot, Jane se dresse comme un aspic en tirant la nappe à elle, et hurle pour la plus grande satisfaction de tous, cuisinière, femme de chambre qui sert à table et jardinier qui ratisse devant la fenêtre : « Non, je ne suis pas ta fille! Non! Et je suis bien contente de ne pas l'être! ».

Comme il l'avait fait quelques années auparavant pour sa fille aînée, Albert Fillion montre du doigt à Jane le chemin de sa chambre. Durant trois jours et trois nuits, soit une éternité, Jane fut mise en quarantaine. Enfermée, regrettant d'avoir exprimé à son père exactement l'inverse de sa pensée,elle n'entr'aperçoit que la femme de chambre qui lui apporte ses repas et qui a reçu l'ordre de ne pas répondre à ses questions, si pressantes et désespérées soient-elles. Le temps n'est pas encore venu où Albert Fillion dira de Jane : « Ma cave, mon verger et ma fille sont au point »...

Les heures qui s'écoulèrent en écorchant ses pensées la livrèrent désarmée aux angoisses les plus diverses. Puisque Marguerite n'est pas venue lui glisser un message sous la porte, c'est qu'elle a rallié le camp ennemi. Ils se sont certainement réunis et discutent de son sort, elle en est sûre. « ILS ne me garderont pas. C'est l'occasion pour EUX d'enfin se débarrasser de moi. ILS vont m'envoyer en Suisse allemande... dans une école ménagère comme ils m'en ont si souvent menacée! » Elle ne sait pas que la menace d'être retirée de l'école et d'apprendre un métier manuel est la pire que l'on puisse faire dans la bourgeoisie, celle de l'imparable déchéance et du retour au prolétariat honni. Jane défaille de rage et d'horreur et pleure des heures.

Au matin du quatrième jour, la porte s'ouvre et la femme de chambre lui dit que Monsieur prie Mademoiselle Émilie de se rendre dans son cabinet de travail où il l'attend. Elle a eu le temps de se calmer, et obéit avec humilité et dignité. Elle se sent condamnée et regrette sa violence passée et cet emportement qui risque fort de l'entraîner bien au-delà de Pinchat. Elle eût voulu n'avoir jamais prononcé l'impardonnable. Elle eût tout donné au monde pour voir tout s'effacer, mais que lui restait-il désormais ? Rien, qu'un trésor dérisoire dans une écuelle de bois, une photographie de Bello, prise quelque temps avant qu'on ne l'enterre au pied d'un pommier, et une autre de Berry, petit bâtard, comme elle, que lui avait offerte le pasteur en même temps que Diamant, noir et blanc, à Émile. Diamant qu'il appelait « Diamont », anecdote que Jane raconta à Cohen et qu'il transposa dans son roman en faisant du petit chien une vache. Jane avait tout de suite aimé Berry. Son affection la réconfortait. Un jour, sous ses yeux, il se mit à tourner sur lui-même avec frénésie, et tomba à ses pieds, mort. Berry, tendre bâtard de couleur sable qu'elle aimait, et qui n'aimait qu'elle, comme s'il avait su qu'elle était pareille à lui...

Jane se tenait devant son père les yeux baissés, attendant la sentence. Comme elle, il avait dû réfléchir à cet instant, à ce qu'il lui faudrait dire ou répondre. Son visage était grave et il sembla à Jane qu'aucune animosité, aucune froideur ou exaspération à son encontre ne l'habitaient. La pensée que Nina da Silva ait pu mentir, par erreur, dépit, jalousie ou tout autre sentiment vengeur, l'effleura.

Alors, il s'adressa à elle d'un ton à la fois pondéré et bienveillant : « Je ne sais pas qui t'a parlé de ce que tu as appris et je ne te le demande pas, car, te connaissant, je sais que tu ne me le dirais pas. Ce que tu viens donc d'apprendre, j'aurais voulu que tu l'ignores toujours... je vais te parler comme à la fille intelligente que tu es... Je t'ai donné mon nom, je t'ai élevée. Il se peut que tu sois ma fille, il se peut que tu ne le sois pas. Je ne pense pas que tu le sois... mais je vous aime également tous les trois... Si tu veux bien, nous n'en parlerons plus. Cette conversation est aussi pénible pour moi que pour toi... Si tu penses comme moi, viens m'embrasser... » Jane n'osa pas l'embrasser, mais se pencha et déposa promptement un baiser sur sa main ridée et veinée, avant de s'enfuir.

Elle était à la fois accablée par la confirmation de son malheur et fière de la confiance que lui avait accordée son père en lui parlant ainsi. L'aurait-elle cru s'il lui avait menti ? Mais n'avait-il pas affirmé ce qui était une flagrante contre-vérité : il n'aimait pas ses trois enfants d'un même amour ! Marguerite était la seule à qui il offrait des fruits exotiques, oranges ou bananes, même si ensuite elle les partageait avec Jane pour annuler l'injustice de tels gestes à l'égard d'un enfant.

Jamais Jane ne cessera de s'interroger sur l'ambiguïté de la réponse à la question la plus fondamentale qui soit dans l'existence d'une adolescente pour qui le père est tout : « Il se peut que tu sois ma fille, il se peut que tu ne le sois pas. Je ne pense pas que tu le sois... Je t'ai donné mon nom... », mais « donne-t-on son nom » à son enfant ? N'en hérite-t-il pas le plus naturellement du monde ? Cette phrase lui semblait la clef du mystère, et ce mystère faisait d'elle l'enfant d'un adultère, un enfant sans père.

Plus de mère, pas de père, plus de mère, pas de père... Jane se sentait à la fois libérée du poids du secret, et anéantie par sa signification. « Qui suis-je ? » se demandait-elle inlassablement, déjà persuadée depuis longtemps de ne pas ressembler à sa mère. « Qui suis-je si d'eux je ne suis pas ? » La réponse s'imposa : « Je serai MOI ! » Elle s'était laissé couler dans l'eau, mais venait d'atteindre le fond. « Puisque je ne suis la fille de personne, eh bien! je serai MOI. Je me ferai toute seule! Ma vie sera MA vie. » C'était une pensée comme un coup de talon au fond de l'eau. Décider d'être SOI, c'était remonter à la surface, revoir la lumière et respirer à nouveau.

Peu après, elle s'aventura à questionner Marguerite qui tentait inutilement de la rassurer d'un : « Mais non, tu sais bien comme est papa, il faut toujours qu'il s'inquiète, c'est toi qui lui ressembles le plus... » : « Qui donc serait " mon père ", toi au moins tu dois bien le savoir! »... Et Marguerite lui parla de celui que l'on avait soupçonné. « C'était un jeune étudiant roumain venu étudier à Genève, et que ses parents avaient recommandé aux nôtres. De lui, on se souvenait seulement qu'il aimait à se promener seul dans le jardin sous la pluie. » Elle n'apprendrait jamais rien de plus et ne questionnerait pas l'un ou l'autre de ses parents sur son origine, sur ses mystérieuses racines. Jane sauta sur son lit et déclama théâtralement : « Je suis roumaine, hélas, puisqu'Horace est roumain! »

Sans doute la robe roumaine qu'elle trouva un jour dans une malle et qu'Ariane immortalisera venait-elle de cette famille liée à la sienne, dont le nom lui restera à jamais inconnu. Souvent, en se promenant dans le jardin, Jane songea au jeune homme qui s'y promenait sous les pluies du printemps 1897, amoureux de sa mère et attendant d'aller la retrouver. Aussitôt lui venait-il à l'esprit qu'elle voulait l'en chasser, comme si ces pensées portaient atteinte au respect immense voué à celui qui l'avait élevée. Son père, malgré tout, « car la voie du sang, ce n'est rien. C'est vivre ensemble qui compte, et cela seul ».

Jane dit un soir à Albert Cohen qu'elle aimait l'image poétique qu'elle s'était faite de ce père inconnu marchant dans le jardin de Pinchat sous la pluie. Elle l'imaginait follement amoureux et enivré du parfum lourd des lilas en fleur de l'allée qui partait de la maison neuve, elle l'imaginait allant seul sous les lilas blancs, lilas doubles, lilas violets, des plus clairs aux plus sombres, lilas de Perse, ancêtres de tous... Pour séduire Ariane, Solal va alors se donner ce conseil : *Pour faire bon poids, dis-lui aussi qu'elle est odeur de lilas et douceur de la nuit et chant de la pluie dans le jardin. Du parfum fort et bon marché.*

Jane, pardonnez-moi de vous dire cela, mais j'ai lu que le prince Georges Valentin Bibesco, né en 1880, avait vécu en 1897 à Genève une liaison avec une femme genevoise qui fit scandale dans sa famille, et qu'on le rappela à Bucarest ce même été. Combien furent-ils, ces jeunes étudiants roumains, à séduire ou se laisser séduire par les femme mariées de cette si calviniste haute société cette année-là ?! Ce jeune homme épousa Marthe Bibesco quatre ans plus tard, et, bien que cela ne soit vraisemblablement qu'un hasard, je ne peux m'empêcher de vous en faire part, trouvant étonnante la coïncidence. Pardonnez-m'en, Jane.

Jane qui devint Ariane, la *blonde démone* et *la religieuse d'amour*, comme la religieuse de Diderot, n'était pas la fille de son père : *Je n'avais point de père*, se lamentait cette dernière ! Dans sa qualité de « démone » qui sans cesse réapparaît pour décrire celle qu'il a aimée, Cohen pourrait avoir inclus cette particularité de Jane qui ressemble à une malédiction. *Penchées à leurs fenêtres, des commères enturbannées de vert ou de rose s'injuriaient ou se souhaitaient des bonheurs, haines et gracieusetés s'entrecroisant. – Ô bâtarde adultérine ! – Ô progéniture de Satan ! – Et toi, lieutenante de Satan !...*

Jane, vous aviez raison. C'était une sage décision que de vouloir être vous-même et n'appartenir à personne. Bien que certains aient su s'emparer de parts de votre vie vous avez su, mieux que quiconque, être vous, être libre et le rester.

... à l'expérience de l'amour

Liberté et indépendance d'esprit sont inhérentes à Jane, et indissociables de son charme. Un charme qui est douce et sensuelle chaleur dans le monde froid des conventions, et zéphyr d'occident, ce vent léger et agréable qui souffle parfois dans l'aridité des déserts. Peut-être est-ce d'être née à Genève, ville traversée été comme hiver, de part en part, par les vents les plus divers, qui a donné à sa manière d'agir la valeur et les façons du vent. Selon, elle sera brise ou bise, alizé ou aquilon, mistral ou magistral, mousson, bourrasque ou tempête, toutes sortes de tourmentes, emportements et enthousiasmes qui prennent Cohen de front, et dont il s'imprègne quand il ne se laisse pas, ne serait-ce que le temps d'un instant, entraîner.

Comment eût-il pu résister au charme de ce souffle d'érotisme que Jane, amoureuse, et follement, distillait et dispersait là où ses sentiments l'emportaient ? Elle avait avec exaltation le désir de lui plaire. Et face à lui, elle ne ressentait plus que l'élan qui la jetait tournoyante dans ses bras. Chaque regard, chaque attouchement se chargeaient d'intensité érotique, de l'envie et du manque de cet autre, bien-aimé, de cet autre follement aimé, avec délire et déraison. Elle se perdait dans son étrangeté, dans ses différences en lui offrant les siennes à aimer. Elle n'existait que par lui. Il ne devait exister que par elle. Avant que le recul, l'ironie, la distance l'entraînent à se fourvoyer, et le condamnent encore à des années d'errances. Jane fut un pont jeté hors de sa solitude, qu'il ne sut pas traverser sans se retourner et faire quelques pas en arrière. Lorsqu'il se retournera à nouveau, certain cette fois de vouloir le franchir sans retour, le pont se sera écroulé et il restera aux bords du gouffre, et pour longtemps dans les affres du désespoir, condamnation commune des lois de l'amour et de la passion.

Mais avant qu'il ne les sépare, l'amour les réunissait et les rendait égaux. Il les ennoblissait, effaçait les contraintes et les différences sociales, faisait d'eux des êtres d'exception. Il les nourrissait d'illusions. Jane, à son souvenir, dit que « le malheur peut donner l'ivresse de la plus grande insouciance, mais il vous rattrape vite. Il est comme une laisse plus ou moins lâche, mais dont on ne se défait pas ». Elle avoue s'être jetée à corps perdu dans ce en quoi, si brusquement, elle a cru. Elle reconnaît avoir agi de la sorte en étant consciente que « les plus belles histoires se terminent souvent d'une façon navrante ». Mais « l'enthousiasme fait oublier le risque constant de la chute. J'avais perdu toutes illusions très tôt, ne l'oubliez pas. J'ai grandi avec le sentiment d'être une miraculée dès la plus tendre enfance. Ça rend plus libre, et permet de mieux vivre les instants heureux ». Même si l'amour ne vient pas sous la forme attendue. « On ne choisit pas sa famille, et je crains que l'on ne choisisse même pas l'homme de sa vie ! » dit-elle encore en me souriant.

Cohen dira de Jane, à travers Aude, Ariane et Diane, qu'elle était noble et émouvante, et elle dira d'eux deux que l'amour les ennoblissait. Mais lui refuse le qualificatif : *Noble, ce sale mot double, révélateur de l'abjecte adoration de la force, sale mot qui signifie à la fois oppresseur des humbles et homme digne d'admiration !*

Mais, nobles ou pas, ils s'aiment d'un amour qui les livre aux folies de la jeunesse, ils s'aiment et se déchirent avec le désir de voir leur mal apaisé par celui qui fait souffrir, et écorchés, ils s'aiment de savoir si bien panser leurs blessures. Sevrés de solitude. Drogués d'amour. Victimes de passion.

Ils se retrouvent donc, tous les soirs, ou presque, dans le petit salon de Pinchat lorsqu'elle y est seule, ou sous les toits du 4, chemin Peschier, au-dessus de la cime des arbres du parc que borde le chemin. Il aime ses robes blanches, roumaine ou voilière, qui s'ouvrent sur sa nudité teintée de soleil, elle aime la douceur de sa peau sous ses chemises de soie et ses robes de chambre qu'il fait venir de Londres. Il la charme par ses paroles éblouissantes, étourdissantes, sa voix de violoncelle, sa voix de sirène qui réconcilie et l'attire à lui, et elle aime sentir son regard se poser sur elle.

« La beauté doit être éclairée de l'intérieur, sinon elle n'est rien », dit-elle, avec à l'esprit le souvenir de ses espoirs déçus. Dès les commencements de l'amour, sa plus faste saison, il se montre en écorché vif, provoque la discorde, et elle se rallie à l'impossibilité de vivre avec lui comme à sa seule chance de rester sauve. Aujourd'hui elle se dit : « Seigneur, faites qu'il n'ait pas cru que cela puisse être pour d'autres raisons, plus viles et plus communes... », sociales ou raciales, par exemple. N'ayez nulle crainte, Jane, le cours de votre vie ne fait preuve que de l'inverse. Vous êtes, face à cette accusation possible, irréprochable. On le verra plus loin.

Jane dit encore : « S'il avait été malade auprès de moi, je serais devenue un ange. Un ange, oui. Mais il ne l'était pas. Et il m'attaquait pour ne pas se montrer sous un jour non adéquat. Il ne revenait ni sur la mort de sa femme dont il ne me parla guère qu'une ou deux fois, empreint de douleur et de pudeur, et ne parlait que très peu, pour ainsi dire pas, de Myriam, sa fille, dont il ne me montra qu'une fois quelques photos, petite enfant aux cheveux coupés au carré, et j'ai alors su que cela avait été un cauchemar... comme si cela avait pu diluer nos sentiments. » Un amour en chambre, dense et concentré. « Il n'était question d'aucune sorte d'attendrissement entre nous. Nous étions soit dressés l'un contre l'autre, soit enlacés. Nulle autre alternative »...

Jane était irréductible. Combien de fois, sur un mot, se leva-t-elle brusquement en disant avec animosité : « Je t'ai assez vu ! », et sortit-elle en claquant la porte ? Combien de fois se saisit-elle du lourd cendrier de verre avec le sentiment qu'elle ne pourrait pas toujours se retenir, qu'un mot de trop et elle le lui lancerait à la tête ? « Aussi souvent que c'était nécessaire ! » Les raisons de ces querelles variaient à plaisir autour d'un thème central, la différence de milieux d'origine et de religions. Cohen se servait des mots comme de meurtrissures. Sa susceptibilité, vraie ou volontairement excessive, il la retournait ensuite contre elle.

« Georgette Fleg m'attend à Paris, lui annonça-t-elle un jour sans prendre garde.

– Qui? répondait-il, vaguement détaché, mais lui tendant un piège.

– Georgette! Tu sais bien, mon amie juive, répondit-elle aussitôt.

– Juive! Tu vois bien que tu es antisémite! M'aurais-tu dit " mon amie catholique "? lui lançait-il avec cynisme et habituelle maestria.

– Mais enfin, tu sais bien ce que je pense! Je ne vais pas te redire indéfiniment que tous ceux qui me sont le plus proche sont juifs, et que ce n'est pas un hasard! se lamentait-elle.

– Le simple fait d'employer ce mot est une discrimination, disait-il péremptoirement.

– Mais si je fais une discrimination, je la fais par le haut! J'y attache plus d'intelligence, plus de sensibilité, plus d'humanité, plus de dons artistiques! lui répétait-elle.

– Peu importe. Tu ne t'en rends pas compte, mais C'EST une discrimination. Hier encore je t'ai surprise à dire...

– Tu m'ennuies à la fin, le coupait-elle exaspérée, je te laisse! »

Et là, de sa voix prenante, et la regardant jusqu'au plus profond d'elle-même, il lui répondait en souriant : « Tant que ça? » Et le charme agissait.

« Il était beau. En quelque sorte. Et il avait du charme... Il le savait, le misérable! Il pensait même qu'il me récupérerait toujours par ses sourires, son regard, son intelligence... Ce que je craignais aussi. Comme quoi l'on peut se tromper! » conclut Jane aujourd'hui, de ces scènes alors incessantes.

Dès qu'elle se sentait faillir face au magnétisme, son orgueil lui commandait de réagir. Elle se taisait le temps de la lutte en elle des forces contraires. Il l'observait amusé, et constatait :

« Ne fais pas ce visage-là. Je vois bien que tes yeux rient !

– Ils se trompent ! répondait-elle brutale, mécontente d'être prise en défaut. Puis, bien obligée de se rendre, elle ajoutait en riant, mes yeux rient de ton air penaud lorsque tu sais que tu es allé trop loin ! »

Jane s'est longtemps interrogée. L'avait-elle aimé ou n'en avait-elle été que follement amoureuse ? « C'était sans conteste une passion physique. Je savais au fond de moi que cela ne pourrait pas durer, résister, et que Marcelle, elle, resterait. Il n'y avait pas d'amitié entre nous quoiqu'il nous arrive d'y jouer. Nous ne vivions que pour nous seuls. Rien n'existait hors des murs qui nous dissimulaient. Est-ce cela l'amour ? » Lui aussi le dit à propos des *amours occidentales* comparées à la tendresse de sa mère.

En attendant il n'a pas oublié de prêter à Ariane ce qu'il attribuait à Jane : *C'est évidemment à moi que ça devait arriver cette histoire de tomber folle d'un israélite cinq siècles de protestantisme pour en arriver là,* mais Jane rectifie : « Pas tant un israélite qu'un Oriental écorché vif ! » Et il n'oublie pas de conclure une scène entre Ariane et Solal, par leur classique fin du jeu : *L'un et l'autre avaient les yeux baissés car ils savaient que s'ils se regardaient en gardant leur sérieux, ils ne pourraient s'empêcher de sourire, puis de rire, et ils perdraient la face.* Solal, ainsi que Cohen, aura recours *aux imaginations jalouses pour la désennuyer et se désennuyer, pour faire du vivant, avec scènes, reproches et coïts subséquents.*

Jane ne peut que reconnaître avoir été impressionnée, puis marquée par l'originalité de Cohen, cet écorché qui pour se venger l'écorchait. Vus de loin, ils s'entre-déchiraient. « Nous avions l'un et l'autre du tempérament. Nous n'étions jamais longs à faire l'amour... » L'attente de celui que l'on aime était bien trop insupportable pour se jouer une comédie de fadaises. Ils étaient bien au-delà de cela. Pas de sentimentalité excessive, mais pas de naturel qui n'ait quelque grandeur. Donc passer le moins de temps possible ensemble. *Impossible de faire du théâtre vingt-quatre heures par jour. Vu tout le temps par elle, il est forcé d'être vrai, donc piteux. Tous les hommes sont piteux, y compris les séducteurs lorsqu'ils sont seuls et non en scène devant une idiote émerveillée. Tous piteux, et moi le premier!* avertit Solal dans le troisième manège de séduction.

Pas ou peu de naturel en cette liaison. Passion physique pourtant, dit Jane, qui n'hésite pas à en parler. « J'ai trop d'estime pour l'amour et l'amour physique, les gestes d'amour lorsque l'on s'aime, pour me satisfaire des polissonneries ou descriptions anatomiques de sexe... Il n'y a en fait pour moi qu'un seul amour, qu'il unisse un homme et une femme, deux hommes ou deux femmes. » En souriant, elle ajoute : « Moi qui ai toujours préféré les femmes aux hommes, le corps de la femme, je suis obligée de constater que j'ai pourtant aimé cet homme... Cohen me faisait si bien l'amour... Peut-être ces moments furent-ils les seuls où je l'ai connu tendre... les seuls où il se laisse aller... je ne suis pas de celles qui chevauchent les hommes, mais quant à rester passive... pourtant, peut-être justement parce que je préférais le corps de la femme à celui de l'homme j'aimais l'amour dans le noir, mais comme j'aimais aussi être regardée, je fermais les yeux... J'aimais mieux exercer une influence que la subir. » Face à Jane, Cohen joua de toute sa féminité, et face à lui, elle sut faire preuve dans ses actes d'une franchise toute masculine, qui alors n'était pas de mise. Loin de là. Solal dit d'Ariane aux premiers temps de leur amour : ... *elle était terriblement sensuelle!*

Sensuelle et voluptueuse fut l'Ariane de Solal, donc Jane dans les bras de Cohen. Et voluptueuse encore, dans l'eau de bains divins à s'y noyer. Elle y restait indéfiniment, s'abandonnant de bien-être, et se parlant à voix haute de tout ce qui faisait son bonheur, ou son malheur du jour. Le dimanche, elle y chante les cantiques qu'elle chantait autrefois au temple. Elle aime rester ainsi dans l'eau, comme elle aime y nager, mais elle dit aussi : « Je m'en méfie. C'est un élément traître. Par exemple, si l'on s'aime, il ne faut pas habiter de part et d'autre d'une mer, un lac, une rivière. L'eau emporte vos sentiments, ou les dilue avant qu'ils n'atteignent la personne aimée. Pour les mêmes raisons, il ne faut surtout pas en boire ! Je n'en bois jamais, sinon sous la forme de glace, soit momentanément figée. Oui, l'eau est traître, pas franche ! Il ne faut s'en servir que pour se laver, se purifier en quelque sorte... » Et l'Arve séparait Genève de Carouge, le chemin Peschier du parc de Pinchat...

Toujours, ils resteront sur l'autre rive l'un pour l'autre. Jamais ils ne prendront le risque de vieillir ensemble sur le même côté de la rivière qui emporta leurs torrentielles amours.

Et Solal nomme Ariane : *Toi, Boukhara divine, heureuse Samarcande, broderie aux dessins délicats, ô jardin sur l'autre rive.* Et elle répond : *Comme c'est beau... personne au monde n'a jamais parlé ainsi.* Et lorsque au milieu du livre ce n'est plus Solal qui s'exprime, mais son créateur à celle qui l'inspira, il lui rappelle le temps partagé et perdu : *Adieu, rive de jeunesse qu'un homme vieillissant regarde, rive interdite où les libellules sont un petit regard de Dieu. Ô toi, dit-il qui fus belle et noble et aussi folle qu'Ariane, toi dont je ne dis pas le nom, nous vécûmes sur cette rive, et nous y fûmes frère et sœur...* Combien de fois Cohen prit-il la route du bout du monde pour s'y rendre ? Combien de fois dans ce lieu-dit du Bout-du-Monde dans un méandre de l'Arve, a-t-il regardé la colline de Pinchat, sur l'autre rive ? Ce bout du monde où il allait l'attendre autrefois, lieu de toutes les nostalgies de sa jeunesse, d'où il regardait l'autre rive encore bien des années après qu'elle l'eut désertée. Ce bout du monde qu'il hantait toujours, allant à sa rencontre sans jamais la trouver, prétexte à une lettre qui est pure merveille, lettre d'amour encore et de souvenir, appel resté sans réponse. Dans cette lettre envoyée de Londres en 1947, il lui rappelle le système compliqué de signaux grâce auquel ils pourraient correspondre, qu'il lui avait un après-midi longuement expliqué. Le système s'était révélé inutile et la lettre est écrite par un homme désespéré qui n'attend plus rien – que pouvait-on encore attendre de l'humain après l'horreur absolue, traversée ou vécue ? –, mais une fois encore il se souvient avec nostalgie : *Qu'il était beau le jardin sur l'autre rive. Qu'il était beau, le petit salon de Pinchat, les premiers temps.* Comme Solal finira par le regretter : *Finie, la merveille de leurs mains jointes et sublimes à la fenêtre du petit salon, la première nuit...* finies toutes ces nuits à *délicieusement rester à s'entrebaiser et à se regarder et à intarissablement parler dans le petit salon.*

Rescapés de cette pièce préférée, où Jane rêvait, écrivait son journal, jouait du piano ou écoutait des disques, lisait sur le sofa devant la cheminée dans laquelle, été comme hiver, elle faisait du feu, car orientée au nord, il ne reste aujourd'hui dans son appartement parisien qu'un petit bureau, deux fauteuils en loupe d'orme, le tapis d'Inde aux éléphants bleus élimé par les ans et un sous-main de maroquin fauve avec dorures, seul cadeau qu'Albert Cohen ait jamais offert à Jane, « pour y conserver ses lettres », dit-elle en le citant, avec une nuance d'ironie.

Après Jane, dans ce petit salon de Pinchat, Aude attendra *le retour de Solal. Allongée sur le tapis, près de la cheminée où brûlaient sans flammes trois bûches impeccables, une petite vasque de fondants à côté d'elle, elle écrivait sur son cahier secret un douzième conte peuplé de roses animaux...* Et Ariane fera de même : *Je suis bien comme ça par terre sans coussin pour la tête ça me détend plus que le lit, ma mort est-ce possible, drôle que j'aime tellement être par terre regardant le plafond la bouche ouverte et puis délirer un peu... En robe voilière et sandales blanches, elle ferma les volets du petit salon, tira les rideaux pour faire solennel, alluma la lampe abat-jour, la posa sur le guéridon, examina dans la glace à main si la lumière lui était favorable.* Et puis surtout, ne pas oublier de mettre *à l'avance des bûches dans la cheminée pour si jamais le temps fraîchit en ce cas étreindre nous deux assis par terre dans l'obscurité devant les lueurs mouvantes des flammes les reflets dorés sur mon visage...* Et Jane ajoute : « Et là, sur le tapis aux animaux d'Inde devant la cheminée, l'amour à même le sol. " La possession où l'on ne possède personne ", comme le dit Proust, serait bien plus juste... » Un jour, une salamandre entra dans le petit salon pour se chauffer près du feu. Jane, qui attendait Cohen assise par terre, joua avec elle à l'aide du tisonnier. La salamandre tomba dans les flammes et elle la regarda griller. Cela ressemblait à un mauvais présage... tout comme le jour, lors d'un orage, où Marguerite et elle avaient vu une boule de feu entrer par la porte-fenêtre, faire le tour de la pièce, avant de ressortir par là où elle était entrée, sous leur regard effrayé. Mais les dieux leur feraient grâce d'encore quelque temps de bonheur.

Un soir, pourtant, alors que dans la pénombre ils étaient enlacés et s'embrassaient pour se dire et redire qu'ils s'aimaient, s'aimeraient toujours, et se chuchotant qu'ils étaient frère et sœur, ils entendirent la porte d'entrée claquer, et les pas du réel frère de Jane, Émile, se diriger vers la porte du petit salon. Immobiles, et dans l'indécence de leur tenue plus que perceptible pour un regard venu de l'extérieur, effrayés, mais d'un commun accord, ils restèrent enlacés, attendant sans bouger d'être surpris, prêts à se laisser prendre par l'adversité, prêts à être condamnés. Émile, venu voir son père et n'apercevant pas de rai de lumière sous la porte, après un instant d'hésitation qui leur sembla le temps du purgatoire, continua vers le grand salon de l'autre côté de la maison.

Avant que l'on ne décide d'installer là son père incapable de monter à sa chambre, Jane aimait lire, allongée sur la peau d'un ours brun, la tête appuyée sur celle de l'animal. Elle partait à la recherche du temps perdu avec Proust sous deux portraits peints par Charles Giron, l'ami de son père, disparu quelques années auparavant. Deux portraits de la même femme, face à face, la « Dame blanche » et la « Dame noire », pour lesquels avait posé la Clomesnil, l'inspiratrice d'Odette de Crécy, la future Madame Swann! qu'avait sans doute aimée Giron, et certainement admirée Albert Fillion... Avant de s'étendre sur la fourrure pour lire en toute quiétude, elle regardait la « Dame en noir », et, une main à la taille, l'imitait en faisant semblant de s'éventer à l'aide d'un éventail de plumes d'autruche imaginaire. Elle se courbait ensuite humblement et lui faisait une révérence, puis regardait la « Dame blanche », et lui tournait le dos avec dédain, mimant l'air et fier et méprisant de la courtisane modèle.

Dans le petit salon de Pinchat, Jane confia comme un secret à Cohen que madame Swann vivait un peu dans le grand salon. Proust l'avait dit : *J'ai pensé pour Madame Swann à une cocotte admirablement belle de ce temps-là qui s'appelait Clomesnil.* Jane eût souhaité la lui présenter, mais c'était impossible car son père dormait entre les deux portraits. Elle ne pouvait que les lui décrire et la singer, ce qui le fit sourire, et ce soir-là l'aimer avec l'image superposée d'Odette de Crécy.

Albert Cohen avait découvert Proust dans une librairie d'Alexandrie et son enthousiasme avait été tel qu'il avait fait quatre conférences sur son œuvre à l'université de Genève en 1923. Bien plus tard, à Frédéric Dard, qui lui demandait quels étaient ses écrivains préférés, il a répondu : « Proust et Dostoïevski ». Solal pensait différemment : *Lui, ces évaluations proustiennes d'importance mondaine lui faisaient mal, et il souffrait, rejeté, d'assister à ces stratèges d'ascension sociale, basse et salubre. « Les bavardages de ce snob homosexuel m'ennuient », disait-il alors à Ariane...*

Jane était aussi fière des portraits de la Clomesnil que de l'estime portée à son père par l'écrivain anglais George Meredith, alors souvent comparé à Proust. Elle avait fait lire à Cohen une lettre qu'il avait adressée à Albert Fillion. Dans *Solal*, on peut lire : *De beaux livres, Proust, Meredith.* Cohen a-t-il pu le citer sans penser à Jane et à ce livre de l'écrivain anglais qu'elle lui avait offert : *Diane à la croisée des chemins,* Diane, encore et toujours. Cohen, étonné par le titre de ce livre qu'elle lui donnait, lui dit alors combien elle ressemblait à Diane, comme Solal le dira à Ariane : *Tout à l'heure, le séducteur l'entourait de guirlandes, l'appelait déesse des forêts et Diane revenue sur terre.* Jane lui répondit que ce nom lui rappelait celui dont Arphénia l'avait baptisée, en donnant la consonance des provinces du sud de sa Russie natale. Quand elle ne l'appelait pas « Lileh », Arphénia appelait Jane « Djân », « Djâni Djân », « Djân, princesse du Djânistan ». Le nom se paraît de toutes ses nostalgies. Nostalgies du bonheur d'antan et d'avant la révolution, nostalgies des rêves et des illusions de sa jeunesse dans un pays immense, nostalgies des provinces qu'elle ne reverrait jamais. L'Arménie lointaine et ravagée n'était plus qu'un mirage, mais Jane lui avait ouvert les portes de son royaume, en souhaitant que Pinchat puisse atténuer les regrets de son Azerbaïdjan natal. Pinchat serait le Djânistan. Ainsi la page russe de sa vie avait-elle été violemment tournée, et ne survivraient plus que dans sa mémoire les Daghestan, Kazakstan, Tadjikistan, Ouzbékistan et Turkménistan, qu'elle évoquait à la jeune fille qui l'aimait, son « Djân » jusqu'à ce que la mort les sépare. Diane ou Djan, pourquoi pas, surtout si l'on prononce le « j » à l'allemande, plus de différence! énonça Jane, amusée de la coïncidence. Et Cohen fera dire à Ariane : ... *tout doux tout doux ô frère de l'âme ô Djân du Djânistan moi n'en pouvant plus bouche ouverte et me laissant faire toujours sur le divin divan...* Dans une lettre, non datée des années trente, Cohen regrette de n'avoir su l'emmener loin, il regrette son enfant prodigue, son Djân du Djânistan, son amie qu'il aime et qu'il estime...

Et Ariane n'aurait pas existé ? Elle ne serait que le pur produit de l'imagination de l'écrivain ? Qui osera encore l'écrire alors qu'à le lire la vision de Jane sans cesse s'impose dans cette robe roumaine qu'elle le suspecte de n'avoir aimée que pour la manière dont elle s'ouvrait –

et dont il l'ouvrait – sur sa nudité ? *Oh, les jambes, les longues chasseresses qui toujours vers lui accouraient, d'amour s'élançaient. Oh, la robe aux broderies roumaines, horizontales au bas et à la taille, verticales le long des manches. Oh, les mains qui tout à l'heure l'avaient tenu aux épaules tandis qu'ils se buvaient. Oh, ce mystère de bonheur, un homme et une femme se buvant. Voici maintenant les seins sous la robe, cachés aux autres, à lui consacrés.*

Et l'instant d'après, *transpirante sous lui, sanglotante sous lui, elle lui disait qu'elle était sa femme et sa servante, plus basse que l'herbe et plus lisse que l'eau, lui disait et redisait qu'elle l'aimait. « Je t'aime autrefois, maintenant et toujours, et toujours ce sera maintenant », disait-elle,* sans savoir combien elle avait raison, et que toujours ne signifierait effectivement pas toujours, mais seulement maintenant. De cette phrase, par elle prononcée, il lui reparlerait aussi dans l'une de ses lettres écrites bien plus tard, alors que plus jamais sous lui elle ne serait « plus basse que l'herbe et plus lisse que l'eau », ce proverbe russe que lui avait appris Arphénia et qui signifiait que l'on est anéanti. Plus jamais sous lui Jane ne serait anéantie. Libre, un jour, elle disparaîtrait de sa vie.

Oui, disparaître de sa vie pour être à jamais regrettée, c'était la seule fin digne d'elle. Seulement, à chaque fois qu'ils se quittaient, ne serait-ce que jusqu'au lendemain, il y avait cette immense vague de détresse qui déferlait en elle. Lorsqu'il se levait pour partir, elle souhaitait l'en empêcher de tout son charme, mais il ne fallait pas. Elle devait se faire digue et rempart pour ne pas jeter à ses pieds ses dernières armes et se soumettre sans combattre.

Pour faire durer les instants d'accalmie, Jane inventait les subterfuges dont Ariane se servirait à son tour : *Une nuit, lorsqu'il dit qu'il était l'heure de se quitter, elle s'accrocha, dit qu'il n'était pas tard, le supplia de rester, l'informa en français puis en russe qu'elle était sa femme. « Ne me quitte pas, ne me quitte pas », implora la voix dorée.* Comme il n'en tint pas compte et qu'il s'était malgré tout dirigé vers la porte, *après un autre sourire de classe dirigeante, elle lui rappela la coutume russe de s'asseoir avant un départ. Il s'assit, et elle prit place sur ses genoux, ferma les yeux, entrouvit les lèvres.* Jane avait emprunté une coutume russe à une scène de *La Cerisaie* de Tchekhov, qu'elle avait vu jouer par les Pitoëff à Carouge, et dans laquelle, avant de quitter leur maison, ses occupants s'assoient tous ensemble et observent un moment de silence. Jane savait pertinemment, qu'à travers la Russie, elle séduisait Cohen. Dans cette langue, elle prononçait à voix haute ce qu'elle s'interdisait de lui dire, et lui falsifier la traduction n'avait aucune signification. Ce qui était dit était dit, et peu importait qu'il n'en saisisse pas toute l'étendue. Elle avait voulu qu'il sache tout d'elle, elle savait maintenant que ce serait suicidaire.

De la même manière qu'elle continuait à travailler chaque jour à l'Institut universitaire en prétextant devoir retourner auprès de son père pour échapper aux dîners et soirées, Jane commençait à dissimuler à son amant certains de ses soucis, afin qu'ils ne se transforment pas en tourments. Ce fut plus instinctif que réfléchi, mais elle sentait qu'il était vital de se défendre, et n'être pas, comme Vahram Nubar l'avait été entre les mains de sa mère, de la cire entre les siennes. Elle était entière et à prendre comme telle, et jamais il n'aurait à se satisfaire de sa maléabilité, de sa docilité, de sa complaisance et d'une soumission soutirée. Elle était, pour ce faire, bien trop orgueilleuse. D'un orgueil à la mesure de la haute idée qu'elle se faisait de leur amour et de la confiance sans faille qu'elle lui offrait d'évidence.

Ainsi avait-elle senti très tôt qu'il ne devait pas lire son journal. Non, il ne fallait pas qu'il obtienne d'elle l'abandon de ses secrets, pour se préserver des commentaires acides que sa lecture entre les lignes ne manquerait pas de susciter. C'était le journal de leur liaison. Le 1er mai 1927 elle avait abandonné le cahier précédent pour commencer celui-ci. Tout au début, elle avait songé au jour où elle le lui confierait, pour que d'elle il sache tout, y compris ce que les usages veulent que l'on taise. Elle écrivait en l'attendant ou déjà le regrettant, à peine désenlacés et abandonnée à elle-même. A peine la première page de *Belle du Seigneur* tournée, on apprend que l'héroïne dont on ne sait encore rien tient son journal : *Sur le marbre, un livre de Bergson, des fondants au chocolat. Non merci, pas envie. Sur le lit, un cahier d'école. Il l'ouvrit, le porta à ses lèvres, lut.* A travers les quinze pages suivantes, Solal et le lecteur découvrent Ariane. Plus tard, grâce à la fidèle Mariette, on apprend qu'elle a poursuivi son journal : ... *c'était des mémoires d'amour...*, *...dans son cahier disant sa grande douleur,* ce que reconnaît Jane qui noircissait plus de pages après s'être heurtée à son amant que dans leurs rares moments de parfaite harmonie...

Solal, peu avant que l'on ne referme le livre, parle de ce *journal intime qu'il avait lu en secret.* Il est probable, concède Jane, qu'il en ait lu, furtivement et en toute illégalité, quelques passages mais, par contre, il est faux qu'elle lui en ait proposé la lecture. S'il ne lui était resté qu'une once de raison, c'eût bien été de se garder de faire une pareille proposition. Pourtant Solal dit d'Ariane qu'elle *lui donnait à lire son journal intime, heureuse qu'il sût tout d'elle, qu'il eût tous les droits.* Et de ces lignes, Jane s'indigne. Car, dans la réalité, cet épisode fut tout autre, et elle ne le lui a pas encore pardonné.

Ayant commencé à en lire quelques phrases sans y être invité lorsqu'elle le laissait seul dans le petit salon, il n'eut bientôt plus qu'une idée en tête : qu'elle le lui confie. La réponse fut négative. Non, il ne le lirait pas, non, pas même avec elle quelques pages. Non, non et non. Le manège se prolongea quelques mois. Il profitait des moments où, abandonnée auprès de lui, il la sentait en totale confiance. « Je te connaîtrai mieux » lui disait-il, de miel et de sourires charmeurs. Elle lui répondait tendrement « non » pour ne pas le blesser. Puis un jour, elle sentit qu'il fallait en finir, la lancinante requête l'usait plus qu'elle ne l'aurait cru. « Eh bien, soit! » dit-elle en le lui tendant d'un geste si solennel que ne pouvait pas lui échapper la signification du prêt : il imposait le respect. Lorsqu'il partit, Jane était vaguement inquiète à l'idée des critiques probables et du jugement qui pouvait être impitoyable. Elle avait envie de confier ce sentiment au journal-ami emporté par l'amant.

Quelques semaines plus tard, n'en pouvant plus, elle profita de sa présence chez lui pour exiger qu'il le lui rende. Il l'avait eu à disposition plus que de raison. Il était à elle, elle le voulait. Maintenant et pour toujours! Et toujours, ce jour-là, ce serait immédiatement! Ce, dit du ton le plus sec, le plus coupant, le plus déterminé. Elle n'y reviendrait pas, prête à fouiller elle-même dans ses tiroirs remplis de chemises de soie.

Il sortit sans rien dire, et revint quelques instants plus tard en lui tendant avec hésitations le cahier litige. Il l'avait obtenu à l'usure, les hésitations de Jane ne s'étaient pas arrêtées à un don, mais à un prêt. Elle s'en saisit, et l'ouvrit sans trop regarder, juste pour vérifier que c'était bien celui-là. Et là, ses yeux s'agrandirent d'horreur, sans qu'aucun son puisse sortir de sa bouche. Elle ne savait pas si elle était stupéfaite, consternée, horrifiée ou atterrée. Ses sentiments se confondirent en une fureur qu'elle maîtrisa et manifesta sous forme de rage froide. Un sourire figé aux lèvres, elle tourna lentement les pages : à l'aide d'une plume épaisse et d'une règle, il avait consciencieusement rayé, de manière qu'on ne puisse plus déchiffrer les mots, tout ce qui ne lui convenait pas. Il lui rendait un cahier raturé, biffé, annoté. Certains passages, ayant trait à des pensées qu'il avait sans doute trouvées trop humiliantes pour lui, avaient intégralement disparu sous l'encre noire... Il ne s'y reconnaissait pas!

Offensée, comme elle ne l'avait jamais été jusque-là, elle laissa sa rage éclater, et la lui cria au visage.

– Qu'as-tu fait de moi? Comment as-tu pu OSER me traiter de cette façon! Qu'est-ce qui a pu te pousser à agir de la sorte?! Tu me fais horreur!

– ... Un journal, ça peut se perdre..., lui répondit-il sans la regarder.

– Et alors? Tu avais honte de m'avoir fait croire que tu m'aimais? Tu n'es qu'un pauvre type! lui dit-elle en donnant à sa voix les accents du mépris qui l'avait envahie. Elle se demandait comment elle avait pu aimer un homme pareil. Elle pensait à son père, et le regardait lui, si vil et si bas. Elle le regardait, effarée par la démence de son geste. Il s'était détourné, et elle l'entendit murmurer pour lui-même : « Diable, diable, j'ai été trop loin... »

– Je te plains, tu n'as pas le moindre sens de l'honneur... Sens de l'honneur! Je ne sais pas pourquoi j'emploie ces mots. Ils n'ont aucun sens pour toi! dit-elle en s'emparant de son manteau resté à terre depuis qu'il le lui avait voluptueusement ôté pour l'enlacer, et elle claqua la porte.

Son journal, part d'elle-même déchirée et violée, lui faisait maintenant horreur. Elle ne lui confierait plus rien. Durant les semaines qui venaient de s'écouler, sans qu'elle le devine, il avait peu à peu commencé à la trahir, raturant le témoignage de ce qu'il ne voulait pas être, et recopiant le reste. C'est ainsi que quarante ans après l'incident, Jane eut la désagréable surprise de reconnaître ses phrases dans le journal d'Ariane, comme celle-ci, qu'il s'est plu à placer à deux reprises : *Ô amour de moi en moi sans cesse enclose et sans cesse de moi sortie et contemplée et de nouveau pliée et en mon cœur enfermée et gardée. Tant aimée, cette phrase, qu'elle l'avait écrite pour ne pas l'oublier. Un soir, il était entré dans le petit salon, et de si grand amour tous deux foudroyés, ils s'étaient brusquement agenouillés l'un devant l'autre*, ce qui ne l'avait pas empêché de recopier cette phrase une fois relevé, pour la servir plus tard comme si elle était de lui. Il agirait identiquement avec ses lettres et ses télégrammes de cent mots qui, dans le livre, seront de mille mots.

Là, plus la peine de s'astreindre à recopier, les originaux lui appartiennent. Ainsi la lettre qu'Ariane adresse à Solal au chapitre XLVII ressemble-t-elle tout à fait à une lettre de Jane. Dans une autre lettre, qu'elle adresse à Solal, Ariane écrit : *Même quand je ne pense pas à vous, en moi ça pense à vous*, et Jane sait qu'elle le lui avait écrit. Navrée de se reconnaître, elle dit seulement : « Il n'en méritait pas tant. » Mais alors, je lui lis une autre de ses phrases qu'Ariane lui emprunte : *Je suis contre vous et je sens nos cœurs d'un rythme unique battre l'un contre l'autre*, et elle s'adoucit pour dire : « J'étais si amoureuse... on ne l'est qu'une fois comme ça! »

Huit jours après l'affront, Jane n'avait pas cessé d'aimer Cohen et il a su, sinon se faire pardonner, au moins faire oublier l'aventure. Il sera tendre un temps, et très vite la provoquera à nouveau.

Pour être en mesure d'à nouveau la charmer alors qu'elle refusait de répondre, il avait bénéficié de l'aide des dieux : quelques jours seulement après sa fureur justifiée, ils s'étaient aperçus lors d'un cocktail donné par la S.D.N. L'un et l'autre s'étaient évités, faisant mine de n'être rien l'un pour l'autre, mais le charme avait agi. Le lendemain, elle l'écoutait. Et Ariane dit à Solal : *Vous vous rappelez cette soirée chez vous avec un tas de gens moi censément une invitée comme eux exquis de se vouvoyer en étrangers bien élevés et savoir qu'on serait bientôt nus nos yeux se tutoyaient je vous ai fait une moue de baiser sans que les autres s'en doutent exquis d'être frôlée par vous...*

Si Albert Cohen n'a pas jugé bon de retranscrire la scène du journal – et on ne pourra lui en vouloir –, il n'a pas hésité pour celle que l'on pourrait appeler « scène du lapin », que Solal ne fait qu'une fois, alors que dans la réalité, Cohen la réitéra plus de dix fois, avec ou sans variantes. Lorsque Jane la raconte, elle semble la revivre : « J'étais follement impulsive et il en profitait. De temps à autre, lorsqu'il venait chez moi et que je l'attendais après que tout le monde fut couché, il se faisait attendre. Je remettais des bûches sur le feu même s'il ne faisait pas froid, et j'attendais... Puis il téléphonait pour se décommander. Je le haïssais, me jetais sur le tapis devant le feu qui se consumait comme moi pour rien et sanglotais de rage... Je me maudissais, m'enlaidissais devant la glace, me disais ne pas mériter mieux puisque si laide... et puis il sonnait!... Et alors, on faisait merveilleusement l'amour après ces joutes... Sans doute maîtrisait-il la situation depuis le début. Mais je ne soupçonnais pas les ruses, moi! Et pour finir, il prenait l'air malheureux pour que la sotte que j'étais ait envie de le consoler, le caresser, l'aimer... » Cette scène qu'a vécue Jane est matière a un chapitre entier. A la lecture que je lui en fais, elle me demande : « Est-on toujours aussi fou à cet âge ou bien l'étais-je plus qu'une autre? Je ne sais pas, peut-être est-ce le fait d'avoir vécu si solitairement »...

Solitaire avant lui, puis solitaires à deux. Pinchat ou Peschier, deux fois quatre murs, l'amour enfermement ou la colère volatile, prête à exploser à la moindre étincelle. Et pas d'échappatoire. Une seule fois en ces mois d'amour ils iront ailleurs. Ailleurs... Pas de *départ ivre vers la mer*, pas d'hôtel des Roches-Rouges ou de villa Belle de Mai à Agay, mais deux nuits entières ensemble dans un palace près de Lausanne. Un seul week-end seule à seul. Alors que libre comme l'air, l'un et l'autre... étrange tout de même. Deux jours seulement de vie commune en toute une vie. Rien pour d'autres, mais essentiels pour eux.

Pourquoi le palace hôtel Beau-Rivage d'Ouchy? Sans doute parce que l'un des plus beaux et luxueux hôtels sur les rives du lac, et que la route, depuis Genève jusqu'à Lausanne, était belle et la distance adéquate. Sentiment de partir et pas de temps perdu.

Ouchy a toujours eu l'air d'une Promenade des Anglais. Charme du luxe exempt de mélancolie et asile cosmopolite ouaté. On y séjourne sans réelles raisons, sinon celle de villégiature sur la rive ensoleillée d'un lac aux eaux calmes et profondes. Mais à la fin des années vingt, le terme d'asile était le plus idoine. L'hôtel avait la réputation d'être rempli d'une faune exotique, Turcs, Égyptiens, Persans, Indiens enturbannés, exilés politiques de toutes origines et couples illégitimes en pagaille. Après la révolution, nombre de Russes blancs s'y étaient réfugiés, qui depuis bien longtemps et après combien de promesses ne pouvaient plus payer leurs notes. L'hôtel ne les expulsait pas. Étrangement humaine et clémente politique commerciale d'un palace qui avait même aménagé dans son parc un petit cimetière pour chiens et chats, pleurés par leurs clients les plus fidèles!

Bien que les couples infidèles ne s'y voient pas plus mal accueillis que les indiscutablement légitimes, Jane Fillion et Albert Cohen réservèrent chacun leur chambre et n'y arrivèrent pas ensemble. Jane qui était repassée chez elle pour embrasser son père en sortant de l'Institut arriva après lui. A peine était-elle entrée dans sa chambre et alors que du balcon elle regardait les lumières scintiller le long du lac, le téléphone sonna. Jane trouvait l'aventure excitante. Elle n'avait de sa vie passé que deux nuits dans un hôtel. La première fois à l'hôtel de Russie dans le lit de sa mère, et la seconde, à dix-huit ans, frigorifiée sur le balcon du Palace de Montreux. Sa sœur, alors âgée de vingt-trois ans, avait insisté pour qu'elle l'accompagne passer un week-end à Montreux avec quelques amis. Jane avait résisté, puis s'était laissé entraîner sans trop savoir pourquoi. Les amis de sa sœur n'étaient pas les siens. Elle n'aimait pas leur manière trop voyante de jeter l'argent par les fenêtres, leur trop facile insouciance et leur liberté légère et frivole. Jane partageait la chambre de sa sœur et après le dîner tous s'y étaient retrouvés. Elle écoutait les propos légers des quatre jeunes gens et de sa sœur grisée, et il lui semblait qu'ils ne s'en iraient jamais. Puis elle vit sa sœur se lever et partir, entraînée par l'un d'eux. Sa gorge se noua. Marguerite ne pouvait pas faire « ça » en sa présence! Son sentiment de détresse absolue lui fit prendre en horreur les complices de la scène. Elle se réfugia sur le balcon en attendant que Marguerite réapparaisse. Mais le temps passait, d'affreuses minutes où elle tentait de chasser les images qui la blessaient, salissant sa sœur. L'un des jeunes gens étonné de sa disparition et la cherchant, trouva Jane, recroquevillée et grelottante sur le balcon. Il voulut la faire rentrer mais elle s'y opposa avec désespoir. Alors il revint avec des couvertures et lui parla avec douceur jusqu'au lever du jour sur les eaux calmes du lac. Comme elle décida de rentrer par le premier train et qu'ils ne pouvaient la laisser partir ainsi, ils réglèrent les notes. En montant dans la voiture, Marguerite, dégrisée, interrogea Jane : « Tu ne raconteras rien ? Jane lui répondit très sèchement : – Tu me prends pour qui ? » et s'enferma dans un mutisme glacial tout au long de la route de retour.

Cela semblait si loin à présent. Marguerite était mariée et Jane aimait un homme jusqu'à le retrouver dans un hôtel. Elle l'attendait. Il allait monter à sa chambre et ils avaient des heures et des heures devant eux.

Dans le roman, on apprend que *ce week-end à Ouchy, c'était tout au début de leur amour. Le dimanche après-midi, lorsqu'ils s'étaient promenés le long du lac, elle avait même osé refuser un baiser, et elle s'était enfuie en riant.* Jane se souvient qu'ils choisirent deux chambres sur la façade – et pour la façade –, et qu'ils n'en sortirent pas, se délaissant le temps d'un bain, pour aussitôt se retrouver. L'un ou l'autre commandait de quoi se restaurer, quelle que soit l'heure, et invitait dans sa chambre l'aimé à partager l'un de ces seuls repas qu'ils prirent jamais ensemble. Cohen en dit plus à travers Ariane à qui il fait dire : ... *aimé à Ouchy ce week-end ensemble à cet hôtel Beau-Rivage vous comprenez je suis la nièce de ma tante je n'étais pas habituée à des hôtels aussi luxueux vous vous rappelez voilà la vie qu'il me faut j'ai dit en arpentant glorieusement c'est vrai vivre toujours avec lui dans un hôtel et ne voir personne ce serait merveilleux... Oh cette nuit à Ouchy dans le lit où je l'attendais pendant qu'il se baignait je gémissais je le suppliais venir vite j'étais troublée par cette image d'une femme attendant en toute impudique nature attendant son mâle amoureuse de sa propre forme qu'elle regardait en attendant...*

C'est là, après cette seule nuit passée ensemble, qu'encore ensommeillé dans les draps, il entendit Jane, en ce dimanche matin, chanter des cantiques dans son bain. Ariane va donc dire : *J'aime chanter des cantiques j'ai soif de ta présence divin chef de ma foi dans ma faiblesse immense que ferais-je sans toi chaque jour à chaque heure viens mon Sol et demeure auprès de moi au Beau-Rivage le matin après s'être rasé il est venu pour le petit déjeuner ensemble c'était merveilleux...* et encore une fois Jane ajoute : « Oui c'était presque cela, chaque jour à chaque heure, oui j'ai besoin de toi, viens Seigneur et demeure auprès de moi. Je le chante encore, mais il y a bien longtemps que j'ai rendu au Sauveur ce qui lui appartient!

Dans la chambre du palace d'Ouchy, l'instant est capital : Albert Cohen vient d'entendre Jane chanter un cantique dans son bain. Elle appelle son Seigneur à demeurer auprès d'elle... la Belle du Seigneur vient de naître!

Dans ses *Carnets*, à la date du 11 avril 1978, Cohen, cinquante plus tard, songe à ces quelques heures de bonheur. *Ô tristes regards vers les joies d'autrefois, ô Diane. Du lit où elle attendait l'aimé pendant qu'il se baignait, elle lui gémissait de venir vite, ravie de cette image d'une femme en désir attendant, en toute impudique nature...*, et les images s'enchaînent, identiques à celles vécues par Ariane au Beau-Rivage. Mais il en dit plus, et là, les souvenirs, précisent la scène du roman : *Ensuite, pendant les oasis des repos, elle murmurait en elle-même une sorte de berceuse, une aimante complainte de reproche, tout en caressant les cheveux de l'amant qui sommeillait. Aimé, ma joie, mon tourmente-chrétien, mon pauvre bonheur, murmurait-elle... Elle le considérait, presque heureuse soudain, parce que, lui dormant, elle pouvait l'aimer entièrement, librement, sans en être empêchée par lui. Elle se penchait plus près et, parce qu'il dormait, elle osait lui dire le mot le plus beau qu'amante à amant puisse dire. Mon fils, lui disait-elle en elle-même.* Elle le chuchotait sans deviner qu'il l'écoutait, et pensait de même quelque temps auparavant : *Ma petite fille, mon enfant, lui disait-il en son âme tandis qu'il la maniait comme une femme.*

Jane, consciente de la fragilité de pareils instants, savait qu'elle ne lierait pas sa vie à la sienne et espérait simplement qu'ils vivraient d'autres heures hors du temps, loin des plis déjà pris. Ils étaient et resteraient amants. Ils le resteraient, bien après s'être dit Adieu, parce que l'un d'eux parlerait, et que cela serait imprimé, et que dès lors, héros de roman, ils se survivraient. Cohen se souvient que *Lorsqu'il se réveilla, elle fut prise d'une joie folle. Elle le serra contre elle, l'appela follement Âme du pays de l'Âme, follement le baisa vingt fois ou cent fois, à baisers ininterrompus, sur tout le corps, à l'idée exaltante qu'il était vivant, qu'il était avec elle. Demain n'existait plus, et elle était heureuse. Et comme ils étaient jeunes, ils rirent de se retrouver, jouèrent et s'enivrèrent l'un de l'autre.*

Amants. Oui, elle et lui, à la fin des années vingt, et la femme et l'homme qui basculaient en eux. Ils s'aimaient et refermaient leurs paupières sur le but atteint. Seuls au monde, comme tous les amants, ils ne faisaient plus acte de séduction, parce que de l'idéal coulait dans leurs veines et que leurs caresses n'étaient pas vagues. Ils avaient appris à s'étreindre et discipliner leurs désirs. Tout leur était indifférent, depuis que sur ce lit anonyme, gisant. Car, l'hôtel, s'il est synonyme de voyage, est aussi le lieu où l'on retrouve celui que l'on aime. Lorsque l'on en franchit le seuil, on laisse au-dehors tout ce qui appartient au quotidien. Dans la chambre, ne subsiste que la blancheur mate des draps froissés et leur dissolution intérieure. Que ce soit là une liaison ou d'éternelles fiançailles, peu leur importe. Est-elle son amie ou seulement sa maîtresse? Ou ami plus maîtresse divisé par deux, ils ne l'apprendront que plus tard. Où qu'ils s'effleurent, se touchent ou se caressent, il leur semble se pénétrer. Pas de conscience à la sensualité, et ils sont sensuels tous les deux... ou ils le sont ensemble.

Les rideaux entrouverts laissent filtrer un peu de lumière aux heures du jour. Que le soleil au-dehors brille ou pas n'a pas d'importance. Pas de réalité. Le soleil est en eux. Peu de lumière extérieure pour éclairer les pleins et le délié de leur corps. Qu'importe dans ces moments le monde qui les attend, ses incertitudes et ses illusions. Le temps s'est, comme un sursis, arrêté sur la douloureuse nécessité d'être ensemble, les névralgies de leur amour, morphinisées. Ne restent que leurs désirs qu'ils se plaisent à apaiser. Il faudrait que cela soit *ad vitam æternam*, mais cela ne se peut pas. Il y a l'ombre du sommeil et la sourde lumière sur la rondeur et la jeunesse de leurs chairs. Elle aime cette douceur mise en lumière, et lui contemple les ombres et l'opacité qui cernent les muscles qui s'abandonnent. Elle lui révèle à fleur de peau l'ossature de la mort à venir dont il a déjà l'obsession. La beauté de cette femme qui n'appartient qu'à lui est émotion. Son dos, la nuque, une épaule. Émotion, fragile, muette, au creux des reins, à la cassure du poignet, dans la faille qui sépare les seins. Ces seins qu'elle sait parfaits et qu'elle aime lui voir aimer et toucher. Ces seins emplis de leur désir. Son désir d'elle-même et son désir à lui. Lorsqu'elle dort, il caresse encore du regard la sphère d'un sein ou le triangle du dos qui émerge des draps. Lorsqu'elle se réveillera, elle le regardera dormir, et, tendrement, effleurera sa chevelure. Corps masculin pour une fois, comme les féminins, objet de désirs...

Émouvante, elle dort. Sait-il que bientôt elle lui échappera ? Sent-il que cette fine et longue main que dans son sommeil elle ne sait pas être encore sur lui, tirera une dernière fois la grille de l'ascenseur et qu'elle disparaîtra ?

Cohen aime Jane, bien sûr, mais il y a en lui une ironie et un cynisme qui ne peuvent le laisser en paix très longtemps. Il est Solal, mais doublé de Mangeclous, un double railleur qui brocarde la femme aimée. Comment ne pas penser à Jane lorsqu'il dit : ... *Bref très jolie... Et distinguée à l'extrême... Elle me lisait des vers rimés, en écrivait elle-même et en avant les lys et les roses trémières et les cygnes et les soleils couchants et levants! Elle fermait les yeux quand elle écoutait un concert et faisait des gestes d'opéra quand elle me recevait dans sa chambre pleine de ces légumes incomestibles et impudiquement colorés dénommés fleurs. Et elle ne disait que des mots sublimes. Et elle me parlait tout le temps de peinture, à l'huile, vous savez, des italiens anciens. – Et quand elles chantent en anglais, rêva Michaël* à qui s'adressait Mangeclous. Cohen ironise à plaisir sur les goûts et les comportements de Jane, mais il lui arrive aussi d'exprimer la plus profonde des tendresses. Il est Solal regardant *sa naïve, destinée à être roulée. Qui la défendrait plus tard lorsqu'il ne serait plus là?* Et cette phrase du livre a une importance extrême. On le verra plus tard.

Car, comme Ariane qui passe à la banque pour retirer tout l'argent déposé, quitte à vendre ses actions si pas assez de liquidité, pour aller chez son couturier, Jane ne compte pas, ne compte jamais, s'en maudit, mais bien qu'elle ait peu d'envies, sait admirablement jeter l'argent par les fenêtres. Follement généreuse, elle ne compte pas et peut donner tout ce qui lui reste. C'est encore une qualité.

Ariane, pur fruit de l'imagination de l'auteur à en croire ceux qui jusqu'à présent ont pris la parole ou la plume, emprunte bien d'autres traits de caractère à Jane :

– Un, son anglais : *La conversation s'étant poursuivie en anglais, la dame rousse s'émerveilla de la prononciation parfaite de son interlocutrice*, et Jane, élevée par une gouvernante anglaise, Miss Burn, lit encore aujourd'hui Shakespeare dans la langue pour n'en rien perdre, et a traduit de cette langue plus de cent livres jusqu'à l'âge de 84 ans...

– Deux, le tennis : *Oui, vraiment, elle se réjouissait de n'être plus qu'un corps pendant ces deux semaines, de se baigner dans cette chère vieille Méditerranée, de faire du tennis tous les jours,* et l'on se souvient qu'il y avait déjà, au tout début du siècle, un court de tennis à Pinchat, et qu'elle représentait le B.I.T. contre la S.D.N. lors des tournoirs annuels.

– Trois, ce qu'il reproche à Ariane dans le roman, il le reprochait à Jane en tête à tête : *les mêmes pauvres bonheurs à la portée des bannis, les théâtres, les cinémas, les roulettes des casinos, les courses de chevaux...* Qu'elle lui parle d'une pièce ou d'un film vus la veille avec d'autres, et trop souvent Marcelle, l'insupportait. Un jour, alors qu'elle lui disait, à propos de quelqu'un croisé là, être allée au concours hippique, il s'exclame exaspéré : « J'aime une femme qui va au concours hippique! », puis, comme il savait que l'invective serait suivie de représailles, que le moment n'était pas à la guerre et qu'il avait envie d'une plus tendre mêlée, il se reprit en lui souriant : « Si tant est que tu en aies eu l'impression, il n'était question d'aucuns reproches! », ce, suivi de quelques circonlocutions dans l'espoir de faire l'amour, ce jour-là s'en s'être auparavant heurtés.

– Quatre, Jane, comme Ariane, aime la musique. Elle l'aime parce que Arphénia lui a appris à l'aimer et à la ressentir. Mais si Arphénia sut lui donner ce goût, comme sans doute faire naître en elle d'autres penchants, ses tentatives pour le partager avec lui se révèlent un cuisant échec : *Lorsque le disque eut achevé sa redoutable course, il réclama courageusement le* « Voi che sapete ». *Elle le remercia d'un sourire, heureuse qu'il eût demandé lui-même leur air, l'indicatif de leur amour.* Mieux eût valu, pour elle et pour Mozart, qu'elle se soit abstenue.

– Cinq, la littérature, Solal en parle et Ariane lui donne *délicieusement la réplique bref deux cabots en représentation!* Jane, élevée trop libre et trop seule en un temps où la conduite se dictait de l'extérieur, lut ce que bon lui semblait sans que personne n'ait jamais rien eu à y redire. Lorsque Cohen la rencontra, elle était nourrie de fruits et de lecture. Il est peu probable qu'il l'eût autant aimée sans la poésie qu'elle défendait comme sa vie, sans Bergson, Nietzsche, Ibsen, Shaw, Meredith, Villon, Shakespeare, Proust, Gide et les Russes, surtout ces Russes qu'Arphénia, encore, avait su lui faire aimer avec l'âme. Arphénia que toujours elle aimerait, comme Ariane, Varvara. *Jamais je ne cesserai d'aimer ma Varvara quelqu'un qu'on a aimé on l'aime éternellement*, dit-elle, et je songe à l'homme âgé qui s'exprime à travers elle. Lui aussi, par ses livres, n'a-t-il pas offert à Jane un amour éternel ?

15 FÉVRIER

Jane, j'ai passé cette journée auprès de vous. Aujourd'hui j'ai trente ans! Je hais avoir trente ans, cet âge redouté. Le plus bel âge, disent-ils... Le plus fragile aussi. Cet équilibre me semble si précaire... Vous étiez si déprimée, je n'ai pas osé vous dire mon malheur, et que je me suis réveillé en pleurant. De quoi me plaindre à vos côtés? Jane, je vous offrirais ce qui me reste de jeunesse pour que vous m'appreniez à vieillir sans me retourner incessamment sur les années passées.

5.

Je me ferai toute seule!

De la rupture avec la religion à la religion de l'amour

De la rupture avec la religion...

Jane avait décidé de s'inventer. Elle avait quatorze ans et le sentiment de n'avoir plus de parents, personne ne pourrait l'empêcher de prendre en main son destin. Saine et sage décision : sa vie était sa vie, il lui faudrait agir et faire fi de la fatalité. Elle était « orpheline » et ne pourrait plus compter que sur ses propres forces, mais de son malheur elle avait construit une forteresse d'orgueil. Elle s'y tiendrait à l'abri.

Il ne lui avait pas été donné de grandir dans le climat parfaitement stérilisé commun à toute jeune fille de la « bonne société », elle déciderait donc elle-même des valeurs qu'elle ferait siennes. Son père et sa tante avaient eu la patience de l'élever, elle voulait se montrer digne du nom qui lui avait été donné. Elle tenterait d'être plus sage, moins insolente, et consacrerait son temps à apprendre, à se laisser dévorer par le désir d'en savoir toujours plus.

Elle s'y appliquerait d'autant plus facilement que personne ne la protégeait, ne la contrôlait, ne l'aidait. Elle était libre d'elle-même en un temps où les jeunes filles n'étaient pas un instant laissées seules. Elle pouvait marcher dans la ville sans être suivie d'une gouvernante. Il lui était permis de se brûler aux livres interdits, et de choisir ses alliés. L'usage de la liberté, en lui épargnant la plupart des contraintes sociales, la conduirait à n'être ni innocemment pure, ni étrangement trouble. Elle apprendra à se montrer « bien élevée », et rester vraie, naturelle, car, dit-elle : « J'ai appris très tôt à accorder mes actes à mes pensées, sans doute parce que je n'ai eu à surmonter aucun interdit... »

Jane avait l'âge de l'ardeur, des désirs et de tous les espoirs. Sa jeunesse s'accompagnerait d'encore quelques maladresses, mais qui n'est pas maladroit lorsqu'il croit ne pas être aimé ? Jane, comme Héloïse avant qu'Abélard ne s'empare d'elle, ne songe qu'à apprendre et accroître son savoir, ce qui est d'autant plus rare qu'elle devient belle et qu'on le lui fait sentir. Dans le tramway 12, qui l'emporte vers l'école, elle a entendu les compliments de deux messieurs sur son joli visage, sa fraîcheur, la finesse de sa taille et de ses attaches. Constatant qu'il ne pouvait s'agir d'une autre, elle a rougi et est descendue précipitamment à l'arrêt suivant, préférant mille fois arriver en retard que d'être déshabillée du regard. Elle sait ce que cela signifie et le rejette d'autant plus qu'elle devine qu'un jour son tour viendra et qu'elle ne résistera pas. Alors qu'elle aidait « père Clément », le jardinier, à cueillir des fraises dans le potager, elle a déjà ressenti le premier trouble, une première émotion physique, en regardant son torse bronzé et le sentant aussi près d'elle presque l'effleurer. Elle s'est empourprée et s'est enfuie en courant, honteuse de ce mal en elle que tant de lectures viendraient cerner, préciser, développer, amplifier...

Tout lire; à chaque livre, elle entamait un monde et voulait le contenir. Tout savoir; elle aurait le temps plus tard de revenir à ce qu'elle négligeait. Tout comprendre; ces années étaient celles de l'élan vers le spirituel, lorsque tout est encore possible. Années décisives des adolescents qui ont en eux la passion de connaître. Cette puissance qui leur permet de se forcer à lire la philosophie la plus austère sans que leur attention se dissipe car le maître est en eux qui les dirige.

Jane est une jeune fille solitaire, formée par l'indépendance, la rêverie et les livres qu'elle dévore. En cela, elle ne peut échapper aux influences de son temps. Elle se nourrit de Nietzsche qui a inventé le surhomme, et du mensonge vital d'Ibsen. Elle lit Racine, Rousseau, bien sûr, Baudelaire, Verlaine, Rimbaud et Mallarmé, elle lit Flaubert, Stendhal et Gide. Elle lit Goethe en allemand, et Shakespeare en anglais. Elle subit l'influence des *Géorgiques* de Virgile qu'ele lit en latin, et parce qu'elle a l'âge où l'on prend tout au tragique, elle préfère Eschyle à Aristophane. Elle ne sait pas encore qu'en s'appliquant à traduire du grec des tragédies plutôt que des comédies elle apprendra facilement le russe, « le langage de l'âme ».

Les livres et leurs langages vont lui faire à tout jamais une âme romantique qu'elle croit réaliste parce qu'elle cherche dans la vie ce que les livres lui ont pris. Elle se reconnaît dans les livres de Schelling, la philosophie romantique de la nature et de l'âme du monde, et dans ceux de Bergson, qui oppose à l'intellectualisme pur et dur l'intuition d'une liberté créatrice de vie et d'esprit. Et Bergson a été nommé en 1914 président de la Commission internationale de coopération intellectuelle à Genève. Elle aime le lire en le sachant à proximité, car elle s'est reconnue dans ses propos sur l'idéalisme. Plus tard, Bergson, d'une amabilité, d'une courtoisie et d'une civilité à laquelle elle est sensible, la remerciera de voir régulièrement sa fille sourde et muette et de s'en occuper un peu avec Marcelle Blum. Toujours en elle, son idéalisme luttera contre les réalités. Elle refuse de plier.

Tout au début du livre, on a vu sur le marbre de la table de chevet d'Ariane un livre de Bergson. Un peu plus tard, on la voit rageusement arracher *des pages au livre de Bergson*, puis lancer *son petit réveil contre le mur*, puis tirer *à deux mains sur le décolleté de sa robe, et le sein droit jaillit hors de la longue déchirure*. Et la réalité aussi de heurter Ariane...

On savait déjà d'elle qu'elle parlait russe et anglais, mais Ariane, elle aussi, s'exprime en latin : *quelqu'un qu'on a aimé on l'aime éternellement semel semper, eh oui mon bonhomme je sais le latin moi vous ne pouvez pas en dire autant vous devez savoir l'arabe ou le turc...* En fait Cohen a fait tout autant de versions latines qu'elle, et s'il ne parle ni l'arabe ni le turc, bien que né avec la nationalité ottomane, il parle le dialecte vénitien de son enfance à Corfou, et il parle italien, allemand, espagnol et portugais.

L'année scolaire 1917 s'achève, et Jane demande à son père la permission de poursuivre ses études au collège Calvin sur les remparts de la vieille ville, le collège de garçons, car à l'école secondaire, la section supérieure ne conduit qu'aux examens de « capacité ». Jane et son amie Georgette Fleg vont donc entrer en « Réale » latin-grec, pour continuer leurs études jusqu'au baccalauréat. En y entrant en première, elles sont les seules filles de leur classe. Un nouveau mode d'emploi pour la vie. Lorsqu'elle rentre du collège, elle est avide de la présence de son père, plus attentif depuis qu'elle est moins nerveuse, moins impossible, et beaucoup plus studieuse que les événements passés ne l'avaient laissé espérer. Il lui apprend à reconnaître les vins qu'il commande en France et sont livrés une fois par an. Ils décident ensemble de leur temps de vieillissement. Elle se montre sensible à ce qu'il lui dit être aussi un art, et le restera.

Un jour, alors qu'elle le regarde couper du bois, il fait un faux mouvement et la hache s'enfonce dans son index, qui n'est plus rattaché à la main que par un peu de chair. Jane, se précipite vers lui, l'assied sur le billot, entoure sa main blessée d'une pièce de ses vêtements et va en courant vers la maison appeler un médecin. A sa description précise de l'accident, il part immédiatement. Elle rapporte un flacon d'alcool de fruit dont elle lui fait boire un verre puis en inonde ensuite le doigt. Tout s'est passé si vite que le doigt est sauvé. Il restera raide, mais à le voir, Albert Fillion se rappelle cette maîtrise d'elle-même dont Jane a su faire preuve. Il lui semble parfois qu'elle lui ressemble. Il va lui donner toute sa confiance en faisant d'elle, entre seize et dix-sept ans, la maîtresse de maison. La maîtresse d'une vaste maison qu'elle dirige avec intelligence et sans aucune indolence, pour être digne de la responsabilité qui lui a été offerte. C'est une marque d'affection et de respect à laquelle elle est bien trop sensible pour la prendre avec légèreté. Ainsi se rend-elle compte que Juliette, une jeune et jolie femme de chambre, a pris par le charme de l'autorité sur son père sensible à sa beauté. Elle en profite pour travailler de moins en moins et répondre insolemment à Jane. Après avoir demandé à son père que faire, et obtenu de lui la réponse qu'elle espérait : « Tu es la maîtresse de cette maison, fais comme il te semblera bon... », elle renvoya Juliette, qui se croyait protégée et intouchable. « Il n'était Dieu merci pas son Roméo! » dit-elle pour clore l'anecdote.

Albert Fillion commence donc à se montrer satisfait des actions et réactions de Jane. Ses pensées, on peut presque les lire sur son visage. De toute façon, il n'est pas dans son tempérament de l'interroger s'il a un doute, et, le plus souvent, il lui donne raison. C'est ce qu'il a fait dans la crise religieuse qu'elle a traversé à quinze ans.

De nombreuses choses sont suffisantes pour rendre athée, ou, si subsiste encore la foi en un Dieu quel qu'il soit, ne plus croire en ses officiants qui ne sont parfois que des laquais.

Jane croyait innocemment en Dieu et elle n'avait pas compris la conversion au catholicisme de sa sœur au retour de Florence. Élevée par ses tantes calvinistes, comment eût-elle pu ne pas croire et dérailler d'une voie si profondément tracée? S'il lui arrivait de railler et tourner en dérision les images divines le temps d'un instant, comme savent le faire tous les enfants pour s'amuser, elle demandait, implorait aussitôt Dieu de son pardon.

Ariane aussi a vécu cela dans son enfance : *Mettre quelque part dans mon roman mes blasphèmes quand j'étais petite. J'étais très pieuse pourtant, en prenant ma douche, je ne pouvais m'empêcher de dire tout à coup :*

« Sale Dieu! » Mais tout de suite après je criais : « Non non je ne l'ai pas dit! Dieu est bon, Dieu est gentil! » Et puis ça recommençait, voilà que je blasphémais de nouveau! J'en étais malade, je me frappais pour me punir. Et Jane dit : « Quand je ne suis pas contente, cela m'arrive encore! Pourtant, il y a bien longtemps que je ne crois plus. » Ariane dit aussi un peu plus loin : *Au culte, nous finissions souvent par le cantique « Comme un cerf brame », ce qui me donnait un fou rire que je retenais.* Et je savoure la réponse de Jane : « Oui, nous étions stupides mon frère et moi. En chantant " Comme un cerf altéré brame après le courant des eaux, ainsi soupire mon âme, Seigneur, après tes ruisseaux " nous comprenions " alter et bram ", autrement dit, rien, et nous partions d'un même fou rire. Pourquoi ai-je raconté cela à Cohen, et comment a-t-il pu le retenir! »

Un jour, alors que Jane rend visite à sa mère, celle-ci lui demande : « Dis-moi, l'Immaculée Conception, c'est quoi au juste? Jane, ahurie, lui répond : – Maman! Enfin, tu sais bien! » et éclate de rire avant de lui expliquer les mystères de la naissance du Christ. Sa mère l'écoute attentivement, puis conclut : « Ah oui? Jolie époque... Si j'avais dit ça à ton père, il ne m'aurait pas crue... (!) » Si la candeur de sa mère émeut Jane, la vie qu'elle mène lui est insupportable... elle va déchirer les photos qu'elle reçoit d'elle, les épaules dénudées et entourées de vaporeuses mousselines.

Comme ses frères et sœurs, Jane reçut jusqu'à l'âge de quinze ans une éducation religieuse conventionnelle et rigide. Trop semble-t-il, car si sa sœur vire au catholicisme, Jane au même âge s'affranchit de tout dogme religieux. Mais auparavant, elle se laissera baptiser par surprise. Un dimanche, le pasteur annonce pendant l'office qu'il y a parmi l'assistance une enfant qui n'a pas été baptisée – son père avait oublié, sa religieuse tante, distraite, n'avait pas remarqué –, et que l'on va immédiatement remédier à cela. Après avoir entendu son nom résonner dans le temple, Jane, rouge de honte, se leva et subit, adolescente, le sacrement. Albert Fillion, sans avoir ressenti la nécessité de l'afficher fut probablement libre penseur. Désavoué par sa sœur Henriette, il accueillait aussi régulièrement le curé de Carouge pour Marguerite que le pasteur Bard pour Émile et Jane, préférant le premier pour lequel il ouvrait de bonnes bouteilles au second qui ne sucrait pas son thé.

Raccompagné par Jane jusqu'au bout du chemin Fillion après une de ses austères visites, le pasteur eut une phrase malheureuse : « Il n'est pas fatal qu'une fille ressemble à sa mère... » Jane faillit le gifler, comme autrefois Marguerite la Queen, mais elle se retint, par égard pour son père. De retour au salon, elle fit simplement part de son intention de ne plus retourner à la paroisse de Carouge, mais d'aller à Genève, au prêche de Franck Thomas dont on lui avait dit le plus grand bien. Elle savait que son père lui dirait de faire comme elle l'entendait, et ne lui demanderait pas les raisons de ce changement brutal.

Franck Thomas, ancien et célèbre aumônier de la reine de Hollande, catéchisait au Victoria Hall. Jane se rendait à ses cours rue Calvin, deux fois deux heures par semaine, et à ses prêches dans le théâtre qu'elle devait prendre en notes. Jane aimait ses cours, mais fut-elle sensible à autre chose qu'à l'aspect littéraire des textes de l'ancien et du nouveau testament et à la théâtralité de l'orateur dans les ors et les pourpres de cette salle qui la changeait du temple de Carouge ? Il semble bien que non, car à la fin de l'année qui était celle de la communion, elle la refusa ! Si dans la religion protestante on communie aussi tard c'est justement pour être plus conscient de la gravité de l'acte. C'est donc après avoir bien réfléchi qu'elle s'y refuse. Elle ne communiera pas, parce qu'elle ne croit plus. C'est aussi simple, mais ces propos renversent Henriette Fillion. On met cela sur le compte d'une crise passagère, et on arrive à la convaincre de redoubler cette classe d'instruction religieuse. Elle se rend sans difficulté car elle ne renie pas la Bible qu'elle trouve magnifique.

Lors de cette seconde année de cours préparant à la communion, Franck Thomas croit l'avoir réconciliée avec Dieu car elle lève la main pour répondre bien plus fréquemment qu'aucun autre élève. En fait, c'est que par la force des choses elle connaît de mieux en mieux les textes étudiés, qu'elle est sensible à leur beauté et qu'elle bénéficie d'une excellente mémoire. Dans ces conditions, pourquoi se taire ? En fin d'année, elle refuse à nouveau la communion. Cette fois c'est définitif, elle n'y reviendra pas.

Jane n'avait pas à dessein de faire scandale ou de provoquer l'émoi et la consternation de sa famille en quittant l'Église, mais d'agir avec honnêteté. Elle avait conscience de commettre un acte plus grave qu'eût été celui de communier sans croire pour ne faire de tort à personne, mais il lui semblait impossible d'agir différemment.

Ce qui la motivait, n'était pas l'amour de la vérité reçu de sa tante qu'en retour elle lui donnait comme excuse à sa décision, car elle avait assez réfléchi à propos du mensonge pour s'être convaincue qu'il est naturel à l'enfance. Elle en userait parfois, sachant que pour bien mentir il faut avoir une bonne mémoire et l'esprit d'à-propos, et que sinon, mieux vaut y renoncer. Ce n'était donc pas la raison. La raison instinctive et inéluctable est qu'elle ne croyait plus en aucun dogme, mais juste en Dieu qui existait peut-être différemment. En refusant de communier, elle s'adressait directement à lui. S'il y avait un Dieu, il reconnaîtrait le sérieux de son geste. Il n'y avait pas de défi dans la fermeté de son « Non! », elle luttait simplement contre la religion, la répulsion de celle-ci pour la sensualité, se méfiant même des bains, ses directives contre nature, sa prise en compte un peu trop évidente du jeu social. Jane faisait acte de courage. Elle se disait : « Je ne dois pas être lâche, et me servir de Dieu comme d'un paravent. »

Il n'y avait pas plus d'agnosticisme en elle que de foi en une divinité autre que la vie. Une force vitale qui la sauvait de tous les désespoirs depuis qu'elle avait remarqué l'action cicatrisante d'un rayon de soleil, du parfum d'une tubéreuse, des jeux d'un tout petit chat sur la plus profonde douleur. Elle avait découvert que la vie est plus forte que tout, et que bien des déceptions attendaient ceux qui tenteraient de l'ébranler

Là encore, il arriva à Ariane ce qui était arrivé à Jane... : *Ma neurasthénie religieuse. Je ne croyais plus ou plutôt je croyais que je ne croyais plus. Dans notre milieu, on appelait ça une crise desséchante*, résume Ariane, avant de parler longuement d'un épisode une fois de plus emprunté à Jane : l'entrée dans son existence d'une jeune femme russe, réfugiée à Genève.

Mais en attendant, Jane poursuit ses études au collège Calvin, avec quelques difficultés car le niveau est bien supérieur à celui du collège de jeunes filles. Elle s'y accroche, même après le départ pour Paris de son amie Georgette Fleg qui vient d'épouser Pierre Lévy. Elles se quittent, ce qui l'attriste et la ravit à la fois, car Paris l'attend désormais, et déjà elle projette de lui rendre visite aux prochaines vacances...

Au début du printemps 1918, Jane, qui est en Réale Ire B, dans la classe de M. Burford, cesse toute activité scolaire. Pour en arriver là après tant d'acharnement, seul un cas de force majeure pouvait avoir eu raison de son obstination, et il n'est pas des moindres.

Si la Suisse est une enclave dans la tourmente de la Première Guerre mondiale, un abri pour des exilés politiques, russes en grande majorité, et que l'on y vit en marge de l'histoire, si l'on n'entend que l'écho des conflits, atténués par des frontières fermées à la plupart, il y a une chose que ces frontières, les plus imperméables qui soient, ne peuvent stopper : les épidémies. Aussi la Suisse, protégée par sa neutralité, va-t-elle les partager avec l'humanité qui l'entoure. En ces années 1917 et 1918, une épidémie se répand dont les rumeurs disent alors qu'elle est propagée par les vents depuis les charniers d'une guerre européenne qui s'embourbe dans l'horreur. Elle tue avec autant d'aisance et d'ampleur que les mitrailleuses des deux fronts. En une année, on parle déjà d'un million de morts, et l'on dissimule le danger sous un nom presque candide : la grippe espagnole. Très peu de ses victimes en réchapperont.

Et Jane en est une millionième victime. Durant des jours elle va délirer sans se souvenir de rien. Autour de son lit, que l'on a descendu dans le grand salon, jour et nuit on va se relayer. La fièvre ne descend pas et elle respire à peine à travers ses poumons qui deviennent compacts. Et il n'y a rien à faire, sinon compresses et cataplasmes, des marques d'attention plus que des soins réels. Apollinaire a parlé de « peste pulmonaire », mais le mot de « peste », celui qui engendre la plus grande peur, n'est que le synonyme des pires épidémies. Il n'a pas de réalité médicale, mais un résultat identique : on en meurt à foison.

A Carouge, où de loin les rumeurs suivent l'évolution des maladies parallèles de Jane et de la fille aînée du pasteur, on apprend la mort de l'une d'elles. Et les rumeurs, comme souvent, se trompent. Elles ont décidé que Jane Fillion était morte. On s'est emparé en ville de la certitude, et soudain, Albert Fillion reçoit des lettres et télégrammes de condoléances, accompagnés de gerbes et de couronnes. Puis la nouvelle parvient du décès de la fille du pasteur Bard qu'il a vue grandir et qui avait le même âge que Jane. L'idée l'assiège que Jane est elle aussi perdue, et il fait appeler son ex-femme, Marguerite, au chevet de leur enfant. Il capitule devant la maladie et sait ne pas pouvoir la priver des dernières heures de celle qui est restée sa fille, malgré l'abandon.

Jane dit aujourd'hui de sa mère que, bien que l'on pût l'accuser d'une quantité de défauts qui n'étaient pas des moindres, « elle faisait tout bien ». Elle va en tout cas s'occuper jour et nuit de sa fille, la veillant et se relevant sans cesse pour la faire boire, éponger son front transpirant et y poser de nouvelles compresses, redresser ses oreillers, à chaque fois pressentant la nécessité non exprimée.

Un matin, la fièvre est tombée. Jane, pâle et amaigrie, ouvre les yeux et reconnaît à sa droite son père et à sa gauche sa mère. Croyant rêver, elle les referme. Une telle vision ne peut appartenir qu'au délire. Jane dit aujourd'hui : « J'ai longtemps gardé le sentiment que la mort ne voulait pas de moi. Et qu'ainsi, plus que d'autres, je pourrais l'approcher sans risques. »

Quelques semaines plus tard, après sa convalescence, Jane rencontre sur le chemin le pasteur et elle se sent obligée par son deuil à lui parler, bien que cela lui soit pénible. Ne l'ayant revue depuis qu'elle n'assiste plus à son office, il lui demande :

« Je ne suis plus assez bien pour vous, mon enfant ?

– Je ne peux pas vous pardonner ce que vous m'avez dit, ne peut-elle s'interdire de lui répondre.

– Mais quoi donc ?

– Cherchez et vous trouverez ! réplique-t-elle presque insolemment.

– Je constate, en tout cas, n'avoir pas réussi à vous inculquer le pardon des offenses, dit-il interloqué.

– Ça non ! Je ne pratique pas le pardon des injures ! » répond-elle avant de le saluer et de lui tourner le dos. Et ce trait de caractère, dont elle a déjà parfaitement conscience, sera dans sa vie une constante. Pas plus qu'elle n'a pardonné autrefois à sa tante Marie Mercier et à la veuve du peintre Charles Giron qui n'a jamais demandé à voir « les enfants de la réprouvée » alors qu'elle venait si souvent prendre le thé, et maintenant au pasteur, ce que son orgueil a ressenti comme des insultes, oui, pas plus qu'elle n'a su les excuser ou les absoudre, elle ne pardonnera plus tard à Albert Cohen.

... à la religion de l'amour

En aimant Cohen, Jane ne faisait rien d'autre que de détourner son amour de Dieu sur un autre objet, car Dieu n'est bien souvent qu'une direction donnée à un amour qui n'a pas trouvé de matérialisation plus terrestre. La religion n'était pas morte en elle et l'avait suffisamment marquée pour dicter, comme instinctivement, sa conduite. C'est ainsi qu'il arrive que l'amour, en l'occurrence plutôt la passion, ait tout l'air de la ferveur et de l'adoration religieuse. Résultat d'éducation ? Contraintes oubliées qui trouvent une application ? Cantiques, prières, actions de grâce, qui tout à coup vivent au rythme du sang battant plus fort dans les veines. Amour religieux ou religion de l'amour, comme l'on voudra.

A l'hôtel Beau-Rivage, Albert Cohen entendit Jane chanter des cantiques dans son bain, et remplacer le nom de Jésus par celui de l'élu. Il la cite, fier de ces prières à lui seul dédiées. Et Ariane chante encore : *Mon âme croyante, Sois fière et contente, Voici venir ton divin roi,* et Jane dit l'avoir souvent chanté, bien que préférant « *J'ai soif de ta présence, chef divin de ma foi...* » à l'air de *La Pentecôte* de Bach. Tout au long de la lecture du livre, Jane peut ainsi préciser, ajouter ou rectifier, en mettant en parallèle ce qu'il fait vivre à Ariane et qu'elle a vécu, avec ou sans lui. Par exemple, lorsqu'il écrit qu'enfants, Ariane et sa sœur jouaient *à la persécution des chrétiens, elle était sainte Blandine, livrée aux lions par les païens, et Éliane faisait le lion, rugissait dans un entonnoir,* Jane corrige : « J'étais Blandine! pas sainte Blandine. Pas de saints dans la religion protestante! » et idem lorsqu'il fait murmurer à Ariane qui s'aperçoit dans une vitrine : *Je vous salue, Ariane pleine de grâce, le seigneur est avec vous,* Jane en est presque offusquée : « Il n'y a pas plus de vierge que de saints! »

En un temps, un lieu, et à un âge où presque tout de son imaginaire était étroitement lié à l'enseignement des textes religieux et ses souvenirs d'enfance indissociables de la promesse du paradis (si sage), et de l'enfer (si désobéissante), comment aurait-elle pu vivre ces amours ennemies sans avoir le sentiment d'incessamment aller et venir du paradis à l'enfer ? Le paradis des tendres réconciliations entre les draps, comme dans les nuages d'un ciel tout autour d'eux ensoleillé, et l'enfer de la folie de leur enfermement. Comment, lorsque l'on a l'âme romantique et romanesque, ne pas voiler les lieux communs de la sexualité d'envies bien plus mystiques, de désirs plus élevés? L'amour est sacré. Et le lieu où il se déroule est comme un temple. Qui n'a pas compris cela n'a pas vécu l'amour comme la passion.

Il arrive encore parfois que Jane, emportée par une histoire qu'elle semble revivre en me la racontant, dise à propos de Cohen : « Mon diable » ou « mon démon ». Si je lui demande pourquoi, elle me répond : « Pensez-vous que dans un homme, qui a tout pour ne pas vous séduire, d'autant que vous n'êtes sensible qu'aux femmes – qu'à première vue il n'est pas particulièrement efféminée –, et qui vous séduit en une nuit, il puisse ne pas y avoir un côté démoniaque? Comme je n'ai tout d'abord rien compris à ce qui m'arrivait, plutôt que d'indéfiniment chercher des raisons que je ne trouvais pas, j'ai mis ça sur le compte du diable. C'était aussi simple. » Ariane constate : *oh d'une femme pure on peut faire tout ce qu'on veut si elle aime nous autres les femmes nous n'avons pas de vraie morale s'il veut que je fasse des choses défendues je ne sais pas lesquelles d'ailleurs enfin que je sois infernale eh bien je sais que je les ferai.* Il sera dit aussi qu'*elle aimait dire infernal.* Elle est prête à suivre le diable qui l'a séduite et, aux yeux de celui-ci, elle devient la *blonde démone,* une démone nourrie au lait de chèvre, l'animal diabolique par excellence! Diable et démone, liés à jamais, mais aussi et surtout le seigneur et sa religieuse.

Ils passent de l'un à l'autre comme de l'enfer au paradis. Lorsque Solal séduit Ariane au Ritz, ils sont de noir vêtus; lorsqu'elle se donne à lui, dans la pureté de l'amour partagé, ils sont tous deux habillés de blanc. Peu de hasards au fil des pages... Pour que la possession physique d'une femme bien réelle ne soit pas la profanation ou la trahison de leur amour mystique, il faut faire de l'aimée un être divin (ou démoniaque, selon).

Ce qui n'a rien de nouveau, depuis les druides, qui considéraient la femme comme un être divin et prophétique, à l'idéal romantique de *l'Hyperion* d'Hölderlin qui fait participer l'amant au cosmos grâce à la femme « divine ». Jane, qui entre les mains de Cohen devient *la religieuse d'amour,* succède aux nonnes amoureuses qui ont hanté la littérature à partir du XVIIe siècle. Bien avant elles, Héloïse avait revêtu l'habit de religieuse pour s'enfuir en Bretagne, sans se douter qu'elle prononcerait un peu plus tard ses vœux. Ariane est sœur de Mariane, la religieuse portugaise, à qui l'amour dicta les plus belles lettres qui soient. Elle est sœur de *La religieuse* de Diderot, tout aussi exaltée et révoltée, et qui comme elle *n'était pas la fille de son père,* et, par les tourments qui l'habitent et le nom dont l'amant la revêt, elle s'apparente aux religieuses du romantisme noir de la fin du XVIIIe siècle, de celle du *Moine* de Lewis à celles de Sade, que Jane condamne bien sûr, car trop pure.

La religieuse, parce qu'elle ne saurait être mère, est un symbole. Celui d'un amour absolu voué jusqu'à la dénégation de soi-même. Un amour qui ne perpétuera pas la race, en l'occurrence qui n'en fera pas une de deux. La fidèle Mariette qui sert Ariane le constate : *Ça me donne la mort dans l'âme quand ils sont enfermés dans leur chambre pour dire leur messe, mais y aura pas d'enfant, pas de danger, je sais ce que je sais et j'ai pas les yeux dans ma poche...* Les amants n'auront pas d'autre enfant que leur amour, et, lorsque Albert Cohen répond aux journalistes qu'une femme fut mère de son premier roman et qu'elle le porta comme un enfant, c'est un peu l'aveu, mettons une constatation, que la passion est inconciliable avec un amour qui devient tendresse et compréhension dans le meilleur des cas.

A peine se retourne-t-il sur le passage de Jane dans son existence qu'Aude, l'héroïne du premier roman, dit de Solal : *lui, c'est le diable, il sait tout il peut tout il méprise tout il ne m'aime pas il n'aimera personne.* Et Jane ajoute : « Bien vu! Mais partiellement inexact. Il eût fallu écrire, il ne m'aime pas, il n'aime que lui. » Car Aude, comme Jane, tombe dans le piège tendu. *Elle le trouva d'une beauté archangélique infernale et décida de le renvoyer sur-le-champ.* L'eût-elle fait, qu'elle en eût été plus heureuse, mais il n'y aurait pas eu de roman. Bientôt elle pressent son malheur à venir : *elle souffrirait par cet archange noir impossible...* Mais voilà, cet amour est si sensuel, si charnel... comment s'y refuser?

Et lui, dont la relation envers Dieu était tout aussi sensuelle et charnelle, comment n'eût-il pas un temps identifié à la femme aimée son besoin d'absolu, son espoir de l'existence de Dieu? Comment n'eût-il pas espéré qu'elle puisse racheter l'homme? *Le visage mondain, elle le vouvoyait tenacement. Elle tenait à ce langage cérémonieux qui exaltait en elle le sentiment de leur sacerdoce, la persuadait qu'ils étaient des amants sublimes... Elle était sa croyante, avait des geste d'officiante,* et construisait pierre après pierre un amour si durable qu'il leur survivrait.

Un, puis deux, puis peut-être des millions de lecteurs liraient les cantiques de leur amour, ses désirs et ses peines, ses sommaires espoirs et son immense désespoir. Tous connaîtraient *leur vie variée, tourmentée. Bourrasques, cyclones, bonaces soudaines, arcs-en-ciel. Qu'elle ait des joies, bien sûr, mais moins souvent que des souffrances. Voilà, c'est ainsi qu'on fabrique un amour religieux. Le terrible, ô mon Nathan, c'est que cet amour religieux, ainsi acheté au sale prix, est la merveille du monde. Mais c'est faire un pacte avec le diable, car il perd son âme, celui qui veut être religieusement aimé.*

Et s'ensuivent, comme dans le Cantique des cantiques qui est aussi la quête de l'âme (ou l'épouse) pour l'époux divin que sera le Christ, les prières d'amour de Solal à Ariane, qu'il conseille d'exprimer muettement : *... tu lui diras le cantique de ton désir. Oui, un cantique en tes yeux, cantique des seins. Ô seins de terrible présence, féminines deux gloires, hautes abondances, bouleversants étrangers devant toi intouchés, présents et défendus,* *cruellement montrés, trop montrés et point assez montrés...*, une prière des yeux pour qu'enfin elle les lui offre, à lui et à nul autre, ainsi que dans le ciel il lui semble qu'il soit écrit.

Il ne plaît pas à Jane d'être devenue une religieuse, une *nonne ardente, un ange, une moniale d'amour, une sainte,* mais elle reconnaît avoir fait un cérémonial de leur liaison. Et dans l'esprit de l'amant, l'un n'allait pas sans l'autre, il lui faut bien le confesser.

Décider d'une liaison refermée sur elle-même a fait de Jane une sorte de recluse libre, une religieuse affranchie, l'officiante laïque d'une passion à tournure mystique. Mais sa religiosité ne fut que d'apparence, pour se pardonner à elle-même les élans de sa sensualité. *Je vous assure que j'ai honte d'être aussi physique mais vous savez je n'étais pas du tout comme ça autrefois quand je lui parlerai faudra dire ainsi et pas comme ça dites ce n'est pas mal d'être physique quand c'est par religion d'amour.* Et Jane, avec le recul de l'âge, en sait plus qu'au cœur d'une passion qui, dit-elle, l'avait cueillie immature. « J'ai accordé plus d'importance à l'amour d'un homme qu'à celui des femmes, peut-être parce que, avec elles, un penchant suffisait. J'ai follement aimé ça. Je trouvais cela beau, et cela m'épanouissait. Mais jamais je n'aurais pu agir sans amour! C'est sans doute pour cette raison, alors que j'étais si libre, que je n'en ai pas abusé. » Ariane aussi aime l'amour, et dans les bras de Solal, comme autrefois Jane dans ceux de Cohen, elle devient *sa femme, sa religieuse, sa servante et desservante, comblée de lui donner sa profondeur et qu'il fût en elle, heureux en elle extasiée du bonheur de l'aimé en elle, moniale de son seigneur. Oh, elle aimait, aimait enfin. Sur la banquise l'églantier avait fleuri.*

Elle est *noble victime sur l'autel étendue.* Elle lui appartient. Au bien-aimée alors elle dit *reste dans ta religieuse.* Elle se sent de *Lui, tout lui, de tout lui sa religieuse.* Son romantisme se nourrit de la liturgie de leur passion, mais alors que son sentiment à elle s'en régénère, lui commence – peut-être, car en littérature, rien n'est sûr – à s'en lasser. *Leur pauvre vie. Leur prétentieux cérémonial de ne se voir qu'en amants prodigieux, prêtres et officiants de leur amour, un amour censément tel qu'aux premiers jours, leur farce de ne se voir que beaux et nobles* pensait-il, alors qu'elle croyait cet amour aussi fort qu'au premier jour. Ou plutôt la première nuit, puisqu'ils ne s'affrontèrent pas à la transparente luminosité des jours, courtes journées de pâleur hivernale, longues et chaudes journées de quelques étés qui ne les verraient pas vivre sous un même rayon. Du soleil, elle prenait seule, allongée nue dans l'herbe, l'énergie qui rayonnerait le soir venu sur leur amour nocturne. Elle serait, à bien des égards, sa médiatrice. Et parfois, parce qu'il ne connaissait pas la femme diurne à d'autres réservée, celle qu'il tenait enlacée dans ses bras lui faisait presque peur. Il la décrit comme *absente d'elle-même, prophétesse en mal sacré d'orgasme, le regardant soudain avec un religieux sourire de folle qui le voulait tout, dangereusement voulait tout de lui, voulait sa force et s'en nourrir, l'aspirait, aimant vampire, voulait le garder dans le monde obscur.*

Avant de faire de l'aimée d'autrefois une *Ariane servile, autel et victime* et de se remémorer *ses yeux blancs de sainte extasiée* qui *lui demandait s'il était heureux en elle*, l'aimait-il réellement ? Cohen aima-t-il Jane autant qu'elle l'aimait avant de le quitter ? Et l'aurait-il aimée à ce point, si justement il ne l'avait pas, par sa propre faute, perdue ? Sans doute non, car il n'était pas de ceux qui se satisfont d'un amour délicieux, plein de charmes et de volupté. Il était trop torturé pour être de la fraction des bienheureux. Et ce n'est peut-être que lorsque la porte sera une ultime fois claquée qu'un amour vrai entrera en lui par violence et effraction. De l'agonie de leur liaison, il dira : *Pauvres damnés du paradis,* partageant avec ses frères humains l'impossibilité du retour en arrière, sinon par la mémoire. Il n'y aura pas de seconde chance, le péché mortel commis.

6.

J'aime une femme, ça te choque?

De l'éclosion de la sensualité
à l'amour de ses semblables

De l'éclosion de la sensualité...

Survivant à la grippe espagnole trop tard pour passer les épreuves du baccalauréat, Jane avait décidé de suivre à la rentrée des cours de littérature à l'université et, d'ici là, de se laisser vivre et recouvrer sa vitalité d'avant la maladie. Elle s'étendait au soleil, se promenait dans ses bois et marchait dans la ville, curieuse de tout, en cet œil du cyclone qu'était devenu son pays depuis 1914. Du fait même de sa neutralité dans une Europe déchirée, la Suisse était à la fois le centre d'internement et d'échange de prisonniers et l'asile des réfugiés politiques. Partout, que l'on soit dans un café, un restaurant, un tramway, on entendait parler en toute langue. Jane s'amusait à deviner la nationalité de ces étrangers que le destin avait conduits jusqu'ici. Genève était envahie de manifestations artistiques impossibles ou interdites ailleurs, et un grand nombre de journaux et de revues ouvraient leurs pages aux écrivains étrangers. Ils étaient libres ici d'exprimer leurs opinions pacifistes impubliables dans les nations en guerre qui, bien au contraire, n'avaient pour directives que d'encourager à se battre, encore et toujours contre l'ennemi, des peuples démoralisés par des années de combats sans réelles victoires. Jane écoutait l'écho des échos de la grande guerre dans un climat artistique international. Là, une pièce, un opéra, une symphonie gagnaient immédiatement l'audience de l'élite européenne, une élite intellectuelle réunie là par la crainte, de nobles rêves, des espoirs fous et souvent vains, ou le refus du renversement des valeurs, inévitablement entraînées par les conflits armés. Jane ne mesurait pas la chance d'être née et de vivre de ce côté de la frontière presque attenante à Pinchat, là où l'on ne manquait non seulement de rien, mais où la vie refluait de partout.

En cette dernière année d'une guerre interminable, ses pensées les plus tristes allaient à sa sœur Marguerite, de l'autre côté de cette frontière qu'elle ne pouvait pas traverser. Imaginant son désespoir, elle eût voulu la serrer fort dans ses bras et renverser les rôles. Jouer l'aînée pour l'entourer de son affection, qu'elle ressentait immense, mais qu'un conflit, qui n'avait en comparaison aucune importance, lui interdisait de lui offrir.

L'été précédent, Marguerite avait été invitée par une amie de pensionnat, Graziella, la fille du propriétaire de l'hôtel Louvre et Paix de Marseille, à venir y passer l'été. Là, elle avait rencontré un jeune diplomate hollandais qui l'avait entraînée jusqu'à Nice en lui faisant découvrir une Côte d'Azur encore miraculeuse, ses charmes et les siens. Les conséquences de l'escapade furent moins miraculeuses : Marguerite était enceinte, comme sa mère l'avait été d'elle, avant d'être mariée. Elle craignait avec raison que son père n'apprécie guère une incartade dont il l'imaginait certainement incapable. Par chance, le jeune diplomate, comme autrefois Albert Fillion en pareille circonstance, se montra homme d'honneur – ou parfaitement amoureux. Il télégraphia à Genève sa demande en mariage. Albert Fillion mit sur le compte des folies de la guerre une telle entorse aux convenances, et se rendit à Paris le 21 août 1917 pour assister au mariage de Marguerite avec Grégoire de With de Rheden, qu'elle appelait Georges. En embrassant sa fille sur les marches de la mairie du IXe, il ne soupçonna pas que la raison d'une aussi brusque décision (que le caractère exalté de sa fille pouvait expliquer) vivait déjà, invisible encore, sous sa robe blanche.

En février 1918 naquit une petite fille que Marguerite prénomma Héliade. On attendit un mois avant d'annoncer la naissance et l'enfant fut officiellement « née avant terme ». Lorsque Albert Fillion se rendit à Nice pour la voir, il sembla ne pas s'apercevoir qu'elle n'avait rien de prématuré. Peut-être le doute aurait-il cheminé en lui s'il était resté à Nice aussi longtemps qu'il en avait décidé, mais un télégramme de Genève coupa court à la félicité familiale : *Lilette gravement malade. Diagnostic grippe espagnole. Revenir d'urgence. Ta sœur Henriette.* Albert Fillion abandonna le jeune couple amoureux émerveillé par la petite Héliade, sans faire état du nom de la maladie qui condamnait Jane. A quoi bon gâcher leur bonheur ?

Le destin fut capricieux. Jane survécut à sa mortelle maladie, alors qu'Héliade, âgée d'à peine six mois, mourut d'une méningite. Jane, qui ne devait pas survivre, était sauve, et la petite fille pleine de vie était emportée en une nuit. Dans l'ivresse de sa douleur, Marguerite s'accrocha à l'enfant morte, désespérément continuant à la bercer sur son sein comme s'il n'était pas trop tard. Par la force, son mari aidé du médecin séparèrent l'enfant de la mère. Face au désespoir de sa jeune femme, Georges de With, lui aussi frappé par le malheur, réagit d'une étrange manière. Il décida que jamais ils n'auraient d'autre enfant, jamais ils ne s'exposeraient à nouveau à pareille douleur. « Plus jamais ça ! », pensait-il en observant Marguerite recroquevillée dans un fauteuil dans l'obscurité. Elle ne sortait plus et, muette et immobile, aveuglée par sa douleur, ne voyait pas la nuit tomber.

A Genève, Jane ne pensait plus qu'à l'entourer, la consoler, l'aimer et lui redonner goût à la vie. Mais Jane ne pouvait pas venir, et Georges de With ne cherchait qu'à faire renaître l'insouciance et la mondanité de sa jeune femme, comme si lui faire oublier ce qu'ils venaient de vivre, dans un tourbillon de fêtes, réceptions, galas, concerts et courses de chevaux, n'avait pas de fortes chances de condamner leur avenir... A n'offrir à une femme de vingt-cinq ans que les caresses du luxe, il calmerait sans doute la douleur, mais ne pourrait endiguer son exaltation, son envie de vivre. Et, si elle ne pouvait plus donner la vie, elle se donnerait à elle.

A Genève, Jane venait de rencontrer des êtres à la hauteur de ses aspirations. Une femme médecin, Machouk Pastermadjian, arrivée de Tiflis, en Russie, quelques années avant la révolution, fut celle par qui Jane allait connaître tous les autres. Venue terminer ses études à Genève et caresser de pures chimères, elle savait maintenant que ses pas l'avaient portée là où elle mourrait. Finir ses études à l'étranger avait surtout été un alibi politique permettant de quitter la Russie, ne serait-ce qu'un temps, car les femmes russes avaient obtenu, depuis bien plus longtemps que partout ailleurs, le droit de faire des études réservées aux hommes. Elle s'était mariée mais, bien que le corps humain n'ait eu pour elle aucun secret, elle n'avait pas pu supporter sa nuit de noces. Elle s'était sentie entachée, souillée, profanée. Non seulement jamais plus elle ne s'offrirait à quiconque, mais elle ne mangerait plus en public. De sa seule nuit d'amour, s'il est possible de parler d'amour, naquit un fils, Kotik, qui ne connut pas son père, parti pour les États-Unis peu avant sa naissance. Lorsque Jane fit sa connaissance, Machouk partageait sa vie entre son métier, le jeu à y perdre tout ce qu'elle gagnait, et Kotik, à qui, devant Jane, elle avait répondu, alors qu'il émettait le désir de patins à roulettes : « Je te loge, je t'habille, je te nourris. Pour les jouets, tu te les achèteras quand tu seras grand ! » Et , se tournant vers Jane qui avait éclaté de rire, elle lui dit en russe d'un air surpris : « *Nou chto? Ni magou, ni magou...,* (Eh bien quoi ? j' peux pas, j' peux pas...) – Machouk, vous êtes merveilleuse ! » s'exclama Jane, qui des années durant allait lui prêter de l'argent pour vivre et surtout pour jouer... et perdre, « mais quelle importance cela a-t-il de perdre un peu d'argent à s'offrir

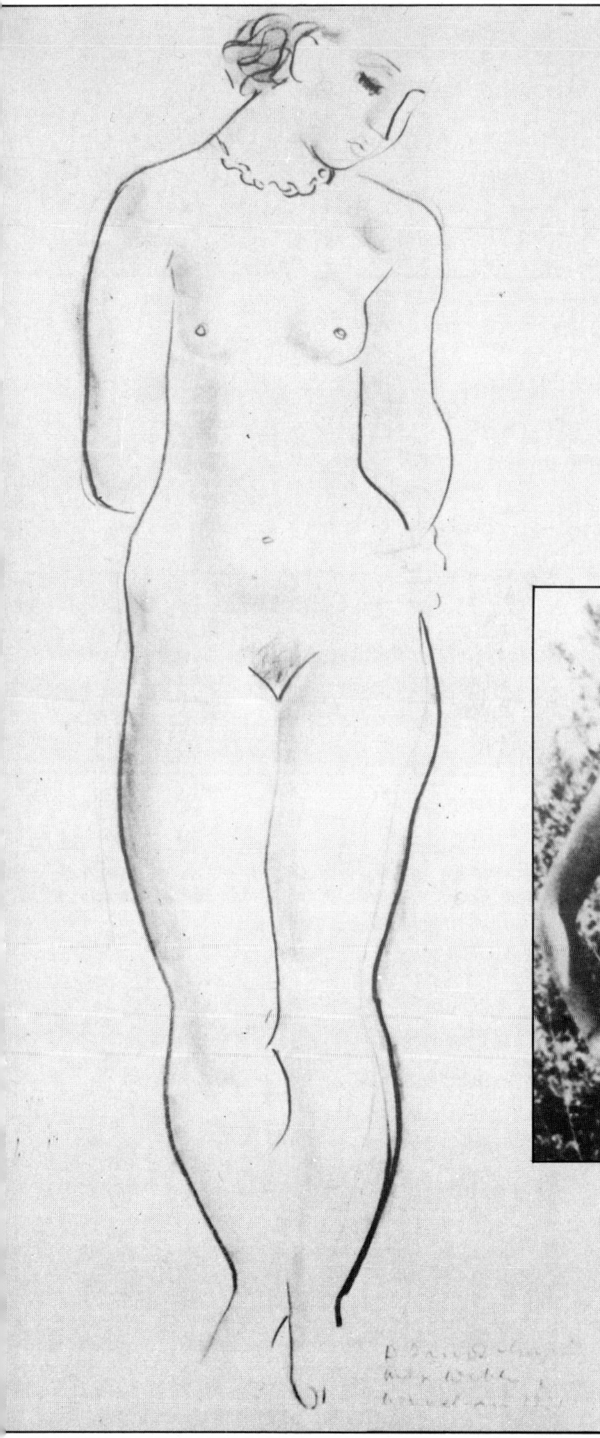

Jane, comme Ariane, fut amoureuse de sa propre forme, immortalisée par Albert Cohen en littérature, comme dans le bronze des sculptures de Max Weber pour qui elle posait nue, et chez qui il la rencontra pour la première fois.
« Cantique des seins.
Ô seins de terrible présence... cruellement montrés, trop montrés et point assez montrés... » *(Dessin Max Weber, coll. J. Fillion ; photo coll. Roland Weber.)*

Albert et Henriette Fillion en 1857. Cinquante ans plus tard, le père et la tante de Jane s'embrassent encore matin et soir alors qu'ils n'embrassent pas les enfants. *(Coll. J. Fillion.)*

Jane avec sa mère en 1900. Après le départ de celle-ci, Jane garda pour elle une tendresse charnelle que rien ne put remplacer. Durant une année, elle s'endormit dans les larmes, puis un matin, elle découvrit qu'elle était libre ! *(Coll. J. Fillion.)*

Henriette et Marguerite Fillion, en 1893. La tante et la mère de Jane : deux femmes opposées. L'une dont la devise est : « Que ton non soit non et que ton oui soit oui ! » ; l'autre, belle comme les amours, « un très joli oiseau qu'il ne fallait pas mettre en cage.
(Coll. J. Fillion.)
←

Marguerite, « née bien élevée », Émilie-Jane et Émile, « impossibles », en 1902. Trois ans plus tard, après le divorce de leurs parents, ils deviendront « les enfants de la réprouvée ». *(Coll. Mme Émile Fillion.)*

Jane avait montré à Albert Cohen cette photo de Marguerite Fillion. « J'aimais cette image de ma mère, en kimono dans une soie tissée d'oiseaux et de chrysanthèmes, posant devant la verrière de la véranda, côté couchant de la maison de ma tante à Pinchat. »
(Coll. J. Fillion.)
←

Albert Fillion et ses trois enfants, Émilie-Jane, Marguerite et Émile, et le chien Bello qui allait chercher les deux plus jeunes à l'école, en 1906. « Maman, dit Émile, elle fait pas partie de la famille. » *(Coll. Mme Émile Fillion.)*

« Les Moraines », la propriété des Fillion sur la colline de Pinchat. La maison d'Henriette Fillion et la Maison Neuve, où Jane grandit. Le domaine était vaste et il était la source de tous les plaisirs. *(Coll. Nathalie de Saint Phalle.)*

La Vielle Maison de Pinchat où s'aimèrent Jane et Albert Cohen. Sur cette façade donnait le petit salon. « La merveille de leurs mains jointes et sublimes... la première nuit. » *(Coll. J. Fillion.)*

Albert Fillion : la photo de son père prise par Jane et montrée à Albert Cohen. L'oncle d'Ariane « ressemble à Don Quichotte », écrira Cohen, « soixante ans, long, maigre, cheveux blancs tondus court... » *(Coll. J. Fillion.)*

Jane dans les bras de Charles Imbert à Chamonix en 1935. Pour Albert Cohen, elle avait été « celle des hautes altitudes ». « C'est mon himalayenne », dira Solal d'Ariane. *(Coll. J. Fillion.)*

Max Weber et Marcelle Blum, vers 1930. D'elle, Jane dira : « Celou est l'être que j'ai le plus aimé, le meilleur et le plus rayonnant. » *(Coll. Roland Weber.)*

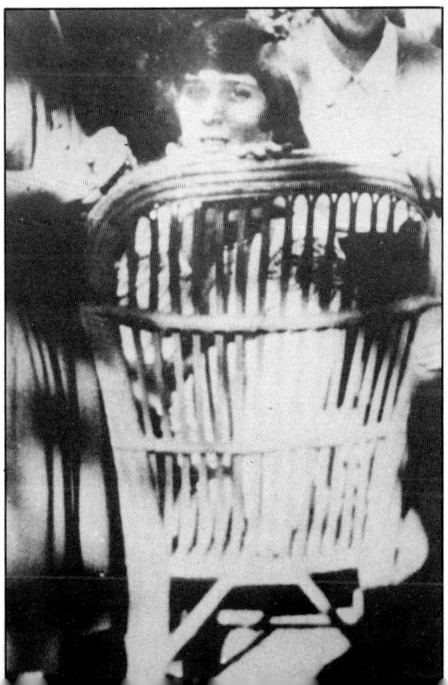

Jane à Pinchat. À travers le fauteuil d'osier on aperçoit la robe roumaine que, face à Cohen, elle ouvrait sur sa nudité. La robe d'Ariane ! *(Coll. Roland Weber.)*

Jane Fillion, au lendemain de son quatre-vingt-dixième anniversaire. Mars 1988.
(Cl. Nadia Rein.)

Petite photo : Jane en 1935. *(Coll. J. Fillion.)*

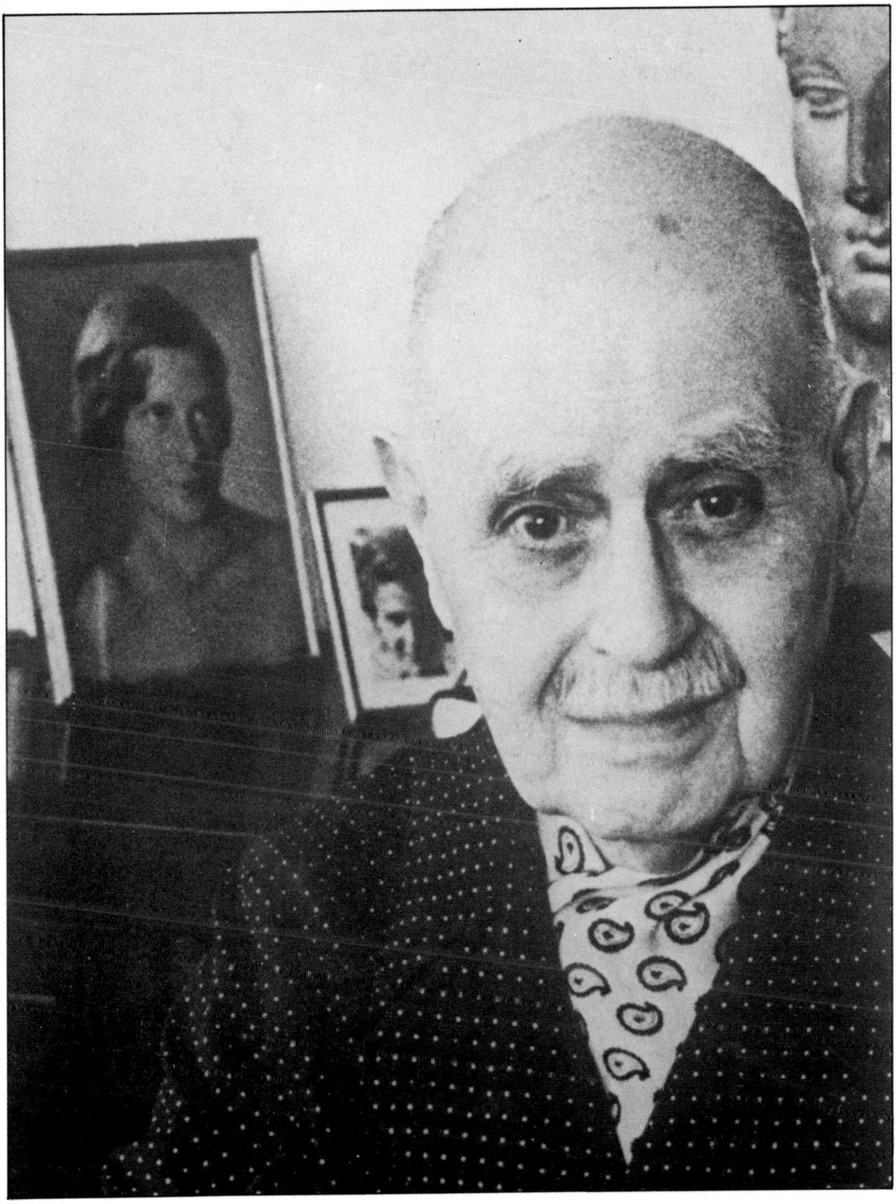

Albert Cohen en 1981, quelques mois avant sa mort. De Jane, qu'il nommait Diane, il dira : « Quand je parle de Diane, je l'aime encore. J'ai sa photographie dans ma chambre et je la regarde tous les jours. C'est mon Ariane, celle que j'ai le plus aimée. » *(Cl. Nef Andersen/Gamma.)*

Après la rupture, les lettres qu'Albert Cohen écrit à Jane sont le seul échange possible entre eux. L'un de ses personnages dira même : « L'amour, ce n'est pas la dame que tu aimes, mais les lettres que tu lui écris. »

Il n'est pas dans le caractère de Jane Fillion de conserver les traces de son passé. Aussi n'en subsiste-t-il presque plus. Ces documents ne sont pas un choix. Ils sont le résultat de mois de recherches. S'il a été possible de retrouver quelques images de sa jeunesse, il n'en a pas encore été de même pour Albert Cohen.

des espoirs quand on a tout perdu et tiré un trait sur son passé ? » pensait Jane en lui tendant contre de vaines promesses de l'argent destiné à disparaître.

Un soir, Machouk entraîna Jane au petit théâtre de Plainpalais, rue de Carouge, où jouaient depuis 1916 une troupe d'acteurs russes originaires comme elle de Tiflis : les Pitoëff. Georges Pitoëff avait appris l'art du théâtre dans la troupe de la Komissarjevska, célèbre actrice d'alors dont la renommé dépassait les frontières de l'empire d'un Tsar. Elle était morte du choléra pendant une tournée dans le Turkestan russe et Georges, rentré à Saint-Pétersbourg, avait fondé en 1912 un studio d'art dramatique qu'il avait appelé « Notre Théâtre ». On y jouait Ibsen, Tchekhov, Ostrovski et Tolstoï. Les critiques parlèrent de Pitoëff comme d'un pur esthète et un amateur de génie. Puis il avait émigré à Genève, réunissant autour de lui quelques amateurs recrutés dans la colonie slave de la ville. Il avait épousé l'une d'entre eux, qui, à dix-huit ans, en paraissait douze ou treize. Ludmilla Pitoëff, fille d'un haut fonctionnaire de la Russie du Sud, parlait le français d'une voix merveilleusement musicale. Bien que la plupart des spectateurs fussent russes, ils jouaient toujours en français. Ainsi, Paul Birukoff, l'ami de Tolstoï qui vivait à Genève, Roubakine, le savant théoricien de la psycho-bibliologie et qu'on appelait « l'homme qui a lu plus de cent mille livres », Lénine et Stravinski virent-ils les Pitoëff jouer les plus grands auteurs russes dans un français prononcé à la slave, mais joué avec génie.

Jane, entraînée après le spectacle dans la loge des acteurs, entra dans leur univers. Elle y amena les Fleg, des soyeux, qui leur offrirent le velours gris d'un rideau de scène et suffisamment d'étoffes de toutes sortes pour faire de nombreux décors et costumes. Avant que les Pitoëff ne deviennent célèbres, c'est d'un clan restreint de la société genevoise que leur vinrent la possibilité de subsister et les vitals encouragements. Ce fut un temps de privations supportées avec la plus noble des légèretés. Ils n'avaient rien pour vivre mais traitaient avec ironie l'angoisse des lendemains. Jane se souvient comment il fallait se lever de table discrètement pour régler la note des dîners après le spectacle, sans blesser ceux qui s'appelaient eux-mêmes « les aristocrates de la misère ». Elle se souvient aussi de la gaieté de ces soirées où l'on ne cessait de boire.

Le théâtre n'était pas loin de Pinchat et elle descendait y voir tous les spectacles. Dans cette petite salle communale elle vit ainsi jouer par de prodigieux acteurs Gogol, Tolstoï, Tchekhov, Ostrovski, Andreiev, Ibsen, Strindberg, Maeterlinck, Bernard Shaw, Synger, Goldoni, D'Annunzio, Claudel, puis Gorki, Knut Hamsun, Shakespeare et Oscar Wilde.

Au sein de la colonie russe de Genève, Jane, pour la première fois, menait une vie qui lui semblait follement amusante. Un des proches amis des Pitoëff, Lenormand, qualifiait en riant cette vie d'une manière qui faisait frissonner Jane en pensant à son père s'il l'avait appris :

« Aller de bordel en bordel ! »

C'est là qu'elle connut Arphénia Melik Azarian. Arphénia, elle aussi originaire d'Arménie, était la fille d'un homme riche et puissant qui commit l'erreur de la laisser partir pour Paris dans l'espoir de la voir devenir pianiste concertiste. Il la recommanda à un lointain cousin. Elle en tomba amoureuse, devint sa maîtresse, négligea le piano, et, grâce à la rente octroyée par son père, ils vécurent et voyagèrent pendant des années à travers toute l'Europe. En 1917, l'argent n'arriva plus et, soupçonnant la fin tragique de son père, trop riche, trop puissant, et arménien face aux Azerbaïdjanais, elle tenta de survivre avec le peu qui lui restait dans cette ville de Genève où venaient de s'achever des années de folles pérégrinations européennes. Jane la vit passer d'un très bon hôtel à une modeste pension. Elle trouvait étrange ce couple qui se disait marié mais ne l'était pas. Cette femme de trente-cinq ans auprès de cet homme magnifique qui eût pu être son père. Elle aurait voulu en savoir plus et connaître les raisons du regard le plus triste, le plus sombre, le plus doux qu'elle ait jamais croisé. Elle aimait la finesse, les silences, les gestes d'excuses et les retraits de cette femme brune et pâle, toujours habillée de noir. Une flamme brûlait en elle à laquelle Jane voulait se réchauffer. Mais cette flamme était un feu qui la consumait, et Jane allant vers elle était la vie tendant la main à la mort.

Dix mois s'étaient écoulés depuis octobre 1917 et Arphénia savait maintenant qu'il était inutile d'attendre des nouvelles d'une famille qui ne pouvait avoir survécu aux massacres. Elle avait vendu le dernier objet de valeur qu'elle possédait encore. Il ne lui restait rien.

C'est alors que l'homme pour lequel elle avait renoncé à la musique lui annonca qu'il la quittait. Provisoirement, promettait-il. Son physique avait frappé un Américain dans un restaurant de Genève. Il l'avait abordé, lui avait écrit en lui demandant d'envoyer sa photo à une firme cinématographique d'Hollywood, et cette firme, sur photo, lui avait envoyé les billets du voyage. Arrivé là-bas où l'attendaient des rôles de vieil aristocrate, il lui enverrait de quoi le rejoindre. Ils étaient sauvés ! Il la quitta le cœur léger, sans se retourner, sur des promesses de fortune et de gloire, de revanche et de vie meilleure. L'ombre d'Arphénia sur le mur ensoleillé de la triste pension traduisait ce qu'elle ressentait : réduite et prisonnière de son sort, une tache noire indélébile. Le ciel était pur, mais en remontant l'escalier elle sentit l'air se raréfier. Elle était désarmée. Elle était désespérée.

Lorsque Machouk lui apprit comment Arphénia avait été abandonnée par son mari, « cette canaille », Jane partit la retrouver. Elle passa la nuit auprès d'elle sans pouvoir dormir car elle n'avait jamais couché dans une chambre donnant sur une rue où circulaient tramways et voitures, et mesura l'infortune d'Arphénia. D'urgence, la faire sortir de là où il était impossible de dormir en paix, puis lui faire oublier à force de tendresse les événements passés et présents.

Jane entra dans le bureau de son père et lui expliqua le sort qui attendait son amie : « Sa famille a sûrement été massacrée, elle ne reçoit plus d'argent, son pays lui est fermé, son mari l'a quittée, elle n'a plus personne! Elle n'a plus rien! Elle n'a plus que nous! » Son père lui répondit en souriant : « Et alors? Qu'est-ce que cela change? Une grande propriété, cela donne des devoirs. Ton amie est la bienvenue. C'est une Dame qui ne peut faire que du bien à la sauvageonne que tu es, et, en acceptant notre invitation, c'est elle qui nous fait honneur. » Invitée par Jane à passer six semaines à Pinchat, Arphénia y vécut jusqu'à sa mort, six ans plus tard.

Très peu de temps après son arrivée, Machouk Pastermadjian, inquiétée par la pâleur et l'amaigrissement de son amie, diagnostiqua une tuberculose pulmonaire, et quelques jours plus tard, des examens vinrent confirmer la présence du bacille de Koch. Jane décida que c'était à elle et personne d'autre de soigner son amie. Elle le fit au fil des ans, sans faillir.

Pour remercier ses hôtes des attentions qu'ils lui portaient, Arphénia, qui n'avait pas oublié qu'elle avait été une remarquable pianiste, jouait pour eux, le soir. Elle sut se faire aimer et apprécier de tous. Henriette Fillion fit ce qu'elle n'avait jamais fait pour elle-même, et qui allait contre ses principes d'austérité : elle lui achetait du saumon fumé, du caviar et de la vodka, pour lui rappeler les souvenirs de sa jeunesse russe si heureuse. Durant six ans, à la fin de chaque repas, Arphénia adressait en souriant à son hôte un rituel : « Merci, monsieur Fillion, pour cet excellent repas. » Sa discrétion, son extrême politesse plaisaient à la très grande amabilité et à l'affabilité de l'homme âgé qu'était devenu le père de Jane. Auprès de lui, il arrivait que Jane ressentît quelque culpabilité à s'être montrée, enfant, si odieuse. Elle regardait cet homme chéri, affaibli par les ans et les soucis, dont pour une part indiscutable elle avait été la cause. Elle l'écoutait parler à Arphénia en qui il avait trouvé une oreille attentive. Combien de fois lui avait-il fallu répéter « pardon et s'il vous plaît sont des mots que l'on entend guère prononcer par ma fille cadette », cette fille « cadette » qu'elle devenait lorsqu'il n'était pas content d'elle. Si souvent... Mais comment faire savoir à ce père impassible qu'elle regrettait ses fautes et lui était infiniment reconnaissante de l'avoir supportée autrefois, comme maintenant d'accueillir Arphénia chez lui ?

Peu à peu, pour préciser ses pensées les plus intraduisibles et lui élucider les mystère de l'âme slave, Arphénia apprit le russe à Jane qui n'aspirait alors qu'à se rapprocher d'elle. De même qu'en jouant admirablement elle lui faisait aimer les compositeurs russes et l'obligeait à travailler pour laisser la musique sortir de soi sans que soit une résistance le manque de technique, elle lui apprenait les richesses de sa langue pour qu'elle pût lire dans le texte la littérature russe. La connaissance du grec, sa mémoire et la motivation que représentait pour elle Arphénia la lui firent apprendre avec facilité. Très vite, Ludmilla Pitoëff, à qui Jane parlait en russe pour s'exercer hors de la présence d'Arphénia, lui dit en riant : « Tu parles russe comme mes enfants ! », et Jane se demanda si elle entendait les plus jeunes ou les aînés, car Ludmilla mettait chaque année un enfant au monde, ce qui ne l'empêchait jamais de monter sur les planches. Jane sourit au souvenir de Ludmilla « gravement enceinte ! », magnifique et illuminée dans le rôle de la Jeanne d'Arc de Shaw, la pucelle d'Orléans !

Jane entourait son amie de plus en plus faible de toutes les attentions. Lorsque Arphénia avait le courage de marcher, elle l'entraînait à travers le jardin et elles suivaient l'allée de lilas vers la petite montage. Les fleurs qu'elle cueillait étaient pour elle, qu'elle les lui tendît ou en fît des bouquets pour toutes les pièces de la maison qu'elle traversait. Dans le jardin de Jane, Arphénia était un lys. « Mon Arphénia au nom de fleur, qui est peut-être celle que j'ai le plus aimée, Arphénia à qui je rêvais lorsque j'étais son Djâni Djân »... dit Jane.

Un après-midi, alors qu'elles traversent le lac en

bateau, Arphénia aperçoit Stravinski. Lorsqu'il la voit, il la prend avec emportement dans ses bras et la soulève de terre, tourne sur lui-même en riant, Jane les regarde s'embrasser et les écoute, puis se mêle à leur conversation en russe. Mais il lui répond en français, et la conversation se poursuit dans la langue de Jane, celle du pays qui les accueille, et elle regrette aussitôt s'être mêlée à des souvenirs qui ne lui appartenaient pas.

Quand Arphénia referme le piano et qu'elle s'installe dans un fauteuil près du feu, Jane s'assied à ses pieds et pose sa tête sur ses genoux. Arphénia, tendrement, en silence ou en chantonnant doucement les airs nostalgiques de son pays, caresse les cheveux de la jeune fille qui l'a sauvée du désarroi de l'abandon et de la misère. Elle voudrait, tant qu'il est encore temps, lui apprendre tout ce qu'elle a appris de la vie, mais sans briser les ailes de la fougueuse jeune fille, si enthousiaste, si vivante et parfois si naïve dans ses élans. Jane sent les mains fines d'Arphénia qui vont et viennent dans ses cheveux dénoués. Elle aime ces mains aux paumes toujours ouvertes, elle s'émeut de la manière dont Arphénia se tient, les bras le long du corps, paumes tournées vers le ciel, geste russe de l'incertitude, alors que tant d'êtres ont les mains agitées, les doigts croisés, les poings refermés... Arphénia est un être désarmé qui n'attend plus rien que du ciel, mais Jane a décidé de s'interposer entre elle et la mort.

Elle ira suivre des cours à l'université, mais lorsqu'elle s'éloigne de Pinchat la culpabilité l'assaille. Certains soirs, pourtant, l'appel de la vie est plus fort que tous ces précieux moments de romances mélancoliques passés auprès de la première femme aimée, et elle l'abandonne pour retrouver ses amis. Des amis qui furent ceux d'Arphénia avant la phtisie. Des Russes aux âmes violentes et fièvreuses. Russes de l'exil, détachés du temps. Russes qui lui semblent sortis des romans de Dostoïevski, et parmi eux, bien peu de Suisses...

Au cours de l'hiver 1921, Ludmilla Pitoëff que Lenormand avait accompagné chez un photographe de la Grand-Rue, s'entendit si bien avec lui qu'elle lui proposa aussitôt un rôle. Le jeune photographe en chambre qui vivait au quatrième étage d'une sombre maison à l'escalier abrupt, glacial et humide, et rêvait de théâtre les mains plongées dans les bains acides, s'appelait Michel Simon. Lorsqu'il arriva au théâtre pour la première fois, personne n'osa dire à voix haute qu'avec un physique aussi déjeté, un visage aussi laid, penser à monter sur scène relevait de désirs impossibles. Il s'essaya dans une figure du *Mangeur de Rêves* que l'on répétait alors et s'y montra effroyablement mauvais, mais il joua ensuite César dans *Androclès et le Lion*, une farce de Shaw, et tous eurent la certitude d'un talent qui serait flagrant pour le premier spectateur, même entré par hasard. Jane se souvient des fous rires qui la prenaient à l'entendre. Ils riaient et buvaient, riaient de plus belle et buvaient à nouveau. Jane se libérait de la pesanteur des choses. Comme eux, elle portait sa part d'ombre, et comme eux elle se montrait légère, folle et gaie. C'était le temps de la jeunesse, tous le savaient et chassaient l'anxiété d'un lendemain aléatoire. *Tes pas te portent là où tu dois mourir* faisait dire Hofmannsthal à l'un de ses personnages. Mais en ces heures nocturnes, où l'on sait que les raisons de la nuit ne sont pas celles du jour, ils oubliaient les difficultés qu'ils retrouveraient avec les premières lueurs de l'aube. « Tu n'es qu'un petit oiseau ! » disait Michel Simon à Jane, en passant fraternellement son bras autour des épaules de sa compatriote.

De retour chez elle, Jane entendait la toux d'Arphénia rompre le silence de la maison endormie, et était envahie de remords et d'un sentiment qu'elle croyait être la trahison. Elle entrait doucement dans sa chambre, redressait ses oreillers, lui apportait de l'eau fraîche, caressait ses mains et son front avant de la border, de l'embrasser comme une mère eût fait avec son enfant, et attendait qu'elle se soit apaisée, puis endormie, pour aller se coucher. Mais la toux reprenait, et elle se levait à nouveau, pensant à toutes ces heures où Arphénia avait été seule. Elle se jurait que c'était la dernière fois.

Six années passèrent ainsi, où Jane cueillait des fleurs pour que les yeux d'Arphénia puissent se reposer sur de la couleur vivante, et où Arphénia apprenait à Jane la subtilité, la puissance de sa langue natale, sa musicalité. Musicienne, elle lui ouvrait le cœur à la musique, jouant pour elle Bach puis Mozart, Schumann, Chopin et Liszt, et l'initiant à l'âme russe à travers les œuvres de Rimski-Korsakov, Moussorgsky, Balakirev, Borodine et Tchaïkovski. Concertos et sonates lui feraient à jamais l'âme musicale.

Un jour, Machouk prit Jane à part pour lui dire : « Lileh, je trouve vos parents bien inconscients! Laisser une jeune fille en contact permanent avec une malade contagieuse, c'est de la pure inconscience! Il faudrait désormais laver son linge et ses couverts à part. » Jane le prend mal : « Inconscients? Mes parents? Non! Certainement pas! J'ai grandi dans la nature, je vis au grand air, je fais du sport, je suis bien trop saine, bien trop forte, pour ne pas résister à la phtisie d'Ēnia! Quant à laver à part ce qu'elle touche, il n'en est pas question, elle pourrait s'en apercevoir. Et ça je ne le veux pas! »

Face à l'affaiblissement d'Arphénia qui respirait de plus en plus mal, Jane ne savait plus que faire. Alors elle l'entraîna vers les montagnes, vers un monde sans microbes, sans bactéries et sans bacilles... Elles partirent en train pour une chambre d'hôtel en altitude. Dans leur compartiment, Arphénia répondit à une voyageuse attendrie par la prévenance de Jane à l'égard de son amie visiblement souffrante : « C'est ma fille adoptive. » Jane s'empourpra et attendit d'être arrivée et à nouveau seule avec elle pour lui répondre : « Tu n'as pas le droit de dire des choses pareilles! Je ne suis pas ta fille. J'ai un père et une mère! » Arphénia eut un regard douloureux devant la réaction violente à ce qui n'avait été qu'une formule affectueuse. Elle comprit que la blessure n'était pas cicatrisée, et qu'elle l'avait touchée au vif. C'était entendu, bien qu'elle eût presque l'âge d'être sa mère, leur lien n'avait rien de maternel. Mais Jane savait-elle seulement ce que maternel signifiait ?

Au cours de cette saison passée seule à seule, la santé d'Arphénia se dégrada. La propriétaire de l'hôtel tentait de convaincre Jane de se distraire et de sortir, mais Jane refusait et s'acharnait à croire qu'elle sauverait son amie en ne la quittant pas. Arphénia n'avait plus de forces. Elle était terriblement amaigrie, ses joues se creusaient, et il lui semblait qu'elle rétrécissait aussi en dedans. A travers ses poumons en fusion, une barre perçait sa poitrine de part en part. Elle toussait, toussait, toussait et saignait à l'intérieur d'elle-même. Les hémoptysies étaient de plus en plus fréquentes, et il y avait ce goût de sang dans la bouche qui la réveillait la nuit. Tuberculose ouverte et toutes ses conséquences. Douleurs vives des foyers de tuberculose osseuse que l'altitude n'avait pu juguler. Combien de temps encore ? Elle eût voulu mourir maintenant et rendre sa liberté à son Djân du Djânistan si éprise d'elle, une liberté perdue pour servir l'ombre de ce qu'elle avait été.

Lors d'une crise plus violente que toutes les précédentes, Jane s'affola et pris la décision de rentrer à Genève. Elle commanda une ambulance, sachant que son geste était une capitulation devant la maladie. Arphénia s'était soumise depuis le début, et Jane était trop seule à se battre, seule avec les cataplasmes et les pulvérisations, seule avec le Sédol et les pilules d'opium qui ne faisaient que dissimuler la réalité d'une fin qu'elle s'était toujours refusée à admettre, et qui venait d'avoir raison d'elle.

En arrivant à Pinchat, Arphénia s'arrêta devant le piano en se dirigeant vers sa chambre. Elle était restée silencieuse durant tout le voyage, et Jane sut que l'air qu'elle allait jouer trahirait sa pensée. Restée debout devant le clavier, ses doigts légers effleuraient l'ivoire des touches. Jane était sur le pas de la porte et n'osait pas entrer. Lorsqu'elle entendit les premières notes de *L'Aveu* de Schumann, elle sut qu'elle ne s'était pas trompée.

Après quelques mesures Arphénia s'interrompit et referma le couvercle sur le clavier. Jane la regardait, frêle silhouette, les mains fines et blanches posées à plat sur le bois sombre. Elle ne jouerait plus. C'était un adieu à la musique, à cet art qui lui avait été vital. Jane sentit un étau comprimer son cœur et ses yeux s'emplirent de larmes. Elle les ferma pour effacer la scène qui avait tout à coup le flou d'un mauvais rêve. Les notes de *L'Aveu* à la lourde signification seraient celles jouées à Albert Cohen leur premier soir et qu'il prit pour un choral de Bach.

Peu de temps après, les accès de fièvre achevèrent d'épuiser la vie en elle. On diagnostiqua la présence du bacille de Koch dans le larynx et des prémices d'ulcérations, « tuberculose de forme torpide », quelques jours, quelques heures. Il fallait s'en remettre à Dieu, mais Jane n'y croyait pas. Elle veilla « Énia », son aimée en proie aux hallucinations dues à l'urémie. Elle la veilla jusqu'à la fin. On avait installé son lit dans le grand salon, et Jane, agenouillée auprès d'elle, plongeait son regard dans ses immenses yeux noirs. Elle lui prenait les mains pour qu'elle ne s'enfuie pas, et déjà Arphénia murmurait : « Je ne te vois plus... »

« Je suis là Énia, lui répondait-elle en serrant plus fort ses mains si douces.

– Ne pars pas... reste..., lui disait faiblement celle qui déjà ne la voyait plus.

– Mais je suis là ! » lui affirmait Jane avec le sentiment d'aller au-delà de la mort, de l'accompagner pour ne pas la quitter, ne jamais la quitter...

Puis ce fut la fin. Un vide immense. Et Jane sombra.

Lors de l'enterrement dans le cimetière de Carouge, Jane se montra digne d'elle, mais en rentrant sa décision de mourir était arrêtée. Elle n'avait vécu que pour elle durant toutes ces années. Elle ne pouvait plus vivre sans elle. Il fallait rejoindre Arphénia. Elle s'allongea sur le lit mortuaire resté dans le grand salon et avala une trentaine de comprimés avec de l'eau de Javel.

Médicaments sans doute périmés, eau de Javel peut-être éventée, vie qui, une seconde fois, ne voulait pas la quitter. Albert Fillion découvrit sa fille déjà inconsciente, et la sauva. Banalement arrachée à la mort par un lavage d'estomac, elle se réveilla à la vie, et à son désespoir, mais elle n'était plus lasse de vivre. Seul son emportement et sa folle nécessité d'absolu l'avaient amenée à commettre l'irréparable.

L'âme slave était passée des veines d'Arphénia dans celles de Jane, peut-être déjà slave par son père inconnu. Rainer Maria Rilke, qui sut apprécier le calme de la Suisse, cette terre natale que Jane fuirait un jour, confia à Stefan Zweig : *Ils m'exténuent, ces gens qui crachent leurs impressions comme on crache le sang, et c'est pourquoi j'use des Russes à très petite dose comme des liqueurs fortes.* C'était là le sentiment inverse de celui de Jane, attachée à l'ivresse des choses vécues sans retenue. Sa vie prenait un sens au contact des êtres excessifs, car elle l'était elle-même. Tout comme l'on peut être pur et ne pas aimer l'eau. Elle y avait songé un instant en remplissant son verre de Javel, cet hypochlorite de soude qui servait à purifier l'eau. « Verduniser », disait-on même depuis Verdun. Être pure, toujours, pensait-elle, alors que dansaient dans sa tête les noms et diminutifs du bonheur, lorsque pour Arphénia elle était Djâni Djân, Lileh, Lili, Lilik, Lilitchka, Lilinka parfois lorsque tendrement mécontente, Linotcheka, Liliatik, Lilionok... tous ces subtils surnoms adressés à celle qui fut le rayon de soleil d'une longue agonie.

Tout cela, Jane l'a confié à Albert Cohen, sans imaginer qu'un jour il s'en servira. Dans *Belle du Seigneur*, à la crise desséchante d'Ariane succède dans son journal sa *décision de préparer une licence ès lettres. A l'université, je fis la connaissance de Varvara Ivanovna, une jeune Russe émigrée, fine, intelligente. Bientôt nous devînmes amies. Je la trouvais très belle. J'aimais baiser ses mains, ses paumes rosées, ses tresses lourdes. Je pensais à elle tout le temps. En somme, c'était de l'amour,* écrit-elle, et il semble peu probable que Varvara soit née spontanément de l'imagination de l'auteur, même si le modèle diffère quelque peu de l'original. Sur le principe, c'est l'amie russe aimée par Jane à vingt ans. Que Varvara ait fait partie d'un groupe de mencheviks, qu'elle ait été la maîtresse du chef de ce groupe, expulsé de Suisse, ne modifie en rien le sens de l'aventure. Ariane commence *à apprendre le russe pour pouvoir le parler avec elle, pour être plus intimes*, et elle avoue : *Nous dormions ensemble. Oui, c'était de l'amour, mais pur, enfin presque.* Et là, comme Arphénia, Varvara avoua *qu'elle était atteinte de tuberculose... Elle m'avait caché son état pour ne pas m'inquiéter et aussi pour ne pas aggraver notre situation financière par des séjours à la montagne.* Ariane, comme Jane, abandonne ses études pour la soigner, elle aussi fait *les lavages et les repassages*, comme elle, elle est envahie par le remords : *Je sortais donc parfois pour un dîner, pour un bal d'étudiants ou pour aller au théâtre. Je la savais gravement malade et pourtant je ne résistais pas à l'envie de me distraire. Varinka, ma chérie, pardonne, j'étais si jeune*, comme elle encore, après la mort de son amie, elle tente de se suicider : *Je ne sais pas exactement ce qui s'est passé après avoir pris tous ces cachets de Véronal... Lavage d'estomac, piqûres de ne je sais quoi. Il paraît que j'ai été entre la vie et la mort pendant plusieurs jours.*

Tout au long du livre, on voit subrepticement le souvenir de Varvara traverser les monologues d'Ariane, mais sans doute Cohen leur prête-t-il un amour plus charnel que l'amitié amoureuse vécue par Jane et Arphénia. *Oh Varvara j'adorais dormir avec elle l'embrasser c'était exquis et puis l'autre chose mais on ne se rendait pas compte.* Pourtant lorsqu'il fait parler Ariane de l'amour entre ses parents : *Papa sur maman c'est épouvantable les parents ne devraient jamais Varvara c'est peut-être pour ça que je l'ai tant aimée.* Jane répond « Oui, c'est exact », sans vouloir en dire plus.

Et Ariane de comparer l'amour d'un homme à celui

d'une femme. Au début du livre, alors que son mari l'a rejointe dans son lit, elle pense : *Ne pouvait-il pas s'en aller, maintenant qu'il avait eu son épilepsie ? Affreux, elle était un instrument. Ô Varvara, si fine, si délicate, comme c'était exquis de dormir avec elle, dans ses bras.* Avec lui, elle n'aime pas. Mais avec Solal, les choses changent. Ariane est vaincue : *drôle d'idée cette passion pour Varvara au fond insignifiante sentimentale minaudière affreux elle est morte je dois la respecter...* Et Jane, qui ne pouvait comparer l'amour avec un autre homme puisqu'il n'y en avait pas eu d'autre dans son existence, le comparait avec celui qu'elle avait vécu avec Marcelle Blum (entrée dans sa vie après sa tentative de suicide, comme Adrien Deume qui profite de la faiblesse d'Ariane après cette identique tentative pour l'épouser).

Mais contrairement à Ariane, Jane ne se donne que par amour. Si Cohen succède à Arphénia dans son esprit, et à « Celou » dans ses bras, il est le seul à entendre les mots d'amour appris d'Arphénia. Lorsque Solal dort, Ariane lui dit : *moï dorogoï, moï zolotoï*, mon chéri, mon amour ou mon adoré, et Jane, qui trouve plus beaux les mots d'amour en russe, ajoute : « Maïa ninaglad naïa, mienne que je ne me lasse pas de regarder, que je transformais pour lui en Toi mon jamais assez vu, sont les mots que j'aie le plus aimé entendre, et prononcer, en secret par orgueil, au seul homme qu'il m'ait été donné d'aimer. »

... *à l'amour de ses semblables*

Cohen eût-il aimé Jane sans l'empreinte d'Arphénia ? L'eût-il aimée si elle ne s'était pas inclinée à la russe, n'avait pas tenté d'exprimer l'aveu de son amour naissant au piano, ne lui avait avoué l'aimer en russe, ce langage des sentiments les plus violents et les plus irrépressibles ? Jane l'eût-elle tant séduit si, avant lui, elle en avait aimé d'autres et non des femmes ? Qu'elle ait aimé les femmes n'est-ce pas, justement, ce qui a plu à cet homme qui a davantage aimé plaire que passer à l'acte ?

Comment ne pas penser à Don Juan en écoutant Solal conquérir, séduire, et faire succomber Ariane comme une énième victime ? Il en a toutes les qualités : intelligence, orgueil, audace, cruauté, inconstance, ruse, égoïsme, narcissisme, insolence. Cohen le dit lui-même : *Expliquez bien cette rage de séduire chez Don Juan. Car en réalité, il est chaste et il apprécie peu les ébats de lit, les trouve monotones et rudimentaires, et somme toute comiques. Mais ils sont indispensables pour qu'elles l'aiment... Or, il a besoin d'être aimé.* Et il est vrai que *malgré le mal qu'il en dit il n'est bien qu'avec les femmes. Avec les hommes, il doit se tenir à carreau, faire le raisonnable.* Jane reconnaît là Cohen : « Il aimait bien trop plaire pour se satisfaire de la compagnie des hommes ! Il aimait lire dans le regard de l'autre combien son charme avait encore agi. Peut-être parce que cela le rassurait... » Des femmes, il dit qu'elles adorent être comprises et qu'elles avalent tout. *Vaniteuses ? Oui, mais surtout si peu sûres d'elles. Elles ont tellement besoin d'être rassurées... Alors tu te rends compte du service que tu lui rends en faisant d'elle une déesse ? Jamais sûres d'elles-mêmes*, comme lui, donc, qui les séduit pour se rassurer !

Il régnera donc sur les femmes, sa nation, et il les choisira nobles et pures car quel plaisir d'asservir une impure ?... Mais le plus important mobile de cette rage, c'est l'espoir d'un échec et qu'une enfin lui résistera. Hélas, jamais d'échec. Cela eût pu être Jane, puisqu'il était notoire qu'elle n'aimait pas les hommes. Mais non. Pire que les autres ! Elle cède immédiatement ! Mais meilleure aussi, car elle ne joue pas de jeu, ne simule pas, n'a pas d'hypocrisie ni de fausses pudeurs. Elle l'aime, donc cède. Rien que de plus naturel. Elle est vraie et elle respire la liberté. En cela, bien involontairement, elle le bluffe. Il n'est que ruse et calcul, elle se donne sans se soumettre. Il a placé ses pions sur l'échiquier, déjà prêt à tricher, et elle renverse la table pour qu'il n'y ait pas d'obstacles entre eux. Elle ne joue pas à son jeu. Elle ne tombe pas dans ses pièges.

Ce qu'il n'avait pas prévu, en décidant de séduire une femme, comme lui amoureuse des femmes, c'est que les rôles ne sont ni aussi attendus, ni aussi évidents. Il va s'y perdre... Il n'y a plus de sexe dit fort face au sexe dit faible. Plus de chasseur et plus de proie. Plus d'énergique attaquant une femme timide et sur la défensive. Presque deux égaux... Presque.

Dans *Solal* déjà, Aude dit : *Les hommes me dégoûtaient avant comme les chiens Oh il a su faire celui-là Pardonne aimé je te respecte.* Dans *Mangeclous*, huit ans plus tard, Solal annonce qu'il va tenter de conquérir Ariane : ... *Donc aimer la femme de Deume. Oui, mais il fallait la séduire. Affreux cette opération chimique qui ne ratait jamais. Aimer les hommes plutôt non ?* Si Jane a aimé les femmes, pourquoi n'aimerait-il pas les hommes ? Non. Solution rejetée. Il aime vraiment trop la femme... « Après lui » rectifiera Jane.

Mais elle aussi s'aimait. Ils se sont partagé ce sentiment. Ils l'ont reconnu et compris chez l'autre. En cela, ils seront égaux. Tout comme Cohen ne comprenait pas que les femmes puissent aimer les hommes, *ces singes velus*, Jane pensait, comme le dit Ariane : *que les femmes soient attirées par les hommes en général ça me dépasse !* Les rôles ne sont pas inversés, ils sont identiques ! C'est pourquoi, alors que Solal démystifie, démythifie la séduction et ses manèges, et qu'il vient de s'interrompre, Ariane lui dit : *Eh bien, ne séduisez plus, mais dites les autres manèges. Faites comme si j'étais un homme. Un homme, répéta-t-il, soudain émerveillé.* Cet homme, cet ami, que devient soudain cette femme devant lui, il va l'appeler Nathan. C'est à lui qu'il va s'adresser, c'est lui qu'il va séduire.

Masculin, féminin, au fond quelle importance... Jane le lui a-t-elle appris, ou bien pensait-il ainsi avant elle ? Quelle que soit la réponse, il lui subtilise, pour les prêter à Ariane, ses pensées les plus typiques : ... *pourquoi quand il y a un masculin et un féminin l'adjectif doit être masculin c'est pas juste pourquoi est-ce qu'on ne pourrait pas dire que la mer et le lac sont belles pourquoi Dieu au masculin pas juste non plus...* Compliqué, tout cela. Déjà le premier soir, c'était elle qui avait pris les devants, masculine, et lui qui l'avait suivie jusqu'à la fenêtre, presque féminin. Lorsqu'elle s'en souvient, Ariane s'emmêle : ... *lui et moi sur le sofa lui un homme moi une femme un homme enfin une femme...!* Elle ne sait plus très bien si seules les qualités comptent, ou seul l'aspect. Pour ce qui est de celui-ci, Jane certifie s'être toujours montrée aussi féminine que possible. « Je m'habillais de manière à ne pas en rajouter! », dit-elle en souriant, « ma réputation n'avait pas besoin de ça! » De toute façon, ce n'est pas une femme qui eût préféré être un homme. Elle s'aime, elle aime les femmes, elle en a bien plus envie que des hommes, c'est tout. Ariane, point au fait des subtiles envies que Jane n'aurait tout de même pas exposées à son amant, dit : *c'est fou ce que je me féminise j'aimerais assez être un homme pour une certaine chose mais garder tout le reste féminin les hanches les seins...*, mais Jane répond avec une douce ironie : « Non merci ». Car, si elle a incontestablement aimé l'amour tel qu'il le lui a fait connaître, elle était sensible à sa féminité. Il le savait. Elle le lui a dit. Il fait dire à Ariane dans ses monologues sans fin : ... *c'est d'ailleurs votre côté féminin mon cher féminins vos coups d'œil dans la glace vous vous regardez un peu trop une faiblesse ça mon ami et puis comédien avec ses robes de chambre trop belle...* « Voilà, dit Jane, lui qui m'ouvrait la porte, toujours en robe de chambre, et moi en tailleur, brusque, directe, franche, plus masculine que lui en quelque sorte. Lui qui était comédien, menteur, une sirène comme en général seules les femmes savent l'être! »

Lorsque rien ne va plus, Solal demande agressivement à Ariane :

– *Tu aimes les hommes n'est-ce pas?*

– *Non, ils me dégoûtent!*

– *Et moi?*

– *Toi aussi!*

– *Enfin! sourit-il, et il affila son nez avec satisfaction, car voilà qui était simple et net.*

Le but impossible, mais à tenter d'atteindre malgré tout car il n'y a pas d'autre salut à l'amour, il en caressera l'espoir quelques brefs instants : *ô merveille être deux amis et même deux amies.*

Jane était bien d'accord qui préféra vivre sa vie entière ainsi.

5 MARS

Vous avez quatre-vingt-dix ans! C'est un âge magnifique, mais vous semblez catastrophée... Vous avez refusé de sortir. Vous m'annoncez que la plaisanterie a assez duré, qu'il est temps que cela cesse, que vous ne sortirez plus jamais et ne vous prêterez plus à la comédie de la vie, qu'il n'y aura pas de dixième décennie. Larmes dans le champagne et sourires désolés, moult plaintes, demain volatilisées : Votre amour de la vie, de l'avenir quel qu'il soit est bien trop vif. Je vous annonce qu'il y a trois semaines j'ai eu trente ans et en ai pleuré. Vous me répondez avec ironie : « J'ai donc trois fois plus de raisons d'aller mal. »

7.

Je serai toujours libre

D'une vie d'orpheline à la naissance d'un mythe

D'une vie d'orpheline...

Bien que Jane ait survécu à Arphénia, l'hiver 1924 restera marqué d'une croix noire. Il lui faut réapprendre à vivre. Vivre pour elle-même. Le sentiment de trop peser sur son père, que la fin d'Arphénia et l'empoisonnement de sa fille n'avaient pas épargné, l'assiégeait à nouveau. Elle a vingt-six ans, l'âge d'une indépendance possible. Une indépendance devenue nécessaire... Elle travaillerait. Oui, elle travaillerait et chercherait dès demain un travail, n'importe quel travail, un travail qu'elle trouverait seule sans recommandations et ainsi elle ne hanterait plus Pinchat à la poursuite de l'ombre aimée. Il lui semblait que désormais elle ne pouvait plus exister sans être utile à quelque chose, faute de ne plus l'être à quelqu'un. Elle décida de s'inscrire à un cours de sténodactylographie accéléré.

Depuis la fin de l'année 1920, Genève était devenue le théâtre des grandes institutions internationales, Société des nations et Bureau international du travail voisinant alors avec la Croix-Rouge. Jane, sachant que les langues étaient son meilleur sinon son unique atout, décida de s'y présenter, humblement, au plus bas de l'échelle. A l'examen d'entrée au B.I.T., alors qu'il ne s'agit que de la prise en sténo d'un texte sur le travail de nuit des boulangers, elle est si nerveuse qu'elle renverse le vase de violettes de Parme posé sur le bureau de l'examinateur. On lui demande de taper le texte pris en sténo en six exemplaires mais, affolée, elle place les carbones à l'envers, et n'en rend qu'un. Sa sténo est très mauvaise, voire illisible, mais le texte, grâce à sa mémoire, est meilleur que celui qui lui a été dicté. Elle est engagée.

Elle travaillera donc au pool, attendant qu'une section ou l'autre la fasse appeler pour prendre en note et retranscrire discours, réunions et conférences. Elle le fait avec tant de sérieux que les avances d'un membre de la légation italienne tournent au scandale. Profondément offensée par sa conduite, mais n'osant se plaindre à autrui, elle demande à être remplacée pour tout appel émanant de cette section. Quelques jours plus tard, elle est appelée dans le bureau du chef de la légation, un vieux marquis italien à la courtoisie réparatrice. Il lui fait des excuses en son nom propre et au nom de toute la légation. « En vous voyant, mon enfant, je trouve cela encore plus impardonnable! » Des avances (masculines) dans la vie de Jane, il en sera toujours ainsi. « Inacceptable! » dit-elle encore d'un ton glacé.

De son passage au B.I.T., Jane garde le souvenir de somptueuses réceptions, des tournois de tennis contre la S.D.N. et de la victoire qu'elle remporta en double mixte avec un Américain « qui portait bas le pantalon ». Elle se souvient n'avoir pas su se faire apprécier de ses collègues parce qu'elle arrivait trop souvent en retard, des raquettes de tennis sous le bras. « On prend vite l'habitude d'être en retard... et puis je me servais trop souvent des voitures de service en suppliant le chef du garage : “ Monsieur Auguste, je suis atrocement en retard... je vous en prie... ”, et il cédait. Dans cette institution qui était pourtant plus démocratique que la S.D.N., mon comportement, lui, n'avait rien de démocratique! Quelle honte quand j'y pense!... »

Parce qu'il faut se distraire – et on ne se prive pas de le lui dire et redire –, elle sort le plus possible. Pour faire plaisir à son père, encore inquiet d'un désespoir plus apparent qu'elle ne le croit, et par peur de la solitude à laquelle elle ne sait plus faire face. Chez Margot Fleg, Jane rencontre Marcelle Blum, l'expression même de la sérénité et d'un rayonnant amour de la vie. Un amour de la vie qui dorénavant passera par Jane. Elle va s'acharner à lui réapprendre à vivre et la délivrer de ses angoisses les plus profondes et de ses retenues les plus superficielles. Jane va l'aimer en retour, ou se laisser aimer, peu importe à vrai dire qu'il s'agisse d'amour partagé ou d'une sensuelle et essentielle amitié amoureuse donnée par Jane à celle qui l'aime plus que tout au monde, car elles savent l'une et l'autre se rendre heureuses. Marcelle, qui devient « Celou » dans les bras de Jane, est à peine plus âgée de quelques mois. Elle est brune, fine, ses yeux sont clairs, limpides, ses traits réguliers, son sourire est éclatant. Dans sa manière d'être et de s'habiller il y a juste assez de féminité pour n'être pas provocatrice. Et beaucoup de liberté sous couvert d'une extrême délicatesse. Durant trois années, elles seront inséparables. C'est une liaison sensuelle, charnelle, qui ne passe pas inaperçue. C'est une liaison qui n'appartient ni à l'homosexualité si souvent vécue comme une expérience brève, ni aux mœurs lesbiennes nées à cette époque non pas d'un penchant inné, mais pour protester contre les formes légales et traditionnelles de l'amour. C'était un sentiment vécu avec évidence, naturel et une simplicité qui ne s'affirmait pas comme une provocation aux mœurs si bien établies au sortir du XIXe siècle. Et c'était un amour d'une espèce durable, mais cela, seul le temps le démontrerait... Lorsqu'elle ne travaille pas, Jane rejoint Marcelle dans l'atelier de la rue du Cloître partagé avec Max Weber. Si elle pose pour lui, jamais Marcelle ne tentera de la sculpter : « Elle me connaissait trop bien », dit Jane, comme si c'était une excuse. Je trouve cela étrange, elle, une évidence.

Là, dans l'atelier en pagaille, chacun sait qu'il peut venir se réfugier, épancher les désordres de son cœur ou fêter toutes les occasions qui s'y prêtent lorsque l'on a l'âme gaie et pas un franc en poche. Jean Goudal, que Jane a rencontré au B.I.T., y joue du piano (il a fait de chacun un portrait musical : celui de Jane est un mélange de Chopin et de Debussy), sa femme y chante d'une voix charmante, et les frères et sœurs, beaux-frères et belles-sœurs d'Andrée Amoudruz, la femme de Max Weber, entrent et sortent, vivant la vie comme en tribu. Il y a « Géranium », parce qu'il a un teint frais, « Ménélik », qui a vécu en Éthiopie et qui leur lit les lettres qu'elle reçoit encore de là-bas : *Toi qui es mon père et ma mère, je te salue à bout portant...*, et son mari Charles Imbert, exquis camarade. D'autres encore ne firent que passer, comme ce serait un jour le cas pour Cohen, qui, après avoir promis dans un enthousiasme momentané un poulet à partager chez lui, fit machine arrière durant le trajet – le poulet se réduisant à la moitié d'un, puis à sa plus simple expression lorsqu'ils arrivèrent à sa porte. « J'étais bien la seule à l'excuser, à le comprendre, ou à croire que je le comprenais », dit Jane qui eut tôt fait de s'abstenir de lui faire rencontrer ses amis.

Parce que était trop apparente la liberté de Jane, personne ne pouvait concevoir avec quelle discipline intérieure elle tentait d'équilibrer son existence. Les êtres passent toujours pour ce qu'ils paraissent et non pour ce qu'ils sont. Aussi la liberté représentée par les amours féminines de Jane prêta-t-elle parfois à quelques malentendus... Ainsi, à la fin d'un après-midi de pose, Max Weber s'approche-t-il de Jane, nue mais ne se méfiant pas et, au lieu de rectifier sa position que la fatigue eût pu faire fléchir, il la prend dans ses bras en tentant de l'embrasser. Ahurie, elle ne peut que protester en riant : « Oh! Max! C'est moi! – Pardon, mais t'es si bien roulée que je n'ai pas pu résister! C'était plus fort que moi. » Et ils closent l'incident en se moquant d'eux-mêmes.

Jane était authentique dans l'océan de fausseté de l'existence sociale, inadaptée en quelque sorte, et d'une intégrité si lumineuse qu'il semblait y avoir en elle un fonds inépuisable de crédulité. Se heurtant sans cesse aux écueils les plus facilement contournables, elle pensait : « Je ne suis pas faite pour la vie. Ne pourrai-je donc jamais m'y adapter au lieu de me cabrer contre tout ? » La réponse sera : « Non ». Elle restera toute sa vie aussi orgueilleuse qu'irréductible.

A un dîner chez des amis, Jane rencontre une Pourtalès, fille de Charles Giron, qui fut le meilleur ami de son père. Elle la croise à nouveau quelques jours plus tard et celle-ci lui dit : « Ma mère serait enchantée si vous acceptiez de venir passer un week-end à Château-Banquet, et moi aussi je serais ravie; ainsi nous pourrions devenir amies comme nos parents le furent. » Jane, se souvenant que Mme Giron, lorsqu'elle venait en visite à Pinchat après la mort de son mari, n'avait jamais demandé à voir les enfants de la réprouvée, répondit : « Vous direz à votre mère que je la remercie pour son aimable invitation, mais cela ne se peut pas », comprenne qui voudra, elle ne donne à cela pas la moindre raison à son refus. Jane ne fait jamais que ce que sa conscience lui dicte. Elle ne pardonne pas les offenses et sa mémoire les conserve malgré le temps qui passe.

Ce temps qui a passé, ces années douloureuses ont usé Albert Fillion. Le divorce et ses conséquences, l'émiettement de sa fortune et de ses terres, dont il ne reste presque plus rien, la mort d'Héliade, son unique petite-fille, la longue maladie d'Arphénia Melik Azarian, la tentative de suicide de Jane, et les soucis d'argent qui ne cesseront donc jamais de le harceler... A quand la paix, enfin..., songe-t-il. Il se sent responsable de tout, et se renfermer sur lui-même ne l'a conduit nulle part. Un jour, Jane est appelée d'urgence chez elle. On met une voiture à sa disposition, et elle s'y engouffre comme l'on tombe dans le vide, avec vertige. Elle avait quitté son père le matin même, et l'avait embrassé alors qu'il paressait au lit dans l'une de ses chemises russes au col brodé qu'elle aimait tant. Comment imaginer que, quelques heures plus tard, il serait terrassé par une attaque ? Elle entra dans sa chambre et s'approcha de lui. Il semblait dormir. Il ouvrit les yeux et, en la voyant, mais sans qu'elle sache s'il la reconnaissait vraiment, il lui dit : « Je suis très anxieux. Genève a déclaré la guerre au canton de Vaud. » Jane sentit les larmes lui monter aux yeux et elle sortit de la chambre précipitamment. Dans le couloir, adossée au mur, elle resta immobile, les mains sur le visage comme un écran entre elle et la réalité. L'homme intelligent qu'elle avait quitté ce matin était devenu un enfant. Son instinct lui commandait d'entrer dans son jeu, de ne surtout pas le contrarier. Elle pénétra à nouveau dans la chambre, l'air réjoui, et annonça avec enthousiasme : « Ça y est. Ils ont signé l'armistice! – Ah, je suis bien soulagé... », lui répondit-il, l'air vraiment apaisé par une si réjouissante nouvelle.

A partir de ce jour, Jane devint responsable de tout. Elle engagea une infirmière, et exigea de chacun de ne jamais, jamais contrarier son père. Il devint son enfant, un enfant qu'elle chérissait avec tendresse. « J'entrais dans son univers. Je ne m'étonnais de rien, l'écoutais. Je lui racontais des contes de fées. Celui qu'il préférait entre tous était *La Belle et la Bête*. Que le chevalier, parce qu'il avait cueilli une rose, dût mourir, le peinait à l'extrême. Il me disait : « Pour une rose..., c'est mesquin. » Je le rassurais, embrassais son front, caressais ses mains, l'appelais " mon chéri ". Jamais auparavant je n'aurais osé l'appeler ainsi. »... Elle se penchait sur lui, comme elle aurait tant aimé qu'il le fît lorsqu'elle était enfant.

Lorsqu'il lui disait : « Ferme cette fenêtre, cette étoile me veut du mal », Jane fermait la fenêtre et les rideaux. Elle apprenait son univers. « Cet escalier se monte, il ne se descend pas », lui expliquait-elle longuement pour qu'il ne soit pas tenté de descendre seul. Son but était désormais d'écarter de lui tout danger, tout souci, toute possible anxiété. Elle s'asseyait avec lui sur un banc du jardin, et décrivait au vieil homme qui ne pouvait plus les entendre le bruit du vent dans les peupliers, le chant des oiseaux, les grincements de la bicyclette du facteur dans le chemin

Fillion, le hérisson qui grattait le sol non loin d'eux. Pour rendre les sons les plus légers par la parole, elle cherchait à les cerner, à les rendre audibles à son imagination.

Un jour, à son grand étonnement, elle trouva un mot écrit par lui d'une main tremblante mais qui indiquait qu'il avait été conscient d'une dispute entre son frère et elle : « Ce qui s'est passé s'est fait contre ma volonté. Tu es et restera toujours mon Kiki. » C'était le mot le plus touchant qu'elle ait jamais reçu de lui. Tout de lui la touchait, jusqu'à cette politesse extrême à laquelle l'attaque n'avait pu mettre fin. Lorsque l'infirmière amidonnée lui apportait une tasse de bouillon, il lui disait : « Après vous. » Elle insistait, mais il lui résistait : « Je n'en ferai rien... » Elle apprit à faire semblant de boire avant lui.

Ses phrases désarmaient Jane. Elle les prenait comme pure poésie. Un jour, partant pour l'Angleterre alors que Marguerite venait du Midi passer un mois auprès de lui, elle lui dit : « Je ne serai pas absente longtemps, je vais au bord de la mer, tu sais... la mer... », il fit preuve d'une déroutante logique : « Non, pas au bord de la mer, au bord de la terre... »

Par sa présence à ses côtés, Marcelle Blum permettait à Jane de jouer le jeu à merveille sans se retrouver seule lorsqu'il s'endormait. Elle passait à Pinchat la plupart de ses nuits. Albert Fillion l'appelait « monsieur Philippe ». Un soir, il lui montra du doigt par la fenêtre son fils qui s'éloignait : « Monsieur Philippe, qui est ce jeune homme ? – Mais votre fils, monsieur... – Non, si j'avais un fils je le saurais... » Jane tentait de n'éprouver qu'attendrissement pour cet homme autrefois si fort et si sage, mais il lui arrivait de perdre pied dans le courant parfois violent de ses angoisses. Un soir, alors que l'infirmière l'a laissé un instant seul dans son bain, Jane l'entend soudain hurler. Des cris déchirants. Tous se précipitent. On le sort de l'eau. On le couche. Jane est restée jusqu'à ce qu'il s'endorme. Dans la chambre du midi où elle a rejoint Celou, elle a une crise de nerfs. Marcelle tente en vain d'enrayer ses sanglots puis fait appel à sa sœur, Marguerite, qui lui donne un calmant. « J'entends encore les cris de cet homme si âgé redevenu un enfant, des cris de terreur pour une cause inconnue, sans doute imaginaire... Comment voulez-vous que je n'en fusse pas ébranlée... Qu'y avait-il de solide autour de moi ? Rien. »

Par force, tout son être de chair intégrait les rêveries enfantines. Il devenait de plus en plus difficile de dissocier ce qui était réel de ce qui ne l'était pas. Elle s'était jetée dans la liberté et, au lieu de la réalité, c'était le monde flou et vague du cerveau de son père dans lequel il lui fallait entrer. Elle était orpheline, bien qu'elle s'y refusât de tout son être. Et ce n'était pas sa mère, qu'elle ne voyait jamais que pour s'entendre dire : « Ta sœur me disait encore hier combien tu es impossible et qu'avec un caractère pareil tu ne te marieras jamais ! », inventant par plaisir des paroles que jamais sa sœur n'avait prononcées, qui pouvait démentir ce sentiment. Mère géographiquement et sentimentalement absente, père physiologiquement et irrémédiablement absent. *Diane et orpheline*, écrira un jour Cohen du modèle d'Ariane, elle aussi orpheline.

Jane n'était pas orpheline. La présence de son père la rassurait. Elle n'avait que faire de l'avis des alarmistes et des avertissements lancinants des plus pessimistes. Ce sentiment faisait d'elle le seul défenseur de sa mère. A sa sœur, lui disant négligemment : « Tu sais, en somme, je crois que maman n'est pas une femme intéressante », Jane répondit, hors d'elle : « Tu n'as pas le droit de parler ainsi ; elle t'a portée, nourrie, soignée jusqu'à ce que tu aies eu douze ans... » Marguerite était ahurie de sa fureur soudaine : « Mais on n'est que nous deux..., qu'est-ce qui te prend ? »

Marguerite de With, dès que les séjours à Nice de son père accompagné de l'infirmière se révélèrent trop malaisés, vint à Genève aussi souvent qu'elle le put. Le comportement de Jane, observé de plus près, l'alarma. Elle trouvait insistante et excessive la présence de Marcelle à Pinchat et le lui fit sentir. Marcelle dit à Jane : « Aussi longtemps que ta sœur sera là, je ne viendrai plus à Pinchat ! »

Le scandale de son renvoi du B.I.T. et la vague de rumeurs dans la ville n'arrangèrent rien. Il était entendu qu'elle n'avait rien contre les plus célèbres couples de lesbiennes du temps, mais, pour ce qui était de Jane, elle l'eût préférée mariée, et bien mariée... Prisonnière des valeurs de la grande bourgeoisie et mondaine par essence, elle connaissait trop les sentiments, les calculs, les inventions dont ne se priveraient pas curieux et égoïstes en tout genre, pour ne pas craindre que Jane ne puisse sortir indemne de leurs griffes. Il y avait bien trop de femmes dans l'entourage de Jane... Elle avait déjà entendu dire que Tania d'Ofrossinoff, cette amie pianiste qui formait avec la belle princesse Narychkine le plus célèbre couple de femmes de Genève, avait rencontré Jane. Émerveillée par la beauté de la blonde et pâle princesse russe que l'on voyait passer en ville dans sa voiture attelée, Jane dit à Tania d'Ofrossinoff : « Je trouve ton amie très belle. » Ce n'était rien d'autre qu'un compliment mais la réponse fut sèche : « Plus belle que la tienne ! » Jane, blessée, répondit : « En l'occurrence, s'il fallait comparer Marcelle à l'une de vous deux, ce serait avec toi ! Quant à moi, elle me plaît telle qu'elle est ! »

Marguerite allait désespérément tenter de marier Jane. Mariage paravent ou pas. Mais sans aucun succès. Selon elle, Henri de Beaufort était le « fiancé parfait ». Elle sut le convaincre de courtiser Jane qui l'écoutait en souriant, prévenue par Marguerite que cet ami de son mari l'aimait déjà beaucoup (!). « Tu passeras l'été dans son château, en Hollande, à t'occuper d'un merveilleux parc, et l'hiver dans sa propriété du Midi. Ainsi, nous ne nous quitterons presque pas...

– Ah ? Et je pourrai emmener Marcelle ?

– ...?! Ah non !... Enfin, pas tout de suite... »

Jane ne regrette rien. « J'étais impossible à marier... Ma mère, finalement, a eu raison de me le prédire. J'ai refusé Henri de Beaufort parce que je ne l'aimais pas, mais aussi, bien que ma sœur me répète à loisir que l'amour naîtrait plus tard, parce que sa cour trop discrète était déjà un présage de douloureux ennui. Cet ennui latent qui existait chez tous les jeunes gens " si bien élevés " que j'ai rencontrés. Marguerite voulait faire de moi la mondaine qu'elle était et que je n'aimais pas en elle. A l'inverse d'elle, je détestais m'habiller pour sortir, et les restaurants chics dans les parcs des Eaux-Vives et de la Perle du lac où elle m'entraînait de temps à autre. Là, dans ces parcs trop bien léchés, il n'y avait que les écureuils tigrés et familiers qui attirent mon attention! »

Un jour, pourtant, Marguerite n'en reviendra pas. Jane, pour calmer ses inquiétudes et ses tentatives vouées à l'échec, lui avoue :

« Ça va t'amuser, il y a un homme dans ma vie, et j'en suis amoureuse.

– Je le connais?

– Non.

– Que fait-il? demande-t-elle après un silence, et c'est là une question typique.

– Il travaille au B.I.T.

– Ah?... Et comment s'appelle-t-il?

– Albert Cohen.

– Albert Cohen?! Il est juif!!!

– Ça te gêne?

– ... Oh non, non..., pas du tout. »

Et Jane ajoute : « Rassure-toi, je ne l'épouserai jamais. Il a un caractère épouvantable, et moi je ne suis pas patiente. »

... à la naissance d'un mythe

En répondant à sa sœur qu'elle n'épouserait pas cet homme, et que, en un mot un amant, on le prend et on le quitte... éventuellement, Jane ne faisait qu'affirmer son indépendance et sa liberté. « Un mari, ça, non. Être liée par toutes sortes de contrats, pour rien au monde! » Et elle avait raison. Si elle avait épousé Cohen, il n'aurait peut-être jamais écrit *Solal* ni *Belle du Seigneur*. Sans doute aurait-il écrit des livres différents, mais qui sait ?... Jane, vous avez fait ce qu'il fallait faire. D'autres auraient agi différemment, moins orgueilleusement, moins irréductiblement, mais alors l'histoire eût été commune et n'aurait pas donné naissance à un véritable mythe. Jane, pour le malheur d'un seul et le bonheur de tant, vous ne pouviez pas mieux agir.

Il fallait partir pour devenir une héroïne, frère de l'âme en robe roumaine sous une arche de roses, une nymphe, une Atalante, la Belle du Seigneur. Il fallait redevenir inaccessible. Il fallait partir pour vivre toujours dans les pages d'un livre, et non mourir d'ennui. Il fallait fuir ou mourir pour que puisse naître le mythe. S'enfuir avant de mourir. Jane, en croyant perdre, vous avez bien joué. En croyant jouer pour vous seule, vous nous avez tous fait gagner. La partie était belle, et de part et d'autre bien vue. Vous, la vie même, et l'amant, l'écriture. Vous en remercierai-je assez un jour ? Vivez, Jane, vivez encore longtemps. La vie est belle à vos côtés.

Jane savait qu'un jour viendrait où ils se sépareraient, c'était inéluctable. Pourtant, lorsqu'elle y songeait, l'idée qu'elle anticipait peut-être sur un avenir très proche ne l'effleura jamais. Cohen avait ce qu'elle appelait un « sale caractère » – alors qu'elle, bien entendu, avait « du » caractère –, mais, s'il y avait bien une chose qu'elle n'eût pas remis en question, c'était leur amour. Son amour à lui pour elle, et son amour à elle pour lui. Oui, elle avait en lui une confiance totale, entière, absolue, encore intacte après plus de deux années de nocturne liaison. Elle pouvait passer tout l'été en Angleterre, l'ombre d'une possibilité d'infidélité de l'aimé ne lui traversait pas l'esprit. Ils ne pouvaient que se montrer dignes l'un de l'autre, dans l'attente de son retour et de leurs retrouvailles en septembre, après maintes lettres échangées, preuves quotidiennes d'un amour plus vivant que jamais. Lettres d'amour dictées par l'absence, le manque et le désir de l'autre, longues lettres et courtes missives pleines des répétitions dictées par la passion, souvenirs des nuits passées mêlés aux espoirs des nuits du retour.

Il n'est pas étonnant qu'Ariane écrive à Solal qu'elle se languit de lui et qu'elle espère qu'un jour ils voyageront ensemble : *Je veux voir avec vous les pays que j'aime. Nous irons en Angleterre, par exemple, près de Norwich.* Jane a écrit à Cohen tant de lettres de là ! Là, et pas ailleurs en Angleterre. « Par exemple », écrit-il. Bon exemple, oui, car c'est au château de Northrepps Hall, proche de Norwich, que Jane a séjourné, et c'est de là que lui furent écrites tant de lettres d'amour. Comment eût-il pu l'oublier, alors qu'il inscrivait cette adresse sous le nom de Jane chaque jour de l'été 1928 ? Le temps là-bas semblait long à Jane, mais elle était si sûre de lui, si sûre d'elle-même, que la séparation n'était rien. Elle le quittait pour l'Angleterre, mais ne l'en aimait que davantage, tout occupée qu'elle était à ne penser qu'à lui, en marchant dans la profondeur des forêts. Elle l'imaginait alors dans le décor de leurs amours ne pensant qu'à elle, tout comme elle ne pensait qu'à lui, dans les paysages qu'il fallait lui décrire pour lui faciliter les choses.

Lui l'imaginait en Atalante, en Diane chasseresse, toujours parcourant les bois, bois de Pinchat où elle cueillait muguets et cyclamens, forêts de Norwich aux hautes fougères. *Ensuite je suis allée me promener dans ma forêt,* dit Ariane. « Ma forêt », rien de plus naturel à Jane car elle sent avant tout appartenir à la nature qui l'entoure. Mais Albert Cohen regrettera un jour la fascination exercée autrefois sur lui : *J'ai osé préférer une Atalante à la bonté la plus sacrée, à l'amour de ma mère. Amour de ma mère, à nul autre pareil.* Qu'elle soit Atalante, Diane, Ariane dans son bain ou nymphe du temps de sa jeunesse, l'héroïne personnifie toujours les forces vives de la nature, la vie des eaux et de la végétation. Car elle fut nymphe, celle qu'il aima. Cela est écrit. Toutes les nymphes réunies en une seule : naïade des sources, des fontaines et des longs monologues dans son bain, dryade des bois et des arbres de Pinchat ou d'Angleterre, oréade des montagnes, son Himalayenne.

C'est ainsi, parce que Albert Cohen a reconnu en Jane les forces vives de la nature, que naîtront Aude puis Ariane, Ariane dont il confie que le modèle fut Diane, Diane qui n'était autre que Jane posant pour la statue de *Diane* de Max Weber, avec le geste de tireuse à l'arc! Jane, qu'il ne cessa de décrire dès qu'elle s'en fut vivre ailleurs.

Et Cohen, à travers Solal, ne cessera plus de dire et clamer son amour : *Aude ma bien-aimée, la plus douce et la plus rétive, la plus noble et la plus élancée, la vive la tournoyante et l'ensoleillée, Aude je voudrais avoir toutes les voix du vent pour dire à toutes les forêts : j'aime et j'aime celle que j'aime!* Dans *Belle du Seigneur,* quarante ans plus tard, il s'adresse à *celle qui fut aussi folle qu'Ariane* et qu'il nomme Diane, avec les mêmes mots. Mêmes mots et même ordre des adjectifs qualifiant l'aimée! Mêmes mots auxquels pourtant il ajoute : *Toi la haute, l'insolente, la géniale, l'esclave,* avant de dire à toutes les forêts, cette fois-ci au passé, car il n'a plus d'espoir : *J'aimais et j'aimais celle que j'aimais...*

Plus d'espoir, car l'homme qui écrit est âgé. Il a perdu celle qu'il aimait et qui l'aimait autrefois, il n'a pas réussi à la conquérir à nouveau. Il pense qu'il ne la reverra pas. Très vite, il fut trop tard. Trop tard pour vivre encore ensemble cet amour, mais non pour le faire revivre par la magie des mots. Alors il retraça sur le papier les souvenirs les plus lancinants de la passion, celles des visions inoubliables pour lui qui semblent être des obsessions tant il ne cesse d'y revenir, encore et encore. Ainsi Ariane apparaît-elle maintes fois de blanc vêtue sous l'arche de roses, émouvante apparition dans la tendre nuit resurgie du passé. Toujours sur le seuil l'attendant, avant que de s'incliner devant lui, à l'image de Nastassia Philippovna, l'héroïne qui inspira à Jane sa révérence, avant d'en être l'alibi littéraire. Geste littéraire, plus que de respect ou de soumission, mais dicté par l'amour. Nastassia Philippovna face au prince Mychkine, souvenez-vous, lui dit-elle, Dostoïevski! Oui, il se souvient de l'orgueilleuse héroïne de *L'Idiot,* cette fille de propriétaire foncier ruiné, qui semble gaie mais a terriblement souffert, oui, il se souvient d'elle, hautaine et sarcastique, héroïne damnée dont pourtant Mychkine aime la pureté, et il aima Jane alors de jouer ce qu'il décrirait plus tard comme un *salamalec russe.*

Il le lui reprochera, mais lui-même a fait de ses personnages des héros. Moult clins d'œil à qui saura les saisir. Ariane et Solal, dernier amour mythique de la littérature. Cohen a cité Dante, Pétrarque et Shakespeare, il eût cité Adam et Ève si l'on avait retrouvé une trace écrite de leur amour.

Albert Cohen, en donnant à ses personnages des noms lourds de symboles, favorisa certainement leur entrée dans la légende. Si « Solal » évoque d'évidence soleil et solitude, le choix des noms de « Diane », d' « Ariane », de « Cassandre », de « Corisande » ou d' « Isolde » ne peut relever d'un pur hasard, d'une coïncidence.

Afin qu'il ne soit pas nécessaire d'être érudit pour déceler ses allusions aux grandes amours mythologiques, il en rajoute : Solal vit une nuit d'amour dans un train avec une « Béatrice », et lui reviennent à l'esprit les souvenirs d'une *Laure Laure Laure Laure... Laure de treize ans,* et d'elle on sait seulement qu'*elle avait treize ans Laure Laure notre amour d'un été j'avais vingt ans et elle treize ans...* On n'en saura guère plus, mais quarante ans auparavant, dans *Solal,* un *habile israélite parlait de Béatrice et de Laure au ministre bulgare,* déjà...

Entre-temps, dans *Le Livre de ma mère,* il écorche les amours de légende : *Petite remarque en passant. Si le pauvre Roméo avait eu tout d'un coup le nez coupé net par quelque accident, Juliette, le revoyant, aurait fui avec horreur... Si Hamlet avait, à la suite de quelque trouble hypophysaire, maigri de trente kilos, Ophélie ne l'aimerait plus de toute son âme... Il est vrai que si Laure était devenue soudain cul-de-jatte, Pétrarque lui aurait dédié moins de mystiques poèmes... Assez, mon ami, ne développe plus, on a compris.* Mais cela ne suffit pas, car vingt ans plus tard, dans les *Carnets,* le hante *l'affreuse adoration sujette de la noble énamourée, Juliette ou Laure ou Ophélie, adoration de nature pour le cher musclé Viril, et elles lui disent tous les matins, au lever du soleil et au premier chant de l'alouette, elles lui disent qu'elles adorent son cher sourire cruel... Ô triste sujétion de nature. Et elle te dira aussi, comme ses trois susdites sœurs, elle te dira qu'elle adore ton cher sourire cruel, ce qui te forcera, ô pauvre, à lui faire un rictus carnassier pour lui plaire et la rassasier;* Plus de doute. Diane ou Ariane est sœur de celles qui symbolisent l'amour. Tout comme Isolde Kanyo, comtesse hongroise délaissée pour Ariane par Solal, et dont le prénom est à la fois symbole d'amour coupable et d'abandon. Tout coïncide.

Jane, qui vit sauvage et se promène dans les bois de sa propriété au-dessus de Genève, sera Diane, la déesse de la nature, des montagnes et des forêts, la chasseresse farouche et altière, l'amazone qui refuse tout assouvissement. Et elle sera Ariane, Cassandre, Corisande. Cohen évoque Solal *durant les veillées d'hiver lisant en pleurs Ronsard et Racine,* et il devient impossible de ne pas penser à la Cassandre Salviati aimée de Ronsard et à l'Ariane de Racine; à la Cassandre, fille de Priam et d'Hécube, célèbre par sa beauté et ses malheurs et aimée d'Apollon qui, dédaigné, se vengea d'elle en décidant qu'on ne la croirait jamais parce qu'elle refusa de tenir ses promesses; à Ariane, fille de Minos et de Pasiphaé, qui s'est sacrifiée pour Thésée, et dont l'amour symbolise à la fois l'habituelle ingratitude de l'homme et l'inconstance naturelle de la femme... On apprend dans *Belle du Seigneur* que *Corisande d'Auble,* son ancêtre, était *l'amie d'Henri IV,* mais, dans la réalité, la Belle Corisande désignait Diane d'Andoins, comtesse de Gramont, qui, à la fin du XVIe siècle, séduisit le roi de Navarre par ses qualités morales plus encore que par ses charmes physiques...

Ainsi Jane, élevée au rang de déesse, apparaît-elle à la

fois en Diane, Ariane, Cassandre et Corisande. Et ces prénoms n'auraient pas de signification ? Diane est l'héroïne triomphante, Ariane, l'amoureuse insensée de Thésée, sera trahie et abandonnée, comme Isolde-Iseult fut l'héroïne suppliante et délaissée. Pour Albert Cohen, l'amour est enchaîné aux légendes. Elles le marqueront de leur sceau et il se servira de leur puissance évocatrice. Par ce biais, Solal, allongé aux côté d'Isolde, lui parle de celle qu'il aime : *La fille de Minos et de Pasiphaé, déclama-t-il rêveusement. J'aime ce vers. De qui est-ce ? – Racine, dit-elle. Vous savez bien, Ariane, ma sœur, de quel amour blessée... – Ah oui, Ariane, bien sûr, dit l'hypocrite. Ariane, la nymphe divine, l'amoureuse de Thésée. Elle était très belle, Ariane, n'est-ce pas, élancée, virginale, mais le nez royal des grandes amoureuses. Ariane, quel beau prénom, j'en suis amoureux.* Je m'adressai à Jane et lui lus le vers de Racine : *Ariane, ma sœur, de quel amour blessée...* Elle me coupa et le reprit « *Ariane, ma sœur,* – oui, ma sœur, vous savez bien que Cohen et moi fûmes frère et sœur ! –, *de quel amour blessé, Vous mourûtes au bord où vous fûtes laissée...* Phèdre... Comme je l'ai aimée », puis en riant ajouta « Pauvre Ariane ! Moi j'ai survécu, comme vous pouvez le voir ! »

Oui, Jane a survécu à Ariane qui dans *Belle du Seigneur* se déguisait en Diane : ... *Oh moi moi moi indépendante vierge farouche mon costume du bal masqué tu sais en Diane chasseresse je l'ai gardé Éliane chérie... tu te rappelles toi en Minerve moi en Diane je le mets tu sais quand cafard croissant de lune sur la tête tunique courte jambes nues sandales bandelettes entrecroisées et je me balade dans ma chambre carquois à l'épaule reine des forêts jetant Actéon aux chiens dévorants moi moi moi les cavales aimées par les vents dans la Scythie la plus lointaine ne sont plus tristes ni plus farouches que moi le soir quand l'aquilon s'est apaisé...* Je ne sais si Cohen, ainsi Actéon, surprit un jour Jane se baignant, elle qui se baignait tant et parlait dans son bain, mais il lui emprunte là les vers de Maurice de Guérin qu'elle récitait dans l'eau. Qui d'autre, sinon elle, se souvient encore du poète et peut reconnaître ses vers ?

Mais Solal n'est pas seul à comparer Ariane à Diane. Son oncle Gri, Agrippa Pyrame d'Auble, *croisa les jambes, sourit à Ariane qui ressemblait à la déesse apparue à Énée, la chasseresse aux genoux découverts... il souriait à la déesse de merveilleuse allure. Il ne se doutait pas qu'il était amoureux de cette jeune chasseresse...* Dans le choix du prénom du vieil oncle, comment ne pas penser à Agrippa d'Aubigné, calviniste intransigeant et humaniste érudit, mort à Genève en 1630, qui fut poète lyrique célébrant la femme qu'il aimait et ne put épouser, parce que catholique, et qui avait pour nom Diane Salviati! Diane, encore et toujours, incontournable.

Face à Solal, héros solaire aux ascensions et déclins faisant penser à la course du soleil dans le ciel, Ariane, sa Diane, déesse lunaire. Solal arrive de l'île chaude et ensoleillée de Céphalonie, Ariane est née au bord d'un lac en forme de croissant, surface froide et réfléchissante pour les rayons du soleil. Lui et elle, face à face, tels les deux astres, les deux divinités primordiales des premières religions. Deux incroyants face à leur amour-religion qui n'a duré que le temps d'une éclipse, mais des éclipses on se souvient longtemps. Cohen n'est plus, Jane a fui Genève, or la NASA a offert à la ville ce qui pourrait être la marque du passage de Diane sur les rives du lac : un morceau de la lune.

Mais Ariane, *sa forme de déesse, le mystère de sa beauté qui intimidait son amant, Ariane, son visage aigu d'archange, les commissures pensantes de ses lèvres, son nez d'orgueil, sa marche, ses seins qui étaient fierté et défi,* Ariane *religieuse d'amour* en robe blanche et sous une arche de roses sur le seuil amoureuse attendant son amant, Ariane que Solal entraîna dans la mort, la Belle du Seigneur, romanesque héroïne de l'amour mythique de son siècle, est une femme de chair. Le sang de velours d'une première nuit de mai coule encore dans les veines de cette main qui autrefois fut serrée par celles de l'amant qui écrirait leur histoire, interminablement. Cette main longue et fine qui caresse le bras d'un fauteuil au rythme de paroles aimantes, amères, ironiques, généreuses, modestes, enlevées, impuissantes, vives, gaies, douloureuses, poétiques, intelligentes, merveilleuses... Main de Jane qui, parce qu'elle se moque d'Ariane et de *Belle du Seigneur,* esquisse un geste qui veut dire que tout cela est derrière elle et lui importe peu : à la russe, elle replie vivement son avant-bras et chasse par-dessus son épaule tout ce dont on a parlé. Elle lève son verre de whisky sec au moment présent et à demain, et je souris à la femme qui, dans les pages d'un livre qu'elle ne lit pas, *allait, mue par l'amour comme autrefois ses sœurs des temps anciens, innombrables dormant du sommeil de la terre, allait, immortelle en sa marche, commandée comme les étoiles, légions qu'amour conduit en d'éternelles trajectoires...* Jane, héroïne d'amour, femme que j'aime.

CINQUIÈME PARTIE

LA RUPTURE

« Vous m'avez consommée par vos assiduités, vous m'avez enflammée par vos transports, vous m'avez charmée par vos complaisances, vous m'avez assurée par vos serments, mon inclination violente m'a séduite, et les suites de ces commencements si agréables et si heureux ne sont que des larmes, que des soupirs... »

Lettres
de la religieuse portugaise.

Plus de deux années s'étaient écoulées depuis le premier soir. Jane pouvait maintenant être certaine qu'ils ne cesseraient jamais de s'affronter. Ils vivraient leur amour face à face, dressés l'un contre l'autre, et rien ne changerait jamais, il fallait en prendre son parti. Il était, et resterait, irascible. Ce défaut inné lui inspirait parfois quelques craintes, et, si elle avait été plus prudente, moins violente et impuissante, elle aurait su l'éviter. Seulement le pli était pris, il était trop tard pour faire, d'une passion, de la tendresse pour la vie. Restait le désir... Une attraction irrésistible dont l'effet ne s'était jamais démenti, malgré toutes les raisons si souvent rassemblées avec rage pour se prouver qu'ils ne s'aimaient pas, n'étaient rien l'un pour l'autre, s'oublieraient aisément en s'en donnant les possibilités. Ainsi Jane pensait-elle en remettant à plus tard ses pensées les plus noires : « Il faut vivre cet amour maintenant! Et si maintenant c'est toujours, rien ne sert aujourd'hui de faire de la grisaille de nos instants les plus ensoleillés, les plus lumineux dans toute cette obscurité. »

Ainsi pensait Jane qui aimait comme au premier jour celui qui n'était qu'incertitudes et anxiété. Elle l'aimait comme Ariane est amoureuse de Thésée et le sauve du labyrinthe avant de le suivre, en parfaite confiance et la conscience limpide. (Thésée, qui abandonnera Ariane à

Naxos, héros de l'intelligence et de la rationalité, héros qui n'agit jamais sous la contrainte... Trop intelligent pour se satisfaire du bonheur.)

Si les tumultes et les désordres de la liaison entretenus par l'amant dissimulaient à Jane la possible et vraisemblable annonce du déclin de leur amour, Cohen en fut sans doute conscient. Il fera se lamenter Solal : *Ils s'étaient tout dit, ils savaient tout l'un de l'autre... N'ayant que leur amour pour les unir, ne pouvant que parler d'amour, ne pouvant faire que l'amour*, il est clair qu'ils sont condamnés. Damnés du paradis par l'ennui. Seulement voilà, il l'aime trop pour lui faire du mal. Il devrait la quitter, mais il ne peut pas. Elle lui fait trop confiance. Sans doute pensait-il sans le lui dire, comme Solal plus tard : *Chérie, jusqu'à ma mort, je la jouerai avec toi cette farce de notre amour, notre pauvre amour dans la solitude, amour mangé des mites, jusqu'à la fin de mes jours, et jamais tu ne sauras la vérité, je te le promets*. Oui, sans doute eût-il fait ainsi, et, après avoir *dévidé leurs cocons de souvenirs, de pensées, de goûts communs*, il aurait laissé se dévider *tout leur cocon sensuel aussi*. Seulement il n'en eut pas le temps.

C'était presque l'été. Leur troisième été dans quelques jours (*Belle du Seigneur* s'achèvera aussi. *Deux ans et trois mois depuis le premier soir au Ritz*, depuis la soirée chez Max Weber, en réalité). L'été et le soleil, auquel à nouveau elle s'offrait dans les herbes hautes de Pinchat. Être mate et cuivrée pour lui, étendue parmi les fragiles coquelicots. Encore un été à se laisser pénétrer par les rayons du soleil, pour lui donner ensuite, ardente dans ses bras, un peu de cette chaleur qui éloignait de lui ses tourments les plus vifs, et calmait quelques-unes de ses lancinantes douleurs. Que pouvaient-ils faire de plus l'un avec l'autre, elle rétive et lui récalcitrant ?

Ce soir elle ne viendrait pas. Elle le lui avait annoncé insolemment, sachant combien il manifestait de dégoût à l'idée de la savoir danser, boire, rire, insouciante avec d'autres. Tout comme il avait un jour levé les yeux au ciel à l'idée d'aimer une femme allant avec plaisir au concours hippique, qu'elle aille à un « bal mondain » et qu'elle puisse s'y amuser éveillait en lui une réaction de totale aversion, manifestée, afin qu'elle s'y rende avec le sentiment du danger. En ce 11 juin 1929, le B.I.T. donnait au Grand Théâtre une réception suivie d'une représentation musicale et d'un bal, en l'honneur de la Conférence internationale du travail. Albert Cohen avait décidé qu'il ne s'y rendrait pas.

Jane se souvient des ors et des pourpres qui l'accueillirent dans une nuit qui se révélerait être l'une des plus traîtres de sa vie. Lors de cette soirée, elle but joyeusement nombre de verres de champagne et elle dansa longtemps car elle aimait danser et ne dansait jamais plus. Elle était gaie. Ni les tapis rouges déroulés, ni les palmiers en pot, ni les danseurs en frac ne l'ennuyaient encore. Tournoyante entre leurs bras, elle se laissait porter, griser d'insouciance légère, tant manquante à d'autres heures du jour ou de sa vie.

Valsante et souriante en robe de soie rose, complimentée et félicitée pour sa beauté, se sentant alors plus belle encore en son ivresse momentanée, superficielle, mais caressante, Jane se satisfaisait de ces instants rassurants. Mais, une fois rassurée par les compliments que les femmes aiment tant à entendre, elle se sentit seule. Trop de champagne et trop de compliments peut-être. Seule et trop entourée, seule avec ses sentiments soudainement changeants, seule à sembler libre sans l'être, là comme par erreur. Elle se sentait soudain mal à l'aise. Comment pouvait-elle agir ainsi alors que celui qu'elle aimait, le seul qu'elle ait jamais aimé, était ailleurs, abandonné par elle sans remords ? Comment avait-elle pu danser autant, heureuse et inconséquente, sans penser à lui ? Pourquoi avec tant de légèreté avait-elle écouté les paroles creuses d'indifférents au lieu d'offrir son amour au seul qui le mérite ? Pourquoi s'était-elle laissé distraire, entraîner, prendre par la main et la taille, au lieu d'aller vers l'unique objet de ses caresses ? Le lui pardonnerait-il ?

Il était bien plus de minuit et Jane sentait monter en

elle de nocturnes désirs. Le retrouver. Maintenant. Ne pas attendre pour lui dire et redire que lui seul comptait et qu'il lui manquait tant. Elle jeta un dernier regard sur les couples qui dansaient dans la lumière et elle sortit du Grand Théâtre, l'amour en elle, comme les valses, tournant sur lui-même. Elle descendit les marches en courant, mue par un sentiment qui lui semblait être aussi fort et tourbillonnant qu'un cyclone, et elle ne savait pas jusqu'où il l'entraînerait. Elle monta dans un taxi et ferma les yeux le temps qui la séparait du chemin Peschier. Peu lui importait de savoir où la déposerait la tornade passion, il lui suffisait que la voiture qui l'emportait vers lui aille vite. Oui, vite le retrouver, et lui dire que, sans lui, elle ne pouvait pas. Dans l'obscurité du véhicule qui remontait le cours des Bastions et l'avenue de Champel vers le chemin Peschier, elle désirait être déjà dans ses bras et sentir sur elle ses mains douces et efficientes, ses mains sur sa peau meilleures que le soleil... Il lui plaisait de le réveiller s'il dormait et elle trouvait infiniment agréable d'être mal élevée alors que si bien élevée. N'étaient-ils pas bien au-delà de ça? Jane se sentait belle parce qu'on le lui avait dit et redit ce soir-là, et elle avait fui la « grandissime réception » avec la folie qui la caractérisait alors pour s'offrir à lui. Oui, faire offrande à lui seul de sa beauté et de sa folie interdites à tout autre. Non, sans lui, elle ne pouvait pas.

Elle entra dans l'immeuble et, en attendant l'ascenseur, la soie rose de sa robe sur le fond de faïences vertes lui plut. Elle tourna sur elle-même pour voir s'écarter les plis lorsqu'elle bougeait. L'aimerait-il ainsi, lui qui ne l'avait jamais vue aussi élégante? Elle libéra ses cheveux de leur lien, anticipant sur les instants à venir, et s'adossa à la paroi de l'ascenseur. Son envie de le voir était irrésistible et son amour pour lui irrépréhensible bien qu'accompli. Elle se sourit à elle-même, ne sachant pas qu'elle allait au-devant de la faillite de l'entreprise romantique qu'était sa volonté de vivre un amour idéal, hors les contraintes du mariage. Lorsqu'elle sonna, elle était heureuse et sûre d'elle.

La porte s'entrouvrit sur la soie d'une de ces robes de chambre qu'elle aimait tant, mais le visage de celui qui la portait était blême. Cohen ne l'attira pas à lui pour l'emporter dans la profondeur de l'appartement, il sortit sur le palier, et n'attira à lui que la porte afin que Jane n'entre pas.

« Vous n'êtes pas seul ? lança Jane, glaciale.

– J' t'expliquerai, j' t'expliquerai..., dit-il, l'air catastrophiquement embarrassé.

– Vous ne m'expliquerez rien du tout parce que vous ne me reverrez jamais! lui répondit-elle, envahie de mépris et d'une haine déferlante.

– Comme tu es belle quand tu es en colère! constata-t-il.

– Eh bien, regarde-moi bien, c'est la dernière fois! Restons-en là!... Adieu! » dit-elle encore en appuyant sur le bouton de l'ascenseur descendante aux enfers.

Elle sortit en courant comme s'échappant d'un incendie, puis, essoufflée et prise de vertiges, s'arrêta et essuya ses joues ruisselantes de larmes. Comment avait-il pu lui faire ça, à elle! La douleur d'orgueil était plus vive encore que la blessure d'amour. Trahie. Blessée. Plus seule que jamais..., se disait-elle en tentant vainement d'endiguer les vagues de larmes dans ses yeux. Il était deux heures et elle ne trouverait pas de taxi. Sanglots. Elle marcha donc dans la nuit en direction de Pinchat, rejoignant le chemin de la Roseraie jusqu'aux quais de l'Arve qu'elle longea jusqu'au Pont-Neuf. Il se mit à pleuvoir et elle ne put s'empêcher d'ironiser sur son sort : « Que d'eau! Que d'eau! » Lorsqu'elle eut parcouru les quatre kilomètres qui la séparaient de chez elle, sa robe de soie rose était trempée et faisait corps avec elle, et ses souliers de bal assortis étaient à mettre au feu. Elle avait traversé Carouge dans l'obscurité, mais la moraine lui sembla si noire qu'elle n'osa pas s'y aventurer et dut parcourir encore un kilomètre avant d'atteindre la route de Pinchat qu'elle remonta jusqu'au chemin Fillion. Jamais nuit d'été n'avait été aussi sombre et humide... Elle reconnut ses arbres comme elle ruisselants et s'enferma dans la vieille maison avec sa douleur, aiguë en cette nuit, leur dernière nuit.

Allongée sur son lit, gisante de désespoir, elle n'était plus qu'une proie déchirée par la solitude et le ressentiment. L'orgueil lui commandait l'hostilité, mais l'incompréhension était plus forte que tout. C'était trop injuste. « Je n'admettais pas, ne pouvais pas admettre pareille trahison. Je ne lui avais jamais rien demandé. Je ne voulais pas l'épouser et le lui avais dit. J'avais en lui une totale confiance, et il n'avait rien à craindre de moi... La seule chose, tacitement exigée, était qu'il prenne notre amour au sérieux, et il n'avait pas su le faire, puisque avec une femme dans son lit au milieu de la nuit... Je n'ai pas accepté. J'ai dit non, ça, c'est inacceptable! Me faire ça à moi, non, vraiment non! » dit-elle encore aujourd'hui, une once de colère dans le ton.

Jane ne dormit pas. Elle se prépara à se rendre à l'Institut comme si rien dans sa vie n'avait changé. Maquillée pour qu'il n'y paraisse rien, elle savait que le maintien était essentiel et l'aiderait. Dissimuler aide à n'être pas emportée... Au : « Comment allez-vous ? » elle répondrait invariablement : « Très bien, merci, et vous ? » Elle ne s'offrirait pas à la pitié ou au triomphe de ceux qui toujours prévoient tout. Jane était bien trop orgueilleuse pour pardonner ou tenter de comprendre. « Comprendre quoi ? Qu'y avait-il donc à comprendre ? Que je ne lui suffisais pas ? Qu'il ne m'aimait pas ? Quelle importance que comprendre! Il fallait seulement le chasser du plus profond de moi-même..., le chasser à jamais. » En premier lieu, déchirer et brûler toute trace, lettres, télégrammes, photographies, avant de l'annihiler purement et simplement de son existence. Dans la cheminée du petit salon, Jane brûla toutes les lettres de Cohen, ces *lettres qui avec les préparatifs pour l'aimé et les attentes de l'aimé étaient le meilleur de l'amour*. Jane pensait que le pire ne saurait durer. Dès le lendemain matin, Albert Cohen téléphona. Il rappela.

Elle raccrocha au son de sa voix jusqu'à ce qu'il comprenne qu'appeler désormais était inutile. Elle déchira ses télégrammes et ses lettres sans les ouvrir, sinon une qu'elle trouva pathétique, mais sa tendresse pour lui était morte. Il avait tué l'amour qu'il avait si bien su faire naître. Tué seul, par mégarde sans doute, mais, bien qu'il ait été sûr de rattraper l'erreur, il allait se heurter à un mur sans faille. Jamais plus il n'enlacerait la plus aimée, la plus douce et la plus rétive, la plus noble et la plus fière, la plus irréductible...

Jane venait de lui échapper. Sans l'avoir voulu, il venait de lui rendre sa liberté, mais il ne le savait pas. Tout était encore possible, et la reconquérir aussi. Tentatives vouées à l'échec qui allaient faire de la bien-aimée perdue une obsession littéraire sans laquelle il ne saurait plus vivre. Parce qu'elle ne lui appartenait plus, il l'aima.

Jane avait cru donner à ses paroles d'amour un souffle de vie, et elle s'apercevait que son effort avait été vain. Retourner vers lui eût été un geste méprisable. Tel n'était pas son amour. Finie la passion, c'était la passation. Qu'il reste donc avec l'autre et cesse de l'importuner par ses appels désespérés. Il avait fait en sorte qu'elle ne le croirait plus jamais. Jamais. Même aujourd'hui elle dit : « Je ne sais pas s'il m'a jamais aimée. Lorsque l'on ment une fois, il reste toujours un doute. Comment savoir si la promesse est vraie ou si c'est un mensonge de plus ? Comment vivre avec un doute pareil ? » Il écrira dans *Solal : La vie, cruelle aux passionnés d'absolu...*

Si la nature d'une chose dépend de la densité avec laquelle on l'a vécue, Jane souffrit certainement bien plus des suites immédiates de leur séparation que lui. De cette eau qui dilue et emporte les sentiments, elle but une tasse et lui un verre...

Qui donc était-elle, celle qui fut la raison de la fin de leur liaison ? Qui donc était celle que jamais Jane ne soupçonna ni ne jalousa ? Adrienne de Fornszec ou Yvonne Imer ? Pour le savoir, rien ne sert de se reporter à la chronologie détaillée de la vie de l'auteur, car elle ne coïncide en rien avec ce que Jane vécut avec Albert Cohen. Dans la préface à *Belle du Seigneur* (« Bibliothèque de la Pléiade »), il est écrit qu'en 1925 *Albert Cohen se lie avec une ancienne amie de sa femme, Yvonne Madeleine Ruth Imer, née à Genève le 2 juillet 1894. C'est pour elle qu'il entreprendra la rédaction de son premier roman :* Solal. A l'année 1927, on apprend qu'*il se consacre uniquement à son activité littéraire* après avoir abandonné ses fonctions au B.I.T. De l'année 1928, on sait seulement qu'il dépose le manuscrit d'*Ézéchiel* et reprend son travail au B.I.T. A 1929, il est écrit que le 23 juin, soit à quelques jours de la rupture avec Jane, Yvonne Imer meurt à trente-quatre ans d'une crise cardiaque. *Le manuscrit de* Solal *n'est pas tout à fait achevé. Or c'est pour elle qu'il a été entrepris.* Dans les *Carnets*, il va évoquer en 1978 un souvenir qui ne cadre guère avec les nuits des années vécues auprès de Jane : *Il y a une cinquantaine d'années, j'ai écrit mon premier roman pour une merveilleuse amie. Je l'ai écrit parce qu'elle m'admirait aveuglément bien qu'elle fût très intelligente... Tous les soirs je lui dictais des pages, et c'était notre bonheur de chaque soir. C'était un don à l'aimée. Certains offrent des fleurs. Moi, je lui offrais un livre. Lorsque je rentrais chez moi le soir, vers six heures, elle était déjà là qui m'attendait et qui attendait la dictée. C'était le bonheur, notre bonheur de chaque soir. Morte, la bien-aimée, celle qui fut vivante, mère de mon premier roman.*

Si jamais elle exista, puisque celle-là ne saurait être Jane, qui jamais ne prit rien de Cohen en dictée, Cohen lui fit vivre une bien étrange aventure. Transcrire l'amour qu'il vivait avec une autre à d'autres heures, une autre qui arrivait chez lui après neuf heures, et surtout ne laisser aucune trace de son passage dans l'appartement du chemin Peschier, voilà qui relevait d'une rare abnégation... Si Yvonne Imer fut celle-là, il faut l'admirer.

Seulement je ne le crois pas. Tout comme Diane dans

ces mêmes *Carnets* est morte et enterrée, est *morte, la bien-aimée*, mère de son premier roman. Il est facile de prêter aux morts actions et intentions qu'ils n'ont pas eues, et Albert Cohen s'est plu à ce jeu en jetant le trouble à plaisir. Il est des mystères dans sa vie dont on ne saura jamais rien... Et sans doute est-ce mieux puisqu'il l'a voulu ainsi. Seulement il faut savoir que les secrets qu'il semble parfois nous livrer font partie de ce même jeu de cartes mêlées, et ne sont pas plus exacts que ce qu'il fait vivre à ses personnages. Jane était le seul témoin de ces années lointaines, et elle n'avait jamais parlé. Donc, d'évidence, ne parlerait pas. Non, à son âge, elle ne parlerait forcément plus...

Il lui dirait un jour, lui parlant de la cause de la rupture : « C'était une femme à qui je devais beaucoup. Je ne pouvais faire autrement. » Cette femme, selon lui, eut été Adrienne de Fornszec. Oui, s'il ne l'a pas inventée, c'est elle qui était avec lui la nuit du bal, celle qu'il appela sa *mère occidentale*, comtesse hongroise plus âgée que lui, rencontrée alors qu'il était encore étudiant et qui lui enseigna *les usages du monde* et lui ouvrit *les voies de l'intégration sociale*. Oui, il lui devait beaucoup. Tant, sans doute, que jamais il ne sut rompre. Entrée dans sa vie en 1914 ou 1915, elle s'y trouve encore en 1929. S'il trompa Jane avec la femme aimante et vieillissante qu'il ne pouvait abandonner, sans doute trompa-t-il également sa première femme, Élisabeth Brocher, épousée en 1919 et morte en 1924... Adrienne de Fornszec (mais est-ce réellement son nom ? N'est-il pas, comme « Diane », un pseudonyme ?) est avec Jane la seule femme aimée qui devient personnage romanesque : elle sera Adrienne de Valdonne dans *Solal*, et la comtesse hongroise Isolde Kanyo dans *Belle du Seigneur*. De ce nom francisé, il n'y a nulle trace. Si elle vécut, comme Albert Cohen le laisse entendre, bien des années à Genève, nul document d'archives ne vient confirmer ses dires. Le nom de « Fornszec » n'a, en outre, de consonance hongroise que la seconde syllabe, qui le rattache à un lieu royal, mais tel que, jamais famille ne participa à l'histoire de la Hongrie ou de l'Autriche. Le nom s'en rapprochant le plus est celui d'une famille Fornoszeghy, mais elle s'est éteinte au XVIIIe siècle... Le nom polonais le plus proche serait Fronczak, et il n'y a pas plus de traces d'elle en Tchécoslovaquie. Fut-elle une aventurière réfugiée à Genève sous un nom d'emprunt, ou Cohen donna-t-il ce nom – par discrétion – à une femme dont on ne connaîtra jamais la réelle identité, comtesse ou pas, hongroise, tchèque ou polonaise ?

Peu importe, diront certains. Oui... peut-être.

Jane a préféré ne pas savoir, mais moi, qui l'ai retrouvée et qui l'aime, j'ai voulu découvrir le nom réel de cette autre à l'origine de tant d'illusions et d'amour brisés. Et j'ai trouvé ! Son nom était bien celui d'une noble famille hongroise : Almássy.

D'Adrienne de Fornszec, Albert Cohen avouera donc l'avoir considérée *comme une seconde mère.* Adrienne de Valdonne agira de même auprès de Solal : *Que de bienfaits lui sont venus d'Adrienne ! C'est grâce à ses leçons qu'il a pu passer la première partie du baccalauréat au collège français d'Athènes.* Dans *Belle du Seigneur,* l'ancienne amante devient Isolde, *femme de quarante-cinq ans qui n'osait plus se montrer en plein soleil.* L'une et l'autre, délaissées pour Aude et Ariane, mourront de n'être plus désirées.

Solal ne désire plus Isolde, mais continue à lui rendre visite sans l'avouer à Ariane : *Voilà ce qui l'attendait désormais lorsqu'il viendrait la voir l'après-midi, les soirées étant réservées à l'autre qui ne se doutait de rien, pauvrette, voilà ce qui l'attendait, les cinémas et leurs entractes avec obligation de parler, ou encore le massage des pieds, la lecture des romans, les paroles d'amour nouvelles à trouver, l'angoisse de ne pouvoir la désirer, et constamment deviner son attente, son humble exigence muette.* Il dira aussi qu'il aimait trop Ariane pour pouvoir rester seul : *Oui, mais en attendant, quoi ? Dormir était impossible, il l'aimait trop.* Alors il allait retrouver

Isolde, la comtesse Kanyo qui l'attendait si souvent, en vain...

Il semble plus vraisemblable qu'Albert Cohen ait trompé Jane chez Adrienne, plutôt que chez lui avec Yvonne Imer et la menace permanente de Jane qui ne s'annonçait pas, mais cela n'est pas certain. « Je n'ai jamais senti une présence féminine autre que la mienne entre ses murs, mais peut-être ai-je été la plus naïve des femmes de sa vie! Rien ne m'étonnerait de lui, et lorsque l'amour est aveugle il est facile d'en profiter... Je n'ai jamais su ce qu'est la jalousie... »

Jane dit encore n'avoir jamais rien compris à la vie, ses méandres et ses calculs. Elle l'a toujours pensé, et toujours avoué. Ariane se lamente sur un sort similaire : *Oh, elle n'était pas faite pour la vie. Trop enthousiaste, trop impatiente de bonheur, une pauvre maladroite. Ce n'était pas la comtesse hongroise qui aurait couru derrière l'auto.* Et Jane longtemps de s'interroger sur les raisons qui firent que Cohen la trompa...

Tout comme elle n'avait pas étalé les bonheurs de ses amours tumultueuses, Jane cela en elle sa douleur. Elle fit en sorte de paraître gaie et détachée, indifférente aux mois écoulés. Et elle revint vers Marcelle Blum qu'elle n'aurait jamais dû abandonner et qui avait promis de ne pas revenir sur ce qui avait troublé leur amour. Elle sut se taire et ne pas triompher, elle sut faire de sa présence une nécessité et le seul réconfort. Par amour pour Jane, elle l'avait attendue. Elles se firent la promesse de ne plus se quitter. Jane dit qu'au plus profond d'elle-même il y avait cette certitude que la passion vécue auprès de Cohen s'éteindrait et que l'amour pour Celou lui survivrait. Et il en fut ainsi, mais pas comme Jane avait pu l'envisager dans les moments d'égarement de sa liaison. Celou, forte de son amour essentiel pour Jane, pardonnait, certes, mais, plus blessée et fière que sa douceur ne le laissait paraître, avait décidé que leur amour ne serait désormais viable et grand que s'il n'était plus charnel. Trompée elle avait été, et plus rien ne serait comme avant, jamais. Jane mit cela sur le compte d'une attitude honorable mais éphémère. Or il n'en fut rien. De 1929 à 1979, elles s'aimèrent avec seuls l'esprit et le cœur. Elles s'aimèrent jusqu'à ce que la mort les sépare, de cet amour tendresse et toute compréhension que Cohen chercha des années sans le trouver et qui lui inspira ensuite tant d'autres pages de merveilleuse littérature.

Puisqu'il en avait été décidé ainsi bien avant la rupture, Jane partit pour l'Angleterre. Elle retournait à Cromer, près de Norwich, dans le cottage attenant au château qui l'avait accueillie l'année précédente, invitée par deux jeunes filles qui l'appelaient « Jane-ô », avaient un tennis et avec lesquelles elle passait ses journées à jouer lorsqu'elle ne se promenait pas dans les bois ou le long de la rivière.

Elle songeait avec amertume à l'été précédent et à sa naïveté. Comment avait-elle été assez folle pour partir un été et croire que celui qu'elle aimait ne se laisserait pas aller à la remplacer, ne serait-ce que fugacement! Jane en cet été du désespoir tentait de se laver de cet amour impur en se baignant dans l'eau glacée de la rivière et se plaisait à la compagnie des enfants du château, prêtant à l'enfance des qualités non encore altérées et corrompues par le simple fait que la vie passe et ne répond pas aux espoirs que l'on a mis en elle. Loin de Genève, elle jouait avec trois jeunes garçons aux visages d'ange et une petite fille délicate à qui l'on répétait « *Be nice with your Lady-Sister* », et elle attendait que la douleur s'efface.

Elle reçut encore quelques lettres qu'elle déchira, tournant résolument le dos à ce qu'elle haïssait de ces années passées. Elle ne pouvait aller que vers un monde nouveau et ouvert et non revenir dans l'antre rétréci et sali d'une liaison achevée. Comment pouvait-il ne pas comprendre et insister, encore et encore...

Elle se sentait mieux en la compagnie des enfants, mais, à l'heure où ils retournaient dans leur nursery, il lui fallait bien revenir au monde des adultes. Ces êtres avaient toutefois pour eux de ne rien savoir de ce qu'elle fuyait à Genève. Aussi, parce que le retour l'angoissait, accepta-t-elle l'invitation d'amis des propriétaires du château à prolonger l'été chez eux en Cornouailles. Septembre..., encore tout un mois d'absence. Au terme de celui-ci peut-être serait-elle plus forte ?

Lors d'un dîner où furent évoqués fantômes et phénomènes étranges, Mrs. Beafield, la mère des deux jeunes filles qui avaient invité Jane, proposa de lire l'avenir de chacun dans une boule de cristal. Le médium recouvrit une table de velours noir et à travers le cristal fit face tour à tour à chacun des invités. A Jane, amusée, qui regardait, sceptique, la buée se former sur la sphère de verre, fut annoncé un voyage. Facile, pensa-t-elle, tout le monde sait que je pars dans quelques jours pour la Cornouailles. « Je vois un long voyage, la mer à traverser, et puis au bout du sang ! Et puis plus rien... », lui dit la voyante.

Jane ne savait pas, comme souvent en pareilles circonstances, s'il fallait croire à la prédiction ou s'en moquer. Mais bien qu'elle eût tenté de sourire et de se dégager de l'encombrante vision, elle se sentait nerveuse, anxieuse et dormit cette nuit-là d'un sommeil agité.

En se réveillant, elle avait oublié l'absurde annonce d'un malheur ensanglanté et elle se réjouissait du départ imminent, car il ne restait plus que les trois dernières journées d'août avant de partir pour une région nouvelle, si belle disait-on. Elle descendit prendre le petit déjeuner qui l'attendait, et reconnut l'écriture de Marcelle sur une enveloppe à côté de sa tasse. Elle se versa une seconde tasse de thé, heureuse des mots bienfaisants qu'elle lirait tout à l'heure, lorsque remontée dans sa chambre ou sortie dans le jardin ; elle n'avait pas encore décidé de l'instant et du lieu de la douce lecture.

Allongée sur une grande serviette-éponge jetée sur la pelouse entre l'ombre et le soleil, Jane ouvrit la lettre avec précaution, comme pour ne pas lui faire de mal. Le temps des lettres de Cohen, follement et impatiemment ouvertes, n'était plus. Jane ne désirait plus que savourer de moins fragiles sentiments. Elle commença à lire un sourire aux lèvres, vite éteint : *Dimanche* (fin août 1929), *Pinchat. Ma petite fille chérie, Tu vois c'est de nouveau de ton Pinchat, de ce Pinchat que tu aimes tant que je t'écris; ma chérie quand je suis ici sans toi je vis un rêve, tout, tu comprends, tout est hanté par toi beaucoup plus encore que quand tu y es; toi là, c'est la réalité, toi absente, ce sont tous les rêves; mais j'avoue que j'aime mieux la réalité dans ce cas. Mon petit Janot aimé ton pauvre papa n'est pas bien; ce matin il a eu deux crises cardiaques assez graves; maintenant il est six heures il est mieux et nous sommes un peu tranquillisés pour le moment, mais avec ces choses-là on ne sait jamais. Chérie cela me fend le cœur de te faire mal, moi qui ne voudrais t'envoyer que du bien et que du beau, mais il faut avoir du courage devant la réalité; cela peut aussi bien ne rien donner du tout, comme au contraire, cela peut brusquement aller très mal, le docteur dit lui-même que l'on ne peut rien savoir et c'est ce qu'il y a de plus terrible, cette incertitude; ta sœur et moi avons jugé que malgré la distance nous ne pouvions pas te laisser dans l'ignorance. Mon petit, mon chéri, je suis avec toi, ma pensée ne te quitte pas un instant, et cela me fait presque du bien d'être à Pinchat dans des moments pendant lesquels je sais que ton seul désir serait d'y être aussi. Ta sœur a beaucoup de courage et avec mes pauvres moyens je fais ce que je peux pour l'entourer, sois tranquille ton papa est bien soigné et ta sœur pas abandonnée. Ma petite fille je sais combien ma lettre te sera dure, mais ne te laisse pas abattre, ce n'est probablement qu'un accident comme il en a déjà eu et qui ont été sans conséquence, tu sais qu'à distance on aggrave encore beaucoup plus les choses... Mon petit enfant chéri, écris vite de toi et comment tu es; surtout ne t'affole pas, c'est absolument inutile pour le moment... Je t'aime profondément mon trésor chéri, du reste tu le sais bien; ton retour avance, mais en attendant profite bien de tout et fais-toi du bien... Encore une fois mon tout petit ne t'inquiète pas, pour le moment tout va pour le mieux. Je t'embrasse avec toute ma tendresse, Marcelle.*

En se relevant, Jane n'élevait au-dessus de l'herbe que son être de chair. « Plus basse que l'herbe et plus lisse que l'eau », se répétait-elle, anéantie. Rivée comme elle l'avait toujours été à l'existence de son père, elle se sentait plus perdue que jamais. Nulle haine, nul sentiment d'injustice, nulle animosité à l'encontre de qui que ce soit ne vivait plus en elle. Seul comptait le temps qui la séparait de Pinchat. Tragiques étaient la distance et l'obstacle d'une mer à franchir. Elle se souvenait enfin que jamais rivière, mer ou océan ne vous séparent d'un être aimé. Elle n'aurait jamais dû quitter la rive de l'Arve... Tragique aussi le sentiment que, quoi qu'elle fasse, elle ne changerait rien à l'ordre de son univers ravagé par vagues successives. Désarmée, elle n'était plus que la fille aimante d'un homme s'en allant, la laissant seule avec ses démons. Pourquoi fallait-il qu'il s'en aille maintenant ? Comment pourrait-elle vivre s'il ne s'apercevait plus de ses entrées et sorties de sa chambre, de ses absences et du réconfort de sa présence ? L'attendrait-il seulement ? En elle, tout criait : « Attends-moi ! »

Elle partit par le premier train pour Londres, puis Douvres en douloureuse impatience. Pendant la traversée vers Calais, ses pensées étaient bien plus agitées que la mer, et dans le train qui traversait la France la fatigue l'illusionna d'un court répit. Elle allait à vive allure vers son malheur, mais nulle certitude encore ne l'y liait. Elle se sentait, dans l'express international qui la rapprochait du but, comme un condamné attendant une peu plausible mais possible grâce. Au fil des heures, lorsque la notion du temps se perd et que l'énergie se révèle inutile, elle espérait encore que la voie ne serait pas sans issue. Le bruit monotone des roues sur les rails agissait comme une drogue sur son esprit. Par moments, elle croyait avoir rêvé et voyager dans un train fantôme vers des jours meilleurs, puis une insoutenable anxiété l'envahissait à nouveau. Alors, par égard pour ceux qui partageaient avec elle l'espace restreint d'un compartiment de première enfumé – elle se montrait, ainsi que son père le lui avait appris, aimable, souriante, retenue, et faisait en sorte que ses sentiments les plus vifs soient aussi les plus insoupçonnables. « Être digne de lui » était sa seule force, son seul courage. Bientôt viendraient les montagnes et leurs lacs, puis le sien, ce lac de Genève qui si souvent avait été la promesse de la mer et d'autres rivages, et n'était plus qu'un océan de larmes.

« Ne pas pleurer », se commandait-elle. « Je l'interdis ! » lui répétait la plus exigente des deux qui cohabitaient en elle, tiens-toi donc ! « Cesse de te conduire comme une enfant ! » se disait-elle avant de pénétrer dans la chambre du midi où dormait son père, là où dormaient aussi les souvenirs de la fin d'Arphénia. Quelques-uns de ses fragiles sourires l'incitèrent à croire qu'il la savait là, à ses côtés, infiniment présente et tendrement aimante. Elle lui parlait en caressant ses mains. « Des mains aux veines apparentes... comme les miennes aujourd'hui », dit Jane en me les montrant comme un enfant à celui qui veut savoir si elles sont propres. « Je vérifiais sans cesse les pulsations du sang à son poignet, comme s'il me fallait la preuve qu'il était bien vivant. J'avais fait venir le docteur Saloz, cardiologue réputé et ami de William Kündig, mais sur la terrasse il me dit : « C'est un homme qui est à la fin de sa vie. Son organisme est usé. Il peut s'éteindre d'un instant à l'autre, comme vivre encore quelques heures, quelques jours, une semaine, peut-être plus mais c'est peu vraisemblable », Jane pleura. Elle se souvient du regard étonné qu'il porta sur elle, comme s'il était inconcevable que l'on puisse tant aimer un être depuis des années l'ombre de lui-même et irrémédiablement diminué.

Albert Fillion s'éteignit le 13 septembre 1929, âgé de soixante-dix-sept ans. Jane se tenait droite auprès de lui, en pleurs. Elle se tenait droite pour se montrer forte, digne et sage devant sa famille, et démentir les larmes qu'elle ne savait pas comment retenir. Elle tentait pour ce faire de chasser les souvenirs des années passées que tout lui suggérait, pièce dans laquelle elle pénétrait, fauteuil qui avait été le sien, objet tenu par lui, plantes et fleurs qu'il avait aimées et qu'elle avait choisies pour lui...

Jane luttait contre tout ce qui se présentait. A nouveau, elle était rebelle à la vie, et seule à ne pas croire en Dieu, seule à être certaine d'un adieu définitif. Le service religieux eut lieu dans le grand salon. Marguerite, catholique, et Henriette, protestante, priaient agenouillées de part et d'autre du cercueil, et Jane, face au visage de son père, s'en était imprégnée désespérément car ils ne leur restaient plus que quelques heures, et après jamais plus. Elle n'était pas comme sa tante, persuadée qu'elle retrouverait au paradis tous ceux qu'elle avait connus ici-bas et ravie à l'idée d'enfin faire la connaissance de sa mère, morte en la mettant au monde, non, elle n'avait décidément foi qu'en la vie et ses espoirs n'allaient pas au-delà.

Son seul réconfort venait des marques d'affection les plus vraies, bien souvent les plus humbles. Ainsi, celle de la maraîchère qui joignait toujours un bouquet de fleurs à la commande de fruits et de légumes. Apprenant la mort d'Albert Fillion après qu'eut été livrée la dernière commande, elle déposa ce mot : *Les fleurs que j'avais envoyées étaient pour le réjouir et non pour l'honorer...* « Des phrases telles que celle-ci me sont plus chères que les plus précieux des objets », dit Jane qui les conserve en sa mémoire.

Quelques jours, quelques semaines peut-être après la mort d'Albert Fillion, Émile, s'étant plongé dans les comptes de Pinchat, annonça à sa sœur qu'il n'était pas question de chauffer la maison et de garder des domestiques pour elle seule. Il fallait qu'elle s'en aille et trouve à se loger ailleurs si elle n'envisageait pas d'en assumer les charges.

La réflexion de son frère avait frappé Jane en plein cœur. Elle ne répondit rien et elle chercha immédiatement un appartement en ville. Par orgueil blessé, elle prit le premier visité. Ce premier logement sur le rond-point de Plainpalais lui sembla sordide et elle le baptisa « le palais de la guipure ». La chute était vertigineuse.

En quittant Pinchat, Jane ne savait pas si elle devait emmener Miou avec elle. Miou était une petite chatte siamoise qu'elle avait sauvée et nourrie au biberon, et qui déjà du temps d'Arphénia accourait vers elle ronronnante lorsqu'elle rentrait du B.I.T. Miou était aussi le seul être avec Celou à l'aimer plus que de raison. « Être aimé, ce n'est rien si l'on n'est pas préféré », dit Jane avec le ton des certitudes. Enfermer Miou dans le palais de la guipure, alors qu'elle disparaissait des journées entières dans les arbres et les hautes herbes de Pinchat, lui semblait être plus injuste encore que sa propre situation. Elle ne comprendrait pas, elle. Le dilemme était affreux : l'enfermer ou la laisser. La rendre malheureuse ou l'être sans elle. Réflexion faite, Jane se dit qu'entre un peu plus de malheur et laisser Miou vivre en paix sur son vaste territoire ou l'entraîner dans sa chute, il fallait préserver ce qui pouvait encore l'être. Miou resterait libre et elle serait nourrie et logée. A demeure ne lui manquerait que sa maîtresse, mais qu'est-ce qu'une maîtresse, pour un animal qui a la nature pour lui ? Après une dernière caresse et la promesse de visites prochaines, Jane laissa derrière elle Miou étendue sur les dalles de la terrasse chauffées par les derniers rayons de la saison. C'était la dernière saison de Jane dans le domaine natal qu'elle eût tant aimé ne jamais quitter.

Un matin, Jane apprit que Miou s'était laissée mourir de faim. Elle venait d'être retrouvée morte dans les vignes. « Aujourd'hui encore je vis avec le remords de ne l'avoir pas emmenée avec moi. Si souvent l'on dit qu'un chat est plus attaché à sa maison qu'à son maître... On se trompe. Miou est le seul être qui se soit laissé mourir pour moi... enfin, heureusement ! » ajoute-t-elle en riant comme pour excuser le ton triste pris pour raconter la fin de la tendre chatte. Jane prit un peu plus tard une seconde siamoise, apparentée à la première, et lui donna le nom de Miou pour faire revivre l'aimée. Cette seconde Miou, qui ne remplaça jamais la première, ne résista pas à l'anesthésie nécessitée par une opération que le vétérinaire lui avait dit ne comporter aucun risque. Jane fondit en larmes lorsqu'il le lui annonça. Les fleurs qu'il lui fit envoyer avec un mot d'excuse ne changeraient rien à sa décision de ne plus se mêler à la vie des chats.

Cohen, qui caressa Miou dans le petit salon de Pinchat, aimait les chats pour en avoir eu lui aussi et, ayant appris la très grande tristesse de Jane à la mort de Miou, confondit Miou 1 et Miou 2. Ariane en parle : *Je vous montrerai une photo de ma petite chatte vous verrez comme elle était exquise, Mousson elle s'appelait, un joli nom, n'est-ce pas ? C'est moi qui l'ai trouvé il m'est venu subitement quand on me l'a apportée, elle avait deux mois des yeux bleus angéliques toute mousseuse sage comme une image les yeux levés vers moi, je lui ai donné mon cœur tout de suite..., on a dû l'opérer et la pauvre petite n'a pas supporté l'anesthésie parce qu'elle avait une lésion au cœur, elle est morte dans mes bras après un regard vers moi un dernier regard de ses beaux yeux bleus... c'est depuis peu que j'ai le courage de regarder ses photographies... elle a été pour moi une amie incomparable, c'était une âme d'élite d'une délicatesse de sentiments...* Ainsi Cohen fit-il, de deux Miou, la mousseuse Mousson. Celle qu'il a caressée n'est pas l'anesthésiée, mais il ne le sait pas. Non, il ne sait pas qu'elle s'est laissée mourir parce que sa maîtresse l'a quittée, et que celle-ci se moquant de lui dira : « Elle m'a vraiment aimée, elle ! Il n'y a pas de plus bel amour que de vouloir mourir pour celui que l'on aime... Si c'était à refaire, entre Cohen et Miou, je partagerais mes sentiments et mon temps avec plus de justice et de justesse. »

Le 27 octobre, allongée sur son divan et n'arrivant à lire que lorsque l'intervalle qui séparait le passage de deux trams dans un sens ne coïncidait pas avec leur passage dans l'autre sens, Jane, désœuvrée toute une journée de dimanche, eut un pressentiment. Marguerite avait besoin d'elle, elle était en danger, elle en était certaine. Elle téléphona à Montreux où sa sœur, épuisée par les semaines qui avaient précédé et suivi la mort de leur père, était partie se reposer. Sa chambre ne répondait pas. Les minutes s'écoulaient, ne faisant qu'accroître le pressentiment d'un danger imminent dont il fallait qu'elle prévienne sa sœur. Elle appela Marcelle chez ses parents et la dérangea dans une partie de cartes sans arriver à la convaincre de partir pour Montreux. Elle prit son carnet d'adresses et demanda au hasard à ceux qui répondaient, nantis d'une voiture qui partirait dans l'instant à l'autre extrémité du lac. Au énième refus il lui sembla que c'était une folie que de perdre de précieuses minutes. Elle prit son manteau et son sac et dévala les marches du sombre escalier. Elle traversa la place en courant et se précipita sur un taxi auquel elle indiqua la direction de la gare. « Plus vite », lui répétait-elle, comme le font ceux qui vont rater leur train. Arrivée aux départs elle monta dans le seul omnibus en partance pour Montreux. « Plus vite », continuait-elle à dire pour elle-même, pendant une heure entière, totalement impuissante.

La nuit tombait et les lumières commençaient à scintiller autour du lac. Le train venait de s'éclairer et Jane cherchait à échapper à son propre visage se reflétant dans la vitre. Il lui semblait que l'anxiété y était plus lisible que dans aucun miroir. Ses cernes sombres et ses joues bien plus creuses qu'à l'habitude n'étaient-ils dus qu'à l'éclairage venant du plafond et à l'effet d'optique des reflets dans la glace ? Elle ferma les yeux en tentant de récapituler les raisons de l'impulsion qui l'avait jetée dans ce train qui n'avançait pas.

Dix jours auparavant, Georges de With avait demandé à Jane de transmettre à sa sœur sa décision de divorcer. Sa décision était irrévocable, leurs avocats s'occuperaient du reste. Il préférait toutefois que Jane se charge de le lui annoncer, sachant combien elle était déprimée depuis la disparition de leur père. Jane était partie pour Montreux, messagère chargée contre sa volonté d'une pénible mission. Marguerite avait nerveusement souri et l'avait presque convaincue de ne pas s'en faire. Seulement Marguerite était la plus exaltée des créatures et sa réaction fut la plus inattendue. Jane avait tout d'abord trouvé cela étrange et, après réflexion, plutôt inquiétant. Pouvait-elle à ce point être indifférente à son mari ? Bien sûr, il était ennuyeux comme la pluie et comme seuls les Hollandais savent l'être, mais ce n'était pas nouveau. Cohen écrirait dans *Les Valeureux* : *... car si tu es bronzé et heureux blondinet, tu deviens moins intelligent et en quelque sorte hollandais.* Bien sûr, il passait ses week-ends à peaufiner son arbre généalogique, insistant auprès de qui voulait bien l'écouter sur le fait que son nom de « With » avec un « h » était infiniment plus précieux que « Witt » avec deux « t », mais Marguerite en profitait pour vivre sa vie. Naturellement, il y avait plus exaltant que d'être la femme d'un consul honoraire sur la Côte d'Azur, mais Marguerite était de l'espèce mondaine et le luxe de son appartement au château des Baumettes à Nice ainsi que les invitations quotidiennes à toutes sortes de festivités avaient de quoi la satisfaire. (Dans *Belle du Seigneur,* Solal et Ariane vont trouver une villa à Agay. Elle lui demande : *Près de la Baumette ? Celle qui est à louer ? – Oui, mon amour.*) Non, décidément, Jane ne comprenait pas ce semblant d'indifférence. Elle était sûre que sa sœur ne pouvait assister sans sourciller au naufrage de tout ce sur quoi elle régnait.

Il y avait bien cinq ou six ans que lui avait été présenté à un concours hippique le prince Léon Radziwill. Au regard qu'il porta sur elle, elle sut immédiatement qu'elle était perdue. Il ferait d'elle ce que bon lui semblerait. Marguerite était blonde, grande, très belle, parfaitement élégante et, à l'inverse des mœurs en vogue dans le Midi, elle faisait en sorte que sa peau soit toujours de lait. Elle s'autorisait de profonds décolletés et, lorsqu'elle s'était faite très belle pour sortir, elle ne parlait presque pas, n'aimant pas dépenser inutilement sa beauté. Jane parlait pour deux, accaparant son mari « comme une pie », et laissait sa sœur monter les escaliers vers Radziwill émerveillé qui lui ôtait sa longue cape noire doublée de rouge. Plus le temps passait et plus Marguerite s'était persuadée pouvoir agir à sa guise. Elle rentrait de plus en plus souvent en retard, et il arrivait que Jane dîne seule avec son beau-frère. Il se taisait face à Jane, gênée. Aux conseils de prudence que lui donnait Jane, Marguerite répondait, sûre d'elle : « Penses-tu, Georges m'adore et j'en fais ce que je veux. » Ce qui fut longtemps vrai. Radziwill vivait presque à demeure, pur séducteur à la manière slave, prince polonais de sang royal au visage d'ange ou de vaurien. Parlant dix langues mais n'en écrivant bien aucune, tout son charme consistait à faire croire à celui et surtout celle à qui il s'adressait qu'il ne vivait que par et pour elle et que seule la mort pourrait un jour les séparer. L'amour en version tragique, tel que Marguerite pouvait l'avoir rêvé en sortant des bras de son raisonnable mari. Radziwill était marié et catholique, deux raisons qui suffisaient à Georges de With, intègre et homme d'honneur, pour lui offrir toute sa confiance. Confiance qu'il fut sans doute le seul de son entourage à lui témoigner. Mariette, leur domestique, était bien plus perspicace. Lorsque Radziwill croisait un autre invité dans le salon, elle craignait le pire. Solennelle, elle annonçait à Marguerite : « Les deux princes attendent Madame... pour une bataille rangée... », et, fortement impressionnée et inquiète de ce qui pourrait arriver, retournait au salon les prier de patienter un peu. Radziwill faisait jalousement face au prince von Thurn und Taxis, soupçonné à tort d'une visite aussi peu mondaine que la sienne. Jaloux était Radziwill, inculte était-il aussi, mais si charmant et d'un exotisme slave si envoûtant, si romantique et langoureux, si sombre et pathétique, que Jane comprenait comment il avait été impossible à Marguerite de lui résister.

Jane se souvient qu'étant allée nager seule avec lui dans une crique près de Villefranche elle s'était arrêtée pour le regarder entrer dans l'eau. Soudain séduite par la découpe de son maillot de bain cuivré comme sa peau, elle avait regardé scintiller dans le soleil toutes les médailles catholiques qu'il ne quittait jamais. « S'il n'était pas l'amant de ma sœur... », songea-t-elle un instant avant de plonger dans l'eau transparente.

Pourquoi avait-il fallu que Marguerite conserve toutes ses lettres et ses photos dans ce *safe*, fermé à clef mais imprudemment oublié dans sa chambre lorsqu'elle était partie pour Genève ? Pourquoi aussi avait-elle juré sur son honneur et sur ce qu'elle avait de plus précieux au monde à son mari qui le lui demandait chaque 1er janvier : « Non, je ne suis pas la maîtresse de Radziwill, promis ! c'est seulement un ami. – Tu me le jures ? – Juré ! » Comment Georges avait-il pu être naïf aussi longtemps ? Parce que Radziwill était parti pour Rome rejoindre sa femme et parce que Marguerite était depuis presque trois mois en Suisse, quelques doutes s'insinuèrent en lui. Et si Radziwill n'était pas à Rome mais à Montreux avec elle ? Cela expliquerait qu'au lieu de rentrer à Nice elle ait décidé de prolonger son séjour en Suisse... Désespéré, il expliqua plus tard à Jane avoir passé une nuit entière à lutter contre son envie de fracturer la serrure du coffret verrouillé, et qu'au matin, n'y tenant plus, il l'ouvrit, découvrant toutes les preuves de son infortune et de son ridicule aussi. Il lut chacune des lettres, apprenant ce qu'il était peut-être le seul à ne pas savoir... Il avait placé Marguerite si haut. Il avait cru en chacune de ces promesses. Ni lui ni elle ne pouvaient tomber de plus haut. Elle ne lui était soudain plus rien, elle l'avait trompé en le ridiculisant ! Elle n'aurait rien ! Il avait en main les preuves les plus accablantes, au moins serviraient-elles le divorce. Ce ne serait qu'une formalité, elle avait tous les torts.

Il faisait nuit lorsque Jane entra dans le hall du Grand Hôtel Eden de Montreux. Elle fit appeler la chambre de sa sœur.

« Madame de With ne répond pas, mais sa clef n'étant

pas au tableau sans doute n'est-elle pas loin... » Jane demanda la chambre voisine et s'y fit conduire. Là, elle essaya encore de joindre sa sœur par téléphone, puis se dirigea vers la porte capitonnée de cuir qui communiquait avec la chambre voisine. La seconde porte n'était pas fermée et elle l'ouvrit doucement. A peine entrée, Jane aperçut sa sœur drapée dans un châle d'argent et allongée sur une méridienne. Marguerite semblait évanouie. « Elle a le sens du décorum », pensa Jane. « Dans la salle de bains je pris une de ces serviettes amidonnées que l'on ne trouve que dans les palaces. Je fis couler l'eau froide et revins vers Marguerite pour que l'eau fraîche lui fasse reprendre ses esprits. C'est en m'approchant d'elle que je vis à mes pieds la flaque de sang que j'enjambai et le revolver que je ramassai. Elle s'était tiré une balle dans la tempe. Le sang battait aux miennes, mais, étrangement, j'agissais avec calme. Sans doute avait-elle tiré peu de temps auparavant, lorsque pour elle le soleil s'était une ultime fois couché, car le sang continuait à couler. Elle avait choisi une heure chrétienne pour tirer... Peut-être n'était-il pas trop tard... Je pris son pouls que je sentis encore, bien que faiblement, et téléphonai à la réception. Je m'entendis dire simplement : “ Mme de With est très souffrante, appelez immédiatement un médecin. ” »

Les minutes que Jane passa auprès de sa sœur inanimée furent les plus longues de sa vie. Un quart d'heure après l'avoir fait appeler, le médecin n'était toujours pas là et elle s'attendait à tout instant que ce pouls qu'elle sentait encore battre s'arrêtât irrémédiablement. Elle retéléphona à la réception : « J'attends toujours un médecin, madame de With est très, très souffrante ! – Il est en route, madame... »

Lorsqu'il arriva enfin, il constata que la balle avait pénétré dans le crâne par la tempe gauche, près de l'oreille, et qu'elle était logée dans sa nuque. Il soupçonna Jane de tentative de meurtre. Glaciale, elle lui répondit : « Docteur, ma sœur vit encore, je crois qu'il n'y a pas de temps à perdre ! Elle est gauchère, et il y a là des lettres qui expliquent son geste ! »

Ils arrivèrent de nuit à la clinique La Prairie à Clarens et Jane veilla sa sœur jusqu'à l'arrivée du chirurgien qui l'opéra le lendemain matin seulement. Il était impossible de dire si elle vivrait, et dans quel état.

Jane regardait Marguerite calme et inconsciente, impressionnée par l'hématome qui s'était formé sur tout un côté de son visage, son cou et son épaule, impressionnée aussi par le courage qu'avait dû nécessiter un geste pareil.

De retour au Grand Hôtel Éden, qui portait bien mal son nom de paradis, Jane fut accueillie par le propriétaire, M. Eberhard. S'ensuivirent des menaces de divulguer toute l'histoire à la presse et un chantage sous forme de dédommagements pour se taire. Jane lui répondit, glaciale, qu'ébruiter le suicide d'une cliente ne lui servirait pas de publicité et n'accepta de payer que le renouvellement des tapis et de la soie de la méridienne tachés de sang, puis elle monta dans sa chambre prévenir Marcelle, Georges de With, qui promit d'être là le soir même, et Radziwill enfin qu'elle sut joindre à Rome. Après s'être écrié : « Mais c'est horrrrrible! J'arrive! » il raccrocha et se fondit dans le paysage. Il disparut purement et simplement, effaré des conséquences d'une simple liaison.

Jane, attendant l'appel de la clinique qui lui apprendrait le sort de Marguerite, pour laquelle elle ne pouvait maintenant plus rien, ouvrit les lettres laissées sur le bureau de sa chambre. Il y en avait trois, adressées au commissaire de police, à son mari, à Jane, plus un dernier mot écrit à la hâte, presque illisible.

Jane mit de côté celle adressée à son beau-frère, et ouvrit en premier celle destinée à la police. Sur l'enveloppe, elle avait écrit : *Ne pas avertir ma sœur trop vite pour qu'elle ne vienne pas avant mon mari,* puis elle avait ajouté d'une écriture plus nerveuse et irrégulière : *Ma sœur doit venir demain, téléphonez de suite à Mlle Blum qu'elle ne vienne pas seule.* Jane sortit la feuille à l'en-tête de l'hôtel, datée du dimanche 27 octobre : *Monsieur le*

Commissaire, je me suicide parce que j'ai des chagrins intimes. Personne n'est responsable. J'aimerais qu'on ne m'habille ni ne me déshabille et qu'on me laisse dans ma chambre jusqu'à l'arrivée des miens. J'aimerais que vous preniez et déchargiez mon arme – Il faut télégraphier à M. de Beaufort, La Tourelle, avenue du Prince-de-Galles, Cannes, pour prévenir avec le plus grand ménagement possible mon mari – Il faut télégraphier à Mlle Marcelle Blum, passage des Lions, Genève, pour qu'elle prévienne avec le plus grand ménagement possible ma sœur, Mlle Fillion, et qu'elle ne la quitte pas, ni ne la laisse venir seule. Je désire qu'on ne communique pas aux journaux ce « fait divers ». Marguerite de With. Au bas de la page elle avait ajouté : *J'ai confié à la caisse de l'hôtel mes bijoux.*

Jane ouvrit en tremblant l'enveloppe qui lui était adressée. Datée du même jour, l'écriture en était moins bien maîtrisée : *Tu sais mon petit Bilboquet, je ne peux pas t'écrire et ça me fait un chagrin inouï, mais je ne peux pas parce que je ne voudrais te dire que des choses essentielles et que l'on pourrait comme les prendre avec ses mains et les appuyer sur le cœur – Depuis mercredi que c'est décidé pour aujourd'hui j'ai des myriades de pensées, de sensations que je voudrais partager avec toi. Ça passe comme des flèches d'or, je ne peux pas les attraper pour te les donner. Et quand même les jours sont tout simples. Je n'ai pas envie aujourd'hui plus que d'autres fois – Ce jour est arrivé comme tous les jours arrivent – C'est plus simple ainsi – Pardonne-moi. Mais chaque être est si parfaitement seul, tu sais on en avait parlé – que mon aide pour toi était une illusion que tu vas avoir – mais précieuse quand même comme toutes les illusions. Tu m'aimes trop pour vouloir que je me survive – Ne pense pas à cette année, le temps marche et l'année prochaine tu iras de l'avant, tu feras des moissons de joies et de douleurs. Ce n'est pas que cela que je voulais te dire. Tu es mon trésor chéri. Aime Marcelle. Tout être demande de l'indulgence. Reste la sœur de Georges. Aide Maman. Sois forte. Tu as un cran épatant, tu verras tu feras quelque chose de bien de ta vie. Ça me double mon mal de te laisser en ce moment...* L'écriture rétrécie s'arrêtait là, il n'y avait plus de place. Jane déplia le dernier message, jeté impulsivement sur une feuille cernée de noir, déjà de deuil. Sans doute l'avait-elle écrit un instant avant de tirer : *Je sens que je ne peux pas survivre, j'aime trop Georges. Pardonne-moi mon trésor pardonne pardonne pardonne.*

Tard le soir, lorsque Georges de With arriva à Montreux, Jane lui apprit que l'on avait extrait la balle et que Marguerite avait survécu à l'opération. Il fallait attendre le lendemain pour connaître ses chances de survie et l'étendue possible des lésions au cerveau...

Elle lui remit la lettre qui lui était destinée, lui affirmant que Marguerite l'aimait au point de mourir pour lui. Il lui répondit : « Je ne saurai jamais si elle a voulu se tuer pour moi ou pour Radziwill, quoi qu'il advienne, nous ne revivrons plus ensemble. » Toute la nuit Jane tenta de le convaincre du contraire, mais, bien qu'il fût accablé au point de ne pas vouloir rester seul un instant (il lui demanda de laisser entrebâillée la porte lorsqu'elle décida de prendre un bain, afin de tromper l'attente de cette nuit d'incertitudes), il demeurait aussi intraitable et irréductible qu'elle, en d'autres circonstances.

Autant Jane trouvait évident que leur père ait divorcé de leur mère et qu'elle-même n'ait pas pardonné à Cohen, autant elle trouvait ridicule l'entêtement de son beau-frère à l'égard de sa sœur parfaitement infidèle. « Mon père s'est séparé de ma mère volage avec raison, moi de Cohen par orgueil et mon beau-frère par vanité seulement ! C'est un art que de savoir rompre les ponts et reprendre sa liberté, tout un art... Il y a en la matière moins de génies que d'artistes médiocres... »

Marguerite de With eut la surprise de survivre à un suicide qui n'avait rien d'un appel au secours. Elle en voulut à sa sœur d'être intervenue, alors qu'il lui avait été si difficile de tirer. Longtemps elle avait marché dans sa chambre l'arme à la main. Le souvenir de ces moments où les images affluent, se perdent et se mélangent lui était plus pénible que la souffrance physique maintenant. Elle ne remercia jamais Jane de l'avoir sauvée. Car « sauvé » était le mot le plus juste, la plus pure vérité née d'un pressentiment que l'on ne peut avoir et auquel on ne peut obéir que lorsque l'on aime profondément. Marguerite serait morte si Jane n'était arrivée à temps. L'aventure n'eut pour suites qu'une longue convalescence (après être restée un mois entre la vie et la mort), le divorce, malgré son désir d'effacer ses erreurs, la décision de quitter Genève pour Paris et d'y vivre plus anonyme, et deux cicatrices, l'une à la tempe et l'autre à la nuque, qu'en se coiffant elle apprit à dissimuler. Plus tard, après avoir vécu la plus mondaine des vies parisiennes, elle ne trouverait d'issue que dans la religion et vivrait les dernières années de sa vie dans un couvent près de Lausanne.

Au début du mois de décembre, dès que la vie de Marguerite ne fut plus en danger, Jane retourna à l'Institut universitaire. Que pouvait-elle faire d'autre ? Sa nervosité allait grandissante, et ses troubles psychologiques devenaient physiques, ou l'inverse, elle ne savait plus. Elle était entourée, mais perdue. Son travail s'en ressentit. Elle commanda sans s'en rendre compte une série de livres allemands en deux exemplaires, série de plus de dix mille francs suisses de l'époque! Affolée, elle appela William Kündig, espérant qu'il pourrait lui venir en aide ou l'engager en cas de renvoi. Elle ne s'occuperait que de la clientèle, c'était promis. Il lui répondit : « Ne touche pas aux caisses, j'en avais besoin, je te rachète une série, ne t'en fais pas! » Quelques jours plus tard, Rappart, le directeur de l'Institut, sévère personnage avec lequel elle n'avait pas la moindre intimité, lui posa une question à laquelle d'évidence elle eût dû répondre autrement qu'hésitante : « Oui... non... oui, euh, je ne sais pas...

– Mademoiselle Fillion, vous n'êtes plus vous-même! lui dit-il d'un ton sec.

– NON! Je ne suis plus moi-même, vous l'avez dit! et elle s'effondra, sanglotante. Nous sommes ruinés, mon père en est mort, ma sœur s'est tirée une balle dans la tête... (Omettant toutefois d'ajouter : L'homme que j'aimais m'a trahie et ma chatte est morte parce que je l'ai abandonnée, mais elle le pensait.)

– C'est affreux, c'est terrible..., c'est effroyable! lui répondit-il ahuri au lieu de tenter de la réconforter, puis, gentiment se reprenant, il lui dit en souriant : Allez, je ne veux plus vous revoir pendant deux semaines. »

Abandonnée sans autre occupation que de revivre les pires moments de son existence, Jane sombrait. Aucun médecin ne trouvait de remèdes ou de calmants qui agissent sur les symptômes physiques d'une très grande nervosité et d'une totale anxiété à l'égard de ce que lui réserverait encore demain. On lui conseilla une psychanalyse et elle s'y résolut. Elle la commença en proie au désespoir le plus profond avec un analyste nommé Flournoy. Lui ou le temps agirent sur elle d'une manière que d'aucuns considéraient comme bénéfique. Elle oublierait peu à peu, cela allait sans dire. Elle oublierait surtout si le vide de son cœur s'ouvrait à d'autres. Flournoy cherchait à lui rendre la confiance perdue et l'engageait à ne pas croire qu'un homme est irremplaçable ou que tous lui seraient aussi néfastes que le seul en qui elle avait cru jusqu'à présent. Il oubliait que Jane leur préférait les femmes et que jusqu'à présent elles étaient ce qu'elle avait connu de meilleur. Avec elles, il n'y avait à la clef aucune torture morale sophistiquée telle que Cohen savait en inventer. L'aimait-elle toujours ? Elle répondait non et ne voulait plus en entendre parler, mais elle était incapable de le chasser de ses pensées. Plus d'un an s'écoula ainsi à tenter de l'oublier et de réapprendre à vivre. Vivre une seconde vie. Elle avait encore l'âge et les forces vives suffisantes pour une seconde chance. Il fallait la provoquer. Mais comment ?

Le hasard s'en mêla. Jane croisa Cohen dans la rue à la fin de l'année 1930. Lorsqu'elle l'aperçut, il était encore temps de l'éviter. Elle se retourna, hésita à traverser, se maudit d'agir aussi lâchement et s'ordonna de marcher droit et de se montrer souriante et polie puisqu'il n'était plus rien. Oui, surtout de ne pas se ridiculiser à le fuir. Aller vers lui sans rien changer de son allure, de l'air le plus indifférent possible. Il fallait prendre cette rencontre comme elle venait : inévitable, voilà tout. Tant pis pour le « vous ne me reverrez jamais! », se croiser dans la rue n'avait rien de volontaire. Elle n'avait pas répondu à ses lettres. Il ne pouvait la soupçonner que de les avoir lues et peut-être conservées... Ils échangèrent les paroles les plus banales, et parmi elles les nouvelles essentielles à leur vie l'un sans l'autre. Ne s'étaient-ils pas souvent dit : « Comment ferions-nous séparés? »

Par Jean Goudal, il savait déjà bien des choses, Miou, la mort d'Albert Fillion, les volets de la vieille maison de Pinchat refermés sur les souvenirs de joies perdues. Elle, par contre, s'était refusée à entendre parler de lui. Jean le savait, qui ne prononçait plus son nom devant elle. A-t-elle lu *Solal* paru en août? Oui, mais elle se refuse à en dire plus, ni critique ni éloge, même partisane, même par politesse. Puis elle a soudain le sentiment d'être trop hautaine, trop sèche : c'est lui montrer qu'elle lui en veut toujours, et c'est justement ce qu'elle ne veut pas. Il faut avoir l'air gaie et heureuse sans lui, et parfaitement indifférente à ses espoirs ou ses succès, mais elle ne trouve rien d'autre à lui dire que : « Voulez-vous venir prendre un verre chez moi, puisque nous sommes à côté? » Il accepte, croyant à un possible miracle, et, arrivé chez elle, il ne résiste pas au désir de tenter le tout pour le tout. Il lui prend la main en l'interrogeant sur le diamant porté en chevalière qu'il ne lui connaissait pas, et rassuré lorsqu'elle lui apprend qu'il ne s'agit pas d'un gage d'amour, mais du diamant que le maharadjah de Baroda avait offert à son père, et qu'il porta jusqu'à sa mort (Ariane dira : *Je lui ai expliqué que ma bague du petit doigt avec les armes des Auble c'est la chevalière de papa que j'ai fait rétrécir; il a baisé la chevalière...*), il embrasse sa main, se jette à ses genoux, enserrant ses longues jambes gainées de soie, et la supplie de lui pardonner, plus jamais, lui dit-il, plus jamais... Il l'assure n'avoir jamais aimé qu'elle... et se sert de ses mots d'autrefois, lorsqu'elle avait foi en lui, pour lui dire qu'après elle, personne... Il lui reproche encore de n'avoir su tenir la promesse du premier soir : « Toujours, avais-tu promis..., tu n'avais pas le droit de partir... »

Est-il sincère ou rusé? Jane est prise par le doute. Quoi qu'il en soit le jeu ne prend plus. A le voir à ses pieds, elle se sent envahie par la dérision. La scène est pathétique, absurde, ridicule. « C'est affreux cette ironie envers celui qui s'abaisse à dire qu'il aime, lorsqu'il est trop tard. » Elle n'a pas ressenti la moindre émotion, il l'a trop fait souffrir pour l'émouvoir encore. « Relevez-vous, mon ami, tout cela ne mène nulle part, vous le savez aussi bien que moi. Ne vous conduisez pas ainsi..., il est trop tard. » Il allait dire que peut-être les dieux s'étaient mêlés de la rencontre, alors qu'il va se marier très bientôt et prendre sa fille Myriam avec lui. Il préféra se taire, blessé par sa distance, et décida de mettre fin à cette scène affreuse. La réconciliation n'était pas pour aujourd'hui. Il se leva et dit du ton théâtral qui lui était naturel : « Notre rencontre sera belle ou ne sera pas! »

D'Aude, Solal avait déjà dit (avait-elle compris qu'il s'agissait d'elle) : *Quelles souffrances lui avaient apportées cette femme! Vivre sans elle désormais, ne plus voir son regard, ne plus jouir de sa noblesse, ne plus être aimé. Pourquoi vivre?* Ariane, quarante ans plus tard, dira : ... *j'ai eu confiance, je ne soupçonne pas les ruses, moi,* et d'elle Solal dira encore : *Oui la plus aimante. Quelle femme l'avait aimé autant que cette femme?... Son amour finissait dans l'abjection. L'unique amour de sa vie.*

Jane avait trouvé cette scène désagréable et ridicule, mais elle lui semblait aussi un juste retour des choses. Combien de fois elle-même n'avait-elle pas dû, dans ses enthousiasmes d'amour incontrôlés, lui paraître risible? Il ne fallait pas que cela se reproduise, c'était assez comme ça. Oui, tout lui semblait maintenant clair : il ne fallait plus le redouter, plus le croiser, et comme elle se méfiait de lui, et d'elle-même face à lui comme de la peste, elle devait partir. PARTIR. Oui, la solution de tous ses maux était dans le départ. Quitter Genève, et commencer une vie nouvelle... l'oublier.

Quelques jours lui suffirent à convaincre Marcelle de partir avec elle pour Paris. Elle démissionna, laissant tout derrière elle sans regrets. Pierre Bigar, un oncle de Marcelle, riche, généreux et frappé par l'enthousiasme et la légèreté de leur départ, leur offre de quoi vivre une année entière à Paris, sans souci, alors que la ville ne s'est pas encore relevée de l'effondrement boursier de 1929. A Genève, trop de fantômes dirigeaient ses pas. Ils la déprimaient, la désorientaient, la désaxaient. Cette ville n'était plus que le théâtre de ses amours avec Cohen, et la terre où reposaient Arphénia et son père. Si elle ne voulait plus être l'ex-maîtresse de Cohen, elle devait partir pour Paris. Là, enfin, elle redeviendrait maîtresse d'elle-même.

SIXIÈME PARTIE

LES ANNÉES D'ILLUSIONS PUIS DE DÉSILLUSION

« Rien n'effacera l'amour,
ni les querelles,
ni la distance.
Le voilà révisé,
repesé,
repensé.
Levant ici ma stance aux doigts de prose,
constamment et vraiment
j'aime,
et j'en fais serment. »

Vladimir MAÏAKOVSKI,
fin du poème *J'aime*, 1922.

1.

Les années d'illusions

(1931-1947)

Paris

Fuyant le puritanisme du calvinisme genevois, Jane imaginait Paris en capitale de la liberté. Partir était ce qu'elle pouvait faire de mieux. Elle échappait à son passé, résistait aux normes imposées, s'affranchissait du mariage, tuait le temps, et peut-être en sus allait-elle voir naître de nouvelles espérances. Il n'y avait pas de ville plus attirante alors.

New York lui avait peut-être succédé comme capitale des arts, mais Paris gardait la réputation d'être la ville phare des amours homosexuelles. La vie privée y était vraiment privée. La déviance était tolérée, toute la littérature dont Jane s'était nourrie à Pinchat en faisait foi. Balzac, Gautier, Zola, Baudelaire n'avaient-ils pas évoqué l'amour entre femmes ? N'était-ce pas là qu'avaient vécu Verlaine et Rimbaud, Wilde, Huysmans, Proust, et où vivaient encore Gide, Cocteau et Colette, qui tant venait de décrire les amours féminines ? Ce n'était pas un hasard si Jane préférait à tout autre écrivain Proust et Colette, et se reconnaissait en leurs littéraires amours, car, en partant pour Paris avec Marcelle Blum, elle avait décidé qu'elle n'aimerait plus que celle appelée Celou.

Comment à l'amour d'un homme, synonyme de souffrances et d'aliénation, ne pas préférer celui qu'elle vivait avec une femme, en toute indépendance et en toute harmonie ? Unies par la profondeur de leur attachement et leur respect mutuel, elles ne ressentaient aucune culpabilité. Leur amour était un savant mélange de narcissisme, car aimer une autre femme c'est aimer un peu de soi-même, et d'abnégation. C'était aussi de l'attirance pour la très grande différence qu'elles représentaient l'une pour l'autre : culture, éducation religieuse, famille, caractère, soit tout ce qui eût pu les séparer, mais les séduisait. Elles allaient réussir ce en quoi Albert Cohen échouerait toujours : le mariage mixte.

Cohen avait aimé l'amour qui fait de la femme une médiatrice, celui qui réunit Juliette à Roméo, une Capulet et un Montaigu ! *Elles deviennent philosémites par amour*, en avait-il conclu. Seulement il avait appris que l'amour ne dure pas et donc, dès les premiers moments de l'amour naissant, il soupçonnait l'aimée, serait-elle la plus noble et la plus généreuse, dans un instant de colère ou de mauvaise humeur, de l'accuser en pensée d'être juif ! JUIF ! Aveuglant soupçon, prétexte à se torturer *ad vitam aeternam*.

Dans *Solal* Aude est abandonnée : *Bilan du mariage mixte. Je suis haï des miens et des tiens. Tu es haïe des tiens et des miens. Et nous nous haïssons d'être haïs. Adieu, je te quitte définitivement.* Et Ariane, comme Aude, prononcera l'impardonnable : *Sale juif, dit-elle, et elle eut un preste coup d'œil d'enfant méchante.* Mot que, dans les deux livres à des années d'écart, Jane ne lui pardonnera pas de lui avoir fait prononcer. Rien ne lui fut plus douloureux à la lecture de ces livres, qu'elle n'apprécie ni ne relit : « Jamais, non, jamais, je n'ai mis en cause son judaïsme. Je l'aimais aussi pour cela, comme j'ai aimé Marcelle Blum ou Arphénia... Milieux juifs ou russes, j'ai toujours ressenti m'être nécessaire de vivre au sein de minorités. Milieux de femmes, de Russes, de juifs, d'artistes, de communistes... Alors s'il y a bien une chose dont il ne pouvait pas m'accuser, c'était celle-là. Seulement il en avait besoin, cela servait ses obsessions. Je lui accorde qu'en littérature l'écrivain est libre de parler ou de taire ce qui dans sa vie est matière à son œuvre, mais me faire dire ça! non, là il est vraiment allé trop loin pour que je lui trouve quelque excuse. »

Par moments, avec satisfaction, Jane pensait qu'aux femmes qu'aimerait Cohen après elle il manquerait toujours quelque chose : le russe, les sports, des seins aussi beaux que les siens, l'enthousiasme, la passion, une robe roumaine qui s'ouvre jusqu'en bas sur le devant... A d'autres moments, il lui semblait que s'il l'avait trompée c'est qu'elle n'était rien et ne méritait que cela. « Il y a des jours où je sens bien que je ne suis rien et où je me sens de substance poussiéreuse... Ces jours-là, je voudrais ne plus vivre. » L'alternance de ses humeurs faisait d'elle l'être le plus instable qui soit. Toute sa vie ne fut qu'enthousiasme et exaltation, ponctués de soudains désespoirs et de la résurgence d'angoisses profondes. Va-et-vient permanent, commandé elle ne savait ni par qui ni par quoi. Aussi, la première année parisienne écoulée, celle de toutes les ivresses et de toutes les libertés, décida-t-elle de travailler.

Le souvenir exprimé d'avoir interrompu sans remords son analyse la conduisit, par les hasards d'une conversation à ce sujet, à devenir la secrétaire d'un psychanalyste improvisé nommé Spitz, juif, bien entendu. Travail éphémère, car Jane se rendit très vite compte qu'il se réduisait à lui présenter ses amis et à l'aider à composer le menu des dîners qu'il donnait. Elle n'était pas perdue dans Paris, elle trouverait de plus satisfaisantes occupations...

Marguerite, ma sœur

A peine la décision de partir pour Paris était-elle arrêtée, Marguerite de With trouva à Jane son premier appartement parisien, 4, rue Catulle-Mendès, près de la porte Champerret. Depuis son divorce, elle vivait rue de Presbourg, dans un appartement d'un des hôtels des Maréchaux de la place de l'Étoile, et travaillait comme « vendeuse mondaine », métier de relations publiques avant la lettre, chez Dreycoll, célèbre maison de haute couture de la place Vendôme. Elle tentait d'oublier son passé en travaillant le jour, et sortant chaque soir les robes qu'elle faisait vivre et vendre. Jane l'aidait lors de la présentation des collections et trouvait plaisant de voir les plus jolies femmes tantôt nues, tantôt revêtues des plus belles robes, mais elle ressentait du dégoût pour le monde parmi lequel sa sœur se sentait si à l'aise.

Les humeurs de Marguerite, « la femme des excès », encore plus changeantes que les siennes, lui donnaient parfois le sentiment d'en être haïe. Il lui arrivait de sortir de chez elle si désespérée qu'un ami lui conseilla de n'en jamais rien attendre!... Mais l'affection que Jane lui portait était indestructible. Elle aimait Marguerite sa sœur pour toujours.

En les réunissant à Paris, la vie avait inversé leurs rôles. Jane se sentait l'aînée, et croyait pouvoir la convaincre, une fois trouvés les mots, de ne plus prendre cette poudre blanche qu'elle l'avait surprise à sniffer dans sa salle de bains. Ces mots, elle ne les trouverait pas. Il lui faudra attendre longtemps que Marguerite se lasse de tant d'excès, de mondanité, de superficialité. Ce jour venu, Marguerite, excessive en religion comme en tout, se retirera dans un couvent, au désespoir de Jane.

L'univers Fleg

A la haute société parisienne dans laquelle sa sœur évoluait et s'oubliait, Jane préférait cent fois d'autres milieux, juif et russe, encore, et communiste parfois.

La famille Fleg, à nouveau, allait avoir une importance décisive dans l'existence de Jane. Cette fois-ci, ce ne serait plus Julien, l'architecte de la gare Cornavin et de la S.D.N., qui lui avait donné l'idée de se présenter au B.I.T., ni Lucien, le soyeux qui avait offert aux Pitoëff des centaines de mètres de tissus, ni Margot, maîtresse et femme des précédents qui lui avait présenté Marcelle, ni Georges, ni Élie, qui tous vivaient entre Genève et Beauvallon, mais Georgette, son amie d'enfance partie vivre à Paris.

Elles s'étaient rencontrées le jour de l'entrée au collège en se trompant toutes deux d'école, puis étaient devenues inséparables. Jane était fière de son amie, « la plus intelligente de la classe », et lui était reconnaissante du sauvetage quotidien sur le chemin de l'école, sans lequel sa mémoire ne lui aurait servi à rien. A Paris, Georgette avait épousé Pierre Lévy et avait continué ses études. Devenue chimiste, elle aurait un jour tous les honneurs du C.E.R.N., le Centre d'études et de recherches nucléaires, et Jane serait aussi fière de son amitié que durant leur enfance.

Jane la retrouva au pied de la tour Eiffel, dans cet appartement du Champ-de-Mars où des années auparavant Georgette l'avait accueillie lors de son premier séjour à Paris et eut soudain le sentiment de n'avoir, elle, rien fait de sa vie. Elle eût aimé lui être utile et le lui proposa, mais la réponse fut catégorique : « Penses-tu ! Il n'en est pas question. Tu es bien trop fragile ! Ce serait ridicule et dangereux que de te mettre en contact avec des bacilles ! »

Par Georgette, Jane arriva chez Edmond et Madeleine Fleg, quai aux Fleurs, dans l'île de la Cité. Edmond Fleg était écrivain et célèbre. Ils allaient considérer Marcelle et Jane comme faisant partie de leur famille et leur ouvrir le cercle de leurs amis. De leur appartement décoré et meublé par Pierre Chareau, on avait vue sur la Seine et l'île Saint-Louis, l'abside de Notre-Dame et les murs de la morgue, qui n'avait pas encore fait place au mémorial de la Déportation. Dans cet appartement comme un navire, Jane, qui connaissait si bien la Bible, aimait parler avec Edmond Fleg de ses livres, poèmes regroupés sous le titre *Écoute, Israël*, roman, *L'Enfant prophète*, biographies légendaires de *Moïse* et *Salomon*, essais aux titres qu'Albert Cohen ne la soupçonnait pas de lire, *Israël et moi*, *Pourquoi je suis juif*, *Ma Palestine*, pièces de théâtre, aussi, *Le Message*, *Le Démon*, *La Maison du Bon Dieu*, *Le Marchand de Paris*, une *Anthologie juive* et quelques pages choisies de *La Cabbale*... Quelques années plus tard, pour *Jésus raconté par le juif errant*, l'un de ses derniers livres, Jane lui serait une « admirable collaboratrice ».

Edmond et Madeleine Fleg avaient deux fils, Maurice et Daniel. A peine Jane venait-elle d'arriver à Paris que Maurice, de quelques années plus jeune qu'elle, en tomba amoureux. Madeleine lui confia déjà l'aimer comme une fille, mais Jane n'était pas amoureuse de Maurice, que Daniel, son jeune frère, décrirait plus tard dans les pages de son journal comme *un être délicieux, un de ces individus, non créateurs, certes, mais d'une qualité rare, d'une finesse, d'une sensibilité et d'un dévouement à toute épreuve. Il y a en lui cette force de désintéressement, au sens large du mot, qui, par exemple, me fait défaut, à moi, égoïste et créateur. Je lui souhaite une belle jeune fille, dont il s'éprenne, et qui n'apporte pas avec elle, ni en elle, d'obstacles infranchissables.* Obstacles infranchissables, tels ceux que Jane lui avait opposés : ses amours féminines et sa volonté de ne jamais se marier, afin de ne pas le blesser en lui avouant qu'en fait elle était certaine de ne l'aimer jamais d'amour.

Entraînée par les Fleg jusque dans le midi de la France, Jane connut auprès d'eux une existence plus heureuse, semble-t-il, que celle de sa sœur. Sans doute leur vie de grands bourgeois s'entourant d'artistes et de savants n'était-elle pas tout à fait dépourvue de la mondanité que Jane avait cru fuir, mais tout lui semblait infiniment plus intéressant à Beauvallon, entre Sainte-

Maxime et Saint-Tropez, qu'auprès de Marguerite, entre Cannes et Monte-Carlo.

En ces années trente, où la Côte d'Azur ne ressemblait pas à ce qu'elle est devenue, Jane revint souvent à Beauvallon. Elle y était invitée par Margot Fleg dans Le Temple d'Amour, villa que Julien Fleg, le cousin de son mari, avait construite pour y vivre avec elle. La propriété descendait jusqu'à la mer, où, d'un petit temple construit sur le rivage, on pouvait voir le soleil se coucher sur la baie. Non loin, sur la colline boisée, Le Vieux Moulin, propriété d'Edmond Fleg, accueillit Jane aussi souvent. Là, elle allait se lier d'amitié avec Jean et Annie Dalsace, et rencontrer Natalie Barney et Colette.

Féminines amitiés

Natalie Barney, la plus célèbre des amazones qu'avait aimées Liane de Pougy et qui organisait dans le « Temple de l'amitié » derrière sa maison du 20, rue Jacob, des célébrations rituelles en l'honneur de Sapho, s'était fait construire en 1928 une villa à Beauvallon, scindée en deux parties, l'une pour elle qui aimait recevoir, et l'autre pour son amie Romaine Brooks, qui préférait la solitude. Une salle à manger les reliait qui donnait à la maison son nom : Le Trait d'union.

Natalie Barney a vingt ans de plus que Jane et se montre immédiatement sensible aux charmes de cette jeune femme toujours vêtue de blanc qui, manifestement, préfère ses semblables aux hommes qui l'entourent. Elle tente de la convaincre de venir seule lui rendre visite, et lui écrit, l'y invitant à diverses reprises. Jane, réflexion faite, s'abstient, « car s'y rendre, c'était être définitivement jugée, étiquetée, classée, marquée d'un sceau ». Elle lui répond qu'elle ne viendra pas, afin que cesse cette tentative de séduction et toute équivoque entre elles. Longtemps Jane restera impressionnée par cette séductrice de cinquante-cinq ans encore très belle, et par son regard insistant qui poursuivait le moindre de ses gestes : « Si nous avions eu le même âge... qui sait?... »

Sur la plage de Beauvallon, tous se croisent, nagent et bronzent. Colette souvent vient de Saint-Tropez voir Natalie Barney ou Edmond Fleg. Jane l'observe sans oser lui parler. Son admiration pour elle n'a alors pas de limites. L'apprenant ou l'ayant deviné, Edmond Fleg emmène un jour Jane chez elle dans sa propriété de La Treille Muscate, et la présente à celle que l'on appelle déjà « la grande Colette » en disant : « Je vous présente une enfant que nous aimons beaucoup et qui a pour vous une immense admiration. » Jane, confuse, baisse les yeux et n'ose dire un seul mot. Elle se tait ainsi durant plus d'une heure puis, oubliant le pourquoi de son silence, se met à lui parler sans plus pouvoir s'arrêter. « J'avais alors une nature de pie... qui finissait toujours par l'emporter sur... la timidité, la réserve, la mesure, la discrétion... » Colette, qui n'aimait pas les femmes lorsque rivales, lui dira avant qu'elle ne s'en aille : « Vous êtes une étrange jeune femme, mais vous avez de bien beaux cheveux, revenez me voir. »

Là, pour la première fois, Jane aperçoit Colette de Jouvenel, la fille unique de Colette, à peine âgée de vingt ans, ronde et fraîche, tentant d'échapper à la célébrité de sa mère qui l'empoisonne et l'emprisonne. Elle ne veut pas être que la fille de sa mère, cette « Colette seconde » qui fut « Belgazou » et que personne ne peut regarder sans penser à celle qui l'a mise au monde. Jane est attendrie par la manière dont elle se débat entre un attachement et une admiration absolue pour une mère qui ne s'est jamais occupée d'elle et une jalousie désespérée pour cette célébrité qui la lui dérobe. Elles se reverront à Paris...

Entre-temps, Jane a décidé de rester en France. Elle et Marcelle Blum obtiennent le statut de résidentes en 1933. Lorsque Colette de Jouvenel réapparaît, c'est pour leur annoncer qu'elle se marie avec un médecin qui a vingt ans de plus qu'elle. Jane déteste les mariages, Marcelle et elle n'iront pas. Quelques semaines plus tard, Colette seconde s'enfuit : le mariage est un échec. Jane tente alors de la distraire et de lui démontrer qu'elle existe bel et bien, indépendamment de sa mère, et répond affectueusement à ses plaintes avec l'espoir de voir cicatriser ses plaies.

Un jour, lui raconte-t-elle, Bertrand de Jouvenel, son demi-frère aîné, l'a découverte à Castel Novel, la propriété des Jouvenel en Corrèze, pieds et jambes nus, grelottant dans la neige. Sans cesse punie par une gouvernante insensible, l'enfant est maigre et elle grandit loin de sa mère sans aucune affection. Il décide d'aussitôt la ramener à Paris, mais Colette la voit arriver d'un mauvais œil. Cette enfant l'embarrasse à l'extrême. Aussi l'envoie-t-elle dans un pensionnat de la région parisienne où elle lui rendra visite tous les quinze jours, le temps d'un déjeuner. Il en sera toujours ainsi. Colette ne voit sa mère que pour entendre la longue énumération de ses fautes et erreurs. Mais la morale de sa mère n'a sur elle aucun effet. Comment aurait-il pu en être autrement, constatait Jane en l'écoutant mêler passé et présent.

Rien n'est simple et Jane revit à travers elle les révoltes de son adolescence. Colette seconde admire sa mère et souffre de la mort soudaine de son père, Henri de Jouvenel, puis de la liaison de celle-ci avec Bertrand, fils d'un premier mariage de son père, son demi-frère et son seul allié dans l'existence. Qu'il soit tombé amoureux de la femme de son père, sa belle-mère depuis des années alors qu'il allait se fiancer, la heurte plus qu'elle ne l'avoue. Que Colette n'ait pu résister à séduire son jeune beau-fils et vivre avec lui une liaison passionnée semble à Colette seconde une offense à la mémoire de son père... Elle se montre de plus en plus ironique et amère, et soudain préfère aux hommes les femmes... Marcelle, qui avait par son calme et sa gentillesse un certain pouvoir sur elle, la réconfortera puis se liera à elle de manière plus sensuelle. Partant pour Genève quelques jours, elle la confiera à Jane comme l'objet le plus précieux et fragile. Mais à peine seront-elles seules... elles se laisseront aller l'une à l'autre, oubliant le train éloignant Marcelle en toute confiance. « Nous nous la sommes... partagée », avoue Jane comme si cela avait été plus fort qu'elle. Le drame a failli les séparer, puis Marcelle s'inclina, encore, afin de sauvegarder l'amour de Jane, essentiel en comparaison des détours de leurs envies et fantaisies respectives.

Colette seconde restera leur amie jusqu'à ce que la déchéance de ses dernières années, perdues dans l'alcool et des distractions de noctambule désespérée, les sépare. Jane la décrit comme dépouillée par sa mère de son individualité, une mère qui l'impressionnait tant que lorsqu'elle l'appelait au téléphone elle commandait à chacun de se taire et de ne pas faire de bruit, et écrasait sa cigarette dès qu'elle lui parlait. Elle se défendait par l'esprit et un humour de tous les instants qui était devenu le trait le plus apparent de son caractère. Dieu qu'elle est drôle! disait-on en oubliant cette fragilité qui la perdrait. Écrites de Castel Novel, son château de Corrèze, ses lettres en sont témoin : *Sombre jeudi. Moi aussi j'ai mon Marly, mais il faut aller chercher plus loin. Et j'ignore encore si c'est un avantage ou un inconvénient. Je sais seulement qu'il n'y fait pas bô. Et puisque, fille de ma mère, l'horticulture est ma plus secrète et violente passion, je m'y livre à bride abattue, ventre à terre et à bouche que veux-tu. Ainsi, vous dirai-je que mes lentisques bleus sont bien avancés pour la saison, que mes ornithorynques poussent leurs petits nez roses hors de leurs griffes de verdure, que mon beau zénana du Japon a gelé aux plus printanières gelées. Que vous dire des beaux tons chamarrés et de l'odeur aérienne de mes bordures de lampepigeons* (aglaüs velux)*? Et je continue mes plantations en songeant aux joies qu'elles m'apporteront la saison prochaine. Songez! Tout un parterre gracieux de fragiles bulles du pape mélangées aux Décrélaas rares. Je me risque à semer, malgré le climat, le rare et délicat pyssanlis-double. Et la vie va son train, ce qui est somme toute préférable au train qui va sa vie. Nous avons déjà bien assez de catastrophes, sans compter la fermeture des magasins le lundi matin.*

Le petit Arthur lit un livre qui s'appelle Masturbation et flagellation *ou* Les Flagellants passionnés. *Ce petit s'instruit et bientôt il saura non seulement la géométrie et l'algèbre, mais préparera peut-être ses examens de masturbation et de flagellation dont il me dit que ce sont des sciences aussi ardues que nouvelles aux programmes des écoles.*

On me dit que depuis l'avènement du Front populaire, Paris est à feu et à sang, méfiez-vous mes belles. Ces gens qui se promènent avec des couteaux entre les dents et qui violent les églises ne peuvent pas être des personnes bien recommandables. Et puis, écrivez-moi pour me raconter ces horribles massacres, ça me distraira.

Les layettes pour votre œuvre du « Petit Pansement » avancent et vous les aurez à la fin de la semaine. Bien le bonjour autour de vous, et au plaisir de vous lire. Bien vivement et incontestablement, votre Tante Zizine.

Jane se souvient du 31 décembre le plus gai de ces années insouciantes. Lucienne Lelong, la fille du couturier Lucien Lelong, était arrivée épuisée après avoir retenu toute la soirée son père qui, plaqué par sa jeune maîtresse en ce jour de réveillon, voulait se jeter par la fenêtre, et Colette seconde était exaspérée par sa mère qui l'avait reçue d'un ton glacial : « Si tu viens dîner, c'est trop tard, quant à ce livre, c'est aimable, mais je l'ai déjà lu. » L'une et l'autre, théâtrales, levèrent leur verre de champagne à l'année qui s'annonçait si bien et tous se mirent à rire.

« Colette seconde avait un sale caractère, difficile, si vous préférez. Elle parlait souvent de sa mère, mais si l'on avait le malheur de lui en parler en premier, elle sortait, furieuse, en s'exclamant : “ Et voilà! Ça recommence! Il n'y a que ma mère qui t'intéresse! ” Colette et sa mère, c'était un peu Cohen et sa judéité!... »

Jane aimait les deux Colette de manière très différente. Colette de Jouvenel la charmait par sa fraîcheur et sa gaieté ponctuée de tourments et d'éclats de colère, et sa mère pour sa vie libre et ses livres. Elle l'avait tant appréciée que Marie-Thérèse de La Béraudière, une amie de Marguerite, avait un jour constaté : « La petite sœur, elle parle comme Colette écrit ! » Aussi, bien qu'il arrivât à Colette seconde de lui dire : « Tu devrais aller voir maman, ça lui ferait plaisir », Jane n'y allait pas, de peur de blesser sa fille, aux réactions incertaines...

La Maison de Verre

A Beauvallon, Edmond et Madeleine Fleg présentèrent Jane à Jean et Annie Dalsace qui y avaient aussi une maison. Edmond Bernheim, le père d'Annie, avait fait construire le club-house du golf de Beauvallon par l'architecte Pierre Chareau. En lui faisant confiance il avait permis à l'un des architectes les plus novateurs du siècle de faire œuvre. Lorsque Anna, sa fille (« Annnna ma fille ! » lui disait-il en accentuant la prononciation des « n ») épousa le médecin Jean Dalsace et, d'Anna Bernheim, devint Annie Dalsace, il acheta pour elle un hôtel particulier du XVIIIe siècle, au 31, rue Saint-Guillaume. Il fut décidé que l'hôtel serait détruit pour laisser à Chareau l'entière liberté d'une construction moderne.

Jean Dalsace résume ainsi le pari architectural que fut la réalisation de sa maison : *Par la grâce d'une vieille dame qui ne voulait pas quitter son appartement crasseux du deuxième étage, Pierre Chareau a réalisé le tour de force de construire trois étages lumineux, dans le rez-de-chaussée et le premier étage d'un petit hôtel... La lumière circule librement dans ce bloc dont le rez-de-chaussée est voué à la médecine, le premier étage à la vie de société et le second à l'habitation nocturne.* Dès 1931, l'année de son achèvement, la « Maison de Verre » aux parois non transparentes mais translucides fut le lieu de ce que l'on aurait appelé un salon aux siècles précédents. C'est dans ce cercle Bernheim-Dalsace que Jane Fillion et Marcelle Blum furent introduites par

Madeleine Fleg, apparentée à Annie Dalsace. Cette moderne et téméraire demeure fut jusqu'à la guerre le lieu qui les accueillit le plus souvent.

Dans cette habitation de verre et d'acier et de matériaux cubistes, aux structures et changements de niveau, et sur ses sols de céramique noire, parquetés ou revêtus de dalles en caoutchouc, Jane se lie d'amitié avec ceux qui comme elle sont constamment invités : Pierre Chareau, qui a dessiné presque tous les meubles et sa femme Louise Dyte, surnommée Dollie, qui a autrefois donné des leçons d'anglais à Anna Bernheim et Madeleine Fleg. C'est elle qui les a initiés à l'art moderne, grâce à elle donc que l'une et l'autre confieront à Chareau l'aménagement de leurs lieux d'habitation. Là, Jane retrouve son amie Georgette et son mari, Pierre Lévy, chevalier servant d'Annie Dalsace, « ravissante » (car toujours Jane précise et se souvient de la beauté d'une femme), et elle croise et recroise les Bernheim, les Fleg, les Grumbach, Daniel et Gilberte Dreyfus, « grande et belle créature, plaisante et impossible à la fois », Pierre et Dolly Chareau, et Chana Orloff.

Chana Orloff est russe et juive, tout ce qu'aime Jane. Elle a successivement quitté la Russie, puis la première colonie juive de Palestine pour vivre à Paris où, dès 1911, elle fut élève aux Arts décoratifs puis à l'académie russe de Montparnasse. Avant de devenir l'un des sculpteurs les plus appréciés de l'élite parisienne dont elle fera plus de trois cents portraits, elle a connu, entre Le Dôme et La Rotonde, Picasso, Foujita, Apollinaire, Cocteau, Max Jacob, Modigliani, qui en 1912 avait fait son portrait et avait exposé avec Matisse, Rouault et Van Dongen en 1916, avant d'épouser le poète Avry Justman qui allait mourir en 1918 de la grippe espagnole, la laissant seule avec un enfant de un an. Jane posa dans son atelier à diverses reprises et aimait avec elle parler de la Russie. « Farfelue Chana qui marchait dans la rue devant son fils mentalement attardé comme si de rien n'était, et me saluait d'un « Bonjourrr Bôtai ! » tonitruant qui faisait se retourner tous les passants », se souvient Jane qui, pendant la guerre, lui fera clandestinement passer avec son fils la frontière suisse près de Pinchat.

Lors d'un dîner, Jean Dalsace ne cessa de faire l'éloge de l'U.R.S.S. N'en pouvant plus de tant d'aveuglement et cherchant à revenir à un sujet qui ne mettrait pas leur amitié en cause, Marcelle Blum lui demanda d'un ton ironique : « Et la France, Jean, dans tout ça ? » Il lui répondit si agressivement : « Ah ! ce n'est pas à toi de me donner des leçons sur ce terrain ! », que sur un simple coup d'œil Jane et elles se levèrent et s'en allèrent avec l'un des invités qui se proposa aussitôt de les raccompagner. Le lendemain matin, Jean Dalsace les appelait : « Oh, mon Janot... c'est un condamné qui vous parle et vous implore votre pardon ! Lamentable, la corde au cou, à genoux, pieds nus, en chemise... la chemise est rouge... je m'en excuse... » Il est sincère. Il ne sait pas que les massacres de Staline vont faire disparaître toute une élite juive, toute l'intelligentsia, et bien d'autres encore... Rires et pardons autour d'un fait divers. L'amitié qu'ils se portent est plus importante que les flèches qu'il leur arrive de se lancer. « Le dialogue avec Jean était toujours d'une très haute tenue, mais parfois il ne pouvait plus discipliner sa rage intellectuelle sous son habituelle exquise urbanité ! »

C'est ainsi que, non loin de Cohen, qui vivait alors à Paris, mais sans jamais le croiser, Jane vécut des années et des années dans un milieu juif et de gauche, pour son plus grand bonheur. Jane l'y oublia sans qu'il la devine, lui qui tant aima les amours mythiques, dans une maison de verre, cette maison de verre image émouvante née de la fantaisie poétique de Tristan amoureux d'Iseult, Tristan fou d'amour qui veut l'y enfermer afin qu'elle ne puisse plus lui échapper. La maison de verre était dans la mythologie druidique le vaisseau de la mort qui s'en va par-delà les nuages jusqu'au cercle céleste, mais Cohen, alors que Jane y vit nombre de ses soirées, espère encore un jour la retrouver. Il le lui écrit encore, et elle ne répond pas.

L'orgueil la paralyse. Si Jean Dalsace a su se faire pardonner, c'est qu'il ne s'agissait d'effacer que des paroles blessantes. Mais là encore, s'il n'avait appelé, il n'est pas certain qu'elle l'eût jamais excusé. La même chose se produisit avec l'actrice Germaine Montero, que Jane et Marcelle attendaient chaque soir en dînant dans des bistrots avec son mari, Mario, Suisse comme elles. Montero ayant presque forcé Jane à aller voir un spectacle de flamenco, elle l'appelle dès le lendemain matin : « Alors, les danses espagnoles, dis, tu aimes ?

– Hmm... » Jane n'est pas convaincue, et Germaine Montero s'emporte :

« Les Français sont trop cons ! Ils ne connaissent rien au flamenco !

– Ah bon, lui répond Jane, acide, parce qu'il faut être née à Montrouge pour l'apprécier ? » Montero lui raccroche au nez. Jane se sent coupable et lutte désespérément contre son orgueil pour la rappeler, mais elle n'y arrive pas. Elle est soudain sortie de ses pensées par la matinale personne qui ose sonner à la porte. Encore dans son lit, elle voit avec surprise Germaine Montero entrer dans sa chambre et, plus théâtrale que sur les planches, se jeter à ses genoux, pour lui dire de sa voix sublime, qui un jour lirait *La Ralentie*, poème enregistré de Michaux : « Pardon ! Pardon ! Pardon !... Oh, c'est trop con, c'est trop con ! Des amies comme ça... raccrocher ! Pardon ! » Et Jane éclata de rire, réconciliée avec elle-même.

Solal

Au lendemain du 11 juin 1929, date de la rupture, si l'on se reporte à la chronologie officielle d'Albert Cohen, on apprend que *Solal*, le roman entrepris pour sa compagne Yvonne Imer (!), est presque achevé, mais qu'elle n'en verra pas la fin car elle meurt d'une crise cardiaque à trente-quatre ans, le 23 juin... Oit douze jours après le de Jane! Pauvre Albert Cohen... Qu'Yvonne Imer ait existé, il n'y a aucun doute, Cohen la mentionne dans *Le Livre de ma mère* : *... nobles regards qui furent ceux de l'autre aimée, Yvonne*, mais qu'il ait pu, durant plus de deux années, partager son existence entre elle et Jane, dans le même appartement, sans que la seconde ait le moindre soupçon, n'est pas vraisemblable. Il est écrit dans la préface de *Belle du Seigneur*, « Bibliothèque de La Pléiade », que les *années 25 à 29 furent pour Albert Cohen des années fastes grâce à la présence à ses côtés de la compagne dont il dirait plus tard qu'elle était « la mère de Solal »*, mais qu'il ait dicté à Yvonne Imer un livre empli de l'évocation d'une autre qu'il retrouvait la nuit, une Diane qui, elle, l'inspirait... est difficile à croire. Aussi je ne le crois pas et pense, contre la chronologie officielle, qu'Yvonne était l'amie et non l'amante ou la compagne, et que *Solal* était loin d'être achevé en ce mois de juin 1929; il le travaillerait près d'un an encore, chez lui et parfois même à son bureau du B.I.T. qu'il a réintégré depuis le mois d'avril 1928. Jean Goudal qui travaillait avec lui au B.I.T. avait même confié à Jane : « C'est invraisemblable, il ne travaille ici que pour lui-même, et personne ne s'en rend compte! »

En août 1930, donc un peu plus d'un an après la rupture, *Solal* paraît et Albert Cohen quitte Genève pour Paris. Si le personnage d'Aude ressemble moins à Jane que ne lui ressemblera Ariane dans *Belle du Seigneur*, c'est que l'histoire vécue est trop récente et qu'il y a encore trop de témoins. (Ainsi porte-t-elle *une robe russe largement échancrée* et non la robe roumaine que tout le monde connaît.) Il y a l'espoir aussi : Aude ne meurt pas, elle s'enfuit. Elle reste libre et Solal ressuscité croit en d'autres conquêtes. *Oui, j'ai souffert par elle. Qu'elle soit bénie en vérité. Elle a brisé ma vie. Qu'elle soit bénie et tous les hommes de la terre avec elle,* dit-il. *Il était d'autres vies. Il était de nouvelles et plus royales tristesses. Des appels plus déchirants et plus nobles se faisaient entendre du côté du soleil. Il était impatient de partir et de vivre.*

Albert Cohen espère encore une nouvelle passion qui jamais ne naîtra mais il ne le sait pas encore. *Le soleil illuminait les larmes du seigneur ensanglanté au sourire rebelle qui allait, fou d'amour pour la terre et couronné de beauté, vers demain et sa merveilleuse défaite. Au ciel un oiseau royal déployait son vol. Solal chevauchait et il regardait le soleil face à face.* Cohen ne sait pas encore qu'il enverra Solal à la conquête de la même femme sous les traits d'Ariane. Et que Jane, en Aude, en Ariane, en Diane, revivra dans sa mémoire et au fil des pages durant toute sa vie.

Le 2 février 1931, Albert Cohen épouse Marianne Goss, genevoise et protestante âgée de vingt-huit ans. Ils se sépareront en 1946 et divorceront un an plus tard. Les lettres envoyées à Jane et qu'elle a conservées recouvrent ces années. Sa seconde femme, pas plus que la première, ne donnera naissance à un personnage romanesque. La première a mis au monde sa fille Myriam, la seconde va l'élever et entourer son mari aux nerfs fragiles de toute l'attention dont elle est capable. A l'inverse de Jane, c'est une femme d'intérieur, sage, responsable et sereine.

La Vallée-aux-Loups

Jane était doucement parvenue à un âge où tant et tant d'autres ont une famille et parfois la voie tracée d'un métier, mais elle se considérait toujours comme une débutante qui a toute la vie devant elle. A Paris, dans l'air léger de la ville hospitalière, tout au moins s'accoutumait-elle à considérer les événements passés d'un peu plus haut. Si elle avait tant rêvé écrire, elle n'avait fait que noircir des pages de souvenirs, trop personnels et brisés, d'idées désordonnées, de pressentiments jetés sous le coup d'impulsions et de sentiments contradictoires. Elle était si peu sûre d'elle-même que se relire la désespérait. Il lui semblait impossible d'ordonner ses pensées. N'était-ce pas justement cela, savoir écrire ?

Parce que la Russie la hantait, Jane s'inscrivit en russe à l'École nationale des langues orientales vivantes afin de raviver les bribes de ses souvenirs et partir pour l'U.R.S.S. Il n'y avait pas alors de voyage plus fascinant à entreprendre qu'aller en Union soviétique, appelée par Malraux sans hésitation : *le pays de la liberté.*

Dans Paris, l'U.R.S.S. suscitait admirations aveugles et haines fanatiques. Propagande et campagnes de dénigrement enragées rendaient possibles toutes les suppositions et impossible la moindre certitude. Il fallait y aller soi-même et, pour tenter de comprendre, parler russe. Parmi ceux qui y étaient allés et étaient rentrés enthousiastes ou affreusement déçus, combien pouvaient s'exprimer dans cette langue? Jane en avait assez d'avoir confiance ou se méfier, elle voulait faire sa propre expérience et juger seule ce dont tout le monde parlait. Elle n'irait donc qu'après le diplôme.

Il y avait ces années-là, aux Langues O, un savoureux mélange de Russes blancs, de futurs diplomates et de communistes purs. Bien que jamais Jane n'ait pas été tentée par le communisme et qu'elle ait toujours écouté ses plus fanatiques défenseurs avec réticence et méfiance, elle avait à l'égard de tout ce qui secouait la Russie une sorte d'indulgence. Une indulgence sentimentale. « Je suis socialiste. J'ai vécu sans faire de politique dans des milieux de gauche. Là est mon cœur, là sont mes raisons. »

Aux Langues O, Jane se lia d'amitié avec Genia Plekhanov, l'une des filles de Gheorghi Plekhanov, le socialiste qui introduisit les idées de Marx et d'Engels en Russie en traduisant une partie de leurs écrits. Exilé à Genève, il avait formé le groupe Libération du travail auquel appartenait Vladimir Ilitch Oulianov, dit Lénine. Venu une première fois à Genève en 1895, Lénine y était retourné en 1903 pour y imprimer des tracts, faire des conférences et éditer son journal l'*Iskra* (l'étincelle). Il régnait ces années-là dans la ville un climat de désordre et de violence, au sein duquel se trouvaient à l'aise extrémistes et anarchistes de toutes sortes, dont Luccheni, l'assassin de Sissi. Lorsque Plekhanov rentra en Russie lors de la révolution de février 1917, il s'opposa à la prise du pouvoir par les bolcheviks. Réfugié en Finlande, il mourut un an plus tard, sans avoir vu se réaliser, à partir de ses rêves, les pires de ses craintes.

Genia Plekhanov présenta Jane à sa sœur Lydia et au mari de celle-ci, le docteur Le Savoureux, qui venait de créer dans la Vallée-aux-Loups de Chateaubriand un lieu de séjour pour « intellectuels fatigués ». Ce havre de paix littéraire aux portes de Paris accueillerait désormais Jane le week-end, à titre amical et non médical.

Les souvenirs des rêves et des illusions de Chateaubriand sont enracinés dans le parc de la Vallée-aux-Loups. Il l'a dessiné seul et a planté de ses mains les arbres sous lesquels on passe encore aujourd'hui. *J'étais dans des enchantements sans fin : sans être Mme de Sévigné, j'allais, muni d'une paire de sabots, planter mes arbres dans la boue, passer et repasser dans les mêmes allées, voir et revoir tous les petits coins, me cacher partout où il y avait une broussaille me représentant ce que serait mon parc dans l'avenir, car alors l'avenir ne manquait point*, écrit-il dans ses *Mémoires d'outre-tombe*, pour la plupart rédigées là. Il a créé un parc selon son image car *le paysage a sa partie morale et intellectuelle comme le portrait*, et les arbres et les essences ramenés de ses errances lui rappellent ses *voyages et nourrissent au fond de (lui) d'autres illusions*. Jane, lors des journées ensoleillées de printemps et d'été, y lit, à l'ombre des arbres adultes, les *Mémoires d'outre-tombe*, et rêve à toutes celles qu'aima Chateaubriand et qui passèrent entre les deux caryatides de marbre blanc du portique inspiré par Athènes, les si belles Delphine de Custine, Nathalie de Noailles, Claire de Duras, Juliette Récamier, et l'amère Céleste de Chateaubriand...

La vie à la Vallée-aux-Loups est des plus fantaisistes. Le docteur Le Savoureux gérant le lieu de manière parfaitement farfelue, le séjour des « intellectuels fatigués » sera très éphémère. Perdue dans un profond fauteuil de l'un des salons, la très âgée veuve de Plekhanov, toute vêtue de noir, accueille les visiteurs que l'on reçoit comme des invités et non des clients. Jane la trouve délicieuse. Elle se souvient de son fort accent russe et de sa main très fine fragilement tendue : « Faites-vous moins rrarre, il me tarrde déjà de vous rrevoirr... » Charme slave toujours sur elle opérant.

Si Jane est sensible aux charmes des lieux, le docteur Le Savoureux l'est à celui de Jane, en tout honneur. Chaque dimanche, cet homme qui lui rappelle son père l'invite à déjeuner en tête à tête et oublie avec elle un éternel régime. Jane lui a envoyé sa sœur qui cherchait un lieu de repos, mais Marguerite n'est restée qu'une nuit, totalement insensible au désordre ambiant. Tant pis pour elle, pensait Jane en essayant de se faire pardonner l'intrusion d'un être aussi vindicatif. Elle la laisse s'enfuir et préfère rester auprès de Léautaud ou Valéry, Julien Benda ou l'abbé Mugnier...

Jane garde le souvenir des retours en taxi de Chatenay-Malabry vers Paris où Léautaud lui racontait, de l'air le plus lugubre, les anecdotes les plus drôles. Malade de rire, elle l'implorait : « Léautaud, je vous en prie, arrêtez... j'en ai mal... » et, au regard surpris qu'il posait alors sur elle, elle sentait le rire revenir. Parce qu'elle était gaie et sincère, il arrivait parfois à Léautaud d'ébaucher un sourire et d'effacer le temps d'un instant l'air lugubre affecté pour un regard de malice. « Savoureux Léautaud. Je n'ai autant ri seule qu'avec lui ! Il ne cessait de parler, marmonner, apostropher, pester, démolir, persifler, lapider... puis ricaner d'un rire sardonique. » Léautaud relate l'un de ces retours dans les pages de son journal à la date du 8 mai 1937 : *Dans la voiture, avec le docteur Debré et moi, la dame qui était seule au dîner et qu'il reconduisait à Paris. Elle s'est mise à l'entretenir de crises d'asthme que lui provoquait la vue de certains chats, alors que celle de certains autres ne lui fait rien* (Jane a dit cela comme ça, parce que l'on parlait de chats, mais n'a jamais ressenti le moindre trouble respiratoire à la vue d'un animal). *J'ai peut-être tort de rire, mais cela me paraît d'une drôlerie! Qu'est-ce que c'est que cette hypernerveuse?*

Paul Valéry est d'une tout autre espèce. La fin de sa liaison avec Catherine Pozzi, de la rupture à sa mort récente, l'a assombri. La Vallée-aux-Loups lui est une sorte de refuge, loin de la célébrité et des mondanités qu'il a pourtant toujours affectionnées. Entre les conférences qui l'amènent à traverser incessamment l'Europe, il s'y repose, et parle librement. Il est peu de pensée aussi mesurée, cristalline et spirituelle que la sienne. A son contact, Jane apprend que les plus grands hommes sont souvent les plus avenants et les plus simples dans leurs exigences.

Valéry trouve dans le naturel de Marcelle Blum qui, à table, a ouvert devant lui son chandail pour montrer qu'elle ne portait pas de chemise alors que l'on cherchait celle d'un homme heureux, une complice pour faire l'ennuyeux et obligatoire tour du parc. (Valéry venait de raconter l'histoire de la quête d'un homme heureux dont il fallait rapporter la chemise. Le seul que l'on ait trouvé n'en possédait pas.) Avec elle, il ne se sent nullement contraint à parler, et elle sait marcher à son allure. Il lui dit ne parler bien que dans un salon ou à table lorsqu'il s'y sent en confiance, mais, là où on l'invite pour « faire » le dîner, il mange comme quatre et se tait, et tant pis pour la maîtresse de maison!

Quelques années plus tard, Jane sourira de le voir à soixante-dix ans faire les cent pas sous ses fenêtres (éconduit par une jeune allemande qui avait fait le portrait de l'écrivain et vivait à la même adresse qu'elle) et marchant de long en large, mains dans le dos, de cette démarche rapide des tours de parc d'autrefois.

Le voyage en U.R.S.S.

Les années parisiennes de l'entre-deux-guerres furent ponctuées d'innombrables séjours dans le Midi chez les

Fleg, de voyages annuels en Italie et parfois en Angleterre ou en Irlande, cette île qui a « pris son cœur parce que la misère y est déchirante », et de retours à Pinchat, abandonné à lui-même. Jane et Marguerite ont racheté à leur frère Émile sa part de la Vieille-Maison afin de ne pas la vendre, mais elle se détériore en leur absence. N'ayant plus les moyens de refaire la toiture, elles la recouvrent de tôle et réservent leur argent au plus urgent. Le chemin Fillion est une impasse qui ne mène nulle part, mais Pinchat est tout ce qui leur reste. Tant que survivront les dernières illusions, elles se refuseront à vendre.

L'hiver, Jane rejoint les montagnes où elle oublie, momentanément au-dessus des nuages, tout ce que l'on vit en dessous. Oui, vraiment, plus haut que les nuages, la vie est comme l'air, bien plus légère. A Megève, Jane loue durant la saison un chalet dont elle retapisse les murs d'une autre couleur lorsqu'elle et Marcelle ont gagné aux jeux de hasard, car, elle en est certaine, l'argent amené par le vent doit repartir avec la bise. Là viennent les rejoindre tous les week-ends Odette Bigard et Carlo Aprato. Jane s'est liée d'amitié avec Odette lorsqu'elles travaillaient l'une et l'autre au B.I.T. et à la S.D.N., et servit de paravent à sa liaison avec un réfugié politique italien. Les parents d'Odette étaient persuadés que Carlo Aprato, cet antifasciste filleul du duc Sforza, rédacteur d'un magazine contesté, que l'opposition appelait *le petit baron vénéneux*, ne pouvait être que l'amant de la libre Jane. D'apparence sombre et sensible, l'exilé se révèle en fait d'un humour dévastateur. Il skie en chantant et l'écho emporte sa voix jusqu'au fin fond de la vallée : « J'emmerde la moitié du monde / et je chie sur l'autre moitié / ce qui fait qu'en fin de compte / tout le monde est emmerdé ! » Si certains n'apprécient guère, Jane, elle, ne peut s'empêcher de rire. Elle trouve à son impertinence excuses et fondements...

C'est avec Odette Bigard, qu'Aprato a momentanément quittée pour les États-Unis, que Jane a décidé de partir pour l'U.R.S.S. En juin 36, elle a réussi ses derniers examens de russe, elle va enfin pouvoir rejoindre le pays d'Arphénia. En septembre, elles partent avec André Chamson et quelques autres intellectuels engagés à gauche, appartenant au cercle de la revue *Vendredi.*

Depuis son essai *L'Homme contre l'histoire,* paru en 1927, Chamson défend l'U.R.S.S. avec acharnement. Il attend comme ses « camarades » beaucoup de ce voyage et Jane est la seule d'entre eux dont l'envie se mêle aux pressentiments, et dont l'attente se teinte peu à peu de méfiance. Elle est aussi la seule à comprendre tout ce qui se dit autour d'eux et à n'être pas dupe de la comédie qu'on leur joue. Elle écoute, regarde, et essaie d'observer avec le plus d'acuité possible ce qu'on leur montre, et qu'elle ne croit pas, et ce qu'on leur cache. Mais le pays des soviets n'est pas encore le paradis. Certains, que le hasard laisse un instant seuls en sa présence, le lui laisseront entendre, et, lorsqu'en russe elle les questionnera, le lui feront comprendre. Elle se tait. Ne peut en fait que se taire. Les illusions des communistes et sympathisants qu'elle accompagne sont trop grandes et trop aveuglantes pour tolérer doutes et suppositions, encore bien en deçà de ce que l'on apprendra plus tard des massacres de Staline. Elle les laisse à leurs illuminations et leurs fièvres fanatiques. Déjà, à l'approche de la frontière de Niégorolié, le sentiment d'excitation qui l'envahit après la lente traversée de l'Allemagne et de la jeune république de Pologne à l'éphémère indépendance est distinct de celui qui anime ses compagnons. Lorsque le train s'est arrêté sous la large banderole rouge les accueillant de l'inscription : « Travailleurs de tous les pays, unissez-vous ! » et qu'André Chamson s'est dressé en sautant de joie dans le compartiment en déclamant : « Ça y est ! On est chez nous ! Enfin la liberté ! » alors qu'ils étaient entourés de militaires à perte de vue, elle avait ironiquement souri pour elle-même. Mais ce n'était alors que parce qu'il avait parlé du monde libre du prolétariat dans un paysage de barbelés et de soldats armes en main. Lorsqu'il eut baissé la vitre et extériorisa sa joie immense en dressant le poing pour leur montrer qu'il était avec eux et, que les jeunes Soviétiques, en longues redingotes brunes à martingale, lui répondirent en riant par de petits signes de la main comme font les enfants, elle éclata franchement de rire. Il y avait encore peu de méfiance mêlée à sa confiance et à son amour pour les vastes plaines et steppes sablonneuses qu'elle allait traverser. L'express traversait lentement la Biélorussie, l'Ukraine et l'étendue de la Russie. Un seul mois de septembre de Kiev et Kharkov à Moscou et Leningrad, avec le désir d'aller au-delà, aller jusqu'à Tiflis à la recherche des souvenirs de la jeunesse qu'Arphénia avait faits siens, un long et unique mois de septembre de tensions, enthousiasmes éteints et insidieuse occupation de soi par l'étrangeté de l'âme slave. Un mois à s'interroger sur le pourquoi de tant de restrictions, privations, oppressions, déportations. Elle n'irait pas à Tiflis. N'en aurait pas l'autorisation, ni cette fois-là, ni une autre. Elle ne connaîtrait pas l'Arménie et les régions de la raison de son nom de Djân du Djânistan. Sans doute était-ce mieux ainsi, garder ses rêves intacts et ne rien deviner du sort réservé aux Arméniens dès 1915. Perdue entre son admiration pour la beauté des villes, la sensation d'avoir déjà traversé le pays des paysans décrit par Tolstoï, ou Gogol, ou Gorki et le désenchantement qui, par vagues, l'envahissait, elle s'esquivait de plus en plus des programmes de visites imposés. Elle se levait avant le jour, et, dans les couloirs de l'hôtel Métropole de Moscou ou de l'Europskaïa de Leningrad, buvait le verre de thé que lui servait une femme de chambre puis sortait marcher dans les rues de la ville, la sentir s'éveiller. Plus encore qu'à Leningrad, trop belle, dit-elle, pour que sa beauté n'en efface pas les autres qualités, elle aime marcher dans Moscou jusqu'à s'y perdre. Lorsqu'elle s'éloigne du centre vers les quartiers plus populaires de vieilles maisons de bois appuyées les unes aux autres et près de rendre l'âme, plus elle trouve à qui parler (et de moins méfiants interlocuteurs) et commence à comprendre la réalité que dissimulent des mystères mis à tort sur le compte de l'âme slave. Elle parle à des gens âgés, ou à des étudiants qui n'ont rien connu d'autre. « Sans parler russe, qu'aurais-je retenu de ce voyage ? Des merveilles et quelques doutes oubliés bien avant que l'on constate l'échec total des rêves de toute une génération d'intellectuels. Dire ce que je pensais alors à ceux qui " croyaient " encore ne pouvait que me faire perdre mes meilleurs amis et passer pour la réactionnaire que je n'étais pas. Être genevoise, donc neutre, me poussait à ne pas agir autrement... » Trop libre et trop indépendante est Jane, trop individualiste aussi pour défendre un idéal politique quel qu'il soit. Elle n'a que quelques intimes certitudes et quelques préférences, mais jamais d'enthousiasmes, qu'elle réserve aux désordres de son cœur.

A Moscou, distraite, elle monte au vol dans un bus, par la porte par laquelle on en sort, et le chauffeur lui ordonne de descendre. Elle refuse. Il insiste. Comme elle n'obtempère pas et que lui déclare qu'il ne démarrera que lorsqu'elle sera descendue, la discussion s'envenime. Elle s'excuse mais n'obéit pas, et le chauffeur, parce que les passagers ont pris la défense de la passagère, finit par capituler : « Mais chez vous, c'est pas comme ça ? » L'occasion lui semble trop belle pour ne pas mentir et elle lance, assez fort pour que tous puissent entendre : « *Niet, moui svabodni !* » (« Non, nous, nous sommes libres ! ») Jane vit les visages de tous les passagers s'éclairer d'entendre ainsi, prononcé à haute voix, l'impossible venant de toute autre que d'une étrangère effrontée.

La confrontation entre l'Union soviétique de Staline et la Russie qu'elle portait en elle, souvenirs d'Arphénia ou *Souvenirs de la maison des morts* de Dostoïevski, lui a purement et simplement fait oublier la mission dont le docteur Le Savoureux l'avait chargée. Bien qu'elle fût d'ordre privé et de peu d'importance, au retour, lorsqu'elle le lui avoue, confuse, il lui répond, furieux : « Je n'aurais pas cru cela possible venant de vous ! Pour une fois que je vous demandais quelque chose ! »... Et Jane, dont le caractère est toujours aussi impulsif, se dresse et quitte la table en lui lançant : « Je ne savais pas qu'il fallait payer son déjeuner d'avance ici ! »

Celou est celle que j'aime

Jane était partie pour l'U.R.S.S. en laissant Marcelle Blum derrière elle, car ce voyage lui était intimement personnel, mais il n'entamait en rien leur « merveilleuse entente ». En retournant vers elle après la rupture avec Cohen, Jane renonçait à explorer d'autres possibles passions. Elle savait que l'amitié amoureuse qui ne cesserait de les unir ferait preuve d'indulgence et respecterait son individualité. Elles étaient un couple de mauvaise réputation ? Qu'importe ! La liberté se paie. Que la liaison physique ait cessé, l'arrivée de Cohen dans leur existence n'a jamais mis en danger leur vie ensemble et la profondeur de leur amour, cette symbiose judéo-chrétienne qui a échoué avec l'amant. Quelques regrets s'insinuent dans les propos de Jane : « Si j'ai parfaitement compris qu'après Cohen Celou se soit refusée à moi, le partage de Colette de Jouvenel fut une nouvelle douleur pour elle dont j'étais à nouveau responsable. Elle ne me parlait jamais de ses amitiés, et moi, hélas, toujours ! Ainsi lui parlais-je de Biche Steinlen, la nièce du dessinateur, que j'allais rejoindre dans son appartement du quai Voltaire entre deux cours aux Langues O, rue de Lille... Ma jolie biche qui deviendra un vieux daim. Je n'ai jamais su être douce et tendre, ça, non... J'accablais Celou de sa légèreté face à l'argent, alors que ce fut mon principal défaut, oubliant qu'elle avait gagné beaucoup d'argent en délaissant la sculpture pour réaliser de lucratifs objets publicitaires, comme une gitane dont les plis de la robe formaient un cendrier pour les cigarettes du même nom... Je regrettais toujours bien sûr, et tentais désespérément de me faire pardonner : " Oh mon amour, ma chérie, ne pleure plus je t'en supplie, c'est moi, moi toute seule, ma faute, à moi seulement... " » Mais Marcelle aime Jane. Elle l'aime malgré ses écarts, elle l'aime lorsqu'elle l'entend chanter dans son bain, y lire et s'y amollir en en réchauffant doucement l'eau. Elle n'aime pas seulement son être de chair. Il y a encore, au-dessus du lit-divan de Jane, une lampe-applique dessinée par Marcelle pour éclairer les lectures nocturnes de l'aimée, sur laquelle sont gravés les noms de « Rousseau, Proust, Villon, Colette, Valéry, Stendhal, Racine, Gide, Montaigne et Vigny », et en dessous le vers de Mallarmé : *La chair est triste, hélas! et j'ai lu tous les livres.*

La délicatesse de Marcelle Blum à l'égard de Jane fait d'elle un être exceptionnel. Jamais, alors que la très grande nervosité et les angoisses de Jane n'ont pas cessé avec l'expérience de la psychanalyse, elle ne lui parlera de sa détresse. Seule Jane semble compter. La rendre heureuse, car elle ne cesse de se débattre dans ses propres échecs : le sentiment de n'être pas aimée, de ne l'avoir jamais été, et la vie qui passe sans que les espoirs se réalisent... Vouloir écrire, sentir qu'il le faut, et s'en révéler parfaitement incapable. La nuit, souvent, elle désire que la vie cesse, avec ses obsessions. Seul Jean Dalsace, qu'elle consulte à titre amical après d'inutiles traitements, saura la délivrer de ses plus manifestes angoisses et symptômes de grande nervosité.

Un banquier!

Marguerite, persuadée que ce qui manque à Jane est un homme qui sache l'aimer, va elle aussi s'en mêler. Celui qu'elle va lui présenter sera le second et dernier homme dans la vie de Jane, un deuxième amant à l'opposé du premier et dont Cohen dira bien plus tard avec l'air effaré : « Un banquier! Tu as osé me remplacer par un banquier! »

S'il fallait les comparer, Jane dirait qu'il y a des amours qui ne sont que désirs, et d'autres où, au contraire, il s'en mêle bien peu. Elle avait follement aimé Cohen, après lui, elle se laisserait aimer, rassurée, tranquillisée par le désir qu'un homme avait d'elle. « Dans ses bras, ce ne furent que d'apaisantes étreintes. Je l'ai seulement aimé de m'aimer », dit-elle de celui qu'ici l'on n'appellera que « le banquier ». Riche banquier genevois de l'une de ces familles de la haute société protestante, et marié, il aimera Jane sans l'afficher deux ou trois ans peut-être, jusqu'à sa mort en bateau, sur le lac.

« Comment dire..., cherche à expliquer Jane... Il était l'inverse de Cohen!... Généreux, amoureux, fin, intelligent, innocent – il appréciait Marcelle jusqu'à l'emmener parfois en voyage avec nous – et doux, oui, trop doux! » et absent. Ainsi ne pèse-t-il pas sur la vie de Jane. Il la protège. Il la voit à Paris lorsqu'il y vient pour affaires, lui offrant de quoi la rendre plus heureuse : une Citroën noire dont elle fait immédiatement repeindre les enjoliveurs en vert émeraude, et une maison de campagne, La Bassette, à Courgent, près de Septeuil, en Seine-et-Oise. Il l'emmène en Italie aussi souvent que possible. A Naples et à Capri, à Rome, à Florence et à Sienne, et à Venise, bien sûr. Là, dans un appartement du Danieli qu'ils partagent avec Marcelle, Jane vit quelques heures le bonheur d'être doublement aimée. Elle s'y sent si légère entre leurs deux chambres qu'elle en oublie son bain qui coule, déborde et inonde les tapis. Elle se sent bien. Elle se sent libre avec la permission d'être vraiment elle-même. Lorsque Jane lira dans *Belle du Seigneur* un passage se rapportant à cette ville, elle pensera : « Le salaud! » : *Départ ivre vers une nouvelle mer avec le nouvel araignon! Lune de miel à Venise où l'idiote se gargarise à tire-larigot devant des pierres et des couleurs... et ce séjour à Venise marche bien parce que poésie, et poésie parce que billets de banque beaucoup et appartement dans le palace le plus cher.*

Jane est un parfait mélange d'insouciance et de rigueur. Je lui rappelle m'avoir un jour dit : « Il ne faut faire l'amour qu'avec amour! » et de n'en avoir pas tenu compte dans les bras du banquier. Elle me répond, étonnée : « Mais il m'aimait!... Se laisser aimer est néfaste, et scandaleux d'avoir un amant marié, mais à mes tourments j'ai fini par mettre un terme. Je me disais simplement : " Et alors ?

Quelle que fût l'intensité du sentiment qui l'attachait à lui, Jane sut faire preuve, lorsqu'il le fallait, d'effacement. Elle avait toujours rêvé d'un voyage aux États-Unis, mais, lorsqu'il lui proposa de l'y accompagner, elle lui demanda : « Y as-tu déjà emmené ta femme ? – Non. – Eh bien, demande-lui d'abord si elle ne désire pas y aller. » Ainsi Jane n'a-t-elle jamais accompli son rêve d'Amérique. Un jour, il proposa à Jane de rendre visite à Gide dont il était cousin. Bien que Jane lui voue une admiration immense, elle refusa, car sa femme eût pu l'apprendre, et par orgueil : « Parce que j'aurais eu trop honte de lui apparaître sous la forme d'une fantaisie de bourgeois marié », ne manque-t-elle pas d'ajouter.

Peu de temps avant sa mort, Jane le rendit heureux par une réaction qui le surprit. Lors d'une promenade en voiture dans les montagnes suisses, soudain, dans une descente, les freins ne répondirent plus. La voiture prit de la vitesse et Jane eut peur :

« Mais freine! cria-t-elle.

– Je suis à fond! Saute! répondit-il.

– Non!

– Saute, bon Dieu! lui dit-il d'un ton désespéré. »

Jane se souvient de tout ce qui lui traversa alors l'esprit. Sûre de mourir, elle pensait : « Non, on ne quitte pas un homme de cette façon... J'étais avec lui dans cette voiture, je ne peux pas l'abandonner, c'est une question d'éthique... Ça va faire un beau scandale... » Et puis, *in extremis*, il parvint à stopper la voiture, et dans son regard la surprise se confondait avec l'amour et l'estime : « Tu m'aimes donc un peu ?... »

Sentiment maternel

Au cœur des années trente, Jane avait l'envie folle d'avoir un enfant, tout en sachant que le père ne saurait le reconnaître. Un jour, sans l'avoir voulu, elle eut la certitude d'être enceinte. Elle désirait cet enfant plus que tout au monde, pourtant elle décida qu'il était impossible de lui offrir un avenir sans père, élevé par deux femmes, dont il apprendrait toujours trop tôt le lien jugé étroit et scandaleux par des esprits eux aussi étroits. Elle, qui n'avait pas eu de mère, ou si peu, ne pouvait pas faire souffrir pareillement l'enfant qu'elle portait en elle : « Non, ne pas lui faire vivre la même enfance, celle de l'enfant d'un unique parent... »

Jean Dalsace tenta à plusieurs reprises de la convaincre de garder l'enfant : « On t'aidera tous. Tu n'as rien à craindre. Avec toi pour mère, l'enfant sera magnifique! Des présences masculines, il y en aura, ne t'inquiète pas... Je serai là! » Rien ni personne ne put avoir raison d'elle. Dans le train qui l'emmenait seule vers une clinique suisse, ne pouvant se fuir, elle se blottissait dans la fourrure du manteau de léopard qu'elle s'était offert, comme s'il pouvait la protéger de tous les dangers. « J'ai su ce qu'était le sentiment maternel en avortant. Je ne pensais plus à moi, mais à l'enfant. A partir de ce jour, je n'ai plus cessé de m'interroger : ai-je, ou non, bien fait? Encore aujourd'hui, je me pose cette question. Mais comment savoir... »

J'hésite, puis lui demande : « Et si cet enfant avait été de Cohen? » Jane répond vivement : « Oh! ça oui! Bien sûr que je l'aurais gardé!... » puis elle se reprend : « ... mais avec des " si " ... J'ai adoré la vie, et elle me l'a bien rendu. J'ai aimé et ai peut-être été aimée par ce fou de Cohen... Je regrette de n'avoir pas eu d'enfant, mais c'était impossible, tant avec lui qu'avec un homme marié. Qui n'a pas de regrets? J'ai tout autant celui de n'avoir pas eu suffisamment de talent pour écrire... mais si c'était à refaire, même en connaissance de la chute, je referais exactement la même chose, Cohen y compris.» Parfois l'on dit qu'une femme sans enfant ne vieillit pas. Jane, qui n'exprime que l'amour de la vie, m'y fait croire.

Jaloux

Parmi les regrets de moindre importance, Jane avoue n'avoir pas su, hélas, apprécier à sa mesure le romancier et critique Edmond Jaloux pour lequel elle travailla quelques mois. Dans un train qui le ramenait vers Genève, le banquier de cœur avait rencontré Jaloux qu'il connaissait par Gide, et lui avait parlé de Jane avec un tel enthousiasme qu'il fut évident à l'écrivain avoir trouvé la collaboratrice idéale recherchée depuis peu. Malheureusement, Jane n'avait lu que *Le reste est silence*, l'un de ses très légers romans d'amour du début du siècle, et n'avait pour lui que mépris. Elle ne découvrit qu'après la mort de l'académicien avoir travaillé pour l'un des critiques littéraires les plus importants et estimés de son temps, Rilke lui ayant même dédié *ses Lettres à un jeune poète*...

Jane ne voyait en l'ami de Rilke, de Proust, de Valéry ou de Gide qu'un chroniqueur à *Vogue*... Au lieu d'admirer le directeur de *la Revue européenne*, le directeur de la collection « Edmond Jaloux » aux éditions Émile Paul frères et le critique libéral de la rubrique « L'esprit des livres » aux *Nouvelles littéraires* qui introduisit en France des auteurs étrangers jusqu'alors totalement inconnus, elle le jugeait à travers les conférences, littéraires soit, mais mondaines, qu'elle préparait pour lui.

A l'heure de la guerre d'Espagne et du Front populaire, elle ne pouvait pas lui pardonner d'être à droite – à l'extrême droite même, puisqu'il lui faudrait quelques années plus tard s'exiler pour se faire oublier –, et sa merveilleuse connaissance, sa fine perception de la littérature n'y changeraient jamais rien. A peine l'avait-il engagée et l'avait-elle situé politiquement, elle se sentit obligée de lui faire savoir qu'elle était « de gauche », persuadée qu'il mettrait aussitôt un terme à leur collaboration. Mais il lui répondit sagement : « Eh bien, nous ne parlerons tout simplement pas de politique ! »

L'adieu à Pinchat

A la fin des années trente, Jane et Marguerite durent se rendre à l'évidence qu'il leur était devenu impossible d'entretenir plus longtemps Pinchat. Henriette Fillion s'était doucement éteinte et la propriété inhabitée ne serait bientôt plus qu'une ruine, si l'une ou l'autre n'avait pas les moyens de lui redonner vie. Et quelques jours par an d'occupation n'y suffiraient jamais... Si Jane s'était toujours refusée à cette éventualité, Marguerite la raisonna. Il n'y avait plus d'alternative. Il fallait vendre Pinchat. Ce qu'il en restait... Sectionner les dernières racines. Tourner le dos au passé, une bonne fois pour toutes.

Capituler. Se résoudre. En obtenir un bon prix... Tout ce qui lui faisait horreur. Jane cherchait désespérément d'autres raisons à la vente de « sa » terre. Les êtres n'étaient-ils pas plus importants que le sol qu'ils foulaient ? Si oui, alors que restait-il à Genève, sinon des fantômes ou les ombres de ceux qu'elle avait aimés ? Arphénia puis son père et sa tante, disparus ! William, l'ami le plus fidèle des années de jeunesse dont le rôle exclusif avait été de lui rendre service, était morphinomane. Elle préférait ne plus le voir qu'encore une seule fois devoir lui faire la piqûre réclamée sous un prétexte quelconque, parce qu'elle savait si bien les faire à Arphénia autrefois. Jane se souvenait de la déchéance de sa tante Émilie, la sœur de sa mère, morphinomane que son père lui avait demandé de ne plus voir, et elle voyait maintenant Reine Salloz, la si belle épouse du cardiologue ami de William, qu'ils avaient entraînée pour qu'elle les laisse en paix et qui se traînait maintenant pour sa dose, méconnaissable. Reine, qui avait si bien porté son nom...

Jane avait fumé un peu d'opium, mais qui alors n'en avait pas fait autant? Un jour ou l'autre, après un dîner, on s'allongeait sur l'un des divans bas d'une pièce transformée en fumerie, et l'on s'abandonnait une nuit entière à l'euphorie légère et au sommeil onirique nés de cette drogue qui à la longue était poison. La mode était à l'opium, et Jane s'y était essayée sans conséquences, avec curiosité. Elle ne voulait pas prendre le risque d'aller au-delà.

A Genève, les Pitoëff étaient depuis longtemps partis, et bien d'autres Russes avaient poursuivi leur exil, Carlo Aprato était encore aux États-Unis, Max Weber s'était assagi avec les honneurs, et le banquier de cœur n'était plus. Restaient les Fleg, mais leur fortune avait disparu dans le scandale d'une faillite retentissante, et la guerre, bientôt, les éloignerait tous de Genève. Les dernières heures de gloire d'un nom qui, comme celui de Jane, s'est peu à peu éteint, furent celles de Julien Fleg qui remporta le concours ouvert pour la construction du nouveau palais de la Société des nations. Il avait construit la gare, le jury considéra que c'était trop pour un seul homme (juif de surcroît) et décida de lui adjoindre les deuxième et troisième prix. Lorsqu'il s'avéra que c'était encore lui sous des noms divers, les membres du jury s'étouffèrent de rage. Rien ne pouvait faire plus de plaisir à Jane.

Mais bientôt l'univers Fleg se volatiliserait : Julien abandonnerait sa maîtresse Margot et Le Temple d'Amour de Beauvallon, lézardé, tomberait en ruine, d'autres séjourneraient en prison, Georgette, l'amie d'enfance, survivrait paralysée à un accident de voiture et les deux fils d'Edmond et Madeleine Fleg disparaîtraient en 1940, à quelques mois d'intervalle.

Jane dansa une dernière fois sur la terrasse de la vieille maison de Pinchat, derniers pas entre les bras du nouveau propriétaire. Savoir couper les ponts... rester digne... ne rien montrer de sa détresse... sourire... sembler légère à l'acquéreur de tant de parcelles de bonheur, tant de souvenirs... Jane avait posé le gramophone sur le rebord de la fenêtre, et Marguerite la regardait danser en souriant. En tournant sur elle-même, Jane cueillait des yeux les roses de l'arche qu'elle ne verrait pas se faner, caressait ses arbres, imaginait goûter les grappes du raisin Isabelle de la tonnelle que l'été n'avait pas encore fait mûrir. Tournant sur elle dans le sens inverse des aiguilles d'une montre, elle ne sentait rien que le désir de remonter le temps... Le remonter jusqu'à ses tumultueuses et nocturnes amours, jusqu'au chant complice du rossignol, jusqu'aux promenades dans les bois, avec dans sa main la main pâle d'Arphénia, jusqu'à la rassurante présence de son père à qui elle décrivait le bruit du vent dans la cime des peupliers, jusqu'à ses escapades, enfant, au-delà de la moraine, jusqu'à se blottir contre sa mère et l'univers multicolore de ses peignoirs chinois de soie brodée. Oui, remonter le temps jusqu'à disparaître à jamais dans la nuit de Pinchat.

Marguerite, après les avoir longuement observés, fit remarquer à Jane : « Je crois que si tu veux garder l'argent et la maison, tu n'as qu'un mot à dire. » Jane lui répondit sèchement : « Ah oui ? Eh bien, ce mot-là, je ne le dirai jamais ! » L'acheteur s'adressa alors à Marguerite : « Ne trouvez-vous pas que votre sœur et moi, nous formons un couple merveilleux ? » Elle lui sourit, et rentra dans la maison.

Ainsi Pinchat fut-il vendu, et Jane n'y revint plus, se gardant même d'en approcher.

La page était tournée, et toutes ses douleurs anciennes ravivées. La rive de l'Arve qui l'avait vue naître était à jamais quittée ? Qu'à cela ne tienne, elle ne resterait pas plus longtemps rue Catulle-Mendès. Il fallait couper tous les ponts vers le passé.

En quittant la rive droite, qu'elle n'aimait pas, pour la rue de Varenne, elle croyait enfin rejoindre la rive des déracinés et des déshérités, des êtres en marge. Rive gauche de l'Arve des temps heureux à Pinchat, rive gauche de la Seine, devenue le symbole de toutes les rives gauches du monde. De ce côté de la Seine, elle se sentait bien plus sereine, bien moins déplacée. En signant le bail, en ce printemps 1938, elle était heureuse, et en arpentant les pièces blanches pour les faire siennes et, du balcon, faisant connaissance avec les grands arbres du jardin juste en face, elle ne songeait pas à l'avenir, mais juste au moment présent. Jane avait quarante ans. Comment eût-elle pu deviner être encore là cinquante ans plus tard ?...

Du balcon de pierre, Jane me montre ses arbres amis qui ont remplacé ceux de Pinchat, et me parle de Rodin à l'hôtel Biron et de Rilke, qui y fut son secrétaire, en 1908. Je me souviens alors qu'à l'ombre de ses arbres Rilke découvrait les *Lettres de la religieuse portugaise*, et qu'il rêvait à elle et à quelques autres créatures idéales pour comprendre la femme... Sous les arbres, les marbres de Rodin ont remplacé l'être de chair qui allait découvrir le monde des « aimantes » et écrire : *Toujours l'aimante surpasse l'aimé.*

Mangeclous

En 1938, le manuscrit en cours de la suite de *Solal* comporte entre mille sept cents et trois mille pages, selon les versions. Pressé par Gaston Gallimard, Albert Cohen tire un roman des passages concernant les oncles et cousins de Solal, les Valeureux, *Mangeclous*. Sur la jaquette est annoncé *Belle du Seigneur* qui ne paraîtra qu'en 1968, trente ans plus tard. De ce roman Cohen dira qu'il est *un intermède dont Solal est le plus souvent absent.* Et il ajoute : *Je me suis résigné à laisser gambader mes*

Valeureux en toute liberté pendant trente jours et trois cent cinquante pages. En commençant, j'avais l'intention de leur mesurer la place et de ne leur concéder que trois ou quatre chapitres, le reste du livre devant être consacré à Solal et une femme. C'est de *Belle du Seigneur* dont il s'agit, c'est Jane à qui il pense toujours. A la fin du livre, Solal aperçoit Ariane : *Ils étaient fiancés et elle ne le savait pas, cette femme était l'unique de sa vie. Il l'avait su immédiatement.*

Parce que *l'humour est une forme de l'amour*, et que son cynisme n'a fait que croître au cours des années passées, Cohen confie à Mangeclous, le double ricanant de Solal, le démantelage de la séduction. Il analyse et met en pièces les amours de Wronsky et d'Anna Karénine, et ce thème, antiromantique, antipoétique, sera l'une de ses obsessions dans ses livres à venir. Cohen dénigre l'amour à plaisir parce que sa blessure ne s'est jamais cicatrisée. Jane lit le livre qu'il lui a fait parvenir, mais elle ne sait pas qu'Ariane, c'est elle.

La guerre

Jane et Marcelle s'installèrent rue de Varenne à la veille de l'été 1938, entre l'Anschluss, prononcé le 15 mars, et les accords de Munich, signés en septembre. Descendant de l'avion qui le ramenait à Paris, Daladier, à la vue de la foule en liesse l'attendant sur la piste comme un sauveur, ne put s'empêcher de murmurer : « Les cons ! » Trop conscient de n'avoir su qu'éloigner les risques d'une guerre imminente, en permettant à Hitler d'annexer les Sudètes, il savait avoir, en signant, renforcé la volonté d'expansion de l'Allemagne.

Le 15 mars 1939, un an jour pour jour après l'Anschluss, les Allemands entraient dans Prague. A Paris, Jane usait encore de sa liberté. Liberté d'esprit et de mouvement d'une femme de quarante ans toujours belle qui pose encore nue pour Chana Orloff. Elle vit ses derniers mois d'amitié au sein d'un milieu que la guerre va dissoudre, par l'exil et la déportation.

Il semble aujourd'hui à Jane que les événements se sont enchaînés si vite qu'ils les séparèrent tous sans adieux ou mots d'espoir de bientôt se revoir. Pacte germano-soviétique le 23 août 1939 qui surprend les Dalsace, invasion de la Pologne le 1er septembre, et déclaration de guerre de la France à l'Allemagne deux jours plus tard... Jane, Marguerite de With et Marcelle Blum ont la nationalité suisse, mais se sentent parisiennes et décident de rester sans s'être ni longuement interrogées ni vraiment consultées. Le 14 juin 1940, lorsque les Allemands entrent dans Paris, Jane et Marcelle sont à Septeuil, à La Bassette. Elles s'y sont installées dès les premiers jours de l'exode et y resteront jusqu'à la création, dès les premiers jours du gouvernement de Vichy, d'un ministère aux Questions juives, prenant les devants sur la Gestapo qui ne le leur avait pas encore demandé. Jane ne serait jamais partie si Marcelle n'avait été juive, mais, dans ces conditions, elle se refuse à lui laisser courir le moindre risque. A la seule idée d'en être séparée, ne serait-ce que momentanément, un sentiment de panique l'envahit. Partir! Immédiatement. Sauver l'aimée de la sauvagerie pressentie. Sans attendre.

Jane, avec l'angoisse qu'il ne soit déjà trop tard, se rend une dernière fois à Paris en train, pour obtenir de la légation suisse les documents nécessaires à la traversée des différentes zones au moment où se met en place la ligne de démarcation, puis elles prennent la route en sens inverse des retours de l'exode. Comme pour tous, elle sera longue et difficile. Trouver de l'essence, dormir, sans cesse chercher à savoir où se trouvent les colonnes de l'armée ennemie et les points de contrôle possible. Le désordre est tel en cet été 1940 que nul ne les arrête... La Suisse n'était plus un pays d'asile et Genève le refuge des persécutés, mais Marcelle Blum y sera à l'abri jusqu'à la fin de la guerre parce que détentrice d'un précieux passeport rouge à croix blanche.

Jane trouve un appartement au 7 de l'avenue Weber qui prolonge l'avenue Krieg et où Cohen vivra les vingt dernières années de sa vie, également au numéro 7. Elle regrette amèrement Pinchat, ses arbres complices. Souvent elle fait de longues promenades à vélo aux alentours de la ville, en évitant avec soin les routes et chemins qui vont vers le passé. Un jour, elle passe devant un Café bleu, et s'y arrête. Ce lieu l'attire, elle a envie de vivre là. A tout hasard, elle demande à qui appartient la petite maison sur la colline...

Une heure plus tard, elle appelle Marcelle et lui annonce avoir loué à Choulex une maison recouverte de vigne vierge, et qu'elle l'attend sur le banc de pierre de sa cour pavée. La maison est à l'extrémité d'une propriété appartenant à l'une des grandes familles genevoises, les Barbey. Deux femmes, la maîtresse de maison et sa belle-sœur, y vivent une liaison semblable à celle de Jane et Marcelle, et, charmées par Jane, elles lui proposent d'accéder à sa maison en traversant leur parc. Rien ne peut la rendre plus heureuse que traverser des bois pour atteindre son refuge hors de la ville.

A l'appartement de la rue de Varenne, à La Bassette, à l'appartement de l'avenue Weber, vient donc s'ajouter « la maison en face du Café bleu ». Marcelle est effrayée par la désinvolture financière de Jane, car, en travaillant pour la Croix-Rouge, elles ne gagnent pas de quoi vivre. Jane ne changera jamais, et charme sans le vouloir : durant toute la guerre, chaque matin à l'aube, un inconnu dépose un présent sur le banc de pierre, salades, fraises, œufs, fleurs, dont elle ne découvrira jamais l'identité...

Au Comité international de la Croix-Rouge qui a pour but de négocier avec les belligérants l'échange et le rapatriement des combattants blessés, de recueillir et diffuser tout renseignement les concernant, Jane est nommée secrétaire du chef du service français, M. Odier. Son travail à l'Agence des prisonniers consiste à classer les « cartes de capture » et à répondre aux lettres désespérées des familles à la recherche de leurs disparus, mais elle recopie aussi pour elle-même les messages les plus émouvants, comme des pages de poésies saisies par hasard.

Rien ne peut mieux exprimer que des passages de ces lettres ce que furent pour Jane ces années-là.

Mesieu je vous zécri quel quemo pour vous De mendé quomen que sasefaitilque jepa De Nouvel De mon Mari. ille sere bein mieux avec moi a lamezen vou zorier pa lapênne Du Nouri, et jes bein resu votre lêttre en medizen De nepa écri Je Medemande pour quoi quil faux pa lui écri.

Monsieur Mingo Armand. Je t'écrit cette lettre pour voir si tu est mort ou blessé ou vivant car je suis sans nouvelle 2 mois écrit moi ou tu est prisonnier ou tu travail nous nous portons bien aussi moi ta mère et les enfant t'embrasse bien fort. Signez Josephine.

Je vient auprès de vous pour avoire une consolation voila plus dun moi que je suis sans nouvelles de mon mari. il été sur le frond aux momen de se triste passage il se trouvai du coté de lalesase. je me doute quil est prissonier pourtant il serai utile il est père de 4 enfant donc 3 vivant est un frère orfelin ses qui est dure pour une mère est san resource. Jai un petit de 5 mois une fille de 3 an un de 6 an est une autre morte. faite votre posible pour me dire ou il est jatend en prien et pensans a vous. Cognet Yvonne

jeu meu deu mende sur quel motif vou me répondé pas jeu vous écri plus sieur fois et même a dressé une laitre recomendé pa deuré ponse jeu meu deu mende réelle men si la croirouge essite voui ou non et écri 5 fois et plus une lètre recomendé jeu vou deu mendé des nou velle du Canonnier Mirabel Gabriel... sil et mor ou en vie le 9 juin il seu trouvé au Bou de la Marne...

Monsieur. De puits les premier jour de Juillet je n'ai jamais hut des nouvelles de mon fils Anicet... comme on nai agriculteur il me fait beaucoup besoin pour nous aider et illaitai très sérieux sai un jeune homme très gentil pour ses parents très travialleur... On ne peut pas fair bien grand chose jann'ai un de blessé et lautre je ne sait pas ou enfin pour unemère sai très dure. enfin Cher Monsieur ou dame tachais de me fair par venir de sai nouvel et si sétait possible pour vous de vous aucupêt de me le fair venir. je vous paiyerai se qui faudra je vous envairai tout le nésésaire et soyets tranquil je vous paiyerai votre temp...

et surtout ne moupliyai pas j'ai tous les papier nésaisaire de près pour le fair venir. je vous paiyerai se que faudra vous pouvai être sur.

les sousigne victor Conpoire properaiter au peti cordre commune de saientes dune par et en suites se qui sui savoire moi ge sui aget de 77 ans j'ai perdu Tout mais parent il le a 4 ans ge sui mutilet des 2 ganbes Trai coutes, le 2 Decembre 1939... monfis qui ces engaget par ecrie de medonet Tout les soient nesesaire a ma tristes positions duren mon vivent... le 2 septembre il a etaimo bilizet il a etai obliget dapendonet Tout il avet 30 Taites de Baites a Cornes il a laiser sa Fames et 2 enfant en baze ages et persones pour cultivet mai j'ai fait des gren sacrifice pour mentenir son betaielle...

Cher Frère je té qui seulement avec la plume mais mon cœur aurait beaucoup ate raconté. Mais sur lettre il faut faire silence par force.

Monsieur le Directeur, je vous remercie infiniment de votre petit derangement que vous avez hut l'honneur de me faire, surtout pour moi qui ait pére de famille de huit enfants... la mère pleuré les enfants aussi et moi le père Egalement, l'on se fesait des mauvaises idées mes lorsques nous avons reçues vos deux cartes on aurais dis que le ciel c'était ouver sur nous... le bondieu vous le payera. Veillez âgrée, Monsieur le Directeur ou Madame la Directrice mes plus sincères amitiés et sallutations. Pierre Castillo, Garde Champêtre.

Faites moi la charité de me répondre au mes chers inconnus, en plus d'être sans nouvelles de mon mari avant hier la mort est venue me ravir le seul soutient qui me restait en la personne de mon beau-père. Aucuppais vous de moi je vous en prie. Mes plus grands remerciements à vous chers devouaient. Malbret Catherine.

Mon cher Henri, Je fais vite réponse à ta carte que j'ai reçu et qui ma foi ma fait un grand plaisir et une grande joie car depuis si longtemps sans nouvelle cela devenait long. Je suis toujours en Bonnesanté mais cela est bien triste de te savoir bien loin Henri car j'aurais Beaucoup de choses à te dire et cela me fait de la peine a te le dire car je sais que tu t'es engagé pour moi mais je sais que cela est de ma faute car Henri ce qui m'est arrivé je te le dis : j'ai eu un petit garçon. Alors je crois que cela te fera de la peine donc Henri je reste toute seule avec le petit car le jeune homme abandonne le petit. dans le fond je suis contente car je n'en veut pas du père car il a trouvé des lettres de toi que tu me disait ma petite femme et du coup il es partie je reste avec l'enfant. Je l'éleverai toute seule. donc Henri tu ne dois pas contiué à me fréquenté car cela me fait mal assez au cœur car j'aurai voulu tant être ta femme. Mais Henri donne moi quand même de tes nouvelles cela me fera plaisir. donc comme je ne sais plus grand chose à te dire je te quitte en t'embrassant bien de loin. Jeannine. Cela ne m'empêche pas de pensé à toi Henri reviens bien vite.

Mon Tan Aimé
Que d'angoisses et d'attentes
Capable de tout si vous
Etes au bout
J'attendrai des années
De tristesse. Vois tu même
L'attente pour toi
Je t'aime plus que le monde
Plus que la vie et je t'attends
Tout essayé pour savoir
Où te trouvé, ma vie
J'aurai même le courage de rester
Sans bouger une éternité d'exil
Si je te sais entier et m'attendant.
Comme je vous aime Monsieur.

Denise.

A Genève, Jane était à l'abri de la tourmente mais au carrefour de toutes les anxiétés et désespoirs. Les jours se suivaient à tenter de transmettre lettres et réponses, ou à écrire aux familles en détresse les raisons du silence de leur disparu. Aussi, il était vital à Jane d'être utile, plus utile qu'à la transmission officielle de messages. Elle aida Chana Orloff et son fils à passer en Suisse, fit passer d'autres juifs avec l'espoir qu'ils ne seraient pas reconduits à la frontière, comme tant d'autres... Un jour les douaniers vinrent l'interroger à Choulex. Elle nia ce dont ils la soupçonnaient. Lorsqu'ils repartirent, l'un d'eux murmura en passant devant elle : « Continuez. »

Ainsi passèrent les années de guerre, ponctuées de disparitions. Les premières à atteindre Jane au cœur sont celles, à quelques mois d'intervalle seulement, des deux fils d'Edmond et de Madeleine Fleg. Maurice, qui l'avait autrefois aimée, meurt au combat le 21 mai 1940. Six mois plus tôt, le 27 novembre 1939, Daniel, dépressif depuis des années, était tombé dans un combat contre lui-même. Il s'était jeté dans la Seine entre l'île de la Cité et l'île Saint-Louis, devant les fenêtres de ses parents, et son corps avait été retrouvé après plusieurs jours de recherches, bien plus loin en aval. Jane pensait sans cesse à la douleur de ses amis et avait renoncé à continuer à leur écrire des lettres ouvertes par l' « *Oberkommando der Wehrmacht* ». Elle se souvient encore du mot écrit par Madeleine Fleg en préambule à la publication hors commerce du journal de son fils : *Mes enfants aimés, puisqu'une même grandeur vous a poussés dans la mort, je veux que ce livre, écrit par toi, mon petit Daniel, soit pour vous deux une nouvelle naissance, qu'il vous garde unis, et prolonge votre fraternité dans le souvenir des vivants, quand nous ne serons plus là, parents-orphelins, pour continuer votre vie.*

Puis ce fut le tour de cousins de Marcelle Blum réfugiés dans le Midi et persuadés, comme tant d'autres, que l'argent, le pouvoir et la notoriété les protégeraient. Ils furent arrêtés en septembre 1943, lorsque la Gestapo réalisa une rafle d'une gigantesque ampleur dans Nice et ses environs. Ils firent partie des 97 % des partants qui ne revinrent jamais des camps de la mort.

Peu de temps après, Jane apprit la mort de sa mère. Elle vivait depuis quelques années à Marseille avec un avocat du nom de Sapte qui eût pu être son fils, et accablait Jane de reproches lorsqu'elle venait les voir : « Vous devriez écrire plus souvent à votre mère, elle s'est tant sacrifiée pour vous! » Le dernier amant de la femme autrefois belle comme les amours avait été tué à la guerre. Le cœur fragile, seule et sans espoir de le remplacer jamais, elle ne lui survécut pas longtemps. Pas un de ses enfants ne put assister à son enterrement ni ne chercha à apprendre où il s'était déroulé. La même année dans la même ville s'éteint la mère d'Albert Cohen. Le souvenir obsédant de sa mort solitaire deviendra un jour l'un des livres les plus émouvants que jamais mère inspira à son fils.

Si Jane ne demanda pas d'*Ausweis* pour accompagner sa mère en terre, elle sut en obtenir un pour rejoindre sa sœur qui l'attendait à Paris, refusant d'être opérée d'une tumeur au cerveau sans l'avoir revue. La tumeur n'était pas maligne, et Marguerite, une seconde fois, survécut à une opération au cerveau. Jane se souvient, amusée, du peu de confiance qu'elle inspirait à son entourage. Avant son départ, tous cherchèrent à la convaincre de se taire et de ne pas répondre aux inconnus, comme on le conseille aux enfants : « Tu es si impulsive, si imprudente... fais attention à tout ce que tu dis! » Dans la ville désertée par tous ses amis, elle se tint sur ses gardes, et réserva son insolence pour le docteur Guillaume qui avait opéré sa sœur. Optimiste sur le sort de Marguerite, il ne l'était pas sur celui de la France. Certaine que viendraient bientôt des jours meilleurs, Jane lui répondit, cinglante : « Docteur, vous opérez peut-être bien, mais vous pensez mal! »

Quelques mois encore et la fin de la guerre lui donnerait raison, mais elle et Marcelle ne reviendraient à

Paris qu'en 1947, lorsqu'il n'y aurait plus de rationnement et que leur appartement occupé serait enfin libéré.

Lettres d'amour et de fidélité

En mai 1940, Albert Cohen a quitté Paris pour Bordeaux, puis Londres, accompagné de sa femme et de sa fille. Il ne retrouvera ses notes et manuscrits abandonnés dans son appartement de la rue du Cherche-Midi, et qu'un représentant de la légation suisse a réussi à mettre en lieu sûr, qu'en 1948.

A Londres, il devient conseiller juridique du comité intergouvernemental, chargé de mission par l'Agence juive pour la Palestine, et collabore à *La France libre* dont Raymond Aron est le rédacteur en chef. Il ne quittera l'Angleterre qu'en 1947.

S'apprêtant à rentrer à Genève, il écrit à Jane une dernière lettre, où il lui assure, près de vingt ans après la rupture, que son sentiment pour elle n'a pas changé. C'est qu'il n'y a plus d'espoir. Jane a quarante-neuf ans et lui *soixante ans moins huit ans.* La vie a eu raison d'eux, et ce que le monde vient de connaître le laisse à jamais meurtri et inquiet. Il a perdu avec sa jeunesse tous les espoirs qu'il avait mis en l'homme. Certain maintenant que leurs chemins ne se rejoindront plus, il lui dit adieu, et ne plus rien attendre. 1947 marque la fin des illusions.

Jane ne croit pas plus à cette dernière lettre qu'à toutes les précédentes dont elle a pourtant gardé la plupart. Si elle ne les déchire pas comme celles du temps de la liaison, c'est qu'elles sont belles et la colère passée. Peu lui importe s'il ment ou s'il dit vrai. Elle sent qu'il ne l'aime pas, ne l'a jamais aimée, et se pleure lui, ou son passé, dans des lettres adressées au souvenir qu'il a d'elle. Elle est devenue l'un de ses personnages.

Jamais elle ne s'était interrogée sur ce qu'ils feraient

l'un et l'autre, une fois séparés, mais, régulièrement recevoir des messages l'assurant de la persistance de son amour, malgré les mois puis les années, était une douce satisfaction. Peut-être ne l'aimait-il pas, mais tout simplement il ne pouvait l'oublier et elle continuait à exercer sur lui un pouvoir. Lorsqu'elle y songe, il lui semble que ce pouvoir rétablit l'équilibre entre eux et l'aide à se libérer de son passé. Oui, peut-être ne l'avait-il pas aimée possédée, et l'aimait-il inaccessible... Ne dit-on pas que toujours l'amante n'est véritablement aimée que lorsqu'il est trop tard ? Jane se remémorait alors avec délectation les grandes amours de la littérature, où l'amour impossible se poursuit dans l'imaginaire, dans l'extraordinaire... Héloïse fut séparée d'Abélard, la Laure de Pétrarque était mariée puis elle mourut, morte aussi la Béatrice de Dante, et l'amour s'en trouva grandi... S'il en était de même... ?

Cohen ne la reverra plus. C'est le châtiment de la faute qu'il a commise, et il doit accepter le dénouement qu'elle lui a imposé. Mais à certains moments de détresse ou tournants de son existence loin d'elle, il continue à lui écrire. Lettres d'espoir ou de désespoir, lettres, sait-on jamais ? qui pourraient infléchir le cours des choses.

Les lettres et les livres qu'il écrit seront, après la rupture, le seul échange possible entre eux. Il y a des années qu'ils ne se sont pas vus, et il lui écrit encore (comme Abélard à Héloïse) « à vous seule »... et se souvient des voluptés de l'amour. La vie – ou l'intelligence – le mènera doucement, inévitablement, au doute, au découragement, à l'impossibilité de s'en sentir satisfait : seul un nouvel amour peut effacer la nostalgie de celui qui est perdu, et il n'est pas venu.

Pourquoi après la rupture continua-t-il inlassablement à lui écrire ? Par amour ? Par faiblesse ? Par intérêt ? Fidélité ? Stratégie ? Peut-être donne-t-il lui-même la réponse en faisant dire à Mangeclous : *L'amour, ce n'est pas la dame que tu aimes mais les lettres que tu lui écris.* Mais Albert Cohen n'était pas un épistolier. S'il a beaucoup écrit, à la fin de sa vie, à ses admirateurs et admiratrices de plus en plus nombreux, de sa jeunesse ne subsiste presque rien. Pas plus de lettres que de témoins. A lire celles qu'il adressa à Jane Fillion, il apparaît clairement – mais qui en eût vraiment douté? – que l'œuvre et la biographie sont indissociables. Ces lettres appartiennent à la genèse de l'œuvre.

Si, au lendemain du 11 juin 1929, Jane jeta dans les flammes de la cheminée du petit salon de Pinchat toutes les lettres et télégrammes de leur amour, pour en faire disparaître toutes les traces, et si elle déchira sans les ouvrir toutes celles qu'il lui fit parvenir les jours suivants, elle conserva une partie des lettres qu'il continua à écrire au fil des mois et des années.

Datées ou non, parfois écrites sur un papier à en-tête (Chemin Peschier, N.R.F., Hôtel des Bergues...), possédant ou non leur enveloppe, postées de la S.D.N., de Paris ou de Londres et adressées à Jane à Pinchat, rue Catulle-Mendès, à Nice chez Georges de With ou à Choulex, les lettres conservées, de quelques lignes ou quelques pages, recouvrent les années 1929-1947, et furent envoyées chacune à quelques mois d'écart. Jane ne les a pas toutes conservées, car certaines font référence à d'autres, manquantes. Elles sont belles, très belles, et s'intègrent par leur style au monument lyrique de ses romans. Elles sont émouvantes, car Cohen ne s'y exprime pas à travers Solal, mais librement. Elles sont empreintes de ses sentiments, de ses pensées, de sa vie. Il y a déjà de l'indiscrétion à lire une lettre qui ne vous est pas adressée, dans un message d'amour il y a de l'indécence et de l'émotion. A les lire avec elle, je sens Jane touchée par la faille qu'elles recèlent... Comme si la preuve d'amour était de faillir, comme si aimer était vulnérabilité...

Si j'éprouve un vif plaisir à être seule à les lire et relire, je ne souhaitais que les voir figurer un jour, demain ou dans cinquante ans, dans une édition complète des œuvres de l'écrivain, car elles le méritent. Le droit interdit leur publication sans l'accord de l'héritier moral de l'auteur.

Les publier n'est pas possible, et les citer ne l'eût été que si elles avaient préalablement été publiées... Mais, s'il m'est interdit de dévoiler l'ordonnance des mots de ces lettres si littéraires, je peux toutefois en évoquer la substance.

Bien des mois après la rupture, il avoue à l'aimée qu'il n'y a pas de jours, pas d'heures où elle ne soit présente dans ses pensées, et que « toujours » il l'aime comme au premier jour. Il lui écrit que son image est son obsession la plus vive et que tout lui suggère sa présence. Il se souvient des entretiens ennemis et des tendres réconciliations. Il dit lui être resté fidèle, et ne vivre qu'avec elle, malgré son absence. Elle est son mal inguérissable et l'air lui manque depuis qu'il ne la voit plus. Elle sera toujours son frère, ce frère de l'âme des temps perdus, et rien ne lui est plus cher qu'elle. Les années passent et, pourtant, elle reste présente dans ses espoirs. Il va au Bout-du-Monde, ce lieu-dit enserré dans le méandre de l'Arve qui coule au bas de la colline de Pinchat, et il attend ses signaux, mais en vain. Le miracle qu'il espère ne se produit jamais. Il va jusqu'au Bout-du-Monde à sa recherche, mais elle n'y est pas. Il aimerait n'éprouver que de la tendresse pour celle qui est son frère, mais aussi son ami, son fils, et il lui rappelle sa promesse d'autrefois : « Personne avant toi, personne après toi », ou ses derniers mots : « Restons-en là ! » Elle est son plus cher pays, son Djân du Djânistan, la plus douce, la plus vivante et la plus noble. Il lui dit que le temps n'est pas encore venu de prononcer des paroles définitives et qu'elle est son enfant qu'il voudrait prendre et bercer dans ses bras. Les années passent encore sans qu'il revienne sur le serment de ne jamais plus se revoir, mais elle est toujours entièrement dans son cœur. Elle est toujours sa merveilleuse et il l'admire. Il a neigé sur sa moustache et c'est fini. Il n'y a plus d'espoir désormais. Il se souvient du jardin sur l'autre rive, du petit salon de Pinchat, et de sa joie d'alors dans le taxi qui le conduisait vers la merveilleuse en robe roumaine : vingt années ont passé et il veut qu'elle sache qu'il pense tous les jours à elle, qu'il pense « toujours » à elle... Et il lui dit adieu, se rappelant à elle une dernière fois, afin que jamais elle ne puisse oublier, afin d'avoir le dernier mot aussi.

Jane, tout est possible, qu'il vous ait follement aimée ou n'ait aimé que lui à travers vous. Un seul fait est certain : il lui a été difficile et douloureux de se passer de vous... Des désirs et espoirs de la jeunesse au renoncement, à cet « à quoi bon maintenant, il est trop tard » de la vieillesse, il n'a cessé de vous écrire et d'écrire sur vous. Sans vous, qui eût-il été ? Sans vous, quels livres eût-il écrits ?

2.

Les années de désillusion

(1947-1979)

Le Livre de ma mère

En 1947, Albert Cohen n'a pas quitté Londres et cherche une femme « intelligente » qui puisse l'aider dans son travail. Sa fille lui présente Bella Berkowich qui deviendra sa secrétaire, puis sa compagne, puis sa femme en 1955. Sa troisième et ultime femme, la seule à être juive comme lui, comme sa mère aussi qui le hante depuis sa mort en 1943, loin de lui. A Bella, qui calme ses douleurs, il dira : ... *La mer Ionienne, qui est ma mère, est à vous seule Bien Aimée, en douceur comparable.*

Bella, sans doute, saura le consoler de l'éphémère de l'amour passion et lui fera découvrir et vivre un autre amour, de tendresse celui-là. *Ces mariages qui commencent par de l'amour, c'est mauvais signe... le vrai amour, veux-tu que je te dise, c'est l'habitude, c'est vieillir ensemble,* écrira-t-il plus tard lorsqu'il fera l'éloge de celle destinée à remplacer sa mère et à prendre en dictée ses livres, dont *Belle du Seigneur.* Et Bella, au nom prédestiné, de prendre, parfois peut-être avec douleur, la dictée des amours de son mari avec une autre... et de le consoler : ... *consolez-moi de mes morts perdus, si loin bercés dans les grands fonds de ma douleur, mes morts aimés, à jamais indifférents. Ô ma femme, posez deux étoiles de sommeil sur mes yeux désertés, et aussi un baiser sur ma joue, mais à peine car vous pourriez me casser, un baiser tout juste posé, et ensuite une caresse de la main sur la main effleurée...*

En 1954 paraît *Le Livre de ma mère*, écrit pour faire connaître à sa femme sa mère disparue, le plus merveilleux hommage que jamais fils ne rendit à sa mère. Dans ce livre, où se mêlent aux souvenirs les regrets d'avoir préféré *les passions tournoyantes et ensoleillées* à l'amour de sa mère *à nul autre pareil*, il évoque pour la première fois le souvenir de Jane sous le nom de « Diane ». Plus tard, dans *Belle du Seigneur*, on apprendra que Diane fut le modèle d'Ariane, mais, pour l'heure, le roman n'est pas achevé, les deux ou trois mille pages d'avant-guerre ne sont pas redictées, revues et corrigées. *J'étais l'amant aimé quoique aimant d'une belle jeune fille et de cette autre et ainsi infiniment dans les miroirs réfléchissants du château de l'amour. Ô curieuses pâleurs de mes amours défuntes*, écrit-il, et l'on devine qu'il s'agit là de Jane et de celle qui fut la comtesse hongroise à l'origine de la rupture. Le chapitre XIII est consacré au souvenir de *Diane, Diane religieuse d'amour*, qui deviendra *Ariane religieuse d'amour*.

Il évoque la joie qui l'irradie dans le taxi qui le conduisait vers elle. *Je regardais avec joie mon jeune visage dans la glace du taxi, ces lèvres que Diane allait si terriblement baiser dans quelques minutes, et je chantais, vibrant d'impatience, des chants écœurants de stupide passion et surtout le nom bien-aimé de la blonde démone qui avait nom Diane, Diane élancée et fervente et trop intelligente... Et c'était soudain la villa, où menait sa vie d'orpheline la plus belle et fastueuse des jeunes filles...* S'ensuit la description obsessionnelle de l'aimée *sur le seuil et sous les roses*, maintes et maintes fois répétée, et l'évocation de la robe blanche *sous laquelle était sa dure nudité à (lui) seul consacrée, Diane vive et ensoleillée et diablement jalouse, et poétesse quoique athlétique, et sensuelle quoique idéaliste, et chantant des cantiques le dimanche, Diane nourrie de soleil et de fruits...*

Je lis à Jane le passage où il raconte la nuit du départ

de sa mère qui chaque année venait de Marseille séjourner un mois chez son fils, mois au cours duquel Cohen retrouvait Jane à Pinchat. *Diane me raccompagna chez moi et, dans l'appartement que ma mère avait béni avant de partir, j'osai dénuder Diane impatiente. Après l'ardeur, avec tant de baisers tatoués sur nos faces, nous nous endormîmes au fond du précipice de la joie... tandis que ma vieille mère me bénissait et se mouchait dans son train qui l'emportait loin de moi. Ô honte. Fils et filles, maudite engeance.* A cette lecture, elle sourit puis, après un silence, me dit doucement : « Cette honte qu'il n'a ressentie que bien plus tard est identique à celle que j'ai parfois ressentie en quittant mon père pour aller le retrouver. A l'inverse de lui, j'ai eu honte sur le moment mais pas plus tard, car l'enthousiasme de la jeunesse est ce qu'il y a de plus beau dans la vie. Jamais je n'aurai de remords, même des erreurs que par l'aveuglement de l'amour j'ai pu commettre. » Si Jane n'a pas de remords, Cohen en a pour deux, même celui de s'être laissé aller à la décrire avec aménité : *Lorsque, racontant le départ d'une mère, j'ai dit le remords d'un fils d'être allé vers une Diane le soir même de ce départ, j'ai décrit cette Diane avec trop de complaisance. Péché de vie!*

Lorsque Albert Cohen rentre à Genève, emmenant Bella avec lui – et après avoir posté la dernière lettre à Jane, adieu qui se révélera n'être pas –, il travaille à l'Organisation internationale pour les réfugiés, qu'il quitte en juin 1949 pour retourner au B.I.T. En 1950, il refuse le poste d'ambassadeur que lui propose le jeune État d'Israël, puis, à la fin de l'année suivante, il quitte définitivement le B.I.T. pour ne plus se consacrer qu'à l'écriture.

Série noire

En juillet 1947, au moment où Albert Cohen arrive à Genève, Jane quitte la ville pour Paris. Elle a reçu sa lettre d'adieux et déchiré la photo jointe à la lettre. Elle n'y répondra pas. Sur ce visage, le passage de vingt années renvoie son regard dans la direction du miroir qui dédouble la pièce au-dessus de la cheminée. Elle a le sentiment que ces mêmes années l'ont traitée avec plus d'indulgence. Elle se sent toujours belle. Différemment belle, avec plus de conscience, plus de sûreté aussi. L'âge ne l'a jamais effrayée.

Ni l'âge ni les difficultés. En imagination, elle confie sa nécessité d'insouciance à son retour dans Paris, mais, au fond d'elle-même, elle sait que la guerre a réduit à néant cette légèreté et cette facilité essentielles à sa soif de liberté. Il sera toujours temps d'y penser, se dit-elle, fidèle à elle-même, jetant par les fenêtres le peu qu'elle n'ait pas déjà dépensé. Dépenser, c'est vivre et oublier. Et elle en a envie, car la ville qu'elle retrouve n'est plus celle d'autrefois. Le cercle des Dalsace ou des Fleg s'est consumé dans l'éparpillement et la disparition de ses membres. Il ne se reformera pas. Les grilles de la Vallée-aux-Loups se sont refermées sur une faillite due à la gestion farfelue d'Henri Le Savoureux, qui pourtant avait su lui rendre vie, Jane n'y reviendra que bien plus tard, lorsqu'un musée Chateaubriand sera ouvert au public. D'autres, comme Colette de Jouvenel, ont tant brûlé leur existence à poursuivre leurs propres démons qu'elle préfère s'en tenir aux souvenirs. Certains lui semblent même n'être plus que les fantômes de ceux qu'elle a connus. Il en est ainsi du beau et sombre et si slave prince Radziwill qui vampirisait Marguerite, alors si pâle et blonde et admirable, le soir vêtue de longues robes noires et d'une cape doublée de rouge. Lorsque Jane aperçut Radziwill au bar du Ritz, échoué telle une épave qu'une vague plus forte que les autres aurait déposée là, elle se précipita vers lui en s'écriant : « Oh, Radzi! Vous n'êtes donc pas mort ? » Réfugié durant la guerre à Monaco, et logé à l'hôtel d'Angleterre par le prince Pierre, il y était resté jusqu'à la mort de sa femme, Olga, digne fille de barons baltes, et errait ruiné à la recherche de qui se souviendrait et pourrait encore l'aider. Jane et Marcelle souvent l'invitèrent à dîner, et Marguerite lui vint financièrement en aide, se gardant de lui rappeler le passé, car elle ne retrouva pas en lui l'instrument avec lequel elle avait, avec ardeur, brisé sa propre vie.

Châteaux en Pologne, palais dans Rome, villa à Nice au cœur d'une propriété occupant la plus grande partie du mont Cimiez, tout lui avait échappé, et il finissait sa vie à l'abri d'une chambre sur cour près du Trocadéro, logé par des cousins qui avaient eu pitié de son sort. Sans en être encore réduite à cette extrémité, Jane se reconnut dans cette trajectoire. Partie de tout – ou de beaucoup –, elle avait toutes les chances d'arriver à rien. Elle venait de vendre La Bassette, elle ne possédait plus rien. Les ressources, désormais, c'est en elle qu'elle devrait les puiser.

A Genève, cessant à la fin de la guerre de travailler pour la Croix-Rouge, Jane se souvint de l'avis du professeur Paul Boyer, administrateur des Langues O qui lui avait enseigné le russe : « Véritable talent de traductrice ! » Elle y avait songé lorsqu'elle allait rue Dauphine à La Maison des amis des livres parler avec Adrienne Monnier et à la Shakespeare & Company de Sylvia Beach en vis-à-vis, mais n'avait pas osé. Jane commença à traduire quelques livres pour les éditions genevoises Jeheber. Elle devint traductrice de la manière la plus naturelle qui soit, sans essuyer le moindre échec. Elle traduira plus de cent cinquante livres, pour Denoël, Albin Michel, le Mercure de France, Robert Laffont et Gallimard...

Jane se présenta chez Gallimard sans recommandations (surtout pas celle d'Albert Cohen) et en sortit un manuscrit sous le bras, après avoir traduit une page de Hemingway remplie d'américanismes, sans points et sans virgules. Comprenant rapidement que, si elle voulait vivre de ses traductions, il fallait traduire sans relâche, elle opta pour la régularité et la vie assurée offerte par Marcel Duhamel. Durant des années, tous les deux mois, elle traduirait un livre de la « Série noire » à la célèbre couverture noir et jaune. Tous les deux ou trois mois jusqu'en 1982... à quatre-vingt-quatre ans! La réalité est souvent plus invraisemblable que la fiction. Quelle imagination assez folle eût imaginé les livres de Carter Brown, Chester Himes, Charles Williams, Louis Malley, Éd. McBain, Dashiell Hammett ou James Hadley Chase traduits par la Belle du Seigneur? Au sein de Gallimard, qui eût pu imaginer pareille plaisanterie? L'héroïne d'Albert Cohen à peine soupçonnée avoir réellement existé, en chair et en os, croisée et recroisée dans les couloirs de la maison!

Les « Série noire » traduits par Jane sont en bien trop grand nombre pour en donner la liste. Chacun, comme je l'ai fait, peut prendre, dans sa bibliothèque ou dans une gare, des livres au hasard. Il a de grandes chances de voir figurer son nom sur quelques pages de garde. Sur une quarantaine à portée de main, le résultat de mon sondage révèle : deux Chester Himes, *Imbroglio negro* et *Ne nous énervons pas!*, *La Cavalcade romaine* de Ralph McInerny, *La Bosse du crime* de William Mole, *Ne chinoisons pas!* de B. Freemantle, et deux Chase, *et toc!...* et, traduit à quatre-vingt-quatre ans, *Tu me suivras dans la tomber*!

Jane a écrit la version française de livres aussi divers que *La Vierge inaccessible de Modesty Blaise* de Peter O'Donnell, chez Denoël (le titre rappelle ce qu'elle était dans Genève avant d'être séduite par Cohen) et *Les Juifs, Dieu et l'histoire* de Max I. Dimont, chez Robert Laffont, sur un thème dont elle finit par reconnaître qu'il fut son « cheval de bataille »... « Je n'ai pas su créer, mais seulement recréer dans ma langue maternelle des livres écrits par d'autres... J'ai beaucoup travaillé, et tard dans ma vie, mais avec joie. J'aimais ça. C'était une sorte de lutte avec le texte et mes propres expressions que je devais sans cesse écarter pour conserver le caractère de l'écriture de l'auteur. J'aimais ces résistances de part et d'autre et la satisfaction ressentie lorsque enfin je trouvais les mots adéquats », explique-t-elle avant d'ajouter qu'elle n'a pas traduit des livres qui pourraient figurer dans sa bibliothèque idéale, mais que la diversité de ses traductions fut aussi une manière de percevoir la vie : « Je ne sortais presque plus mais la vie venait à moi, elle passait entre mes mains et je la recréais. » Elle est plus fière d'avoir traduit de l'américain les livres de l'écrivain noir et communiste Richard Wright, qui ne cessa de dénoncer la condition des Noirs dans son pays avant de participer à l'existentialisme parisien, que d'avoir donné la version française des Mémoires de l'Aga Khan ou de la duchesse de Windsor, mais elle ne regrette pas de les avoir approchés. La courtoisie de l'Aga Khan n'avait d'égale que la hauteur de Wallis à son égard, « Wallis qui pourtant n'était pas mieux née que moi », dit Jane, en souriant. La célébrité rend souvent l'anecdotique plus intéressant. « Ainsi, dit Jane, ce livre m'a permis de voir de très près les jambes de la duchesse de Windsor! Après avoir travaillé tout un après-midi à choisir des photos étalées sur le tapis d'un salon de leur maison du bois de Boulogne, le duc proposa de me raccompagner dans Paris. Je laissai sa femme monter avant moi dans la Rolls noire et m'aperçus que l'un de ses bas avait filé. J'ai hésité un instant, puis lui ai dit : " Madame, une échelle monte le long de votre jambe... " Installée à l'arrière entre elle et lui, j'ai pu avec amusement la regarder détacher son bas, l'ôter, en prendre un neuf dans la boîte à gants, et, avec précaution, l'enfiler le long de sa jambe longue et fine, et l'attacher, très haut... »

Jane ne fit pas que traduire. A ses moments perdus, si l'on peut dire, elle fut lectrice pour Denoël de livres parus en langue anglaise, donnant son avis sur l'intérêt qu'ils présentaient, ou non, a être traduits. Au cours des années soixante-dix, elle en résuma plus de cinq cents!

Un jour, dans un cocktail littéraire au Lutétia, Jane aperçut le critique Robert Kanters qui travaillait pour Denoël et perdait la vue. Elle lui proposa d'aller prendre un verre au bar, lui prit le bras pour l'y conduire puis, en guidant sa main vers le verre posé devant lui, elle ne put s'empêcher de dire : « Kanters, vous êtes vraiment plein de courage! » Il lui répondit : « Vous n'en manquez pas non plus, mon amie! »

Ce courage va de pair avec l'immense amour de la vie que sa curiosité renouvelle sans cesse. Il y a en elle une part de jeunesse indestructible. Ce n'est pas un hasard si elle fut choisie par Denoël pour traduire le roman de Colin Higgins : *Harold et Maude*...

Belle du Seigneur

Dans les couloirs de Gallimard et les cocktails littéraires, Jane entend de plus en plus souvent prononcer le nom d'Albert Cohen. Elle décide de n'y prêter aucune attention, car elle a lu, et n'a pas apprécié, cette troisième partie de la saga des Solal, *Belle du Seigneur*, parue en plein mois de mai 1968. Elle ne lira même pas *Les Valeureux*, parus l'année suivante, qui regroupent certains passages du livre (où l'on retrouve les héros de *Mangeclous*) jugé trop long par l'éditeur.

Si Jane ne fit pas le bonheur de son amant, *Belle du Seigneur* va faire la gloire et la fortune de son auteur. Rarement livre ne s'est vendu autant et si régulièrement. Vingt ans après sa parution, il se vend comme la première année, son édition dans « La Pléiade » atteint un chiffre de vente de best-seller, il est traduit en allemand, en italien, en hébreu, en espagnol, en portugais, et bientôt connaîtra une seconde jeunesse lorsque l'Amérique va découvrir Ariane et Solal.

Dans *Solal*, le héros s'était suicidé avant de renaître tel le phénix, dans *Belle du Seigneur*, il va aller au-devant d'un nouvel échec. Le livre est un roman d'amour qui condamne l'amour, et Solal un seigneur de l'amour comme les inventa la chevalerie d'Occident. Les femmes aimées y sont toujours occidentales, belles, nobles, intelligentes, et tranchent sur les femmes juives, soumises et totalement dépourvues de charme aux yeux du héros. Ariane remplace Aude dans le rôle de la jeune « Diane », et Isolde succède à Adrienne dans celui d'amante initiatrice délaissée.

Dans cette nouvelle version de sa liaison avec Jane, les souvenirs de l'auteur se font plus précis et touchent la vérité de très près. Cohen se délivre de sa mémoire en laissant ses personnages s'emparer de ses souvenirs et les revivre. Jane aura la surprise de découvrir Ariane, une héroïne à son image, que Cohen décrit inlassablement, du dehors ou du dedans, seule ou non. Stupéfaite, elle se rend compte qu'il ne fut pas pour rien témoin de ces monologues, une façon de s'exprimer qu'elle a toujours ressentie comme plus forte qu'elle.

Ariane, qui méprise le monde dans lequel elle vit, règne sur son propre corps et la nature qui l'entoure, et non la société. Ariane et Solal, comme autrefois Jane et Cohen, ont construit leur univers hors de celle-ci et ont échoué. Leur amour, lui non plus, n'a rien engendré, pense Jane, mais elle a tort. Leur amour de plaisirs et de déchirements a donné naissance à de merveilleux livres, terribles miroirs tendus à la face du monde.

Afin que Jane, à la lecture du livre, lui pardonne ce qu'il lui fait vivre et dire à travers Ariane, il y a un code. Ce code ne s'adresse qu'à elle : à lieux inventés, histoires inventées. Tout ce qu'il situe dans des lieux où ils ne sont jamais allés ensemble n'a pas été vécu, c'est simple. Ce que l'héroïne vit dans sa villa de Cologny se rapporte à Pinchat et le week-end au palace d'Ouchy est exact. « Seul le roman permet de tout dire », répond Cohen lors d'une interview diffusée à la télévision. Par contre, la scène de séduction et le suicide des héros n'ont pas plus existé que le Ritz à Genève, dont les rives sont pourtant un long alignement de palaces. Le séjour à l'hôtel des Roches-Rouges à Agay, c'est avec Marianne, sa deuxième femme, qu'il le fera, et la villa Belle de Mai d'Agay n'a jamais existé. Son nom n'est que le rappel de la belle qu'il sut séduire le premier jour du mois de mai. A Marseille non plus ils n'ont jamais séjourné ensemble. L'un et l'autre allaient y retrouver leur mère, quelques jours à peine, s'accompagnaient et s'attendaient sur le quai de la gare, mais jamais n'y partirent ensemble. Pas d'agonie à leur liaison. Pas le temps. Jane a rompu avant, coupé les ponts, et tenté d'oublier.

Tenté seulement, car les vagues de succès que connaîtront les livres qui parlent d'elle déferleront sans défense possible. Vagues tout d'abord, puis montée des eaux autour d'elle, comme une île dans la mer immense de sa renommée à lui, et d'un engouement dont l'avenir dira s'il n'aura été qu'un phénomène de mode ou s'il survivra.

Jane, sous sa forme d'être de chair, lui avait échappé, son image ne connaîtra pas de repos. *Ressasseur je suis, ressasseur je demeure*, écrit-il à la fin de sa vie. La répétition est un principe fondamental de littérature, mais c'est aussi le langage de la possession. Par le rythme, les obsessions essentielles deviennent une sorte de rituel. Un rituel dont Jane, *la religieuse d'amour*, est l'officiante, malgré elle.

Avant la fin du roman, avant la mort, toutes ces obsessions nées du souvenir de Jane sont une ultime fois rassemblées : le chant dans le taxi qui le conduit vers elle, le seuil sous les roses, la robe roumaine, le petit salon, le *toujours* murmuré, les baisers, *les seuls vrais de sa vie*, les télégrammes de cent mots, le cantique de leur amour... Puis, vêtue de la robe roumaine, quelques instants avant lui, l'héroïne boit le verre où miroitent les paillettes de poison. Solal prend alors Ariane dans ses bras et la porte comme son enfant, avant de s'allonger auprès d'elle et de la rejoindre dans la mort. La lecture achevée, je pense à la lettre où Cohen a écrit à Jane souhaiter la prendre dans ses bras et la bercer comme son enfant...

Jane n'aime pas *Belle du Seigneur*. Le livre a rouvert des plaies dont elle sait maintenant qu'elles ne se refermeront jamais. Elle se reconnaît trop et ne supporte pas le portrait qu'il fait d'elle. La fin du roman lui fait lever les yeux au ciel. « Jamais ça ne se serait passé comme ça!... Il est bien trop indulgent avec son héros... enfin, comme avec lui-même. Dans la réalité on ne se serait pas empoisonnés. Avec sa voix de sirène, il m'aurait convaincue de mourir avec lui en me tirant une balle dans le cœur, et lui, RIEN! Moi morte, et lui, tout bien réfléchi, la vie vaut quand même la peine d'être vécue! » Possible.

Solal ressuscite une fois. Si l'âge de son auteur lui avait permis de le faire une seconde fois, il est vraisemblable que Solal eût connu d'autres aventures avec une autre Diane. Tant que l'espoir de retrouver Jane a subsisté, il n'a pas décidé du sort de ses héros. La fin aurait pu être différente (ne l'a-t-il pas confié à certains?), mais la vie est derrière Albert Cohen. L'âge le livre aux désillusions, à l'angoisse et à la mort. Alors il malmène son héroïne qu'il lui arrive de détester parce qu'elle n'est que le symbole de sa jeunesse perdue, de l'enthousiasme et de l'aveuglement de l'amour qu'il ne connaîtra plus.

A la lecture à haute voix du roman faite à Jane un mois durant, je l'ai écoutée et regardée, tour à tour sourire, acquiescer, nier, rectifier, prolonger une anecdote, en expliquer l'origine, critiquer la métamorphose de leur aventure, s'indigner, s'attendrir, balayer l'évocation d'un souvenir d'un geste de la main, ou s'exclamer exaspérée : « Comment ose-t-il s'approprier ainsi la réalité! » Cette lecture a permis ce livre, mais, alors que nous l'achevions et que je disais à Jane : « Vous ne pourrez plus me dire que vous n'êtes pas Ariane! » elle me répondit après un instant d'hésitation : « Endosser le personnage d'Ariane, c'est accorder trop d'importance à Cohen... »

Ô vous frères humains

En 1972 paraît *Ô vous frères humains*, l'avant-dernier livre d'Albert Cohen. Dans ce chant à l'amour du prochain, cette *tendresse de pitié* qui fit dire à Jane : « A le lire, on oublierait presque qu'il avait un caractère effroyable! » des souvenirs d'enfance reviennent sans cesse autour desquels la personnalité de l'écrivain semble s'être cristallisée. L'un d'entre eux, trop beau pour être vrai, est l'évocation de son premier grand amour.

En sa neuvième année, il invente Viviane, qu'il retrouve tous les soirs en s'enfouissant sous les couvertures, seul avec lui-même. Il se racontait alors la merveilleuse histoire de Viviane, la plus belle petite fille du monde. Viviane semble annoncer Ariane ou Diane, car il vit avec elle une vie en vase clos que la naïveté de l'enfance lui fait croire encore viable. Viviane a des jambes admirables, sa maison est ennoblie de tapis et de livres. Seuls rescapés d'un tremblement de terre, ils vivent dans une cave qui a une, puis deux salles de bains. Il y a, bien sûr, un divan, un piano, et elle lui fait la lecture avec une pointe d'accent anglais. Ils se jurent de s'aimer pour la vie, mais, lorsqu'un camelot le traitera de « sale juif », la petite chrétienne ne l'aimera plus. Obsession fondamentale. L'homme âgé se penche sur son enfance : *Dans toute ma vie, ma vie à venir, je le savais maintenant, personne ne m'aimerait et je ne pourrais jamais aimer personne, moi qui aimais tant aimer et être aimé... toujours juif, jamais aimé, toujours juif, jamais aimé.*

Lorsqu'elle reçut le livre que Cohen n'avait pas oublié de lui faire parvenir, Jane fut frappée par son titre. Dans les premiers temps de la liaison, alors que déjà ils étaient l'un pour l'autre frères de l'âme, Jane, la belle chrétienne qui aimait réciter des poésies, se souvint de la *Ballade des pendus* de Villon. Assise auprès de lui sur le tapis aux éléphants bleus devant la cheminée du petit salon, elle lui en cita avec émotion les premiers vers : « *Frères humains qui après nous vivez / N'ayez contre nous les cœurs endurcis / Car si pitié de nous pauvres avez / Dieu en aura plus tôt de vous merci...* Moi, je trouve ça extraordinaire, " frères humains ", c'est toi, c'est moi, ça me va droit au cœur! » Comme elle avait joint le geste à la parole et que sa main était restée posée sur son cœur, il la lui prit, l'embrassa en plongeant au plus profond son regard sombre dans les yeux mordorés et répéta après elle à voix basse : « Frères humains... » Elle acquiesça en fermant les yeux, puis il l'enlaça.

Survivre

Jane s'était efforcée d'oublier Albert Cohen, sans succès. Livres et lettres l'en avaient empêchée, jusqu'à l'ultime envoyée de Londres, et l'évocation de Diane dans *Le Livre de ma mère*. De 1954 à 1968, il la laissa vivre en paix et, doucement, involontairement l'oublier, puis les parutions successives de *Belle du Seigneur*, des *Valeureux* et d'*Ô vous frères humains* vinrent raviver les anciennes douleurs. Comment ne plus penser à lui ? La célébrité démultipliait son image et ses propos ! Elle dut capituler. Elle ne lui échapperait pas et il ne cesserait jamais de la tourmenter. Elle n'avait pas assez souffert, ce devait être écrit...

Se montrer indifférente, ne pas répondre à ceux qui parlaient de l'écrivain en sa présence, faire comme si elle ne l'avait pas connu, taire l'ironie et la rancœur qui s'emparaient d'elle, et n'en rien laisser deviner à Marcelle, dont l'emphysème pulmonaire s'était considérablement aggravé. Les années soixante-dix furent celles d'un fol et nécessaire acharnement à travailler pour vivre et à soigner l'aimée jusqu'à la fin. Diagonale de leurs lits en vis-à-vis aux deux angles d'une pièce et, entre eux, la table de travail du petit salon de Pinchat, face aux arbres du musée Rodin. Jane, enfermée dans l'appartement ensoleillé de la rue de Varenne, soigne « Celou » comme autrefois Arphénia, puis son père.

« Série noire » et série noire : étrange équilibre d'années où la vie affluait d'un côté et se retirait de l'autre, ponctuée de disparitions. Tous s'en vont et elle sent qu'elle va leur survivre. Lorsque la mort lui aura donné raison, Jane écrira dans son journal : *Quand donc comprendras-tu que ta destinée, en ta fin de vie, est d'être seule, totalement seule. Fierté de se suffire à soi-même. J'y parviendrais si je n'avais pas ce malheur – ou ce bonheur – d'aimer qui ne m'aime pas.* Les disparitions se succèdent : Edmond et Madeleine Fleg, Margot puis Georgette, Jean et Annie Dalsace, Jeanne Moricand, la sœur de Marcelle qui s'empoisonne, et Marie-Christine, son unique petite-fille que Jane aime comme si c'était la sienne, qui se suicide au gaz. Émile Fillion meurt, à son tour, et bien d'autres, de longues maladies, de vieillesse ou d'une chute de cheval... Marguerite de With, qui s'est retirée dans un couvent près de Lausanne, disparaît à son tour, et ses cendres, selon son désir, sont dispersées sur Pinchat, afin de retourner à la terre des années bénies entre toutes.

L'année 1978 s'achève, et Jane vit les derniers mois de Marcelle avec la certitude de ne pas lui survivre. Elle la veille et travaille au rythme de sa difficile respiration. La nuit, elle s'étouffe avec ses couvertures pour tenter de ressentir les souffrances de son amie. Bientôt elle sera seule.

Diane, une dernière fois

A quatre-vingt-trois ans, Albert Cohen commence ses *Carnets 1978* qui paraîtront l'année suivante. Sous la forme d'un journal, le livre prolonge son œuvre d'une ultime répétition de ses obsessions, auxquelles s'ajoute celle de la mort. Il est bien l'écorché vif décrit par Jane : *Un fou de la sensibilité, qui sent trop, qui sent follement, qui est constamment prêt à la douleur absolue pour tout, à la joie absolue pour tout, qui souffre presque autant de ne pas retrouver ses clefs que d'avoir perdu sa femme, qui éprouve autant de joie paradisiaque à retrouver son stylo qu'à voir revenir à lui la bien-aimée qui l'avait abandonné.*

La bien-aimée n'est pas revenue, mais son souvenir l'obsède : *La haute, la tournoyante, l'ensoleillée, Diane l'insolente, la rétive et l'esclave... toute vivante et si belle sur le seuil et sous les roses, ô gloire et apparition, voici la bien-aimée et l'unique et pleine de grâce, et gloire à l'Éternel en moi, m'écriais-je, s'écriait le jeune amant et futur mort.* Future mort, et Dieu, peut-être. Il y croit sans y croire, il aimerait tant qu'il en soit ainsi. En cette année 1978, jamais dépression ne fut plus profonde. Il n'attend plus rien de la vie, et l'incertitude de l'au-delà le harcèle.

Diane est morte et enterrée, écrit-il, et il attend la mort. *Pauvre de moi, je mourrai, et on m'enfouira dans de la nature à jamais. Et où seront mes joies et mes chants vers Diane en nos débuts, mes chants dans l'auto vers elle, vers elle en robe roumaine, elle sur le seuil et sous les roses en merveilleuse robe m'attendant?* Ils seront immortalisés.

Au plus profond du désespoir, Dieu finit par remplacer Diane, déesse d'une religion d'amour devenue religion morte : *Ô Dieu, mon aimé, je t'attends comme jamais je n'attendis lettres de bien-aimée ou bruits de l'ascenseur qui m'amenait la féerique Diane, de dorée splendeur vêtue, et ses seins et ses yeux aimants. Ô Dieu, mon amour, mon seul amour, combien étrange est ma situation. Je ne peux croire en Toi et je ne peux vivre sans Toi.* Obsessions d'amour et de mort se mêlent au peu d'espoir d'un au-delà, et le tout se transforme en angoisse. Bella, très inquiète, décide d'ouvrir ses portes à la vie, thérapie conseillée par un de leurs proches. Des dizaines d'admirateurs, souvent célèbres et venus de loin, rendent visite et hommage à l'ermite de Genève qui les reçoit en robe de chambre de soie.

En février 1979, les *Carnets* sont achevés et prêts à paraître, mais Albert Cohen ne sait pas s'il enverra ce dernier livre à Jane. A quoi bon, se dit-il, puisque tout est fini. Il sait qu'elle n'est pas morte comme il l'a écrit, mais ses illusions le sont, ce qui revient au même. Le dernier signe de vie de Jane ne fut qu'un mot gourmé de politesse en réponse aux mille pages de *Belle du Seigneur*! Il lui avait écrit que, de toutes celles qui lui étaient parvenues, pas une lettre ne lui était plus chère et ne lui avait donné plus de joie que la sienne, puis la chape de dix années avait à nouveau éteint tous les espoirs de se revoir. Il y avait cinquante ans qu'ils ne s'étaient revus. Cinquante années!... et c'était pourtant hier. Envoyer les *Carnets* à son frère de l'âme? A quoi bon maintenant! C'est alors qu'il apprit la mort de Marcelle Blum, survenue quelques jours auparavant, le 21 février.

SEPTIÈME PARTIE

LES RETROUVAILLES

« Et il ne suffit pas d'avoir des souvenirs. Il faut savoir les oublier quand ils sont nombreux, et il faut avoir la grande patience d'attendre qu'ils reviennent. »

R.M. RILKE,
Les Cahiers
de Malte Laurids Brigge.

« [...] résurgences de choses évanouies ; ce n'est pas un hasard si elles ne nous reviennent qu'à la fin de notre vie, comme s'il leur fallait parcourir un long chemin pour que nous soit révélée leur valeur d'éternité. »

Lou ANDREAS-SALOMÉ, *Ma vie.*

1929-1979! Cinquante années se sont écoulées depuis la nuit de la rupture, et la lettre de l'adieu définitif a été reçue il y a plus de trente ans... Albert Cohen se souvient vraisemblablement y avoir écrit qu'ils ne se reverraient plus jamais, il sait, mais il devine la douleur de Jane, seule face à la disparition de son amie. L'ami commun qui lui a appris la nouvelle lui a parlé de son désespoir et de son refus de vivre sans amour. Il ressent soudain, plus fort que l'orgueil, le désir de lui faire savoir qu'il pense à elle. Ils ont été suffisamment fidèles à leurs sentiments, elle à l'idée qu'elle se faisait de l'amour et à sa volonté de ne plus le voir ni l'entendre, lui à son amour pour elle, par-delà les années, pour oser un geste longtemps inconcevable. Bien sûr, il avait démontré par ses livres qu'il n'était pas dupe de la religion d'amour, mais une femme que l'on a aimée tant d'années, c'est une part de soi.

Dans *Belle du Seigneur* il avait écrit, et ce n'est pas Solal mais l'écrivain qui parle : *Amour, ancienne aimée, est-ce toi ou ma jeunesse que je pleure ? demande celui qui fut jeune. Quelle sorcière me rendra mes hymnes noirs pour que j'ose revoir l'ancienne aimée et ne plus l'aimer ? Mais il n'y a pas de sorcière et la jeunesse ne revient pas. Ah, c'est à mourir de sourire.* Le temps était venu des retrouvailles.

Au début d'un après-midi pluvieux, il osa, d'un doigt marquant l'hésitation et la crainte, composer le numéro de téléphone de Jane. Elle se souvient de sa stupeur dans sa douleur à l'entendre lui dire : « ... Mon amie, j'apprends que vous êtes seule... je suis là. » Faible, elle ne raccrocha pas, prononça seulement les quelques formules répondues aux autres, « je suis très touchée..., merci de penser à moi ». Il la rappela le lendemain à la même heure, puis le surlendemain et encore les jours suivants. Ainsi Albert Cohen rentra-t-il en grâce dans l'existence de Jane, après un demi-siècle d'absence.

Il prit l'habitude de l'appeler pour la consoler, puis elle fit de même de temps en temps, pour que cela ne cesse pas. Il sortait d'une longue dépression, avait perdu l'envie de vivre et l'avait recouvrée, il sut mieux que personne trouver les mots du réconfort. Parce qu'il s'était manifesté dans ses heures les plus noires, il l'avait touchée, attendrie. Son geste avait su percer l'armure d'orgueil. Elle s'en étonna : « Je n'ai plus senti aucune rancœur, aucune rancune. Il m'avait très mal traitée, mais je ne lui en voulais plus. Je ne méritais peut-être pas davantage... »

Mars s'acheva sur son souhait de la revoir, lorsqu'elle viendrait à Genève. Il avait appris qu'elle y séjournait rituellement en juin (peut-être par Max Weber, qui venait de refuser de lui donner une photo de Jane datant de 1927). Sur l'instant, elle lui répondit oui. Mais après avoir raccroché, traversant la pièce en s'inventant la scène à voix haute, Jane réalisa qu'il y avait eu un entracte de cinq décennies. Son dernier regard s'était posé sur une femme de trente ans, elle en avait quatre-vingts! Quatre-vingt et une années, pour être plus précise. S'il superposait à sa voix entendue par téléphone l'image de la jeune femme de ses souvenirs, il allait la découvrir sous sa véritable apparence... Don Quichotte, en évitant Dulcinée, s'était montré plus prudent. Si Jane avait vu Cohen vieillir au travers de photos publiées par la presse, l'auteur, lui, risquait fort de ne pas reconnaître son héroïne... Elle ferma les yeux, perdue à la recherche de son image d'alors. Viendrait-il vers elle s'il la croisait par hasard ? Elle préférait ne pas savoir... Non, elle n'irait pas le voir. D'ailleurs, à quoi bon? Ils ne s'étaient jamais aussi bien entendus que depuis qu'ils se parlaient sans se voir. Lorsqu'il la rappela le lendemain, elle lui déclara qu'elle avait réfléchi et décidé que mieux valait s'abstenir d'une telle rencontre. Quelques instants plus tard, il avait su la convaincre du ridicule de ses craintes. Comme autrefois, de sa voix de sirène, il l'attirait à lui.

Parce qu'elle avait peur de l'instant où son regard la découvrirait, elle décida d'amortir le choc en lui envoyant sa photo. Il serait plus facile ensuite de croiser ces yeux dont elle savait qu'ils ne pourraient pas trahir ce qu'il ressentirait. Jane demanda à Patricia Gründ, l'amie de vingt ans qui sept ans plus tard la préviendrait de mon désir de la voir, de la photographier. Debout devant la fenêtre, tournée vers la cime des arbres, son image lui plut, mais, dans un sursaut d'orgueil, elle déchira et jeta la photo. « Je suis comme je suis et j'ai l'âge que j'ai ! Je ne l'aime plus, je n'ai rien à craindre ! » s'écria-t-elle, indignée par sa propre lâcheté en interpellant son double.

En juin, Jane partit pour Genève, par un train de jour qui roulait vers le passé. Au fil des heures, lorsque les regards se perdent sur les paysages mobiles et au bruit répétitif et hypnotique de l'acier des roues sur l'acier des rails, elle se laissait aller à perdre la notion du temps. Marcelle, son Celou avec qui elle avait été *heureuse, profondément, parfaitement heureuse*, ne rayonnait plus que dans son cœur. Cœur brisé d'avoir à lui survivre, mais cœur battant des retrouvailles au bout des rails.

Elle se souvient : « Moi, j'étais en tailleur de shantung blanc. Lorsque j'étais jeune j'étais assez jolie, j'avais un beau corps, je m'habillais bien... enfin je crois. Je n'étais pas une beauté à arrêter les trains, mais j'avais le sentiment qu'il restait quelque chose de tout cela... J'avais apporté des fleurs; des fleurs que je lui offrirais à elle, mais qui bien entendu étaient pour lui. J'ai sonné. Sa femme est venue m'ouvrir. Je lui ai dit : " Je suis une ancienne amie de votre mari " et elle m'a répondu : " Je sais! » Je l'ai suivie et elle m'a fait entrer dans un salon où j'ai attendu seule. Debout. Et puis il est entré par la porte du fond en robe de chambre de soie. Je l'avais quitté en robe de chambre, je le retrouvais dans la même tenue! Il est venu vers moi, les deux mains tendues, un peu théâtral comme il avait toujours été, et il m'a dit : « Il faut lire ton âge à l'envers, ce n'est pas ' 81 ' mais ' 18 '. » Je lui ai répondu : « Offre-moi un whisky, s'il te plaît. »

« Ensuite, je lui ai rappelé, ironique malgré moi, ce qu'il m'avait un jour écrit : « Notre rencontre sera belle ou ne sera pas! » J'avais quitté un jeune amant, je retrouvais un vieil et célèbre écrivain. Il avait vieilli, mais n'avait pas changé, comment vous dire... c'était le même séducteur. Que l'on ne se soit pas revus pendant tant et tant d'années, que l'on n'ait pas bénéficié de l'ajustement imperceptible de nos deux êtres que seul donne le temps vécu ensemble, que, de notre grand amour, il ne nous reste en fin de compte que peu de souvenirs, tout cela n'avait plus d'importance. J'étais attendrie, j'étais heureuse de le revoir, mais mon double analysait la scène de l'extérieur et l'observait ne pas pouvoir s'empêcher d'être comédien... Puis nous avons commencé à parler d'autrefois... cela semblait hier... il y avait à nouveau cette intimité. Nous étions à nouveau frères, mais, à notre âge, nous ne pouvions plus nous faire de mal! Il me disait, avec la même hésitation : « Si tu avais voulu... on aurait pu... ne pas se quitter... », et je le revoyais à Pinchat me dire : « Si tu voulais... on pourrait... ne pas se quitter. » Je n'ai pu résister à lui répondre vivement :

« « Ça ne se serait pas terminé ainsi, si je ne t'avais pas surpris à manœuvrer cette femme!

– Manœuvrer? répéta-t-il l'air surpris.

– Honorer, si tu préfères.

– C'était une femme à qui je devais beaucoup...

– Et tu la remboursais en nature?!

– Tu as de ces mots! » me dit-il scandalisé après que j'eus coupé court à des explications qui allaient devenir ridicules. J'ajoutais : « Tu as peur des mots, mais pas des actes! » »

Pendant deux ans et demi (le temps de leur liaison), Cohen téléphona à Jane tous les deux ou trois jours, toujours à la même heure, et elle revint le voir à chacun de ses séjours dans Genève. Une fois seulement par séjour... par égard pour sa femme. En lui redonnant l'envie de vivre, il se fit pardonner le mal qu'il lui avait fait. Le mal réparé, sa conscience fut peut-être plus tranquille.

Ils parlèrent de ses livres. Jane s'abstint de lui dire qu'elle ne les aimait pas, mais lui cita une phrase de Sartre à Raymond Aron : *Qui est cet Albert Cohen ? Je déteste ce style.* « Je comprenais très bien qu'il ait modifié la réalité, qu'il ait supprimé ceux qu'il ne voulait pas décrire, qu'il ait fait de moi une orpheline, car je vivais comme telle et c'était littéraire, mais je l'attaquai sur le " sale juif " prononcé par Aude puis Ariane, que je n'avais jamais dit ni pensé, cela m'aurait abaissée. A la phrase si courante qui reflète le milieu et l'éducation de celui qui la prononce : " Je n'ai rien contre les juifs ", j'ai répondu toute ma vie, profondément exaspérée : " C'est encore heureux ! " Je le lui rappelai et il prit un air embarrassé, baissa les yeux et fit des mains un geste désolé, acteur d'un film sans paroles. Mécontente, je lui dis : " Je n'aime pas tes Valeureux. " Il me répondit : " Tu es trop intelligente. " Ironique et de miel, j'adoucis mes propos : " Vous êtes bien aimable, mon chéri... Tu sais, c'est trop loin de moi, c'est tout. " »

Bella Cohen les laissait seuls. Elle frappa un jour pour entrer le prévenir d'un appel. Jane en fut horrifiée : « Elle est ta femme et elle frappe à la porte ! Mais tu es un tyran ! Tu te prends pour un pacha ! Tu devrais avoir honte ! » Jane, ayant remarqué que plusieurs photos de femmes étaient encadrées et exposées dans son appartement et qu'il parlait de sa « première femme », de sa « deuxième femme » et de sa (troisième) « femme », pensa soudain à Barbe-Bleue. Il lui arrive de dire encore avec tendresse « mon Barbe-Bleue »... Jane n'a pas tort, car à l'*Ariane* de Corneille, à l'Ariane dans *Phèdre* de Racine, à l'*Ariane à Naxos*, l'opéra de Hofmannsthal et Richard Strauss, s'ajoute l'Ariane de l'opéra de Maeterlinck : Ariane épouse Barbe-Bleue pour délivrer les cinq femmes dont il a fait ses victimes. Mais, devenues libres, elles témoignent d'un tel attachement à leurs chaînes qu'Ariane les abandonne à leur sort... Comment ne pas penser à Jane trop éprise de liberté pour épouser Cohen et le fuyant en le laissant à d'autres!...

Un jour, raconte Jane sans se souvenir de ce qu'il avait fait pour si profondément l'exaspérer, elle lui dit : « Tu ne pourrais pas ESSAYER d'être un peu moins mal élevé! » Il se dressa et lui faisant face, soudain envahi d'une colère blanche, il s'emporta : « J'étais pauvre, moi, tu comprends! Pauvre! Pauvre! Pauvre! répétait-il en se frappant la poitrine. Je n'avais pas de gouvernante anglaise, moi! Pas de propriété, moi!... » Un peu stupéfaite de cette violence retrouvée, elle lui répondit : « Et après? Tu vois, maintenant c'est toi qui es riche, et moi qui suis pauvre, toi par tes œuvres et moi par ma faute. Je ne m'en sens pas diminuée pour autant... »

Dans *Belle du Seigneur* il avait écrit : *Eh oui, madame, vous et vos pareils pouvez vous offrir le luxe de ne pas aimer l'argent, de ne jamais en parler, d'être désintéressés. Vous n'avez qu'à passer à la banque*, mais aussi : *il regarda sa naïve, destinée à être roulée. Qui la défendrait plus tard lorsqu'il ne serait plus là?* Alors, anticipant sur l'avenir, ce qu'elle ne faisait jamais, il lui demanda ce qu'il adviendrait d'elle lorsqu'elle ne travaillerait plus. Elle eut une moue qui voulait dire qu'elle ne s'en souciait pas. Inquiet, il insista pour qu'elle place en rente viagère son ultime capital, somme héritée d'une tante lointaine qu'elle n'avait pas encore eu le temps ou l'idée de dilapider. Le conseil était précis, il comportait le nom et le numéro de téléphone de celui qui assurerait son avenir. Elle l'écouta distraitement, suivit le conseil pour le rassurer, s'en maudit par la suite lorsqu'elle se rendit compte que ce capital était bloqué à jamais, et lui en est aujourd'hui infiniment reconnaissante...

En octobre 1981, Albert Cohen est de plus en plus fatigué. Jane l'entend à sa voix, et à son tour tente de le réconforter. « Un après-midi, en l'écoutant me dire avec la lassitude extrême d'un être qui s'éteint, que c'en était fini pour lui de la vie, j'ai eu le sentiment qu'il était inutile d'enfiler des phrases creuses comme les perles d'un collier qui ne serait plus porté, qu'il ne servait à rien de lui dire comme les jours précédents : " Mais si, tu verras, demain cela ira mieux... ce n'est pas la première fois que cela t'arrive... " Tendrement elle lui dit : " Si tu disparais, puisque c'est notre sort à tous... tu ne disparaîtras pas tout à fait, puisque tes livres te survivront... " » Jane, en le lui disant de sa voix la plus douce et la plus convaincante, se fait violence, car elle n'y croit pas. Elle connaît ses angoisses et sa peur de la mort, et ne désire que le rassurer. « Merci de me parler comme tu le fais... », dit-il reconnaissant au frère de l'âme avant de la quitter.

Il ne l'appellera plus. Quelques jours plus tard, un appel de Genève lui apprend sa mort. Albert Cohen s'est éteint le 17 octobre dans l'après-midi, Jane est maintenant seule, vraiment seule.

Toujours

Que faire de cet amour à offrir dans un océan de solitude ? Tout son drame réside là. Que l'on puisse encore aimer à l'âge où l'on ne peut plus être aimée... Jane essaie d'apprivoiser l'absence. Elle se raisonne, comme le font les vaincus : « On n'est jamais seul lorsque l'on aime lire, et, quoi qu'il arrive, je suis à l'âge où les aventures ne sont plus que livresques. »

Dans le journal qu'elle tient, il apparaît qu'elle n'a pas changé. Des vagues de détresse éteignent ses enthousiasmes qui aussitôt renaissent. Flux et reflux des sentiments, Jane est toujours aussi gaie ou aussi malheureuse, toujours aussi exaltée et imprévisible. En 1985, elle a quatre-vingt-sept ans et écrit : *Hier, jour des morts, j'étais triste à me détruire... A vrai dire, je n'ai plus grand goût à vivre. Cette solitude, ce manque de chaleur humaine me tuent.* Mais une femme soudain l'émeut, et l'envie de vivre renaît : *Il ne faut pas vouloir cueillir des oranges sur un pommier. Ne pas se faire d'illusions sur un être aimé. L'aimer comme il est, pour ce qu'il est et c'est déjà beaucoup. J'approche de ma fin et j'ai encore tant à apprendre!* A peine se sent-elle importune et non opportune dans l'existence de celle-ci, et elle se désespère : *Décidément Sartre avait raison : « L'enfer, c'est les autres! » Si encore j'avais pu pleurer comme autrefois de ces grands déluges de larmes qui emportent tout, qui vous lavent de tout, mais à mon âge on ne verse que quelques larmes amères, si amères qu'elles devraient laisser, on en a l'impression, des traces sur les joues. Triste, ô combien triste!*

Cette tristesse, il faut la comprendre pour s'en faire une alliée. Une fois cernée, puisqu'elle ne peut être combattue, la tenir en respect. *17 décembre. Jour anniversaire de mon bien-aimé père. Je suis triste aujourd'hui. Triste de cette tristesse sans cause qui vient simplement d'une retombée de l'élan vital. Plus rien ni personne ne peut m'aider. Je ne peux compter que sur moi-même, et si je me manque à moi-même, que deviendrai-je? Mardi 18 décembre. Toujours cette tristesse sourde. Est-ce que cela va devenir mon état habituel? Gaieté, divine gaieté, où es-tu? Toi qui me consolais de tout, toi qui me donnais des ailes.*

Aujourd'hui encore, à quatre-vingt-dix ans, Jane vit le flux et le reflux de ses sentiments. Comme Vladimir en attendant Godot, elle dit : *A quoi bon se décourager à présent?* puis elle prolonge la citation de Beckett par sa conviction intime : « Se suicider à mon âge, si près du terme, ce serait grotesque et ça manquerait d'allure. Autant attendre le plus agréablement possible... A l'âge où l'on ne se maquille plus pour plaire, mais pour ne pas déplaire, j'aime regarder vivre les quelques jeunes femmes qui m'entourent... Ah, s'il suffisait d'aimer les femmes pour avoir du talent, j'aurais du génie! Je ne suis pas faite pour les sentiments conventionnels. J'aime trop la vie pour obéir à la morale des hommes... Je ne vis plus vraiment, c'est un fait, mais je sens encore en moi la même révolte... C'est peut-être pour cela qu'en ouvrant un placard je suis émue de découvrir que les pommes de terre ont germé dans le noir... Toute ma vie, j'ai vécu en me répétant : " Profites-en, la vie est courte! " mais que dire à présent?... La vie ne vaut la peine d'être vécue que si l'on est préféré, oui, c'est cela, on n'est aimé que si l'on est préféré! »

Jane, je vous en prie, profitez de la vie, encore et encore, comme vous avez l'art de le faire. Continuez à vous ruiner pour des fleurs, car vous avez raison, au moins vous vous serez ruinée pour votre plaisir... Vous l'avez écrit dans votre journal : *Les moindres dépenses assèchent mon compte en banque. Je vais devoir faire de sérieuses économies pour le renflouer. La leçon est sévère. A moins d'en tirer des conséquences. J'ai tout de même acheté une belle plante fleurie, un hibiscus rose qui me ravit et me déçoit tout à la fois. C'est une malvacée, et, tout comme les volubilis, les fleurs superbes sont promptes à se replier sur elles-mêmes. J'ai besoin de fleurs. Elles me ravissent et m'aident à conserver ce moral dont j'ai tant besoin. Personne ne se doute des crises de désespoir que je traverse.* Continuez à dépenser, Jane, car dépenser, c'est vivre. Cela aussi vous l'avez écrit, endettée, à quatre-vingt-sept ans : *J., toute amicale, vient me voir en rentrant du Midi. Je lui raconte mes embarras financiers et l'achat des « ors », la chaîne et la bague qui ont précipité mes ennuis. « Mais où aviez-vous la tête, Janot! Acheter des bijoux! Moi, je mets les miens au coffre et je les y oublie... » La vérité, c'est d'abord que j'en avais envie, ce qui sur le moment m'a paru une raison suffisante, et peut-être aussi parce que j'avais envie de dépenser comme ça pour du superflu, comme autrefois. Résultat, j'ai descendu la pente allègrement, et il me faut la remonter péniblement. Triste pour cela? Non. Embêtée, oui. Mais seules les peines de cœur m'atteignent. Je devrais me sentir très vieille, et je me sens encore si jeune!* A la dernière page de ce journal, un an plus tard, à quatre-vingt-huit ans, vous concluez par une citation de Voltaire :

Nous tromper dans nos entreprises
C'est à quoi nous sommes sujets.
Le matin, je fais des projets,
Et le long du jour des sottises.

Oui, continuez à tout jeter, à faire le vide, lettres, photos, souvenirs, à découper d'inutiles robes du soir pour en faire de nobles fonds de tiroir, à racheter les livres de « La Pléiade » (pas assez solides, dites-vous!) parce qu'ils tombent en morceaux tant ils ont été lus, j'ai vu tant d'ouvrages, sur tant d'étagères, qui n'ont jamais été ouverts... Oui, Jane, continuez. Vous avez toujours agi de la sorte, vous avez toujours ressenti comme une nécessité de liquider le passé. A vous, qui jamais ne regrettez les biens matériels perdus, pour vous montrer digne de les avoir possédés, et savez qu'il ne faut pas excessivement tenir aux choses, car de toute façon elles vous quitteront, oui, à vous et à votre liberté de pensée, je rends hommage.

Jane, pas simplement par cette phrase, mais par ce livre, j'ai voulu vous rendre hommage, parce que j'aime lorsque, émotive, larmes aux yeux, mains nerveuses et anxieuse, vous me dites : « La vie est belle. Il y a les séparations, la maladie, la mort... » Vous le dites en en étant persuadée, et cependant vous balayez la phrase par un éclat de rire.

Vous savez à merveille liquider les traces du passé, mais vous êtes fidèle par nature. Fidélité aux êtres, Celou ou Cohen, et aux lieux : 1938-1988, cinquante années rue de Varenne. Vous n'avez pas la moindre certitude d'avoir réussi votre vie : *Si encore j'avais eu le don d'écrire! C'est là mon grand regret dont je ne me console pas. Inutile, inutile ma vie. Je ne vis plus, je me survis.* Jane, vous avez fait mieux, vous avez inspiré l'un des plus beaux romans d'amour! Je sais que vous ne me croyez pas car vous avez écrit : *On invente toujours ceux que l'on aime*, mais vous n'avez qu'à moitié raison. Vous ne me direz pas le contraire, car cela ne vous a jamais empêchée d'aimer. A quatre-vingt-sept ans, n'avez-vous pas écrit : *Je ne connaîtrai jamais le goût de ses lèvres. Je n'aurai jamais le poids de sa tête sur mon épaule. Je ne la serrerai jamais contre moi. Et cependant, le seul fait qu'elle existe donne un sens à ma vie. Non, peut-être pas un sens, une raison de vie, mais une joie, oui, une joie de vivre. J'ai passé l'âge d'être aimée, mais on ne passe jamais l'âge ~~d'être aimée~~ d'aimer (lapsus écrit significatif. Freud où es-tu?)* ?

Jane, une chose encore. Continuez à émailler votre langage de l'art agonisant des citations spirituelles. Et peu importe si nous nous révélons incapables de toutes les saisir. Elles font de votre manière de vous exprimer quelque chose de tout à fait unique. Un matin, alors que nous tournions à l'angle de la rue et que le vent soufflait, vous m'avez dit : *Le vent se lève!... Il faut tenter de vivre!*, et c'était *Le Cimetière marin* de Valéry. A un autre moment, à propos de vos féminines amours, vous avez parlé *des baisers d'où ne naîtra personne*, et c'était Jean Cocteau. En prenant avec la pince le dernier des glaçons pour un dernier verre, je vous ai entendue murmurer un vers des *Châtiments* de Victor Hugo : *Et s'il n'en reste qu'un, je serai celui-là!* Dans le vestiaire d'un théâtre, vous avez dissimulé votre parapluie sous votre bras en disant à voix haute : *Ni vu ni connu, le temps d'un sein nu entre deux chemises*, et c'était encore Valéry. Une autre fois encore, ne pouvant atteindre un livre trop haut placé, vous avez paraphrasé Rimbaud : « On n'est pas agile quand on a quatre-vingt-dix ans », et c'était le *On n'est pas sérieux quand on a dix-sept ans*, et c'était fait exprès. Deux fois encore vous avez cité Apollinaire. Une fois alors que je vous posais une question dont vous aviez oublié la réponse : *Incertitude, ô mes délices/Vous et moi nous nous en allons/Comme s'en vont les écrevisses,/A reculons, à reculons*, et une seconde à propos de votre âge : *Dans vos viviers, dans vos étangs,/Carpes, que vous vivez longtemps!/Est-ce que la mort vous oublie,/Poissons de la mélancolie...* Vivez cent ans, Jane. Prenez exemple sur Ariane – une fois n'est pas coutume, lorsque, après avoir dit à Solal en défiant le temps : *Tu seras toujours mon amour*, elle cria : *La mort? Connais pas!*

Répondant au questionnaire de Proust, Albert Cohen donne à la fin de sa vie le nom de ses héroïnes préférées : *Aude, Ariane, Mademoiselle de La Mole, Madame de Rénal, la Sanseverina*, soit, dans l'ordre, les héroïnes de ses propres romans inspirées par Jane, puis les grandes amoureuses de Stendhal, auxquelles Ariane compare elle-même :

...Toute ma vie va se passer à vouloir vous plaire... à faire des rotations avec ma robe, genre Mademoiselle de La Mole, c'est assez lamentable et je me dégoûte, je deviens une femme, c'est affreux.

Albert Cohen a offert votre amour à la multitude. Lui rendant visite, vous lui avez avoué regretter n'avoir pas écrit. Il vous a répondu : « Écrivez sur nous », mais il était certain que vous ne le feriez pas, que ses héros ne seraient pas contredits. Il se trompait. Et, si tous devinaient qu'il était question de lui-même, personne ne savait qu'il s'agissait de vous.

Il est difficile d'admettre que sa propre vie passe par le prisme de l'être qui vous a fait le plus de mal, mais, si vous n'éprouvez aucune nostalgie à l'évocation de cet amour vécu avec Albert Cohen, nous nous sommes tous, à tort ou à raison, reconnus dans votre aventure. Qui n'a aimé, aime ou aimera un jour l'amour, cette révolution du quotidien qui exclut la relativité comme le doute et l'ennui, ce sentiment totalitaire, ce sentiment tyran qui entraîne la rupture de toute décence, toute convenance, et les délires d'interprétation de la grande folie amoureuse, ce « délire sublime des débuts » des amours de Cohen. Amour oscillation, amour enfièvrement, tournoiement et rayonnement, vertige des étreintes, de l'abandon aux morsures de l'âme. Qui n'a vécu l'éternité de ces instants dans les jardins de l'Éden ?...

Je vous ai dit, me semble-t-il, croire que l'on continue à vivre tant qu'il y a quelqu'un – qui vous a aimé – pour se souvenir de vous. Si la chance me prêtait une vie aussi longue que la vôtre, rayonnante en mon cœur, vous vivriez encore au moins six décennies. Cela m'a semblé trop peu. Maintenant que votre histoire est écrite, il en restera « toujours » quelque chose. Par-delà moi, Jane, on se souviendra de vous, et c'est exactement cela que je veux vous offrir : l'inverse d'une trahison, une fin à votre histoire qu'Albert Cohen n'avait pas prévue, une parcelle d'éternité,

en fin.

154
B.I.T.
RUE
DE
LAUSANNE
Palais Wilson S.D.N.
QUAI
DU
LEMAN
LAC LEMAN
PARC
DES
EAUX-VIVES
PARC
LA GRANGE
QUAI DU MONT-BLANC
RUE DU MONT-BLANC
Hôtel de Russie
Ile Rousseau
QUAI
DES
EAUX-VIVES
QUAI GUSTAVE ADOR
GRAND QUAI
R. D'ITALIE
École
secondaire
Atelier
de Max Weber
et Marcelle Blum
Collège Calvin
Cathédrale
RHÔNE
Grand Théâtre
PROMENADE
DES
BASTIONS
I.U.H.E.I.
AVENUE
WEBER
AVENUE KRIEG
ROUTE

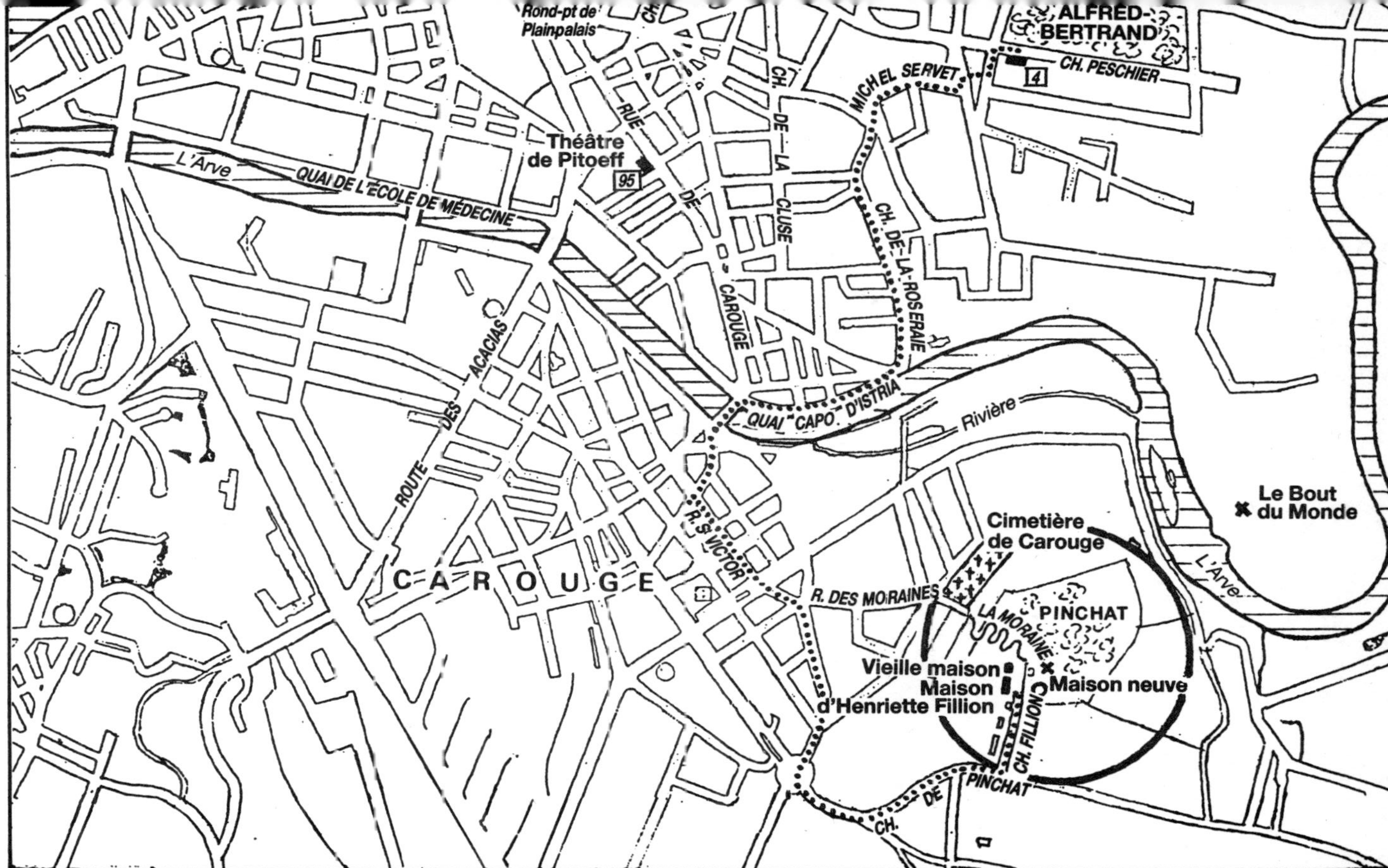

Rond-pt de Plainpalais
ALFRED-BERTRAND
CH. PESCHIER
4
MICHEL SERVET
Théâtre de Pitoeff
95
L'Arve
QUAI DE L'ÉCOLE DE MÉDECINE
RUE DE CAROUGE
CH. DE LA CLUSE
CH. DE-LA-ROSERAIE
QUAI CAPO D'ISTRIA
Rivière
ROUTE DES ACACIAS
R. St VICTOR
CAROUGE
R. DES MORAINES
Cimetière de Carouge
LA MORAINE
PINCHAT
Vieille maison
Maison d'Henriette Fillion
Maison neuve
CH. FILLION
CH. DE PINCHAT
Le Bout du Monde
L'Arve

ANNEXES

Il n'y a plus de témoins ayant connu Jane Fillion et Albert Cohen à Genève, entre 1927 et 1929. A l'heure où les sociétés choisissent ceux qu'elles engagent après une analyse graphologique, et parfois même un thème astrologique (pour éviter l'éventuelle fraude, possible si l'on soumet une écriture adéquate au poste recherché), ces deux analyses de la personnalité profonde d'un être, l'idée m'est venue, lorsque je doutais et n'osais encore rien affirmer, de faire réaliser leurs deux thèmes et l'analyse de leur écriture à différents moments de leur existence. Le résultat n'a en rien contredit leurs destinées.

THÈMES ASTROLOGIQUES

Jane Fillion est du signe des Poissons. *Ariane, comme elle, aime rester indéfiniment dans son bain.*

« Si ça lui fait plaisir de faire la poissonne... »

« Poissons et mets salés disposent à l'amour, et dans la mer, dit-on, Vénus naquit un jour. »

Émilie Jane Louise Fillion, née le 5 mars 1898 à 21 heures, à Genève. *Poissons ascendant Balance,* Thème fait par Catherine d'Ussel.

Quand l'esprit domine, on se tourne vers l'essence. Il y a des naissances gynécologiques et d'autres qui comportent une histoire. Les mythes et les contes de fées commencent toujours par des naissances magiques pour rendre compte, justement, d'une naissance de ce genre. L'hérédité peut être génératrice ou, au contraire, planter un décor, exprimer par une controverse ou une difficulté l'arrivée d'un individu particulier. *L'origine ne compte pas en elle-même, mais elle devient une sorte de symbole de cette personne*, comme si elle naissait avec une étoile de mer dans la main. On peut naître ainsi nimbé d'une drôle d'histoire et y trouver toute son humanité. Naître au sein d'un doute ou d'une discussion vous permet de définir très précisément votre individualité au mépris de toute apparence.

Dans ce thème, il y a beaucoup d'eau. L'émotion, la réceptivité vont prendre le pas sur le reste au premier abord. Comme ces énormes coupes sur les plus hautes collines qui captent les ondes, les messages de l'infini. *L'individu est comme gonflé de désirs. Tout peut être vécu sur un mode passionné.* Non seulement la sexualité, mais l'amour, l'amitié et surtout la pensée. A part cette faculté de passion, il y a un équilibre, une balance intérieure. On est transporté, mais sans débordement. L'axe central reste toujours le même. *Personnalité terriblement saine. Elle reste avant tout un individu au mode de pensée totalement à part et autonome*, sans aucune référence et sans même soupçonner la convention. *Son monde ne s'appelle pas la société, quoiqu'elle puisse y nager habilement*, c'est un autre endroit où seul le rêve est possible. Sans parler d'utopie, ni surtout de réforme prosélytiste, c'est simplement l'obsession d'un retour aux sources, par un rêve plus fort que le monde, rentrer chez soi, comme si l'on récupérait ses ailes. Un soleil noir et féminin triomphe, plus fou et plus fort que le soleil mâle, couleur lavabo, et plus puissant et imaginaire que la lune femelle, tous les deux trop pâles.

Ce tempérament ne peut rien accumuler, rien engranger, c'est vivre qui l'intéresse, le plus humainement qu'il soit au monde en utilisant son âme, son rêve, son corps et surtout sa pensée. Par contre les événements sont comme un viol des Sabines. Enflammés, ils lui arrivent d'un coup de la façon la plus imprévue et instinctive possible. Et cependant l'individu reste inébranlable sur son axe. Le feu comme l'eau envahissent, mais n'empêchent jamais la réflexion, le choix, la rigueur, la liberté totale. Encore une fois, il y a un équilibre dans la fièvre.

Cette passion règne sous le signe de l'élégance. Passion très humaine, élégante dans la forme, mais qui s'adresse à une ouverture à une autre dimension. Ce n'est pas une tendance mystique proprement dite, mais plutôt une pensée où la rigueur de l'intelligence est effarante à côté, juste à côté du charme. *C'est une sorte de mystique de l'idée. La solitude de cet intellect intransigeant est effrayante.* La solitude de *savoir*, exactement, au milieu de toutes les passions de la vie. *C'est une pensée masculine que les hommes n'étonnent jamais. Il serait puéril d'appeler homosexuel, si cette tendance est vécue, ce qui est une liberté*; avec la totale intransigeance et ouverture que comporte la liberté. La personnalité a surtout une ampleur qui dépasse son rôle, son sexe, sa caste, sa religion. *L'indépendance que lui a donnée une enfance ascétique moralement et une naissance controversée mène vers l'obsession du dépassement, franchir le « seuil », « posséder » la liberté*, surmonter la facilité et surtout ne jamais devenir un personnage. Ainsi le cadre est brisé sans effort, par la volonté seule de cette passion de la pensée. *Pourtant comme Diane chasseresse (opposition Lune-Mars = complexe de Diane complexe de castration), le fait d'être une femme lui donne envie de punir les hommes*, qui ne peuvent contenir ni embrasser et qui gardent cette force au premier degré, dont elle détient le contenu. *Bizarrement, le fait d'être féminine est ce qui lui donne sa force, sa sûreté*, son imagination créatrice rayonnante, et à l'opposé son propre principe mâle lui semble dilué, emmêlé dans son propre rayonnement. Il y a un choix *entre cette féminité virile et cette masculinité féconde.* Castration morale. *Désaccord entre la puissance naturelle de sa personnalité et entre l'idéal et la créativité. Cela donne une faculté de fusion entre l'idéal et la créativité. Cela donne une faculté de fusion de cette puissance médiatrice avec celle des autres*, mais l'organe réel reste intérieur. Difficulté de passage entre le conscient et l'inconscient, comme entre le masculin et le féminin. On se distingue de cette puissance, mais on ne peut s'en extirper. On épouse sa vocation intérieure d'une façon mystique, mais on ne peut la vivre dehors. *On accepte cette coupure par un altruisme actif, on prête sa puissance de catalyseur. On est actif dans le domaine de l'humain et plus contemplatif dans sa créativité.* Cela est compensé par beaucoup d'étude et de travail chez soi. Retour aux sources par la voie de l'intellect. *Cet être peut tout retrouver*, même l'enfance-adulte, même son génie personnel, *par la voie de l'esprit.*

Quelqu'un a écrit sur sa tombe *« le corps seul »*, rien n'est plus vrai pour ce thème, malgré l'athéisme qui se dégage de l'ensemble. Cette enfance en arrière, tout seul, a permis de prendre ses marques. Peut-être y a-t-il eu beaucoup de gens autour, mais la solitude intérieure, le manque de connivence est total. Du coup, on ne se laisse pas faire par la puberté ou la ménopause, *on ne s'occupe pas de moralité, mais de ses propres principes individuels.* Cette solitude qui ne devient pas un sevrage, ni une blessure névrotique, permet de rester sur une île, l'île unique d'*une âme libre.* Cette faculté de « retourner sur l'île » lui permet d'utiliser cette solitude acceptée et riche. Elle lui permet d'hériter d'elle-même en quelque sorte, comme si elle ne venait de nulle part. *Elle sacrifie le personnel à l'impersonnel, accepte de faire le pélican, de faire profiter d'autres esprits de sa puissance de catalyseur, comme si elle portait en elle le symbolisme d'une génération, comme si elle portait un mythe.* Le privilège d'être ce qu'elle est est déjà une aventure. On a l'impression que tout est vécu, que l'on a vidé tous les tiroirs, épongé les greniers, rendu et redonné et vécu au centuple. La vie est un acte créateur de chaque journée, se dépenser, se donner complètement soi-même.

Seule l'obsession de la vocation reste complète, comme si on se sentait coupé, castré du pouvoir d'agir et de créer. On a pris conscience de son imagination., mais on n'y a pas accès, un peu comme Moïse devant la Terre promise. L'intelligence comprend trop, ne peut agir, l'abandon de ses possibilités amène une plus haute compréhension, un plus haut savoir. Mais la sensation d'étouffement persiste, la terre étouffe le feu, la compréhension tue l'inspiration. La surlucidité tue l'imaginaire. La réflexion sur le sacrifice du personnel amène un déferlement d'analyse fulgurante. *Créatrice de pensée, elle provoque la réflexion.* Le renoncement est une transmutation un peu faustienne, vers un voyage intellectuel.

Le problème entre les forces centrifuges et centripètes, à cause d'une culpabilité inconsciente, fera osciller l'intérêt et les capacités vers les franges de la personnalité; au plus loin; cela empêche de créer, peut-être se trouve-t-on indigne d'une œuvre, en tout cas on se sent castré de son œuvre. Le grand voyage de la passion amène à la conscience universelle de l'amour. *La faculté d'aimer.* Donc la vocation reste tendue et inachevée, un problème total et terrible. On est ce que l'on est, sans haine ni contrainte, à part ce pas, non entamé, sauf dans le secret, qui est un gouffre dans le cœur. *Il y a un magnétisme autour de cela, car on voit, on attire et on est attiré par les créateurs, écho de soi.*

Bizarre enfance ascétique où l'école de la vie est apprise trop tôt. On saute les étapes. *Les valeurs importantes sont connues dès le départ.* Dès le départ, l'universel est choisi. Les valeurs personnelles sont balayées au profit d'une plus grande passion. Qu'elle soit amoureuse, ou intellectuelle, ou humaine. Déjà le charme au lieu d'être utilisé pour séduire est plutôt une « réception » vers les idées. Le don de soi, plus altruiste que catholique, mène vers une universalité de l'intellect. C'est un million de fois plus que d'être une égérie. On est de plain-pied avec une antenne universelle. *Médiateur, on canalise beaucoup d'énergies sans exprimer la sienne directement, mais le talent n'est ni perdu ni gâché.* Faculté de vivre ainsi sans perdre son identité, au contraire en l'exprimant de plus en plus. Pas question de tomber dans la bondieuserie ni dans un ascétisme sans joie de vivre, seulement tout est donné.

La déchirure du thème est de vivre l'imagination par la lucidité. On accepte d'être quelque chose d'impersonnel tout en étant totalement soi-même, presque un archétype. Le fait de se sentir coupable pour les autres, sorte de sentiment un peu christique, lui permet d'être individuelle sans égoïsme. *Pour une personne intellectuelle, ce mysticisme inconscient amène une sérénité intérieure qu'elle attribuera au fait d'avoir vécu chaque instant de sa vie intensément.* On se construit comme une église en acceptant sa vérité. *Il y a une communion totale avec le père, l'idée du père, l'idéal*, ce qui donne un accord interne. Fusion intellectuelle et œdipienne avec son idéal. *Sorte d'époux intérieur.* On revient au mysticisme, c'est une sorte de noviciat, rester fidèle à son idéal. On est dans un état de perpétuelle prise de conscience; des moments chez les autres représentent des carrefours dans la vie, moments de surlucidité sur soi et les autres où l'on peut enfin faire face, ici, ce courage est permanent. *On se voit, soi et les autres, sans illusion ni confort. Il y a aussi une culpabilité universelle, mais aucune mauvaise conscience triviale sur les péchés de la chair. On suit ses passions sans vergogne. Et, cependant, les plus grands renoncements sont possibles.*

Cette capacité de faire abstraction est la mystique du thème. Réfléchir, en dehors et à côté, alors qu'on est au plein centre de la vie. Voir avec recul ou à la verticale, alors qu'on est haletant au milieu de la course. *Détachement au milieu de l'attachement le plus intense. Aimer avec fidélité, puis se détacher sans coup férir, quand les voies se séparent.* Capacité de faire le grand voyage intérieur, alors que n'importe qui d'autre serait cramponné au volant. Capacité de réfléchir et de se sentir, sans perdre son excès.

Elle possède les autres. Ils sont dans le creux de sa main et sont là pour la servir. Comme les chevaliers errants traversent monts et rivières pour leur dame. Sans aucune revendication de pouvoir, sa faculté créatrice se tourne vers l'intérieur. *Ceux qui la rencontrent ont de la chance, ils sont nourris. Peut-on être, en une seule personne, un mélange de Vénus et d'Héphaïstos? Vénus la déesse de l'amour, de l'art, du charme, et Héphaïstos, Vulcain, celui qui forge, qui fabrique, qui aime, qui médiatise les forces de Vénus.* Il veille aux poubelles, au feu, à la passion, il élimine, métallise, éveille, provoque. Il est celui par qui les choses arrivent. Et *Vénus, la très belle, celle qui est née de l'écume. The froth.* La crème de la mer.

L'extraversion domine et c'est elle qui pourra suivre le cours des événements. Mais c'est par l'introversion que cet esprit rejoint ses pairs. La lumière intérieure vient de son propre génie, apparemment inutilisé matériellement, mais utilisé au centuple spirituellement. Sanguin, paralymphatique et passionné, *on peut penser que les désirs de la vie passent avant tout, mais jamais sans amour, jamais sans l'amour passionné de tout ce qui la concerne et qui guide son existence.*

Le sens pratique est présent mais peu développé, l'abstraction a trop d'importance. C'est un choix. La facilité avec les gens, *la joie de vivre, la gaieté est alliée à un goût amer, un ton un peu sarcastique*, comme si tout cela était la plage, l'arrivée et qu'elle cherchait encore le départ, le paradis perdu, mais comment revenir à une terre promise que l'on n'a jamais eue? Comment revenir à une enfance où l'on a tout inventé, à partir de soi-même, sans l'aide de personne : seulement un forgeron allié d'une déesse.

***

Albert Cohen est du signe du Lion, *ascendant* Lion, *signe solaire par excellence. Comment ne pas penser à son héros, Solal, dont le destin suit les ascensions et les déclins de l'astre... Il est « Solal XIV des Solal », quatorzième du nom comme Louis XIV, le roi-Soleil... Mangeclous en dit plus encore : « Car ceci est le lion. Lion, répéta le pédagogue. (Il épela le mot).* L.I.O.N. *C'est-à-dire roi des animaux. D'ailleurs vous savez que le lion figure noblement sur le blason de notre tribu et sur notre drapeau. Le lion de Judas!... Ô superbe animal... »*

Abraham Albert Cohen, né le 16 août 1895, à 4 heures, à Corfou. *Lion ascendant Lion.* Thème fait par Catherine d'Ussel.

Soleil. Plein soleil, soleil prisonnier. Les rayons ne tombent pas sur lui, filent sur l'autre versant. Côté secret et découvert à la fois, conscience du monde dont on ne peut se targuer personnellement. L'aigle de l'intelligence solaire monte au plus haut et s'exalte. La personnalité possède un charme indiscutable par son esprit, mais l'apparence, comme la cendre sur le feu, dément la séduction dévorante.

Cependant, pour la victime, point de sortie. *Charme envoûtant affectif, où, sous la tendresse, le pouvoir de séduction se dresse pour prendre possession de l'autre,* l'asservir de façon aérienne, si légère que l'on ne voit pas le danger. *Mensonge facile, flirt philosophique où l'esprit si flambant n'a pas d'horizon pour son audace. Tout cela sous l'égide d'une facilité, d'une agilité dignes du dieu aux pieds ailés* : il semble voler l'attention, l'amour et cependant le mérite par son adresse flamboyante. On ne peut toucher à ce talent, il se tient sur l'épaule de sa personnalité, sans problème, sans complexes. C'est la compensation des dieux. *Un solaire qui reste dans l'ombre, retrouve la lumière, c'est-à-dire* l'approbation, l'attention d'autrui *par ce procédé naturel, cette aristocratie innée de l'esprit, qui le mène au centre ou au pinacle, par des moyens moins directs que ceux de la naissance ou l'apparence.*

Curieux aspect nocturne de la personnalité. On se préoccupe de sa part secrète comme si l'identité résidait chez d'autres, et que la lumière de l'intelligence la décrivait moins que ces ombres. Ainsi le don solaire monte au pinacle, seul en quelque sorte, et une lourde part de l'identité reste obscure. L'intelligence n'est pas concernée par les problèmes de l'âme, n'est pas remise en question, libre et fière, avec emphase et excellence, elle règne.

Science nocturne, philosophie innée qui donne à l'être le sentiment d'être membre du pays de la mort. C'est une brûlure et en même temps une passion. Voyage sur le Styx à rebours. *Obsession de passer de la certitude solaire de soi à la certitude de l'au-delà.* Capacité de penser par essence, mythiquement, sur le plan de l'inconscient collectif. Le sentiment d'être prisonnier de soi, de sa propre personnalité est compensé par cette ouverture sur un univers spirituel. *Il y a un choix obsessionnel entre la vie mythique et la vie égocentrique. Travail immense pour rentrer dans cet univers d'inspiration mythique*, division du matériel océanique. L'être se sent fasciné, obligé d'explorer ce monde occulte. Il se bloquera sur l'effort, sur le travail. C'est une sorte de soupirail par où va se glisser toute son énergie – un appel.

Mais les fenêtres sont nombreuses. Étouffé par lui-même et par un jeu de glaces, par l'image qu'il se fait de l'autre. *L'autre, le vis-à-vis, est sa boîte de Pandore*, fermée elle aussi, par où tout peut sortir. *Il est préoccupé par autrui, formule multiple de cet autre, auquel il n'a pas accès, comme lui-même.* Il est concerné par ses proches, les siens. *Ils alimentent son idéal du moi, en se mettant à leur service, il se met au service de lui-même. Ses proches sont la sublimation de son égocentrisme.* Une façon plus créative de le vivre. Il y a une cour entre ses proches et lui-même, un culte pour le même autel, qui peut-être les dépasse tous et dont il est le porte-flambeau. Curieux vase communicant, identification réciproque. *Il récupère son courage, sa force grâce à ces autres qui l'aident à se construire lui-même, à sortir de la cage de l'égocentrisme pour servir autrui et son propre esprit dans une démarche spirituelle.* Alliance qui porte bonheur, unifie, crée un accord intérieur entre son pôle solaire et son pôle souterrain. La compagnie intérieure du sentiment de l'au-delà se grossit de l'armée des siens, voisins, parents, amis, qu'il porte en lui et ouvrent et agrandissent sa psyché, lui donnant des résonances universelles. *Il devient ouvert à un vaste monde, qui vient enrichir sa science de la vie et lui amène une vision à la fois philosophique et humaine.* Cette tendance est aussi ambivalente et provoque des difficultés, et l'être se dépasse pour les résoudre. L'âme est secrètement mystique et le devient effectivement en se dépassant. Étonnant accord avec la sensibilité des autres au pluriel, qui compense sa difficulté avec un en particulier. *Égocentrique altruiste. L'affectivité est tournée vers ces proches qui soutiennent sa personnalité, lui permettent de se projeter mythiquement, de s'incarner en les incarnant.* Par cet altruisme, cette affectivité tournée vers les siens, les autres, l'immense pouvoir solaire ne subit pas la castration de l'orgueil, la peur de perdre quelque chose. Il n'y a pas la violence de la vanité. *Plutôt une image emphatique de soi soutenue comme une cathédrale par ses arcs-boutants, ses proches.* Image qui, sans eux, flotterait dans l'air car elle n'est pas reliée au thème par aspect. Cette image reste fixe comme dans les mythes et c'est aussi la cause de sa sensation d'étouffement.

Mais ce qui touche vraiment l'être personnellement, c'est son obsession de son pouvoir d'action grâce à ce monde intérieur, essentiel, qui est une sorte d'héritage dans les mondes futurs, *une renommée au-delà de la vie. Il y a un difficile passage à faire entre la possession et la dépossession, entre l'action de séduction intellectuelle et la vision mystique.* Prise de conscience sur l'utilisation dans l'au-delà (sans parler de vocation religieuse) de son talent qui amène éventuellement à un renoncement au monde. Sa libido conquiert le monde matériel, mais doit passer par la dépossession pour conquérir sa vision spirituelle.

Son savoir, sa science de la vie est un véritable transfert de sa relation avec ses proches, ses origines. Son savoir qui passe par le Styx est facilité par l'observation de ses racines. Travail aquatique, travail sur soi qui passe par le travail sur les autres. Vivre par ses proches, vivre de leur mort, mourir de leur vie.

Sublimation forcée de cet égo-centrique qui ne peut être égoïste. Combat perpétuel entre la mort de l'égoïsme et l'intérêt primordial pour les autres. Trop philosophique pour ne pas se dire qu'il survit grâce à la transfusion des autres. *Son identité propre, personnelle,* car il y a tant de mythe, d'impersonnel à vivre, *est dans le projet de se survivre à soi-même,* avec cette super-libido qui va jusque dans l'au-delà. Par cette passion pour un domaine qui transcende.

Le combat de sa haute vision de ses rapports avec les autres pour une transcription, une tranfusion *avec l'obsession de la mort. Consommation d'autrui dans l'océan de son univers interne, faculté d'avaler, d'incorporer l'être aimé, d'annuler son identité dans une identité collective, un mythe qu'il a créé.* Ceci provoque une bizarre sensibilité dans une âme si forte, *tendance* au sein de cet intellect lumineux, à manquer d'objectivité, *à se tourmenter. Besoin Messalinique de posséder dans une volonté de mort, d'avalement. Romantique, lyrique dans ses amours.* Comme son intelligence, tout se passe bien, même si cela se passe mal : intouchable. *Son talon d'Achille est ses proches. Rapports de possession, de jalousie avec eux.* Revers de la médaille.

Amours où le goût du mythe, de l'emphase lui fait revêtir l'être aimé de l'inspiration et du goût du beau qui l'habite. L'être aimé représentera aussi un idéal intellectualisé à l'extrême presque de façon morbide. *Son amour doit incarner un mythe. On s'aperçoit qu'il est pris entre l'amour des proches et l'amour tout court : deux images stylisées de lui-même.* Images dont a besoin de se targuer son être solaire et égocentrique, mais qui sont sublimées par son talent, par sa vision philosophique qui dépasse le réel et le transcende.

Cela mène à une confusion des valeurs spirituelles. Sa faculté de transcender est partagée par sa libido puissante, qui déferle sur l'être désiré ou le but souhaité. Force de stylet, richesse inépuisable, qui se transforme en cette connaissance essentielle, sorte de libido du cosmos. Force philosophique qui est ouverture après le resserrement, la précision de la possession. Cette évolution ne peut se faire que lentement, elle délivrera de la confusion spirituelle et de sa sensibilité où le livrent ses rapports de possession amoureux et confraternels.

Inévitable sentiment de pouvoir que lui donne son rôle d'étendard. Il étend son domaine, mais se soumet aux siens au moment le plus irrationnel. Il est subordonné à l'intérêt des autres, et en tant que maître du monde cela en fait un donateur terrible. *Rapports obsessionnels de dépendance, de possession, de force. Veut influer sur les autres pour vivre plusieurs vies et que l'on vive par lui. Sa peur de la mort est en même temps la suprême rencontre de sa vie.* Sa vocation lui échappe, par elle, tout passe, malgré lui. La race, l'origine semble liée à la créativité, par elle, l'hérédité s'élance. Flamme. Ce qu'il y a de plus synthétique, ce qui nous définit le plus personnellement, ce qui trie ce que nous avons à donner, s'ouvre à ce qu'il n'a pas encore – c'est-à-dire à ce qu'il a mystiquement à donner, pas seulement humainement, mais par l'acte magique de l'art. C'est-à-dire parler de ce que l'on ne sait pas encore, ce que l'on pressent, ce que l'on vole à un autre monde. Et cela est lié dans le thème à son origine comme si elle était une sorte d'échelle de Jacob qui le mènerait au pinacle. *Il va sortir de l'amour personnel pour parvenir à l'amour impersonnel, existentiel.*

Petit à petit l'instinct mystique gagne du terrain et le fond mystique de la nature combat pour sortir de l'égocentrisme pourtant nécessaire, car il apporte à la personnalité la plénitude de sa force spirituelle, pendant de sa puissante libido. C'est un combat qui prend tout de ses deux pôles. Combat pour la maîtrise des autres et de soi-même, combat pour sortir de soi, pour atteindre la puissance de l'altruisme, pour atteindre la libido cosmique et dépasser le personnel. Maître du monde par le don de soi, sorte de puissance quasi alchimique.

Peur de ce super-ego. La certitude philosophique que le moi mène à une mort spirituelle. Trop grande, trop haute idée de soi pour y céder. *Le déferlement de sa force sera pour séduire, conquérir, pas pour soi, mais pour les siens, pour l'idée que les siens veulent mettre en étendard.* Toute son affectivité va se projeter sur l'effort de sa vocation, vocation qui lui échappe, qui semble venir du ciel, qui le fait se dépasser lui-même pour sortir de la prison de l'ego par un acte d'amour.

Ce thème est celui d'un constructeur acharné, un bâtisseur de cathédrales. Le travail sur terre est résolument spirituel. Il apparaît comme un étrange oiseau sur la plage de son origine. Cette plage reste durant toute sa vie une lunette, un soupirail, par où *il peut voir la vie sous un jour plein de folie et de vérité.*

ANALYSES GRAPHOLOGIQUES

Ariane se dit : « Quand je vais lui écrire une lettre je me fais la main avant d'écrire pour de bon j'essaye des écritures de diverses grandeurs et allures ensuite un buvard sous ma main droite pour protéger le papier et avec l'autre je soutiens un sein florissant... », mais, dans la réalité, l'écriture de Jane est aussi franche qu'elle-même, et c'est Albert Cohen qui, à chaque lettre ou presque, change d'écriture...

Que signifient ces écritures, celle de Jane qui dit : « J'ai une écriture qui me fait honte, elle ne marque pas de personnalité » et celles, nombreuses, de l'homme en qui elle avait mis toute sa confiance ?

Analyses graphologiques faites par Catherine Caron.

Jane Fillion

Caractère très fort, solide, passionné. Il y a de la rigueur et de l'intransigeance dans une personnalité loyale qui a horreur des eaux troubles et s'affirme telle qu'elle est avec beaucoup de courage. Désir de tenir bon jusqu'au bout.

Lettres des années trente : désir de gagner. Toutes les forces sont tendues dans une direction. Il y a un but à réaliser. Tension. Ténacité. Elle aime avoir de l'influence sur les autres. C'est un chef. Très rancunière. Il n'est pas question de la rouler, berner, tromper. Masculine (côté animus de Jung), elle est toutefois habile et captatrice, mais cela est dû à l'époque dans laquelle elle vit. Elle se montre plus féminine et séductrice qu'elle ne l'est en réalité. Elle sait utiliser le côté séducteur qui contredit sa nature profonde. C'est une femme très directe. Le but à atteindre est toujours bon. Elle ne se pose pas de questions. Si elle s'en posait, elle ne pourrait pas vivre. Équilibre. Besoin de se sentir libre. Elle concilie sa propre liberté avec les conventions dont elle tient encore compte. Elle est secrète. Elle dirige sa vie. Son homosexualité est parfaitement vécue. Très grande honnêteté. C'est une femme fidèle aux premiers choix, aux premières tendresses.

Années quatre-vingt : elle s'est battue toute sa vie. Passionnée depuis l'enfance, elle l'est restée, mais ne se montre jamais vraiment excessive. Très grande dignité. C'est un être conscient de sa valeur. Elle se sent supérieure à beaucoup de gens, mais sans vanité, c'est une certitude. Orgueil. Désir d'entraîner et d'avoir des disciples. Anxiété. Émotivité. Douleur. Détresse. Une certaine vulnérabilité commence à poindre, qu'elle compense par son esprit critique. Sa force la maintient. Élégance. L'amertume ne freine pas le désir de vivre.

Albert Cohen

Très forte personnalité. Intelligence sensorielle. Comédien, il se coule dans différents rôles et s'adapte aux circonstances, selon l'intuition, les sentiments. Riche personnalité à multiples facettes. Habile. Adroit. Excessivement émotif.

Premières lettres : être très artificiel, qui se veut bon enfant, naïf, maladroit mais tout de même artiste. Créatif qui se livre mal ou pas du tout. Comédien. Veux se montrer tel qu'il n'est pas : naïf. C'est tout à fait voulu.

Lettre de l'hôtel des Bergues : Il porte beau et fier. Arrogant. Il exige, ordonne, il est coupant, tranchant. Mais créateur. Il est capable de faire jouer des sentiments très différents.

Deux ou trois ans plus tard, l'appel affectif est grand. Anxiété. Souffrance. Début de dépression. Personnalité envahie par lui-même, par son angoisse (dans l'une des lettres la dépression est particulièrement marquée). Désir de posséder assez vite dans le quotidien. S'il aime à ce point celle à qui il écrit, c'est qu'elle n'a pas donné suite. Il se force, son attitude correspond à une comédie. Complexité. Il passe de la créativité à un forçage, et reste toujours subjectif.

Dans la dernière lettre, datée de 1947, la pensée reprend sa place. L'intuition réapparaît. Pensée fine. Bouffée de sentiment, mais bien maîtrisée.

Dans les différents cas de figure, la personnalité reste emmurée dans ses problèmes. Il est préoccupé par ce qu'il ressent. Il y a, dans sa demande, quelque chose d'artificiel. C'est un personnage extrêmement complexe, obsédé par lui-même. Personnage aux multiples visages. Il est rare de rencontrer une faculté de changer à ce point d'écriture, de rythme (Victor Hugo était ainsi). Très grand côté pervers et trouble. Beaucoup de force intime pour convaincre. Veut avoir de l'influence sur toutes sortes de gens. Individu profondément immoral. Grande ténacité. Peut-être aurait-il aimé jouer un rôle de fidélité. (En rappelant l'aimée à la fin de sa vie, il se montre fidèle, en amitié au moins. Il se réconcilie avec lui-même, avec l'idée qu'il a de lui). Il y a aussi quelque chose de profondément enfantin. C'est un enfant déchiré. Ces lettres pourraient être intéressées. Tirer quelque chose, une réponse au moins. Tempéramment obsessionnel, habileté incroyable, adaptation de l'être aux autres, aux circonstances. Sinueux.

Écriture rare. Celle d'un génie ou d'un déséquilibré. Peut-être se situe-t-il entre les deux. C'est un être déchiré qui déchire les autres à pleines dents. Ambigu, complexe, il manœuvre. Tourmenté, malheureux, surémotif. Être profondément destructeur, obsédé par sa création et non par les créatures.

Elle et lui

Elle doit avoir beaucoup de difficulté à le comprendre. Elle est entière. Il est une personnalité devant laquelle il faut fuir. « Courage, fuyons », est l'attitude à adopter, mais cela n'est pas facile. Elle est tombée sur l'être le plus complexe et le plus insaisissable qui soit. Mais il est émouvant. Elle peut avoir été séduite par son côté imprévisible, qui brassait tant d'idées contradictoires. Il est l'inverse d'elle. Pour elle, ce qui est comme ça, c'est comme ça, pour lui, c'est comme ça, mais c'est autrement. Il aurait pu la rendre folle. Elle eût pu être broyée. Avoir un sentiment profond pour un homme comme lui, c'est un drame. Partir ou accepter, il n'y a pas de compromis possible.

Bibliographie

Œuvres d'Albert Cohen

Solal, Gallimard, 1930, 2e éd., 1971.
Mangeclous, Gallimard, 1938, 2e éd., 1969.
Le Livre de ma mère, Gallimard, 1954.
Ézéchiel, Gallimard, 1956.
Belle du Seigneur, Gallimard, 1968.
Les Valeureux, Gallimard, 1969.
Ô vous frères humains, Gallimard, 1972.
Carnets 1978, Gallimard, 1979.

Livres sur Albert Cohen

Gérard Valbert, *Albert Cohen ou le Pouvoir de vie,* L'Âge d'homme, Lausanne, 1981.
Hubert Nyssen, *Lecture d'Albert Cohen,* Alain Barthélemy, Avignon et Actes Sud, 1981.
D. R. Goitein-Galperin, *Visage de mon peuple, essai sur Albert Cohen,* Librairie A.-G. Nizet, Paris, 1982.
Jean Blot, *Albert Cohen,* Balland, 1986.
Dans l'édition de *Belle du Seigneur,* « Bibliothèque de La Pléiade », Gallimard, 1986, l'ensemble de l'appareil critique :
préface, par Christel Peyrefitte;
« Albert Cohen », par Bella Cohen;
chronologie de la vie et de l'œuvre d'Albert Cohen;
dossier de presse. Extraits, 1968-1981.

Articles (liste non exhaustive)

L'intégralité du dossier de presse de *Belle du Seigneur*, années 1968 et 1969, conservé par Jane Fillion.

Berthe Burko-Falcman, « La femme aimée de Solal », *Traces*, nº 2, 1981.

Catherine Chaine, « Albert Cohen parle à une femme », *Le Nouvel Observateur*, 4 juin 1979.

Georges-Marc Benamou, « Albert Cohen, le messie amoureux », *L'Express*, 23 octobre 1981.

« Albert Cohen entre dans La Pléiade, San Antonio l'y accueille! », *L'Événement du jeudi*, 2 octobre 1986.

« A 18 ans, Belle du Seigneur entre dans la Pléiade », par Claude Roy, et « Les vraies amours d'Albert Cohen », par Bella Cohen, *Le Nouvel Observateur,* 10 cotobre 1986.

« Dossier Albert Cohen » dans *Le Figaro littéraire*, 13 octobre 1986.

Numéro spécial « Albert Cohen », *Le Magazine littéraire*, nº 147, 1979.

REMERCIEMENTS

Avant tout, je remercie Jean-Baptiste Toulouse d'avoir déposé *Belle du Seigneur* devant ma porte, Patricia Gründ de m'avoir fait rencontrer Jane Fillion, et le directeur d'un magazine pour les heureux hasards de notre conversation et de notre itinéraire dans Paris.

Je remercie Dominique Escoffier pour sa présence, Lulu pour son insoutenable légèreté, Antoine Monge pour son soutien, Nadia Rein pour son cœur, Catherine d'Ussel d'exister, Karim Yaïch pour notre promenade à Pinchat, Christian Beer, Jean-Yves Le Borgne et Jean-Denis Bredin pour leur assistance, Laurinda, Julia et Catherine pour leur gentillesse.

Pour leur aide, je remercie Jean-Pierre Angremy, Arnould d'Arschot, Yves Azeroual, Denyse et Gabriel Badarau, Vincent Barras, Pascal Bony, la B.V.M.P. (Mme Charpentier), Pierre Ceyleron, Catherine Colonna, Françoise Condat, Antoine Esquilat, Evelyne Fillion, Marie-Josèphe Guers, Françoise et Bernard Heidsieck, Emmanuelle Heidsieck, Patricia Jaïs, Catherine Lawton, Alexandre Lazareff, François de L'Espée, Christian Liaigre, Élisabeth Mercier, Marie-Laure Monge, Mathias Mayor, Éric Papéians de Morchoven, Tibor Papp, Édouard de Pourtalès, Sandrine Pozzo di Borgo, Charles Reynaud, Adel Sabet, Poum de Saint Phalle, Laurence Séchan, Renaud Séchan, Thierry Séchan, Hugues Ternon, Ghislain d'Ursel, Régis d'Ursel, François Valéry, Isabelle de Vilmorin, Roland Weber, ainsi que le collège Voltaire et le collège Calvin, les archives d'État de Genève (Jean-Étienne Genequand), le B.I.T. (Jean Bourgeois), l'I.U.H.E.I. (Pierre Pagneux), le Beau-Rivage Palace d'Ouchy, la Bibliothèque polonaise de Paris, le Magyar Országos Levéltár à Budapest et la « Série noire ».

Jane Fillion exprime sa très grande reconnaissance à François, Michel et Jean-Jacques Brunschwig, à Claude Bigar et à Bertrand Maus.

TABLE DES MATIÈRES

Première partie : 1927. RUMEURS DANS GENÈVE. 11

Deuxième partie : LA LÉGENDE DE BELLE DU SEIGNEUR. 19

La revanche d'une héroïne. Une découverte qui ressemble à une résurrection. Des hasards qui tiennent du miracle. Fallait-il en faire un livre?

Troisième partie : LA RENCONTRE. 35

Quatrième partie : LES ANNÉES DE LIAISON. 59

1. Qui êtes-vous? 61
   Des origines... aux amours ennemies.

2. Aimons-nous enfermés! 76
   D'un divorce... au refus du mariage.

3. Tu dois aimer mon enfance, c'est moi! 89
   De l'enfance... à l'indépendance.

4. Je ne suis la fille de personne. 115
   De l'absence de tendresse... à l'expérience de l'amour.

5. Je me ferai toute seule! 154
   De la rupture avec la religion... à la religion de l'amour.

6. J'aime une femme, ça te choque? 171
De l'éclosion de la sensualité... à l'amour de ses semblables.

7. Je serai toujours libre. 192
D'une vie d'orpheline... à la naissance d'un mythe.

Cinquième partie : LA RUPTURE 211

Sixième partie : LES ANNÉES D'ILLUSIONS, PUIS DE DÉSILLUSION 245

1. Les années d'illusions (1931-1947) 247
Paris. Marguerite, ma sœur. L'univers Fleg. Féminines amitiés. La Maison de Verre. Solal. La Vallée-aux-Loups. Le voyage en U.R.S.S. Celou est celle que j'aime. Un banquier! Sentiment maternel. Jaloux. L'adieu à Pinchat. Mangeclous. La guerre. Lettres d'amour et de fidélité.

2. Les années de désillusion (1947-1979) 295
Le Livre de ma mère. Série noire. Belle du Seigneur. Ô vous frères humains. Survivre. Diane, une dernière fois.

Septième partie : LES RETROUVAILLES 311

Toujours.

Annexes : Thèmes astrologiques 331
Analyses graphologiques 340

Bibliographie 343

Remerciements 345

Cet ouvrage a été réalisé sur
Système Cameron
par la SOCIÉTÉ NOUVELLE FIRMIN-DIDOT
Mesnil-sur-l'Estrée
pour le compte des Éditions Laffont
le 12 octobre 1988

Imprimé en France
Dépôt légal : octobre 1988
N° d'édition : 31354 – N° d'impression : 10102